辻章著作集

Tsuji Akira

第一巻

作品社

辻章著作集　第一巻

目次

逆羽

逆羽

　初めて藤島享次がその坂道を上って行った時、両側につづいている桜並木が満開だった。昼近い時刻であった。自動車がようやくすれちがえるほどの道幅の、その右手は崖になっている。崖の斜面には木造の小さな家が点々と建っていたが、道の左手に寄ると家は崖下にかがみこみ、屋根も見えなくなった。桜並木を透かして、崖の空間の向こうに再びせり上がったように草と雑木の丘が見えた。

　歩きながら、享次は白い花の塊《かたまり》を見上げた。枝の間から一面に薄く雲のかかった空が、人間の肌のようにのぞき、それが享次の歩調につれてフィルムのこまのように動いた。

　坂の左手には、草におおわれた小高い丘の斜面がつづいている。享次は、まるで自分が深い山の中に入って行くような錯覚を感じた。

　左側の並木の、幹と幹の間に足をとめ、享次は腕時計をのぞいた。水上との約束の時間までには、まだ二十分ほど間があった。眼の前を二、三人の学生が声高に喋《しゃべ》り合いながら、上って行く。

　その学生の十数メートル先に、中年のがっしりとした体格の男が、こちらに背を向けて立っていた。男は腕を組み、坂の上を見つめているようであった。

　ふり向いた男の横顔と、その眼の配り方で、享次は、男が私服刑事であろうと判断した。しかし、男は享次には関心がなさそうに、しばらくそこに立ちつくし、やがて腕をほどいてゆっくりと坂道を下りて行った。

男が眼の前を通り過ぎ、その背中を見送って、享次はまた坂道を上りはじめた。草と土の入りまじった微《かす》かな臭いが顔の前を流れ過ぎた。

二年前に、街頭で初めて私服刑事に荒々しく腕をねじ上げられ逮捕された時も、今と同じ季節だった。三日間とめられた留置場の同じ部屋に、初老の痩せた泥棒がいた。男は、泥棒を職業にしているのだ、と自分で言い、しきりに享次に話しかけては、低い声で説教をするような言葉をくり返した。

その時にも、留置場の小さな窓から、微かに草の臭いが漂って来た記憶があった。

喋り合いながら、学生たちが次々と享次を追いこして行く。見るともなく、そのいくつかの背中に眼をやりながら、享次は坂道の端を並木に沿うように足を運んだ。褐色の幹にビラが白く点々と張りつけられている。

空中から、眼に見えないほどの細い糸で吊り下げられている小さな金属の円錐が、頭の中でゆっくりと傾いて行く。その奇妙な感覚が、いつの間にか鼻腔の草の臭いの中に溶けこんでいる。享次は、時々ふいにこうやって頭の中に現れる円錐の鋭い先端をじっと見つめた。今、あの時と同じ風景の中に自分はいる、と享次は思い、もう一度息を吸いこんだ。

それは、享次の生まれた山の中の、小さな教会の地下室であった。小学校に入ったばかりの享次は、同級生と二人、もう半月ほど毎日、日課のように学校の帰り道、この地下室に通っていた。酢をふりまいたようなかびの臭いのする、湿気た空気の中を、土埃《つちぼこり》が霧のように漂っていた。コンクリートの壁の最上部に、二個所だけ開いている明りとりの小さな窓から、薄くぼんやりとした縞模様《しまもよう》のように日が差しこみ、教会の北側の木の扉を開けて地下室への石段を下りて行くそのたびに、享次は水の底に入るような気がした。

享次は、同級生と、その地下室の固い土の床の中央に、少しずつ小さな小屋を組み立てていた。壁際に乱雑に積み上げられている建材の残りの板切れや丸太、かんなを当てずにそこに置き去りにされた角材を、二人は丹念にひもで組み合わせて行った。長さも太さも不ぞろいな木切れをしばり合わせた梁《はり》や柱は、たびたび傾《かし》いでは歪《ゆが》み、ようやく形らしくなっては音を立てて倒れた。

くずれた小屋を、そのたびに初めから何度も組み立て直し、その日、屋根を載せれば小屋は完成するはずであった。表面にセメントの固くこごった跡のこびりついている、幅五十センチほどの板が、屋根にはちょうどうまい具合だった。

空箱の上に乗り、小屋をはさんで同級生と天井に数本の横木をわたし、その上に享次たちは横木を動かさないように、そっと一枚ずつ板を載せて行った。

空箱を小屋のはしにひきずって行き、その上で最後の板を載せ終った時、享次は向い側の同級生と顔を見合わせて、思わず笑った。そして空箱から跳び下りて、小走りにそばに来た同級生と、もう一度大声で笑い合った。「中に入ってみようよ」と同級生は言い、先に、小屋の板と板の間のせまい入口から、体を斜めにして中に入って行った。つづいて入ろうとした享次に、同級生は中から「そうっとな」と言った。板に触れないように体を横向きにしながら、享次も「そうっと」と言った。

せまい小屋の端と端に、五十センチほど離れて二人は向い合った。それでいっぱいの距離なのだった。

同級生は頭の上を見上げ、セメントの跡のざらざらとこびりついた天井板にそっとさわりながら、「雨が降っても大丈夫だよ」と満足そうに言った。

享次も、今張り終えたばかりの天井板を見上げた。その時に、享次の胸の中に、何か白い隙間のようなものが走った。隙間は光のようでもあり、音を立てずに通り過ぎる風のようでもあった。

享次は空中に上げかけた腕をとめ、あお向けに天井を見上げている同級生に眼をやった。顎の先端が白っぽく、そこだけが首から離れたように突き出ていた。

享次は突然、自分がひどくつまらないことをしている気がした。同級生の顎の先をじっと見つめ、雨も降らない地下室に小屋を作るなんて、と胸の中で呟《つぶや》いた。しかし、その言葉は享次の胸の中に走った隙間とは違うものであった。何か違う理由が自分の中にある、そしてその理由は、冷たいいびつな手ざわりをしている、と享次は感じた。

わざと押してみたり用心深く揺すってみたりして、小屋が予想よりもずっと堅牢にできているのを何度も確かめ、ひとしきり自分たちの仕事の跡を賞め合って、二人は小屋を残して地下室の階段を上った。

甲高い声を上げながら扉を開け、地下室の外に出ると、真白な光が体を一気に晒《さら》し上げ、温《ぬる》い大気が全身を包んだ。出口の正面に、その時、桜の大木が満開の花をつけて立っていた。木の縁の、枝がまばらになった空間から、いくつもの空の断片が歪んだ多角形を作って点々とのぞいていた。享次は吸いこまれるように、その小さな空を見つめた。高い声で喋りつづけながら、享次は胸の中で一心にその数を数え始めていた。

突然、心臓が激しく動悸を打ち、体の内側から享次の上半身を揺さぶった。動悸は不規則に高まり、また小さくなって、それを何度もくり返した。享次は隣りに立っている同級生の横顔を、ぬすみ見た。この動悸は誰にも気づかれてはならないことだ。なぜか享次は反射的にそう思った。

同級生は腕を水平に上げ、ラジオ体操のように振り回していた。享次は両肩をシャツの内側で、目立たないようにきつくすぼめた。胸の奥が軽く締められるように痛み、その痛みが通り過ぎると、動悸はやんでいた。

翌日、学校の帰り道、享次たちがまたその地下室に入ると、でき上がったばかりの小屋は、跡かたもなく姿を消していた。階段を下りたその場所で、享次と同級生はしばらくぼんやりとしていた。小屋のあった地下室の中央あたりの土の上に、きれいに掃き上げられた跡が残っていた。

享次と同級生とは、薄暗い地下室の壁際にもと通りに積み上げられている材木や板きれの影を見まわし、それから顔を見合わせて階段を駆け上り、夢中で一目散に扉から走り出した。

享次たちの秘密は、この教会の外人牧師に何もかも知られてしまったのにちがいなかった。誰にも秘密で、そしてもちろん牧師にも無断で、享次たちは教会の地下室に小屋を作り始めたのだった。ひきずるような長い僧衣をいつも身につけている、早足で背の高い牧師。尖《とが》った鼻の奥深くからじっとにらみつけるその鳶色《とびいろ》の眼が、走る足をよろめかせるほど恐ろしかった。

同級生の姿を見失い、狩り立てられた小動物のように生垣をかきわけ、敷地の外に出ようとして、享次は後ろをふり返った。雑木の茂みを越えて、その上に桜の大木の頂《いただ》きが見えた。花の頂きは、かすかに緑色がかっていた。何もないもと通りの地下室の空間が、そのわずかにのぞいている花の下に、薄暗く広がっているようだった。

何もしなければ良かった。享次は荒い息を吐きながらそう思った。心臓がはげしく動悸を打ち、口の中が乾き粘《ねば》りついた。

何もない、ガランドウの地下室に小屋を建てたこと。それが何かの間違いだったのにちがいない。何もかもなくなってもとのままになってしまうのを、その時から知っていたような気がした。

生垣を抜け出て、享次は草の中の道を歩いた。動悸は、なかなかやまなかった。胸の奥が痛くなって、それが通り過ぎればもと通りになるのだ、と享次は思い、肩をきつくすぼめ、誰にも見られていないのを確かめるように、あたりを見まわした。

坂道を上りつめた突きあたりで、享次は足をとめた。この道の終りを示す道標のように、左右に、一きわ厚く花をつけて、桜の大木が立っている。その大木の間に、二本のコンクリートの石柱が向い合わせに口を開けていた。それが大学の正門であった。

左側の花の、白い塊の中に、褐色の小さな一ひらが、枯葉のようにゆっくりと揺れている。享次は、何気なくそこに眼をこらした。それは枯葉ではなく、一匹の蛾であった。枝に伏せた褐色の蛾の片方の羽が、何かによじられでもしたように垂れ下がっている。そして、わずかに体につながったまま、そこだけが別の生きもののように、花の塊の中で揺れていた。

享次は、門の手前から右手にのびている細い土の道の向こうを透かし見た。茂みに囲まれて、木造の殺風景な学生寮が、樹木の間に見え隠れしている。その寮の中で、数日前に学生活動家が一人、殺されたことを、享次は新聞の小さな記事で知っていた。坂の上をうかがう私服刑事の後姿が、くすんだ板壁に重なった。

背後から肩をたたかれて、享次はふりかえった。背の高い、痩せた鷲鼻の男が立っていた。

「藤島くんですね」男は、口の端に軽く笑いを浮かべ、低い丁寧な口調で言った。そして、つづけて「水上です」と名乗った。

享次は、服の中で、小さく体を硬張《こわば》らせた。

水上という名前は、学生活動家の間では良く知られていたが、顔を合わせるのは初めてであった。享次よりも十歳は年上に見えたが、実際はもっと若いようにも思えた。

享次は、足もとの地面に眼を落とした。そこに、二本の桜の大木を結んで、眼に見えない一本の直線が引かれている。その線の向こう側に水上がいて、自分はまだこちら側に立っている。子供の時の遊びに、そんなゲームがあった。線を越え、向き直ると風景が変わり、世界が変わる。

何気ない足どりで享次は線を踏み越え、水上の後について正門を入った。

水上は足早に、校舎のわきの細い砂利道に入って行った。サーモン・ピンクに塗られた校舎のコンクリートの壁に、乱雑に大小のビラが張られている。斜めに傾き、躍るように張りつけられている壁一面のビラが、何かの模様か、人工の象形文字のようだった。

校舎の裏の芝生に、享次は水上と並んで腰を下ろした。煙草に火をつけ、大きく吸いこんで、水上は顔の前に白い煙を吐き出した。風のない空気の中に、煙がゆっくりと広がった。

「煙草と革命というと」と、水上は煙を眼で追いながら言った。「何となく、アンシャン・レジームの革命家のイメージですね。顔も見えないほど煙の立ちこめた地下室。寝不足の革命家たちの血走った眼つき。机をたたいて深夜、革命論議を果てしなく怒鳴り合う」

水上は、享次の方を向いて笑った。

「煙草は、煙が眼の前に見えるから、うまいと感じられるようですね。風のある日は、ただいがらっぽいばかりだ」

水上は、自分の言葉を確かめるように、また顔の前に大きく煙を吐き出した。そして「いずれにしても、煙草は、今や階級的抑圧を受けつつあるようですね」

そう言って、水上はまた享次の顔をのぞきこむようにして笑った。

水上の使う丁寧語が、体にまとわりついた。芝生の上にあぐらをかき、享次は黙って聞いていた。

「それで、どんな風だったですか」

芝生に押しつけて消した煙草を砂利道に投げ、水上は一層、享次の方に体を寄せて言った。

「どんな風って……」享次は、固い口調で訊き返した。

「言いたくないわけですか、そうでもないだろう、本当は」

水上はのみこみ顔に言って、また煙草に火をつけた。眼を細めながらライターで火をつけるその水上の横顔が、何かの魚に似ているような気がした。

「S大学のことですか」

　享次は固い口調のまま言った。

　水上の横顔が咀嚼をするように、大きくうなずいた。

「もう、終ったことだし。それに、べつに大したことでもないです」と享次は言った。

「大したことなくはないだろう」

　水上は、突然ぞんざいな口の利き方で言った。

「Fはまだ狂ったように怒っているぜ。まあ、怒るのは当り前だよな。おれがFだったとしても、やっぱり怒るよ。なにしろFの拠点校のS大学、それも教養学部書記長が、いきなりRに寝返ったんだから」水上は、愉快そうに笑った。そして両手で膝をかかえ直した。

　寝返った、享次は水上の言葉を胸の中でくり返した。寝返りという言葉を使うのならば、確かに自分は、寝返ったのに違いない。

　水上の手の先で、指にはさんだ煙草から、青い煙が細くまっすぐに立ち上っている。享次はその煙の行く先をぼんやりと眺めた。水上がエフと発音する時に、そこで一拍置くように、正確に歯で下唇を嚙む、その言い方が小さく神経にさわった。

「あの時のFの四人、あの後どうなったか、きみは聞いていないだろうね」水上は相変わらず愉快そうな口調で言った。享次は、黙って首を横に振った。

「四人ともパンクしたよ。頭にもろにデッドボールを食ったバッターというわけだ」

「パンクしたというのは」と享次は訊いた。

「まだ病院暮らしと、それに傷が治って田舎に帰ったやつと、まあ、そのコースに入ったらもうそれきりさ」

水上は、四人のその後の有様を喋りつづけた。

後手に芝生に両手をつき、享次は黙ってあたりを見回した。学生食堂らしい白い建物の手前に小さな泉水が見え、その真中に立っている銀色の細い金属のパイプから、水が噴き上がっている。じっと眼をこらすと、そのパイプは、わずかに斜めに傾いているようだった。しかし、噴き上がった水は斜めにはならず、頂点からまた垂直にパイプの脇を泉水の中に落ちこんで行く。歪んだ絵を見るように、享次はそれを眺めた。

二月八日の未明から、二ヶ月たっている。

その日、享次は、九人のRの活動家と共に、S大学の学生寮の一室を襲った。空き室の多い木造の寮の、細く薄暗い廊下は、気を許すとすぐに甲高い、猫のような声を上げた。

鉄パイプと丸太を下げた十人は、夜襲をかける兵士のように、すり足で真暗な階段を二階に上り、その奥の一室の扉を丸太でつき破った。先頭の二人は、まるで土工のような手なれた身のこなしで、腰のあたりに丸太をかかえ、拍子を合わせ、丸太の先端で苦もなく扉の鍵を破壊したのだった。

八畳ほどの広さの板の間に、四人寝ていた。四人とも寝袋に体をすっぽりと入れ、首までジッパーを引き上げていた。部屋の隅に、小さな電気ストーヴがつけ放しにされ、その赤い光が寝袋を、ごつごつとした歪《いび》つな影にしていた。

享次は、昨日の夕方、その部屋でFの何人かのメンバーとコーヒーを飲み、喋っていたのだった。その時、床の上にじかに置いて飲んでいたカップや灰皿が、まだ乱雑に置き放しになっていた。二人は教養学部、もう二人は工学部と法学部だった。

ジッパーを開け寝袋から逃れ出るひまなく、四人は分厚いタオルでさるぐつわを嚙まされ、鉄パイプで打たれた。寝袋の中で窮屈に身をもがき、籠ったうなり声を上げながら、四つの影は不器用に、道路に放り出された青虫よりももっとのろのろと床の上をはい回った。

享次は部屋の隅で、手拭いの覆面の下から、光景を見守っていた。手に背丈ほどの鉄パイプを持っていた。自分も打たなければならない、打つべきだ、と、寝袋の方に動こうとしない体を固く壁に押しつけて、享次は思った。

向い側の壁際に一人、それにドアのあたりに二人、やはり腕組みをして立っていた。その中で、まるで鍬《くわ》で土を起こすように、鉄パイプが絶え間なく振りおろされている。寝袋の上から肉を打つその動作は、電気ストーヴの光の中にはっきりと見えるのだが、享次には、部屋の中が奇妙に静まり返っているようにも思えた。

寝袋の中にいるやつらは、どんな風に痛いだろうか、それともただ恐怖心だけなのだろうか。うなり、もがくだけで、実際には何も感じていはしないのかもしれない。享次は、しきりにそのことを考えた。自分が初めていあわせているこういう光景が、想像と少しも違わない、とも思った。

寝袋の中の一人が引き出され、両脇を抱えられて机の上に腰を載せられ、五十センチほど離したもう一つの机に足首を載せられた。工学部の委員長であった。失神したように、彼は抱えられたまま、首を垂れ、ぐらぐらと体を左右に泳がせた。ドアのあたりにいた二人が近づき、机と机の間に橋のようにのびた腿に、かわるがわる思い切り鉄パイプを振り下ろした。それが、何かの芝居の場面のようにも見えた。鉄パイプが振り下ろされるたびに、こもった、濡れたような音が響いた。

見つめられている視線を感じて、享次は寝袋の一つを見下ろした。その中の、あお向けに寝転がった顔が、不思議そうに享次を見つめていた。教養学部の、Ｆに加盟したばかりの男だった。思わず大きく首をねじ曲げ、享次は眼をそらした。手拭いの下の享次の顔を見分けられるはずはない。しかし、そうではなく、覆面をしていることで、かえってありありと自分の顔が見られているような気がした。

その時、不意に、真暗な濁流にはまりこんだような恐怖に、享次は襲われた。心臓が激しく動悸を打ち、手拭いの覆面の下で、息を詰まらせてあえいだ。

鉄パイプを強く握りしめ、それを床について享次は体を支えた。自分がたった一人で、鼻先も見えない闇の中に立ちつくしているようだった。

心臓が、動悸を打ちつづけた。おびえた小動物のように、享次は部屋の中に、ただ立っていた。得体の知れない不安が、針金のように胸を締めた。

自分は本当は一体、何におびえているのであろうか。鉄パイプで体を支えながら、享次はせわしなく視線を動かした。

一刻も早く、この部屋を出たかった。部屋を出れば、それが分かるにちがいない。動悸が不規則に高まり、唾液が口の中で粘りついた。

「増淵っていうのは、きみと親しかったらしいね」と、水上が言った。

眼の前の砂利道を、音を立てて数人の学生の一団が通り過ぎて行く。

「増淵というのは、Fの増淵博のことですか」と、芝生に後手をついたまま享次は訊き返した。

「下の名前は忘れたけれど、そのFの増淵だ」

享次は、体を起こして水上に顔を向けた。増淵博は、享次と同じ高校で、一つ上の学年だった。増淵のオルグで、享次はFの高校組織に加盟したのだった。

「増淵が、どうかしましたか」

なぜ水上が増淵を知っているのか、不審に思って、享次は言った。

「死んだのを知らなかっただろう。きみは、二ヶ月も、コレだったからな」そう言って、水上は、手で水に潜るような仕草をした。

死んだ、という水上の言葉が、享次の頭の中で魚のように小さい青光を上げて躍り、意味をつかまえられないままに通り過ぎた。そして、反射的に享次は、それを特別なことに考えてはならないと身構えた。

享次は、両手を軽く組み膝を抱えている水上の横顔を見た。

「これで？」と、享次は両手で鉄パイプを振り下ろす仕草をした。

「Rの機関紙によればね」

水上は、享次をちらりと見て、そう言った。

「例の号外だよ。プロレス並みの見出しでね、いつもの調子さ。血の報復だとか、殲滅だとか、のた打ち回り、血の海に沈んだとか、書いてあったよ。中身は良く読まなかったけれど。それにしても、どうしていつも、ああいう文句しか思いつかないのかな、あいつらは。読んでるこっちが恥ずかしくなるぜ」

水上は、苦笑するように口の端を曲げて、自分の組織の機関紙をののしった。

いつ、どこで、どんな風に増淵が死んだのか、いやRによって殺されたのかを訊こうとして、享次は言葉を呑みこんだ。そのどれ一つを知っても何の意味もない。それは、もう、とうに乾燥し、抜殻となってしまった事柄のように思われた。

増淵のことは、それきりであった。しばらく話をつづけると、水上は突然享次に、Rに加盟しないか、と言った。

水上がそう言い出すのは、予期していたことであったが、享次は返事を言い澱《よど》んだ。

「すぐに入れとは言わないけれど、きみはどのみちRに加盟するしかないんじゃないか」

水上は、享次の顔をのぞきこみ「あれだけのことをやったんだから」と言って笑った。

しかし、水上はすぐに笑いを消した。

「それにしても、正直に言って、おれ個人としてはS大学の書記長が、自分からRに接触して来るなんて、想像もしていなかったよ。S大学のヘゲモニーの点でも、Fの組織内部にしても、あの時点で問題がありそうには、おれにはとても思えなかったからね。S大教養は、どの組織も手のつけられない場所で、あそこだけは、まるでFの聖域みたいだったからな。事実、あの後も、S大教養から、誰もRに接触しては来なかった」

低い声で、水上はそう言った。

鷲鼻の奥の、水上の眼がじっと享次を見ていた。そして、その眼は、輪郭を隈《くま》どるように細くすぼめられ、どこか疑り深い光を底に沈ませていた。

「もっとも、だからこそ、まるで絵に描いたみたいに不意打にやっつけられたわけだけどな」

水上は口調を変え、もう一度わざとのように笑った。

享次は、この大学の正門を入る時に踏みこえた、桜と桜を結んでいた直線のことを思った。水上の言うように、S大学のFの中に、問題があったのではない。ただ、自分が線をこえた。そして、どのみち、またもう一つの直線を踏みこえることになるのかもしれない。そして、それは、享次が増淵に言われてFに加盟した時も、やはりそうだったのかもしれないのだ。

享次は、水上から眼を逸らして、また後手に両手をついた。何かが覚束ない、自分が覚束ない、と享次は思った。成行きで自分が決まってしまう、いや、ここにいる自分が既に成行きで決まってしまっているもののように、しきりに思われた。

水上は、ジャケットのポケットから折り畳んだ紙片を出して享次に渡した。

「Rの内部通信だけど、読んでおいてくれないか」

水上は立ち上がり、つづいて立ち上がった享次に校舎の二階を指さして「ここの衛生室が空いているから、今夜は泊まっていけばいい。封鎖ごっこの季節は、もうとっくに終ったのに、ここでは流行遅れのファッションみたいに、まだやっているんだ。まあ、こっちもその流行遅れのオルグというわけだけれど」

そう言って水上は、芝生の垣をまたぎ、大股に歩き去って行った。

享次は、ぼんやりと校舎を見上げた。紙片を手渡された時、昆虫が巣から尾の先だけを見せるように、水上の右手の奥に、ケロイドとなった太い傷痕《きずあと》が、ベージュの柔らかそうなジャケットの腕の内部に潜りこんで行っているのが見えた。上腕だけでは終らずに、肩まで及んでいそうに、赤味を帯びてつやつやと光る肉の峰であった。それは享次に、水上が通過してきた暴力の跡を思わせた。

享次は、折り畳まれた紙片をそのまま内ポケットに入れて歩き出した。

校舎のサーモン・ピンクの壁を背景に、男女の学生が数人、ゆっくりとした歩調で歩いている。その後ろにも二人づれの学生の姿が見えた。彼らは、笑い合い、何かを喋っているようだった。しかし、享次のいる場所には、笑い声も会話も何も聞こえては来ない。パントマイムを見るように、享次は、それを眺めた。

学生たちは、音のない白っぽい表情を持ち、音のない口の動きを絶えずくり返しながら、壁を通り過ぎて行った。

外が薄暗くなった頃、上着もとらずに、享次は白塗りの壁に囲まれた衛生室のベッドに横になった。

蛍光灯が二基並んで、何かの文字のような形で天井につるされている。その光る文字が、装飾のない部屋を晒し出していた。

亨次は、ポケットから白い紙片を取り出し、あお向けのまま横書きの文字の列を眼で追った。そこに、Rがある党派の地区委員を襲撃し成功したことが書かれていた。

紙片をベッドに置き、亨次は頭の後ろで、両手を組んだ。

蛍光灯のガラス管が、青白く光っている。その右側のガラス管の端に、黒い点がついている。じっと眼を凝らすと、それは羽根を広げた形でそこに張りついている、小さな羽虫の死骸であった。虫はそこで死に、蛍光灯の穏やかな発熱によってゆっくりと体液を蒸発させられ、乾いた塵《ちり》としてガラス管の表面に張りつけられている。

三年前の、今と同じ春の季節であった。小さな公園で行われた野外集会の帰り道、亨次は増淵に声をかけられ、薄暗いその公園のベンチで、初めて長い時間、話をした。

増淵は、高校の黒い制服のままだった。亨次は、私服に着がえていた。制服の警官に囲まれたその政治集会の中で、黒い学生服は、異様なコントラストのように目立つものであった。それまでほとんど言葉を交したことのなかった増淵と並んで坐ると、その学生服が妙に増淵の身についたもののように思え、口には出さなかったが、亨次はそのことにどこか神経を圧迫されるような気持がしたのだった。

Fに加盟していることを、その時初めて亨次は増淵から聞かされた。

「きみは、暴力革命を認めるだろう」

短い猪首を、制服のカラーの中に一層沈めるようにして、増淵は言った。

認める、と亨次は答えた。

「Fに加盟する時に、僕は条件は二つしかないと思った」増淵は言葉をつづけた。「一つは暴力革命を認めるかどうか。もう一つは唯物論を認めるかどうか、この二つだ。あとの色々なことは、全部枝葉に過ぎない」

増淵の断定的な言い方に、享次は反撥した。

「組織の数は山ほどあるし、それに今日、集会に来たどの組織だって唯物論と暴力革命を標榜している。その二つの条件は、特にFに加盟する条件にはならないだろう」と享次は言った。

「いや、なるんだ」と増淵は言った。

「きみの言うように、確かに暴力革命と唯物論を認めている組織は、山ほどある。しかし、山ほどあるからこそ、僕はFに加盟しようと思ったのだ」

故意に混乱させるような言い方をするのかと、享次は増淵の表情を見た。しかし、増淵は何気ない口ぶりで喋りつづけた。

「山ほどある組織の、そのすべての組織に僕は入るわけにはいかない。しかし、唯物論と暴力革命を認めている以上、僕は組織に入るべきだと思った。そして、僕が入るのは一つの組織にだ。だから僕はFに加盟した、というわけだ。

僕の前にFがあったのは、一つの偶然なのかもしれない。しかし、偶然というのは、こちらであれこれ選ぶことができないから偶然というものなのだろう。偶然を拒否すれば、僕は一切の組織を拒否し、唯物論と暴力革命も同時に拒否することになってしまう」

増淵の論理は混乱している。しかし、その混乱は、一方どこか奇妙な形で整列させられているような気もした。

「きみも、Fに加盟しないか。藤島君」と増淵は言い、なぜか自分の言葉に照れたように「僕がこういう風に言うのも、きみにとっては偶然の一つかもしれないのだから」とつけ加えた。

そして、その照れたような、どこか子供っぽい表情で「藤島くん、加盟するっていうのはね、ただちょっと、チクッと注射をするようなものだよ。その時はチクッとするだけで何でもない。注射をする前に、ああだこうだと想像している方が、よっぽど痛いんだよ。してしまえば、後は別に、今までと同じだな。何も変わりはないよ」と、その時、つけ加えるように増淵は言った。

享次は、蛍光灯の黒い染みとなった羽虫をじっと見つめた。

増淵は、偶然として、Fに加盟した。それならば、彼がRによって殺されたことも、また偶然の一つということになるのだろうか。
二、三ヶ月後に、享次はFに加盟した。Fの高校連絡会議の議長をしていた増淵に言われ、享次はそこで副議長として活動した。
その年の冬であった。ある地方都市の公会堂を借りて行われたFの国際集会に、享次は増淵と参加した。

天井の高い、その分だけ寒々とした小さな公会堂だった。そこの木の長椅子に、享次はジャンパーを着けたまま、増淵と並んで坐った。増淵は、いつもの学生服の首にマフラーを巻いていた。十数列並べられている長椅子に、くすんだ色のジャンパーやオーヴァーを着けたFの活動家が、隙間なく腰を下ろし、肩を押しつけ合っていた。

正面の一段高い、素人芝居に手頃なほどのスペースの演壇に、ヨーロッパの数ヶ国とそれに合衆国から来たFのメンバーが、十数人、折り畳みの小さな椅子に窮屈そうに足を組んで腰かけていた。彼らは一様に不機嫌そうな表情で、糸の先で微風に揺すられている人形のように、絶えず細かく身動きしていた。

　何人目かに、東洋人のように平板な顔つきをしたフランス人が立ち上がり、中央の演台で喋り始めた。彼の右隣りの、小さな日本人の女性通訳が、フランス人の口もとをじっと見守り、抑揚を殺した口調で一区切り一区切り、日本語に変えて行く。

　――数ヶ月前の、猛烈に暑く不愉快な夏の一日、我々はKのテロルによって、我々の同志の一人を戦線から失った。

　フランス人は、甲高い声で叫ぶように喋り始めた。喉から押し出されるテロルという言葉が、テググという風に聞こえ、その発音が享次の耳に、金属がこすれ合うように響いた。

　――我々は、テロルを、憎悪などというふやけた、ブルジョア的感情によって受け取ろうとは思わない。テロルは、一般的に言って戦術の問題、ある場合には、戦略の問題にほかならない。同志を殺害され、戦線から彼を失ったことは、我々の戦術にとって貴重な教訓であった。我々は直ちに自己批判を行った。そして我々の任務を決定したのだ。

　我々に加えられた一つの攻撃は、そのたびごとに一つの反撃によって、つまり一つのテロルに対しては一つのテロルによって、正確に支払ってやらなければならない。それが我々のやり方だということを、Kに教えてやらなければならない。

　演壇から眼を逸らし、享次はドーム型をした天井の、ゆるやかな傾斜を見上げた。その一角に樹液のような染みが滲み出し、ある一点から薄く広く、風で吹きのばされたように、いびつな楕円形を作って広がっている。

　フランス人の金属的な声。それにつづけて女性通訳の抑揚のない声が耳の脇を通り過ぎた。

　Fフランス支部が報復を決定し、一人のKを殺害するまでの経過を、彼は詳細に説明している。

　――ブルジョア政府の政治委員と同じテーブルでワインを飲み、腐った肉をあてがわれて、Kは脂肪ぶとりし、自分の貧弱で畸形な体形についてさえ、忘れ果ててしまっている……。

——ある日の夕方、そうやって足が弱り、腹のつき出たKが、殊勝にもその日は差しまわしのハイヤーに乗らず、自分の小銭で買った切符を持って、地下鉄のプラットフォームに立っていた。しかし、彼はその時に致命的な誤謬をおかしていたのだ。つまり、彼はホームにあふれ返っている乗客に背を向け、彼の気の毒な墓場になるはずの二本の線路に顔を向けて、柔順な山羊《やぎ》のように立っていた。

電車が、電子音楽のクライマックスのような不協和音を上げて入って来る。その寸前に、人ごみの中から我々の同志の手が、柔順な山羊の肩にそっと触れる。それでおしまいだ……。

享次は、前列の長椅子に、分厚いオーヴァーの肩をすくめ、身動きもせずに無言で並んでいる七、八人の背中を、数を数えでもするように順々に眺めた。享次の左隣りで、増淵もじっと壇の上に見入っている。

Kを殺したのは、今壇上にいる、東洋人のように平板な顔つきのあのフランス人、あいつ自身なのではないか。その時、享次は突然そう思った。

誰が、そのKを線路に突きとばしたのかは、むろん問題ではない。問題は、Fフランス支部が、一つの殺人に対して一つの殺人で報復することを決定し、それに成功したという、その戦術なのにちがいない。しかし、それとは別に、享次はその時、壇上のフランス人自身がKを殺したのだと確信した。それは、自分がその場で、Kの肩を荒々しく突き飛ばすフランス人の腕、人ごみの中から素速く突き出されるその片腕を見ていた、と享次に錯覚させるほど、生々しい確信であった。

Kの、内臓と骨と、手術室の膿盆《のうぼん》にでもあければ、どんよりと鈍く赤く広がりそうに血のつめられた、ぶよぶよと頼りなく柔らかい肉体が、その何千倍もの重量と硬度を持った金属の地下鉄の車体に衝突し、その瞬間に、かきまぜられ飛び散らされた魚体の屑肉のように、悪臭を放つ肉片に変化する。

天井を見上げ、享次は滲み出した楕円形のいびつな輪郭の中に、金属の車体と屑肉の山の光景を思い描こうと、眼を凝らし、きつく眉を寄せた。

フランス人が折り畳み椅子に戻り、代りに長髪のベルギー人が英語で喋り始めている。享次は壇上に視線を移した。

ベルギー人の隣りには、先ほどと同じ小柄な女性通訳が立っている。彼女は、英語の通訳もできるのだな、と享次はぼんやりと思い、薄いピンク色の肌をした鷲鼻のベルギー人の顔と、彼の肩のあたりにある女性通訳の顔とを、見るともなく見比べたのだった。

集会の帰り、その地方都市から夜行列車に乗り、享次は増淵と同じボックスで長い時間、単調に揺られつづけた。いつものように、享次は、まるでそれがトレード・マークになったような増淵の学生服をからかったりしたが、増淵は口数が少なかった。暗いガラス窓に映る増淵の横顔に何気なく眼が行き、それがある瞬間に、老人のような表情を作るのを見て、思わず享次は、向い側の増淵をまじまじと見つめた。

「暴力革命……」と、その時、増淵はぽつりと言ったのだった。

「えッ」と、享次は訊き返した。

「暴力革命と、革命の暴力とは違うのだろうか」増淵は、自問するような口調で言った。そして、独特の照れたような表情で享次を見たが、その眼付は平生とはどこか違う光を持っているように享次には感じられた。

増淵が何を言い出そうとしているのか分からず、享次はただその眼を見返した。

「暴力革命の暴力を、ただ議会制の否定として言うのは、ナンセンスだと思うのだ」増淵はガラス窓に手の平を当て、拭うような仕草をした。

「暴力で革命をやる、ということは、つまり、具体的な人間に対して、具体的な暴力をふるうということだ。そして、暴力の、いつもその最高の形態は、殺人ということだよ」

享次はうなずいたが「最高の形態はね」と留保をつけるように、口をはさんだ。

それまでの口数の少なさを取り戻すように、増淵は、享次の言葉にはかまわず、喋りつづけた。

「しかし、藤島、僕にはどうも、問題が二つばかり残るような気がするのだ。

一つはね、単純で、余り単純でバカバカしいような話だけれど、殺人で革命を達成した時、その革命は、一体何のためにやったということになるのだろうか。

つまりね、もしもたった一人の人間だけがその革命の最終で純粋な理念を所有していて、そして暴力革命によってのみ、その理念が達成されると、もしもそういう仮定を考えると、結局、最後にはその人間以外の人間は、皆殺しになっていなければならなくなる。

そうするとね、藤島、その革命は、確かに革命には違いないけれど、社会革命とは言えないだろう。つまり、社会というのは、一人では構成されないのだから、革命の終った後にできているのは、何だか得体の知れない、想像もつかない化物じみた理念の結晶体みたいなものではないだろうか。

そうするとね、僕は思うんだが、暴力革命というのは、原理的にも、現実的にも、社会革命というものとは相容れないものということになる。もしも、暴力革命の暴力が、具体的な暴力を意味するものならばね」

増淵は、少しの間、口をつぐんだ。しかし、それは次に言い出そうとすることにはずみをつけるような気配の沈黙だった。享次は黙って聞いていた。

「もう一つはね、あの世の問題だ」

「あの世……」

妙なことを言い出す。冗談のつもりかと、享次は増淵の言葉をくり返した。

「あの世のことだよ」増淵も、もう一度そう言った。

「暴力の最高の形態は、殺人にちがいない。そして、だから殺人は暴力革命の、純粋で美しい理念なのかもしれない。暴力革命は、結局、殺人の革命ということになる。

しかし、そうだとすると、あの世のことを考えないわけにいかないじゃないか。そうだろう。暴力は、何も他人だけを殺すものではない。その暴力によって、この僕だって殺されるかもしれないのだから。

僕自身が殺されるとなれば、あの世のことも少しは考えておかなければならないじゃないか」

増淵は、どこか子供っぽい表情で笑った。

「革命なんて、死んだ人間にとっては、何の価値もないんだ。生きている人間にとってだけだよ、革命の意味があるのは。だけど、皮肉なことに、生きている人間が、その生きている人間にとってだけ必要な革命のために、死んだりする。

革命のために闘い、ある場合には勇敢に人は死ぬ。しかし、そうやって死んだ瞬間に、当のその革命は、そいつにとって何の意味もない反故以下、それどころか、無かったと同じものに変化する。

あの世だよ、藤島。大事なのは、あの世なんだよ。

革命がね、この世にとってだけ意味があるものならば、それは逆に、革命自体、意味のないものになってしまう。誰だって死ぬんだからね。自分の寿命の後に来る社会のために死ぬなんて、およそ滑稽そのものだよ。交通事故で死んでも、革命闘争で死んでも、死は死だよ、この世から見る限りは。

違うのは、せいぜい葬式に来る人種ぐらいのものさ。

藤島、きみはアメリカ合衆国で、毎晩宇宙に向かって発信されている信号のことを知っているか。

僕も科学雑誌をのぞいて知っただけだから、むろん正確な知識ではないけれど、それによると、どこかの星にいるはずの知的な、つまり、その信号を解読できるかもしれない知的生物に向けて、毎夜科学者たちが、特殊な電波を発信しつづけている、ということだ。その電波を万一、受取る生物がどこかの星に存在しているとすれば、その返信が返って来るかもしれない。彼らは何億分の一、何兆分の一の可能性を探っているというわけだ。

しかしね、奇妙なことにはね、藤島、その科学者たちは、自分たち自身がその返信を受取る可能性はゼロなのだよ。なぜなら、始めからその電波が、生物の存在する可能性があると思われている最も近い星に到達するだけでも、何百年もかかるからだ。

そうすると、その科学者たちは、一体何のために電波を発信しつづけているのか。

僕は思うのだけれどもね、この世というのは、どうやら純粋にこの世の成分だけで構成されているのではない。この世の中には、あの世の成分が混入し、かきまぜられた絵具みたいに遍在しているのではないだろうか。

藤島、僕たちは今こうやって息をついている間も、この世の空気ばかりではない、あの世の空気も、同時に吸いつづけているのではないだろうか」

増淵は言葉を切り、学生服のカラーから太い猪首を、蛙が雨の方向に向かって首をのばすように、不恰好な仕草で思い切りのばし、享次を見すえて沈黙したのだった。享次の脳に焼きつけようとするような、一種の異様な光を持った眼つきであった。そして、その時享次はその眼つきの中に、言葉にすれば、ある種の軽蔑、その網膜に映る何もかもを理由なく見下げ、蔑《さげす》む、そういういびつな空気を感じたのだった。

享次は一瞬、増淵は人を殺したのだ、と感じた。殺したのではないのかもしれない。しかし、そのごく傍らに増淵はいた。そうでないとすれば、Fの組織のどこかで、誰かと、人を殺す計画に携り、それを実行しようと考えている。

妙な具合だな、と享次は衛生室のベッドにあお向けに横たわったまま、両手を頭の下で組んで、そう思った。まるで、自分がつい先ほど水上の口から聞いた増淵の死を、ずっと以前から知っていたような気がするのだった。それどころか、享次はS大学の学生寮の、あのリンチを受けた四人のFの中に、確かに増淵がいたような気さえした。記憶の遠近法が何かの力によってねじ曲げられ混乱させられてしまったような、不安定な気持であった。

享次の胸の奥で、動悸がドクリと体を揺すり、音を立てた。両脇の筋肉が条件反射のように締まり、肋骨を締めつけた。享次は両肩に力をこめ、きつくすぼめて、ベッドの上で上半身を起こし、ジャンパーのポケットを探った。

錠剤を取り出し、銀紙を破って、享次は水を探して部屋の中を見回した。衛生室の中に、流しはついていないようだった。享次は錠剤を口に含み、唾液で強く喉に押し流した。この心臓薬を、一年ほど前から、享次はいつもポケットに入れていた。

享次はベッドの上で、動悸の後に必ずつづいてやって来、通り過ぎて行くはずの痛みを待った。

衛生室に二基置かれている鉄製のベッドは、真白なカーテンで間仕切がされている。そのカーテンの合わせ目の、微かに開いている隙間を、享次は下方から上に、丹念に眼で追った。隙間は天井に近づくにつれて細く閉じ、長い円錐の断面の形を作っている。円錐の、鋭く天井を射す切先を、享次はじっと見つめ、眼を閉じた。眼の裏の残像の中で、円錐はしだいに裾を閉じ、細く、長く、一本の直線に無限に近づきつづけ、眼の前に突き出された針のように、その切先が光った。

痛みは次第に薄くなり、去って行った。享次は、またあお向けにベッドに体を倒した。

増淵の死。それは一体何なのだろう。それが増淵という、あの猪首で学生服を着けていた男の死ではなく、ただ死そのもの、死という物、死という事柄のような気がしてならなかった。

増淵は高校を出、大学には行かずに、Fの労働者組織に入った。それは、増淵がただFの同盟員であるばかりでなく、専従の活動家になったことを意味していた。その後、享次は一度だけ増淵に会った。

「きみもショッカクになったのか」享次はその時、からかうように増淵に言ったのだった。

「ショッカク……」増淵は怪訝そうな顔をした。

「職業革命家ということさ」

「うん、まあそういうことになるかな」

増淵は、例の照れたような笑い顔をした。その時は、もう学生服ではなかった。

それ以来、増淵に会うことはなかった。

死という事柄が予め存在している。そして、それに当てはめるようにして、自分は増淵の死を考えているのではないだろうか。享次はあお向けのまま、小さく頭を振った。眼を閉じると、一本の直線の切先が、また眼の裏に現れた。

あの公会堂の中で、増淵は、享次の左隣りに座っていた。そして、ベルギー人が喋っている時に、享次は右の肩がふと強く押されたような気がして、そちらを見た。

右隣りは女性であった。彼女は、享次の視線には気づかぬ風に、一心に壇上を見つめていた。享次は、まっすぐの髪を短く刈りそろえたその女性の横顔にしばらく眼をとめた。そして、その時、享次は自分の中にざらざらとした性欲が立ち起こるのを感じた。

たった今、ここで、この長椅子と長椅子の間のせまい通路に、この女をひきずり倒し、鎧《よろい》でも着けているように、首まで一つも残さずにきっちりとはめている彼女の上着のボタンを音を立ててひきちぎり、セーターの上から胸のふくらみを力まかせにつかんで揉みしだく。そして、ジーパンのホックを外し、思い切り引き下げる。

この女は、一体どういう声で悲鳴を上げ、叫ぶだろうか。長椅子に隙間なく腰をかけている人間たちの何本もの脚。その脚の下で、自分とこの女の体がもつれ合い、バッタのように転げ回る。脚と長椅子とに体じゅうをぶつけ合う。

股間が固くふくれ上がり、ズボンの布地が陰茎をきつく締めつけた。享次は眼立たぬように左右に小さく腰をずらせた。

その時の多愛のない、にきび面の少年の精液くさい妄想が、衛生室のベッドに横たわっている享次の中を、ゆっくりと通り過ぎて行った。

扉がノックされ、中学生のようにあどけない顔の学生が入って来た。白いヘルメットにRと赤く書かれ、覆面用のタオルを首に下げている。ヘルメットの紐を顎できちんと蝶結びにとめているのが、彼のあどけない顔を一層少年ぽいものにしていた。

「藤島さん、おなかがすきませんか」と、彼はベッドの足もとで言った。

「坂道の下に安い食堂がありますけど、食べに行きませんか」

享次は壁の時計を見上げた。もう八時を回っている。享次はうなずいて、ベッドを下りた。

「上原と言います」靴をはきかけた享次に、学生は言った。そして、人なつこい口調で「迎賓館のベッドはどうですか。寝心地良いでしょう」と話しかけて来た。

「ゲイヒンカン……」と訊き返した享次に、上原はいたずらっぽく笑った。

この衛生室は、迎賓館と言いならわされているようであった。

「藤島さんは、ここでは顔を知られていないから、出るのは出られても二度と入って来られなくなりますからね」

「出入りは、正門から」と享次は訊いた。

「ええ。他の口は昼間も封鎖してあるけど、正門だけは夕方からなんです。近いうちに正門も常時封鎖、常時検問体制になるはずですけれど」

上原は、相変わらず人なつこい口調で言った。

砂利道を並んで享次と歩きながら、上原は声を低くするようにして「この間、Fをやったのは藤島さんなんでしょう」と言った。

「Fをやった……」享次は、驚いて上原の顔を見返した。

「機関紙に出ていたけれど、労働者組織に潜入したFの反革命分子を襲撃して殲滅したRの革命的友人。あれは藤島さんのことじゃないんですか」

上原は、手柄話を聞きたくてうずうずしているような眼で、享次の顔をのぞきこんだ。

増淵のことを言っているのだろうか。それとも、それとは別のことなのだろうか。

S大学の件が、Rの中で噂話のパン種になっている、と享次は思った。そして、この大学に来て水上と会ったことが、そのパン種のふくらし粉になったらしい。

「おれではないよ」と、享次はぶっきらぼうに言った。

「そうですか」と、上原は、享次の言葉を信用していない口調で言い、口をつぐんだ。もし享次のやったことであっても、享次は当然それを否定するだろう。上原の口のつぐみ方に、その気配がありありと見えた。

机や丸太、角材で鎖《とざ》された正門の手前で、背後に突然鈍い物音と叫び声を聞いて、享次は足をとめた。ふり返ると、重たく鈍い物音がもう一度、本部校舎の脇から二度三度とつづけて起こった。享次は上原と、小走りに物音の方角に走った。

砂利道の街灯が、校舎の壁に薄暗く三つの人影を浮かばせていた。二つは、赤くRと書かれたヘルメットをかぶり、一つは何もかぶっていない長身の水上であった。

三人の輪の中に倒れこんでいるもう一つの影があった。水上が髪をつかみ、コンクリートの壁づたいに引き起こした時に、それが女子学生と分かった。彼女は意識を失っているように声を上げず、腕をだらりと無抵抗に垂らしていた。

首をガクリと前に折った小柄な女子学生の胸ぐらを取って引きよせ、水上は壁に突きとばした。ドスッというこもった音を立てて、彼女はまた腰から崩れた。相手が女子学生であることが、水上の容赦のなさを際立たせた。物を投げつけるようなやり方だった。

ヘルメットの一人が、腕を取りまた引き起こしたが、しかし、それは、水上と女子学生との間に割って入ろう、そうやってリンチを終らせようとするような、気弱な仕草のようでもあった。その中途半端さに、享次は、不意にわけもなくいら立った。

なにをやっているんだ、あいつは。そう胸の中で吐き出し、享次は音を立てて砂利道に唾を吐いた。

享次は、ちらと隣りの上原の顔を見た。顎を突き出し、いつの間にか結び目の解けたヘルメットの紐を二本、ダラリと垂らして、上原は立ちすくんでいた。

ヘルメットの男が弱々しく地面に落とした女子学生の腰を、水上がまた激しく蹴りつけた。

「水上さん、もうよそうよ」という、もう一人のヘルメットのらしいかすれ声が聞こえた。享次は、組んでいた腕をほどき、隣りの上原に「行くぞ」と乱暴に言った。

坂道を、上原は享次と並び、うつむき加減について来た。せまい坂道のカーヴの具合が、昼間上って来た時とどこか違っている、と享次は思い、いらだちが残っているように、大股に歩いた。

暗がりの中に、水上の鷲鼻と無表情な顔つきがはっきりと見えたように、享次は思った。

水上のやり方に毒気を抜かれてしまった、そのしるしのように、上原の顎の下で二本の紐が、歩くたびに頼りなく揺れている。享次は、ふいに上原のあどけない顔をヘルメットごと思いきり抱きしめ、そして次の瞬間に、この桜並木の崖下に突き落としてしまいたいという衝動に駆られた。

壺の中のように深々とした崖の斜面の暗がりに、数戸の家が、身をそこに沈めているような気配で、点々と窓の形に電灯の光を洩らしている。享次は、歩きながら、それらの家の屋根を順ぐりに眼で追った。屋根が、闇の中にもう一つの闇を作っていた。その屋根の下に、いく組かの家族が生息していることが、何か不思議なことに思われた。

増淵が死んだこと、そしてこの崖の斜面に張りつけられたように建っている家の中に人間が生きているということ、その二つのことが、うまく説明のつかない、奇妙に倒錯した現象を見るように、享次を落着かない気持にさせた。

たった今、増淵がこの崖の家のように小さな家の中で、テレビを見、風呂に入り、食卓に向かっている。もしもFに加盟しなければ、増淵はそうしていたかもしれない。それはそれで何の不思議もない一つの光景ではないか、通りすがりの誰もが、窓からちらと増淵の姿を見かけ、そして見過ごして行くだろう。

Fに加盟しなければ、増淵はそうやって生きていたのかもしれないのだ。

享次は大股に坂道を下った。

坂の下の、一杯飲屋風の小さな食堂で、黙りがちに飯を噛んでいる上原に、享次は、さっき水上にやられていた女子学生はFなのか、と訊いた。

上原は、あれはRの分派の一人で、佐藤という名前だと言った。

「この大学のRは、分派ならば誰でもああやって殴るのか」と享次は訊いた。

「水上さんがオルグに来て以来は、そうなりました」と上原は、固い表情で言った。上原の隣りの席に、置物のようにきちんとヘルメットが置かれ、その上に首にかけてあったタオルが畳んで載せられていた。その行儀の良いやり方が、ふと享次の神経にさわった。

「分派というのは、分派であること自体が問題なのだ、と水上さんは言っています」上原はそう言って、意見を訊きたい、というように享次の顔を見た。

「分派であること自体……。どういう意味なのだろう」享次は訊き返した。

「作るべきではない分派を作ったのだから、Rと分派の対立は、理論的な対立ではなく、組織の対立だ、ということです。つまり、論争ではなく、力で解体しなければならない、と水上さんは言っています」上原は、相変わらず固い表情でそう言って、また箸を動かし始めた。

理論的な対立と組織的な対立とは、確かに違うものなのだろう。しかし、本当はどこが、どういう風に、違うのだろうか。

ただ一つ確実なのは、言葉で人が対立すれば、必ずこちら側とあちら側とに線が引かれる。そうやって、あそこにもここにも無数に線が引かれる、線がある、そのことだけは確かだ。冷え始めた飯を口に運びながら、享次はそう思った。そして、その線のどこに自分がいるのかは、増淵の言ったように、偶然なのかもしれない。

「なぜ、きみは水上さんと一緒に、佐藤をリンチしなかったんだ」と享次は言った。坂の上のいらだちが残っているように、故意にリンチという言葉を使った。

上原は、上眼遣いで享次を見、少しの間黙りこんでから「水上さんは、一ヶ月ほど前に、この大学にオルグに来たんですけれど、それまでは、ああいう風にやったことはなかったんです」と言った。

「ああいう風って……」と享次は訊いた。

「一人対一人でやるとか、一人を大勢でやるとか、そういう風なことはなかったんです。殴り合いになることは、もちろん何回もありましたけど、大てい数人同士とかで、どっちかが追い散らしてしまえばそれで終りで、水上さんのやるように徹底的にやってしまうということはなかったんです」

そして、言ってはいけないことかもしれないが、という表情で「僕は水上さんについていけないと思うことがあります。水上さんがああいう風にするのを見ていると、何だか水上さんは楽しくてやっているんじゃないか、と思えて、恐い時があります。猫が、前足で昆虫か何かを捕まえては放し、また捕まえては翅《はね》をもいで放しているような、そんなやり方みたいに見えるんです」

享次は、次第に雄弁に喋り始めた上原の少年ぽい口の動かし様を黙って見ていた。

この、中学生のようにあどけない表情の上原が、あの崖にへばりついた家の一軒の、小さな食卓で、母親の作った夕食を、テレビを見ながら食べている。見知らぬ誰かが、突然その部屋に入って来る。上原の背後から、そいつが鉄パイプを振り上げ、後頭部に思いきり叩きつける。脳漿が食卓に飛び散る……。

享次は、そういう光景を、ぼんやりと頭の中に想像していた。

何かの加減があれば、上原は、Fにいたかもしれない。Rの分派にいたかもしれない。母親の飯を食っている学生であったかもしれない。そして、それらすべてが偶然なのならば、それは全部同じことになるのではないか。

殺す、ということは、組織とは関係のないことだ。享次は胸の中でそう思った。組織の論理とは関係なく、人は人を殺したり、殺さなかったりするのではないか。

冷えてしまった飯を残し、享次は上原と店を出た。

正門のバリケードをくぐり、そこで上原と別れて、享次は衛生室にもどった。

することのないままに、またベッドに横になり、享次はぼんやりと白い壁に視線を泳がせた。

足もとの壁に、丸い変哲のない時計がかかっている。その時計の、刻みの黒い点を、秒針が正確に一つずつ追いながら、ピクッピクッと動いて行く。秒針の先端が、どこまで回っても正確に一つずつ、黒い点に重なり動いて行くのを、享次はしばらくの間、眼で追いつづけた。黒い点の上を、少しの狂いもなく蠕動《ぜんどう》する秒針が、何か不思議な能力を持った生物のように思えた。

二ヶ月前のS大学。あの日の後、享次はすぐにアパートを変えた。もとのアパートにいることは危険だった。そのアパートに、昨日の朝、水上に会ってみないかと言って、突然Rの学生が訪ねて来たのだった。

Rは、そしてもちろんFも、享次のアパートを知らないはずであった。

Rは、どうやって享次の居所を知ったのであろうか。そして、FではなくRが先に享次の居所を知ったことが、今のところは、幸運だったということかもしれない。

S大学からFがなくなれば、それだけで良かったのだ、と享次は眼をつぶったまま、その時のことを思い浮かべた。

自分の所属しているFがなくなる。そしてRがS大学から引き上げる。その後の、きれいさっぱりとFの影もRも何もない、樹木も石も泉水も取りはらわれた人造庭園、その呆気なくガランとした空地を、自分は見てみたかっただけのようだ。

増淵に言われ、Fに加わったその時から、ずっとその空地のことを考えていたような気もするのだった。

しかし、それは幼い子供の空想に等しいことだった。

Fを襲った後に起きたのは、空地が、S大学に組織動員をかけたFによって、一晩で埋めつくされ、Rはただ、四人のFに重傷を負わせたことだけに満足して、二度とS大学には姿を現さなかった。

四人のFの、まだ病院にいる一人は片方の眼球を失い、一人は、大腿骨を複雑骨折し、二度とその脚を使うことはできないだろうと、昼間、何本目かの煙草から煙を吐き出しながら、水上はそう言っていた。多分、それは事実なのに違いない。

残ったことは、そういう事だけだった。

享次は眼を開き、壁の時計の秒針を見た。秒針は相変わらず正確に、黒い刻みに重なり、また次の刻みに重なった。

宮内義晶。享次の頭に、記憶の隅に隠れていた水泡がふいに小さく動くように、その名前が浮かんだ。宮内は、まだ精神病院に入っているのだろうか。

享次が初めて宮内義晶に会ったのは、去年の冬の初めであった。その日初めて、享次はRの何人かの活動家と秘かに会い、いくつかのことを打合わせて、S大学に戻って来たのでもあった。

正門を入った正面にある本部校舎の建物の前を、宮内は自転車に乗り、ゆっくりと右左に、或る種の頼りなげな機械の運動のように、行き来していた。弱々しい日の光が、その自転車に乗っている宮内の影を、一層頼りなく地面にはわせていた。

あの男は、一体何をしているつもりなのだろうか、と享次は思い、正門を入ったその場に立ちどまって、見慣れない物体の動きを観察する時のように、その自転車の男を眺めていた。

しばらくの間、自転車は本部校舎の前を、ただゆっくりと左右に、振り子のように動いていた。そして、享次と眼が合うと、その軌道をはずれ、薄い日の中をふらふらと享次に近づいて来た。

眼の前で自転車が、羽虫のホバリングのように力なくとまり、その乗り手が享次の顔を下からのぞきこむようにして「きみは、何をしている人ですか」と言った。

何をしている人――。享次は思わず男の顔を、まじまじと見返した。S大学の学生ではあるようだったが、むろん知合いではなかった。

こいつは一体、何を言い出すつもりなのだろうか。

自分の知らないFの一員か。Rと会ったことが、もう知られてしまったのだろうか。

享次は、胸の中で身構えた。

しかし、男は両手でハンドルを握り、黙っている享次の顔を、おとなしく答えを待っているという表情で、自分も黙ってじっと見つめていた。享次は慎重な占師のような眼つきで、片足を地面につき、サドルにまたがった男の姿を、丹念に観察した。

男は、育ちそこねた草の肌のように薄青い、見るからに不健康そうな顔に、大きすぎる眼鏡をかけていた。レンズの向う側に、大きく見開かれた眼があった。

享次は、その時、男の肉体に、何か輪郭の不明瞭な気体のような塊を感じた。

沈黙に耐え切れなくなり、享次は逃げを打つように「きみは、何をしている人なんだ」と言った。

男は、人なつこい老人のような表情で、ただ笑った。

きみは、なぜ自転車に乗っているんだ、と訊こうとして、しかし、それは途方もなく馬鹿馬鹿しい言い方のように思えて、享次は言葉を呑みこんだ。

男は、ゆっくりとした仕草で自転車を降り、一、二歩享次の方に歩いて空を仰いだ。ひどく芝居がかったやり方のように見えたが、しかしどこにもてらいが感じられず、それが一層気味悪くもあった。

享次は、思わず体を引いた。

「僕は宮内義晶と言います」と男は言い、享次に握手を求めて来た。享次は思わず釣りこまれるように、宮内と名乗った男の薄く大きな手の平を握り返した。

「きみは藤島くんでしょう」と、宮内は享次の手を握ったまま言った。

「僕はきみを知っていますよ。なにしろ、きみはこの大学のそこらじゅうで演説をしている人ですからね」

宮内は、手を離した。

そして、握手をした、もののついでというように「きみは僕を信じますか」と、切口上に言った。一瞬、その口調の中に、小動物の柔かい体毛のような生臭い温度を享次は嗅いだ。

「僕が何を言っても、きみは全て信ずることができますか」同じ口調で、宮内は言った。

冗談を言っているつもりであろうか。しかし、宮内の両眼は、レンズの向こうにもう一つのレンズがあるように大きく開かれ、熱っぽく濡れて、乱反射のような光を表面に澱ませているのであった。

「信ずるだって」と、享次は言った。

「きみの、一体何を信ずるんだ」

そして、突然いらいらとした気持に襲われ「おまえの、一体何を信じろと言うんだ」と怒鳴った。

宮内はたじろぎ、上半身をのけぞらせた。瞳が小さくなり、幼い子供の泣きべそに似た表情をして、それでもその顔は享次をなだめるように、無理に笑顔を作っていた。

享次の眼の前に、自転車のハンドルを両手に抱きかかえでもするように握り、妙に人工的な笑顔をした宮内が立っている。その宮内の背景に、本部校舎のコンクリートの建物が、小さな薄暗い窓を、整列させた無数の穴のように開けてそびえている。その近景と遠景の差が、その時、不意になくなり、享次は、一枚の巨大な板に嵌《は》めこまれた二つの模様を見ているような錯覚にとらわれた。「すまなかった」と、享次は気を取り直すように言った。

「何がですか」宮内は、相変わらずハンドルをかかえた姿勢で言った。しかし、その表情には、たじろいだ気配は、もう忘れたようにどこにもなかった。

こんな所で、一体何だってこんなやつの相手をしているのだろう。享次は、またいらいらとそう思ったが、このまま立ち去ってしまうわけにもいかないような気もした。

「自治会室に来ないか」と享次は言った。「そこで話をしよう。きみの、その信ずるというのはどういう意味なのか、そこで聞こうじゃないか」

「自治会室……」宮内は、一瞬狐につままれでもしたような表情で、沈黙した。そして、突然、自転車を地面に放り出し、体をくの字に折って大声で笑い出した。

享次は、むっとしてその宮内の仕草を見つめた。しかし、宮内の横顔には、幼児のように、笑い以外何も余分なものが感じられなかった。

立ち去ることもできずに、享次はただぼんやりとその場に立っていた。

ふいに笑いをおさめ、宮内は少しの間、考え深い表情でじっと享次を見つめた。そして体を不器用に折って横倒しの自転車を起こしはじめた。しかし、宮内の腕は、ぎごちなく自転車のハンドルやペダルをひきずるだけで、車体は、まるで追いかける腕を逃れるように、左右に地面をはい回り、耳ざわりな金属音を上げた。

見かねて享次はハンドルに手をかけて車体を引き起こした。その時、車体の向こう側に手を添えている宮内の顔が、享次の顔のすぐ眼の前にあった。息のかかるほどの距離で、宮内は秘密の事柄をたずねるように、小さな声で享次に言った。

「きみは演説家なのですか。それとも革命家なのですか」

享次は、気を呑まれて宮内の顔を見返した。宮内の不意打の言葉に、いちいち引き回されているような感触が不愉快でもあった。しかし、答えなければならないような気もした。

「どういう意味で言っているのだ」

答えあぐね、享次は、自転車をはさんで立っている宮内に、むっつりと言った。

「意味……」と、宮内は享次の言葉をくり返した。そして、自転車の車体を引きつけ、立ち去ろうとしながら「意味を知りたいとは思わないのだけれど」と、ひとり言のように言った。

その日、享次と交した会話がきっかけになったように、宮内はその後何回か、街頭デモや集会に顔を見せた。そしてある日、デモの隊列にはりついて規制していた警官の一人を正面から殴りつけて逮捕され、数日間留置場にとめられて出て来たが、それきりまたデモには来なくなり、享次と会うこともなくなっていた。

噂話で、宮内が精神病院に入院したこと、それも自分から望んでそこに入って行ったことを聞いた時、享次は宮内に不意打のように言われた言葉を思い出した。

享次が宮内と会話らしい会話を交したのは、その時一度だけだった。しかし、噂話を聞いた時に、なぜか享次は、宮内に会ってみる必要があるような気がしたのだった。

白い壁に囲まれた衛生室の中には、何の物音も聞こえて来なかった。自分がなぜここにいるのだろうかと、ベッドにあお向けになったまま、享次はしきりにそういぶかった。

桜の花片が、左右に不規則に揺れながら落ちて行く。風がない。白い花片が空中に作る不定形の折れ線を、眉を寄せ、享次はじっと見つめた。花片の行跡が眼の裏に残像となって残り、次に落ちて来る花片の行跡が、そのわきに、もう一本の折れ線を作って並んだ。

享次は、坂道の中腹で足をとめた。眼の裏に数本の花片の行跡が、白い折れ線の残像を作って立っている。

享次は眼をつむり、力をこめて眉をきつく寄せた。数本の折れ線は色を増し、瞼《まぶた》の裏の暗闇の中に、その白色が傷痕のように並んで浮かび上がった。

眼を開き、享次は再び坂道を下り始めた。二人、三人と固まって上って来る学生の幾組かとすれちがい、昨日の昼、同じ坂道を上って来た時ともう変わらない時刻になっていることに、享次は気づいた。そして、衛生室で眠っていた時間を、ぼんやりとわけのない後悔のように思い返した。

散った桜の花片が、紙を千切り、塵としてそこに丹念に積み上げたように、坂道の端に吹き寄せられ、一続きの山を作っている。その白い堆積に眼の裏の残像が重なり、不安定な縞目模様を作って、油の面のように揺れた。享次は、鼻孔にふと、船酔に似た吐気の臭いを感じた。

坂道を下り、小さな私鉄駅の自動出札機に、享次はコインを入れた。その駅から、宮内の入院している病院の駅に通じているはずであった。

ひとけのないホームで電車を待ちながら、享次は、アパートは、既に危険な場所になった、と考えていた。Rが享次のアパートを見つけ出したのならば、Fが既に知っていても不思議はない。例えまだ知られていなくても、いずれは知られてしまうことになる。

そのアパートは、四車線の国道から土の道を二十メートルほど入った空地に、思いつきで作った映画のセットのように、一つだけ建っていた。所在を知られないためには格好の場所にあると、初めて見た時に享次は思った。

一階に二室、二階にも同じ二室だけの無愛想な、平べったい直方体の建物の中に、二つの家族と、五十歳程の独り住いの女と、それに享次が住んでいた。六畳に流しだけの、長方形の部屋の内部にも、上り下りに必ず悲鳴のようにきしみ、音を立てる階段にも、いつも便所の臭いが眼に見えない膜のように薄く漂っていた。

享次の借りた二階の真下に、中年の夫婦と、まだ小さな女の子の家族が住んでいた。その部屋からは毎夜、夕食の後、鉦《かね》を鳴らし、新興宗教のものらしい経を誦《よ》む夫婦の声が、動物の呻《うな》り声のように低く、長い時間聞こえて来た。

その部屋を借りて、まだ二ヶ月しかたっていない。しかし、ほとんど外出もせずに、隠れ、籠りつづけた享次には、その部屋の中に流れていた時間が、自分の体に重くまとわりついているような気がするのであった。

アパートに戻らなければ、再びあの衛生室に戻ることになる。そしてRに加盟する……。

電車がホームに入って来る。享次は思わず後ずさりし、本能のように左右を見回した。車体が、金属のきしみあう陰気な音を上げながら、享次の眼の前でゆっくりと止まった。

走り出した電車の中で、享次は吊革に両手をかけ、見るともなく、流れて行く窓の風景を眼で追った。

家が立ち並んでいる。新興の住宅地らしい家と林と畑の混じり合った光景であった。

遠景に、樹木のまだ浅い緑色に覆われた小高い丘が見える。その手前の畑も、柔らかな薄緑色に覆われている。そして、線路に最も近い所には、小さく区画された団地、そこに瓦屋根やスレート葺《ぶき》の、色とりどりの小さな家が線路に沿うように立ち並んでいる。

一軒の家の庭に銀色の物干竿がかけられ、その下に犬小屋が置かれている。その隣りの家にも、同じ銀色の物干竿がかかっていて、そこに数枚のシャツやズボン、スカートが垂れ下がっている。この家には犬小屋はない。代りに、水溜りのように小さな池が掘られている。それを取り囲むように盆栽の鉢が置かれている。

家の光景が一軒一軒、不思議なほど細々《こまごま》と享次の眼に飛びこんで来た。

あの屋根の中に人が暮らしている、と享次は思った。自分が、今この電車の中にいて、その屋根の下にいないことが、不思議なことに思えた。

あの屋根の下にいても良かったはずだ。何かの、別の偶然が働いていれば、自分が今、あの静まり返った団地の一軒の中にいて、この電車の中にいないということだってあったはずだ。窓の外の一軒一軒を見ながら、享次は、そう思った。そして、そうだったとしたら、たった今、その家の中で寝そべり、肘枕をしてテレビを見ていたかもしれないのだ。

Fを襲い、その見返りのように、自分は今この電車の中にいる。もしも自分が最初からあの団地の一軒の中にいて、S大学にも、そしてFにもいなければ、今、自分に起きていることは何も起こらなかった。とすれば、自分がここにいること、そのこと自体が、意味も何もない偶然に過ぎないのではないだろうか。

電車が駅から離れるにつれて家はまばらになり、畑ばかりになって行く。

夢の中で見た玩具の町のように、享次の頭に、団地の一軒一軒の光景が漂っていた。

そういえば、と享次は妙なことを思った。

昨日の昼間、あの芝生の上で何本目かの煙草を吸いながら、水上は享次に――増淵をやったのは、きみなんだろう――と、そう言わなかっただろうか。そして、否定する享次を、いぶかし気な眼でじっと見たのではなかったろうか。

吊革を握ったまま、享次は強く頭を振った。

Rのオルグである水上が、享次にそういう言葉を言うはずはない。しかし、享次の耳には、水上のその声音が確かに残っている。水上は確かに、まるで誰でも知っている常識を口にするようにそう言って、じっと享次を見た。

車窓に、ひとけのない畑が単調に流れて行く。その畑の向こうの丘、さらにその向こう側の小さな田舎町。その田舎町の暮れ切った路地の一隅で、享次が数人のRと共に、いく本もの鉄棒を一斉に振って増淵を襲う。打たれるそのたびに、増淵の体から濡れたような肉の音が上がる。その光景が、確かな記憶ででもあるように享次の頭に浮かび上がる。

享次は思わず、乗客のまばらな車内を見まわした。

宮内義晶が入院している病院のある駅で、享次は電車を降りた。

駅前の小さな広場に、桜の大木が一本、立っている。老いた木のようであった。不恰好に幹だけを肥《ふと》らせ、その煤《すす》けた墨色の幹から、畸形のように細い枝が四方に乱雑にのびている。肉腫のような瘤《こぶ》が幹のあちこちに取りつき、盛り上がっている。

享次は、畸形の枝と瘤だけが肉体を作っているようなその桜を、しばらく眺めていた。

宮内が、デモにも集会にも顔を出さなくなり、そのしばらく後に、享次は大学の近くの駅で、宮内を見かけたことがあった。

ホームの屑入れの前で、宮内は背を丸め、一心にその鉄製の大きな屑入れの中をのぞきこんでいた。血色の悪い横顔が、どこか緊張しているようにも見えた。享次が近づいたのにも気づかずに、屑入れの中に手を入れて、宮内は何かを探しているような素振りであった。

そして、屑入れの奥に深く手をのばし、宮内はそこから一束の新聞を、音を立てて引き出し、その場で、眼の前に広げて読み始めたのであった。

ホームには、乗客が騒々しく行きかっていた。しかし、宮内の仕草は、そのどの一人とも離れ、誰の視線の中にもいない者のようだった。享次は、思わず宮内に声をかけるのをためらった。その時拾い出した新聞を読みながら、のろのろと歩き始めた宮内の背中に声をかけると、宮内は、その時も校門で出会った時と同じ、幼児のように余計なもののない表情で、ふり向いたのであった。

遠くの小高い丘の上に、小さくコンクリートの建物が見える。それが宮内の入院している病院であることを、駅員に確かめ、享次は歩き始めた。

駅前の通りからそれ、病院に通じていると教えられた細い道は、林道にただアスファルトをかぶせただけというような粗末な舗装がされ、植林された檜の林が、両側に暗く壁を作っていた。

林から見え隠れにのぞく丘の上の建物の、その頭上にさらに高く、高圧線の電線が、ゆるく、下方に湾曲した曲線を描いている。それが建物の真上を走っているのか、それとも実際にはもっと遠い空間に下向きの弧を作っているのか、享次のいる場所からは定かではなかった。享次は立ちどまり、薄く雲のかかった空と、空の中の電線と、その下に白くのぞいている建物を見つめた。遠近の均衡が、享次の中でゆっくりと崩れ、風景が、貼絵を見ているように平面となった。

享次は、また歩き出した。薄暗い林道は、迷路のように曲りくねっている。そして舗装は、まるで遊び半分に敷かれたように、道幅を越えるほどに広がり、またようやくたどれるほど細く狭まった。

一時間ほど歩き、享次が病院に入ると、入口のガラス張りの部屋の中から中年の男が小窓を開け、そこから頭だけを出して、咎《とが》めるような口調で「何か用事ですか」と言った。

享次は、宮内義晶の名前を告げ、友人である旨を言いかけたが、男は享次の言葉が終らないうちに「面会はできませんよ」と、押しかぶせるような強い口調で言って、じっと享次の顔を見た。

男の口調に気圧されたように、享次は瞬間ぼんやりとして、あたりを見回した。

男のいるガラス張りの部屋の横が、小さなホールのようになっている。壁に明かるく彩色がされ、応接セットのような椅子とテーブルが、いくつか並べられていたが、人影はなく、静まり返っていた。奥の壁に大きくガラス窓が張り出し、そこから流れこむ光線の中に、埃がキラキラと微粒子のように漂っている。この病院の中に宮内がいることが、現実のことではないようだった。

享次は、男に眼を戻した。男はまだ注意深く享次を見つめていたが、少し気の毒そうな口調で「面会は、特別な許可がないかぎり、患者さんのために禁止されているのです」と言った。

面会――。男の口からもう一度「面会」という言葉を聞いた時、胸の中でその言葉だけに何かが反応するように、自分は宮内に会いに来たのではない、反射的に享次は、そう思った。宮内と話すことは何もない。ただ、宮内の居場所が知りたかっただけなのだ。自分から望み、宮内が入って行った場所。その場所に宮内がいるという、そのことに惹かれるようにして、自分はここを訪ねて来たのにちがいない。

病院を出、しかしそのまま林道を引き返す気にもなれずに、享次は、病院を囲んでいる雑木林の中の、細い土の道に入って行った。

いくらも歩かないうちに、道は小高くなり、所々まばらになった右手の林の間に、病院の白い建物が透かし見えた。

重なり合った枝が大きく切れた道の中途で、享次は立ちどまった。雑木林をへだてて眼の少し下に、ゆるやかに起伏している丘があった。病院の背後に広がっているその丘の全体が、病院の敷地のようであった。

丘の大部分は、畑に開墾されていた。所々に、鶏小屋のような、くすんだ色の建物が散らばっている。

丘の中腹に、数人の小さな人影が動いていた。人影は、一人一人、まちまちの間隔の一列を作って、ゆっくりと歩いているようであった。斑《まだ》らに切り残された樹木の枝が絶えず揺れ、あちこちで小さく土埃が上がっている。そして、眼をこらすと、パノラマのように広がっている風景の中に、点々と人影が何かの作業をしているように、動いていた。雑木林をへだて、それらの全部が、ただ音のない映像のように享次の眼に映った。

丘の上に動いている人影の、その中のどれか一人が宮内なのであろうか。見るともなくその一人一人に、享次は眼を移した。

もしかしたら、あの人影の中に、宮内はいないのかもしれない。もう既に、彼は作業を終え、白いコンクリートの建物に戻り、手を洗い、着がえをして、ベッドで体を休めているのかもしれない。

宮内は、多分そうやって、この病院を自分の住家としているのだろう。

宮内がこの病院に入り、住んでいることは、ついさっき電車で通り過ぎて来た、あの団地の家に人が住んでいるということと、同じことなのだろうか。それとも、それらはやはり違う何かなのだろうか。

人が住む場所を変える。ただそういうことならば、増淵も宮内も、そしてこの自分も、全部同じことになる。

この世の中に、あの世が遍在していると、あの時、妙に熱心な口調で増淵は言った。それならば、殺すこと、殺されることに意味はなく、増淵も、ただ住む場所を変えた、ということになるのだろうか。

割る。人間を割る。一人一人バラバラに人間を割る。最後に残ったその商をまた割ると、一体どういうことになるのだろうか。自分は、一体どこに住んでいるということになるのだろうか。

終電に近い電車を、享次はその駅で降りた。高架のホームに、生温い風が、時々突風のように吹き抜けた。享次はさぐるようにホームを見渡し、急ぎ足に階段を下った。享次以外に乗降客はいなかった。

駅から享次のアパートまでは、歩いて十分ほどであった。改札を出、街灯のまばらな国道に沿って、享次は人影のない歩道をゆっくりと歩き出した。

あの、映画のセットのようなアパートを出たのは、昨日の朝であった。

アパートの戸口には、既に数人のFが自分を待っているかもしれない。しかし、実際には、そこには誰もいるはずがない、というような気もした。

危険だと思うことは、全て作り話なのではないだろうか。それは、自分とは関わりのないことのように、享次には思えるのだった。そうあって欲しいと思うのでもなく、ただ享次はそう思った。自分の記憶の一つ一つが、どこか自分のものではないようだった。

寝返った、と水上は言った。しかし、一体、自分は何から何に向かって、寝返ったのだろうか。

コンクリートの電柱に灯っている街灯の白い光の中を、享次は通り過ぎた。

もし、アパートの戸口にFがいて、襲われ、足の骨を砕かれ、眼を潰されたならば、自分の記憶の一つ一つに筋道をつけ、はっきりと手で触れることができるだろうか。

新興宗教の家族と、もう一つの家族と、そして初老の独身の女とは、一人の男が、あのアパートの狭い階段を頭から突き落とされ、地面に組みしかれてその場で、鉄パイプで全身をめった打ちにされる音を聞き、細く、恐る恐る開けたドアの隙間からその光景を見て、すくみ上がり、部屋の中で固く身を縮めるだろう。

亨次は、その時の自分の姿と、その場の光景を細々と頭の中に思い描きながら、歩きつづけた。

生温い風が吹いている。高架のホームを吹き抜けるように激しくはなく、ゆっくりと重く、ぬるい水をかきまぜるように、風は亨次にまとわりついては、車のまばらな国道の上に流れ過ぎた。

風の中に、かすかに何かの獣の臭いのような、埃と生ぐささの入りまじった臭いがした。その臭いは、亨次の正面から流れて来る風の中に、まぎれこんでいるようであった。

一本の太いコンクリートの電柱の手前で、亨次は足をとめた。

そこに、ボンネットの中ほどまでを電柱に食いこませ、まるでそうやって左右から電柱にしがみついてでもいるような格好で、赤い乗用車が、破壊されひしゃげた影となって、とまっていた。砕かれたガラスが、氷砂糖の小さな破片のように、キラキラと道にばらまかれている。

亨次は、二、三歩、その乗用車に近づいた。温かく、きな臭い空気に、埃と生臭さとがまじり合い、車から大量に流れ出して来る。ハンドルに腹からのしかかり、ダッシュボードを越えてフロント・ガラスをつき破っている男の頭が、人形の首のようにボンネットの根元で静止していた。

助手席の扉が半分だけ開き、その隙間から男がうつぶせに、脚だけを車内に残して柔かく体をねじり、歩道のコンクリートに上半身を落としていた。血が、塗料のように男の頭の脇に溜り、広がって行く。

もう一人、車のトランクのあたりに男がいるのに、その時、亨次は気づいた。少し傾いた電柱の白い光の中で、男は何も見ていないように、ただ黒い影のように表情なくそこに立っていた。

一人だけ残った同乗者なのであろうか。声をかけようとして、亨次はふと喉の奥で息をおさえた。心臓が大きく動悸を打ち、亨次は思わず体をよろめかせた。動悸は、二度、三度とつづけて胸を打った。

二人は、もう死んでいるのにちがいない。死体がここに二つあるのだ。なぜここに、この道の端に死体があるのだろう。

立ち去らなければ。そうしなければならないと、瞬間、享次は思い、思いながら、その場に立ちつくした。

両脇を腕できつくはさみこんで、享次はトランクの後ろにいる男を見た。男は眼を見開いていたが、その眼は何も見てはいないようであった。

この男は、なぜここにいるのだ。なぜ黙って立っているのだろう、と享次は思った。そして、二つの死体と、棒のように立っている男の傍で、自分は今、一体何をしているのだろうか、といぶかった。自分がなぜここにいるのか、はっきりとしないのだった。

胸の奥に、痛みがゆっくりと広がりはじめた。享次は、両腕に力をこめ、胸をかかえ直した。とにかく今、こうしているのには違いないのだから、という気がしきりにした。

みやまなるこゆり

丘の下の停留所で、上村隆之はバスを降りた。二人、隆之の前を、背中を見せてステップを降りて行く中年の女性につづきながら、言葉を使わないこと、言葉を使わないで生きるとは、どういうことなのだろうかと、先ほどから座席でとりとめなく考えていたことを、もう一度、頭の中でくり返した。

その日が、春郎の養護中学校の卒業式なのであった。

隆之が歩道に降り立つと、バスはすぐに行ってしまった。眼の前に、上下四車線の広い街道がある。乗用車とトラックとが、入り乱れるように隆之の視界に入り、また出て行く。

初めて降りる停留所であった。

隆之は、確かめるように、街道の向う側の丘を見上げた。この街道を切りひらいたためなのであろう、丘は刃物で切られたように赤土の生々しい腹を見せ、裾が土留めのコンクリートで帯のようにくるまれている。

丘の頂上は、一面に雑木の森でおおわれている。森は、腹をけずられたことには無関心な風に、暗く静まっていた。見上げている隆之の眼に、その森が背景の薄曇りの空と、青黒く、きついコントラストとして映った。

森の中に、春郎の学校があるはずであった。しかし、隆之の位置からは、建物の影を見つけることはできなかった。

肩をたたかれたような気がした。いや、背中に誰かの指が、軽く触れたようでもあった。

隆之は、ふり返った。

誰も背後にはいなかった。
三、四メートル先に、小さな女の子と男の子を両脇につれている若い母親の後姿があった。二人の子供は、母親のスカートの左右から、かくれん坊のように首を出し、またひっこめては、甲高い声でふざけ合っていた。そのふざけ合う声が、背中に触れて行ったように、隆之には思われた。
母親の歩みにつれて、二人の子供は左右を乱暴に跳びはねながら、それでも決して、母親を中心軸にした自分の持場所を離れずに、遠ざかって行くのであった。

隆之の頭の上に、半透明のプラスチック板が張り出している。停留所のその雨よけを見上げ、隆之は、しばらくそこにぼんやりと立っていた。薄い空の光が、プラスチックの紺色を、白っぽく浅い色に変えていた。

歩道に沿って、黒く土盛りのされた、一面の畑であった。その畑が、停留所の背後だけ、白いコンクリート舗装の、広い駐車場になっている。駐車場を前庭のようにして、畑の中に、四囲の壁がガラス張りのスーパー・マーケットが建っている。

スーパー・マーケットは、駐車場の車や向いの丘を、分かりにくい幾何学模様のように壁に映し出し、その眩《まぶ》しく散乱する模様の間から、整然と並べられた棚の商品を、現実の物ではないように、薄暗く透かし見せていた。

隆之は、眼をうつし、レンズの絞りを開くようにして背景の畑を見わたした。まだ背丈のない草の緑と、土の黒とが、パレットの上で溶かれた油絵具のように、柔かい縞模様《しまもよう》の曲線となって、視界に広がった。その中に、そこだけ日の光を反射し、イルミネーションのように光るスーパー・マーケットが突き出し、玩具の船のように浮かんでいた。

春郎のスーパー・マーケットはここなのだろう、と隆之は、それを小さな発見のように思った。

――山道を、クラス一同、ぞろぞろと毎日、こうやって散歩に行くのです。ごらんの通り、学校は山のてっぺんですからね、どこに行くのも、細い山道しかない。しかし、春郎くんの方向感覚というのか、土地勘というのは、実にたいしたものですね、感心しますよ。

歩いている途中で、彼はたいてい、ひょいと姿を消してしまうのです。山の中だから、最初はあわてたり心配したりしましたが、しかし目的地につく頃には、いつのまにか、必ず現れて、行列の中にいるんですね。不思議、フシギですよ、実際……。

去年の秋であった。授業参観の日に、春郎の若い担任教師は、生徒を引率し山道を下りながら、隆之に人なつこい口調で、そう言った。その日は、隆之がいたせいなのか、それとも何人もの母親たちが一緒に歩いている、いつもとは違う雰囲気を察してか、春郎は姿を消さなかった。春郎が不思議な土地勘をその場で実証してくれないのが、若い教師は残念そうだった。

その時に聞いたのが、このスーパー・マーケットなのであろう。

散歩の前に、今日はスーパー・マーケットに行くと、教師が告げる。その言葉が、子供たちにどれ程理解されているのか、どういう具合に受取られているのかは、当の教師にも確かではない。春郎のクラスの子供たちは、言葉のない子供ばかりだからだ。

そして、スーパー・マーケットへの散歩は、極めて危険な散歩でもある。四車線の、絶え間なく車の往来する、子供たちにとっては濁流のような街道を、信号の変わる間に、大急ぎで渡らなければならない。言葉のない子供たちにとって、交通法規という約束事は、盲人が色を見分けることにも等しいだろう。

いや、実際、子供たちは、信号機の色など見ていはしない。

信号が変わるまでの短い時間を、子供たちの手を引き、背中を押し、大声で叱りつけるようにしながら、春郎のクラスの、三人の教師と十人の子供たちは、長い横断歩道を渡る。

——アイスクリームや三色パンやチョコレートや、子供たちのお目当が沢山あるんですよ、スーパーには。買物の練習ということに、一応はなっているのですが、それよりも何よりも、眼をキラキラさせて好きな物を手にして、私たちがお金を払っている間に、もう駐車場のベンチでいそいそ袋を開けている子供たちの顔を見たら、横断歩道が危ないなんて、とても言っていられなくなります。

若い教師は、袋の中味を食べ始める子供たちの顔を思い浮かべるような眼つきで、そう言った。

そして、そのスーパーへの散歩の時にも、春郎は姿を消してしまう、ということであった。

——他の散歩とちがって、とにかく街道を渡るということがありますから、私たちも不安で、長いこと横断歩道の前で待っていたり、さがしに引き返したりしたのですが、どこにも見当たらない。そして、他の先生が、もしやと思ってスーパーに行ってみたら、もう、ちゃんとそこに春郎くんがいたのですよ。一体、どこをどう通って来たのか、先にいつの間にか、ちゃんといるのですね。

何度も同じ心配をしましたが、当人は当り前みたいな顔をしているので、そのたびに肩透かしを喰わせられたような気持になります……。

後ろから歩いて来る春郎をふり返り、若い教師は少し苦笑するような顔をした。

その話は、その時、隆之を不安にさせたが、苦笑を浮かべている教師の横顔が、不安を静めてくれるようでもあった。姿を消すという、奇妙な癖を持った春郎とのやりとりの中で作って来た自信のような色を、その横顔に隆之は感じた。

停留所のひさしの下から歩道を歩き出し、隆之は腕時計をのぞいた。もう卒業式の始まる時刻になっている。

二、三十メートル先に横断歩道の信号が見える。横断歩道の白い縞模様の上を、車がつぎつぎと通り過ぎて行く。一台一台の車のタイヤが、白い塗料の上にかかり、そこで一瞬とまり、そしてまた走り過ぎて行くようであった。タイヤの一つ一つに、数を数えるように、隆之は眼をこらした。

言葉のない障害児たちと、三人の教師。その一団が、街道を、水に慣れない動物たちのように泳ぎ渡る光景を、隆之は頭の中に思い描いた。そして、その一団の中に春郎は入っていない。春郎は、どこかでひとり、この街道を渡っている。

去年の夏であった。

——ねえ、あの子はおじさんの子供なの。

いつの間にか、隆之の傍らにいた子供が、そう訊いた。

その日の夕方、隆之はアパートの近くの公園に、春郎を連れ、散歩に出たのであった。森をそのまま残した、深い鬱蒼とした樹木に埋められている公園の、その中ほどに沼のような池が広がっている。泳ぎのできない春郎を連れている時に、隆之はいつもその池が気になったが、その時も、春郎は隆之のそばにはいなかった。隆之は、内心の不安を静めながら、そこで春郎が姿を現すのを待っていたのだった。

——ねえ。

すぐに返事をしない隆之に、子供はさいそくするように、もう一度言った。まだ小さな、背丈が隆之の腰ほどまでしかない、男の子だった。

——ああ、そうだよ。

と、隆之は言った。そして思いついて、

——あの子を、どこで見た。

と、訊いた。

——おじさんと、ずっと一緒に歩いていたじゃないか。

と、子供は、つまらないことを訊くというように素気なく言い、そして、

——いなくなったね。

と、おとなびた口調でつけくわえた。

あたりは、薄暗かった。頭の上にはり出した樹木の枝が、夕方の空の薄い光を一層さえぎっていた。春郎がどこに行ったのか、この子供が知っているわけではない、隆之は小さな当てが外れたように、そう思った。

——きみは、ひとりなのか。

隆之は、子供の顔を見下ろして、そう訊いた。小さな子供が公園にひとりでいるのには、そろそろ遅過ぎる時刻であった。

子供は、何も答えずに、隆之の手を握って来た。なれなれしい仕草であった。そして、手を握ったまま、

——おじさん、あの子きちがいなの。

と、隆之を見上げて言った。

——きちがい……。

その言葉は、隆之の不意を打った。隆之は、一瞬言葉を飲みこみ、そして、子供と話しはじめたことを、胸の中で後悔した。

子供から手を放そうとしたが、子供は両方の手で隆之の手首のあたりを握って、離れなかった。手

のひらの柔かさと温かさが、隆之の皮膚にはりついていた。

――きちがいって……。どうして。

と、隆之は仕方なく言った。

――あの子、何もしゃべらないよ。おじさんと歩いていた時も、何もしゃべらなかったよ。時々、ウーとかアーとか言って、手をパンパンたたいてばっかりいたよ。あんなに大きな子なのに。

子供は、隆之の手首を握ったまま、池のある方の木立ちを、ふり向いた。そこに、春郎の姿を見つけようとするような仕草だった。

その木立ちの中に、ブランコがある。つい先ほどまで、春郎はそのブランコに乗っていたのだ。春郎は、踏み板が半円を描くほど、ブランコを高く振る。そして、振り上げたその頂点で、必ず、弾けるように笑い出すのだ。隆之には、春郎の笑い声が、公園じゅうに響きわたるような気がした。

二十分も、三十分も、春郎はブランコを振りつづけ、笑いつづける。周りにいた母親や子供たちは、最初、あっけにとられたように春郎を眺め、そして気味悪い物を見たように、どこかへ行ってしまった。

春郎が姿を消したのは、そのブランコの所だった。傍らのベンチに座っていた隆之が、笑い声が聞こえなくなったのに気づいて、顔を上げると、もう春郎はいなかった。

その時も、この子供は、どこからか春郎を見ていたのだろうか。いや、話を交すこともなく、隆之と歩きながら時々立ちどまっては、叫ぶような、うなるような声を上げる春郎の後を見え隠れにずっとついて歩いて来ていたのだろうか。

言葉がなく、その代りに大声を上げ、動物園の類人猿のように、突然、手足を奇妙に具合に振り回し、打ち合わせる春郎の後に、この子は物見高く、つき歩いて来たのだろうか。

子供の両手が、隆之の手首をつかんでいる。そこが温もり、しっとりと汗をかいているのを隆之は感じた。

きちがい……。

返事をする言葉が見つからずに、子供に手首をつかまれたまま、隆之は、薄く光の残っている空を見上げた。

そこに奇妙な影が飛びかっていた。

重なり合った高い樹木の枝と枝の間に、舞うように、何十羽も群れて飛ぶ黒い影であった。そのひとつひとつが、突然、滑るように空中を走り、またとまってはゆらゆらと、その場所で揺れる。不規則な飛行の軌跡が交り合い、狭い空を背景にして、影の群れが一斉に乱雑で自分勝手な舞いを舞っているようであった。

隆之は、眼をこらした。ゆっくりと羽ばたく羽は、大きな蛾のようであった。しかし、流れるように横走りする姿は、蛾とは違っている。空中を走りながら、突然機械仕掛のように鋭く向きを変える飛行は、鳥のものでもなかった。

——コーモリだよ。

そう言う声が聞こえた。それは、二、三人の子供たちが甲高い声で喋《しゃべ》り合い、その中のひとりが、他の子供に教えている口調だった。

コーモリ……。あァ、蝙蝠の群れか。そう思い、隆之は黒い影の群れから眼を放して、あたりを見回した。しかし、そこには声を上げた子供たちの姿はなかった。声は、木立ちの向こうから聞こえて来たようであった。

小さな女の子がひとり、濃くなりかけた夕闇をくぐるように、隆之の方に近づいて来る。女の子は、しきりにしゃくり上げ、泣いていた。泣きながら、袖なしのシャツからむき出しになった白く細い腕のつけ根の辺りを手できつくおさえている。

うつむき、小さな泣き声を上げつづけながら、女の子は道の脇を、隆之を見向きもせずに、のろのろと通り過ぎて行った。

腕をおさえている指の間から、小さく赤い点が見えている。通り過ぎると、女の子はすぐに、夕闇に埋まるように姿が見えなくなった。泣き声も聞こえなくなった。

——コーモリだよ。あの子はコーモリに刺されたんだ。手首をつかんでいた子供が、手を放し、そう言った。つかまれていたその部分が、突然冷たくなったようだった。

蝙蝠が人を刺す、そういうことがあるのだろうか、と隆之は思ったが、子供の口ぶりは、何でもない、良くあることを言っただけのようだった。

隆之がぼんやりと考えている間に、子供は行ってしまった。気がつくと姿が見えなかった。その代りのように、いつの間にか傍らに春郎が、もう隆之とあまり背丈の変わらない、大きな影となって立っていた。隆之は、思わず春郎の顔を見つめ、そして、むき出しの腕や、サンダルをはいた裸の足を見まわした。どこにも血の痕《あと》はなかった。

横断歩道を渡り、赤く腹のけずられた丘の、細く急な土の道を隆之は上りはじめた。もう、卒業式は始まっているかもしれない。足を早めようとして、その時ふと隆之は、この道を上れば、そこに春郎の養護学校が本当にあるのだろうか、と奇妙におぼつかない気分に襲われた。

何度か、今までに春郎の学校には来たことがある。しかし、この道を上るのは初めてだった。いつもは、自分の車で、多分この丘の反対側の道を上って来ていたのにちがいない。

しかし、隆之は、今上っているこの道が、全くちがう丘の道であるような気もするのだった。土の道は、所々、両側から張り出した樹木や笹の茂みにかくされ、道ではなく、ただ森の中をさまよっているような気分に、隆之をさせた。

足で茂みを分け、そこに道をさがしながら、隆之は、自分が卒業式に行くのではなく、山の中を、目的もなく、中途半端な気持のまま、奇妙な散歩をしているようにも感じた。

道の傍らの草の中に、白い小さな札が点々と立っている。それは草むらには似合わない、不格好な人工の花のようであった。

隆之は、足をゆるめ、札のひとつを眺めやった。そこに黒い平仮名が浮き出し——やぶらん、と書かれている。

白い札は、その一角の草の中や木の根元に、撒《ま》き散らされたように立っていた。その一つ一つに、黒く平仮名が書かれている。

幼児がいたずら書きをしたように、稚拙な文字であった。そして、高さ十五センチほどのその木の札は、どれもが右や左に傾き、頼りない様子で、ようやくそこに立っているという風であった。見まわすと、札は、その一角に数十本も立てられていた。

春郎の養護学校の子供たちが立てたものにちがいない、と隆之は思い、白い札の群れを眺めた。一字一字、大きさのまちまちな平仮名、斜めに傾《かし》いだ立て方。教師に一つ一つの文字を言われ、そうやってようやく書くことのできる子供たちがマジックで書き記し、それぞれの草の脇に立てた。その光景が、眼に見えるようであった。

――べにしだ、おおばじゃのひげ、くまわらび、みずひきぐさ、じゃのひげ、やまいたちしだ、やぶにっけい、ふゆいちご……

歩きながら、隆之は木札の文字を読んで行った。

その中の一つに――みやまなるこゆり、と書かれている。

みやまなるこゆり。

やの右肩の点が、そこだけ異様に長くのびて、隣りの文字をいびつに押しつけている。

みやまなるこゆり。どう読むのであろうか。どういう意味なのであろうか、と隆之は頭の中で、ゆがんだ八つの平仮名に漢字を当てはめた。

みやま――深山。なるこゆり――鳴子百合の意であろうか。深山鳴子百合。深山に鳴子の形の花をつける百合。

隆之は、その札の周囲を眼でさがした。しかし、まだのびはじめたばかりの草むらの中のどの葉が、みやまなるこゆりのものなのか、見当をつけることもできなかった。

深山鳴子百合と頭の中に文字を書きながら、隆之は通り過ぎた。

ふり返ると、その一角の中に木札が、そこは白く塗られていない裏を見せ、横腹を見せていた。草の中に、くすんだ小さな板きれが、ただ、乱雑に散らばっていた。

足もとの野草が、小さな薄紫色の花をつけている。袋形をしたその花に、小蠅のような羽虫が、ふわふわと頼りない飛行をしながら、しきりに出たり入ったりをくり返していた。そこが自分の家ででもあるように、虫は花の周囲を離れずに、花の中に消え、また出て来てはぐるぐると飛びつづけている。

――親がね、見つからないのですよ。

その中年の主任教師は、隆之と養護学校の廊下を歩きながら、喋っていた。二年前にこの土地に越して来て、春郎をその養護学校に入れるために、訪れた時だった。

——親が……。どうしてですか。

と、隆之は訊いた。その教師は、ゴムのサンダルをはいていた。磨いたコンクリートの廊下を踏むサンダルの音が、布で水を打つ音のように規則正しく響いた。

——母親は、あの子が小さな時分に死んでしまったのです。それで、父親は施設に子供を預けた、というわけです。子供は、その施設から、この養護学校に通っていた。

言葉がないのですね、あの子は。将来、言葉が出る見こみも、ほとんどない。二次障害も重い。それでまあ、聞き分けも、もちろんできないし、足手まといになるばかりという具合で、施設に預けっぱなしで父親は会いにも来ない、という風だったのです……。

その時、隆之はその主任教師に、学校の教室や設備を案内してもらっていたのだった。そして、体育館の中で今見かけた男の子供が、その子だった。

天井の高い体育館は、寒々として、巨大なほら穴のように薄暗かった。ちょうど誰も使っていない時間であった。その壁の一隅に、子供は膝をかかえ、ひとりでうずくまっていた。背を丸めた姿は、どこか、一匹の大きな昆虫のようでもあった。

——この養護学校は、もともと施設の子供たちが通うために作られたようなもので、親が片方だったり、病気で寝たきりだったりで、ろくに家に帰らない子供は、別に珍らしくもないのですがね。しかし、あの子の父親は、ある日突然、いなくなってしまったのですよ……。

——いなくなった……。蒸発ですか。

隆之は訊ねた。

――そうです。文字通り、蒸発です。何かの用事で学校の職員が家をたずねたら、もぬけのから。誰もいない空家だったというわけです。

二十歳になれば、今の施設も出される規則になっていますし、そうなると、あの子は行場所がなくなってしまう。私たちも心配しているのですが。

あァ、上村さん、煙草をのみますか、そこで一服しましょう……。

そう言って、主任教師は廊下の傍らの部屋に入って行った。

新聞かテレビにでもありそうな、絵に描いたような話であった。しかし、つかみ所のない、とりとめのない話のようにも隆之は感じた。それは、主任教師の口調が、どことなくのんびりとしたものであったせいかもしれない。

廊下に面したその小さな部屋で、隆之は主任教師と向い合い、一つの机に置かれた灰皿をはさんで煙草を吸った。うずくまり、膝に顔を伏せていた子供は、一体どんな表情でそうやっていたのだろうか。隆之は、その子供の顔つきを想像した。しかし、たとえそばに行き、彼の顔をのぞきこんだとしても、多分、その表情からは何の感情も読みとれないだろうという気もした。固く、壁ぎわにこごりついたような子供の姿勢が、隆之にそう思わせた。

――あの子は、いくつの時から施設にいるのですか。

隆之は訊いた。

――さあて、いくつからだったですか。この学校の小学部に入って来た年からだから、もう十年、いや十二、三年になりますか。

――十二、三年……。そうすると、あの子は、今いくつなのですか。

――十八、いや、もう九になったかもしれない。

主任教師は、自信のなさそうな口調で言い、しきりに灰皿に灰を落とした。

——とにかく、あの子が小学部に入って来て、一年もたたないうちでしたよ。父親が蒸発したのは。連れて来てね、まるで風呂敷包みかなんかの手土産みたいにそこに置いて、それではさようならって、今から考えてみると、そんな具合だったんですね。

主任教師は、何度も、幾人にもした話をもう一度口に出すように、淡い感じのする喋り方で、そう言った。

それでは、さようなら。隆之は、主任教師の口ぶりを、頭の中でくり返した。

風呂敷包みの手土産の、その中味があの子供だった。そして、彼は、それきりそのまま風呂敷包みの中に坐りつづけている、というわけなのであろうか。

風呂敷の中は、一体どんな具合になっているのだろうか。どんな世界の中に彼は坐っているのであろうか。

——二十歳を過ぎたら、あの子はどうなりますか。

隆之は訊いた。

——銀河系ですね、つまり。

主任教師は、突然、妙なことを言った。

——ギンガケイ……。

何のことか、と訊き返したが、主任教師は、とりたてて耳慣れないことを言い出したという表情でもなく、隆之の視線にはかまわずに喋りはじめた。

——銀河系なのですよ。星雲の中なのですね。

宇宙は、絶えず絶えず膨張しつづけているという説がありますね。御存知でしょう。しかし、その説も、何だかおかしいと思いませんか。宇宙というのは、われわれの存在している空間の、その全体なのですよ。そうするとね、その空間全体が膨張しつづけているのは、一体何に向かってなのですか。宇宙が、膨張しつづけていくのなら、宇宙は、全体ではない。全体の外側に、まだ空間が残っている、というのか、とにかく存在しているっていうことになる。

その残っている空間も含めて、とにかく何から何まで、みんなひっくるめて、宇宙、っていうわけでしょう。

そうするとね、宇宙が膨張している、なんていうのは、おかしいと思いませんか。

私は、もう十年も二十年も、このことばかり考えているのですよ。謎なのですね。どうも膨張しているらしいと。われわれの見ている星たちは、どんどん遠ざかって行っているらしい。しかし、一体どこに向かって、やつらは遠ざかって行っているのでしょうね……。

主任教師の声音は、どこか陰気なものに聞こえた。喋るたびに、ますます陰気になって行くようでもあった。煙草を一本、口にくわえ、そこから紫色の煙が立ち上っている。そして、それが消えてしまったら、すぐ次を吸おうというように、右手の指に新しい煙草を一本はさんでいる。

——宇宙の膨張と、あの子供と関係がありますか。

隆之は少しいらいらとして、口をはさんだ。

——関係はありません。しかし、だから関係があります。

主任教師は、二つのセンテンスを、一まとめに断定した。

——膨張していると考えるのは、われわれが、いや、この私自身が、とにかく、ここに、この世の中に、まるで、太陽系の中の太陽のように存在している、という考えを前提にしているわけです。外界という円の、その中心点として自分が、理屈ぬきにとにかく存在している、ということが、前提になっている。ここの所が、どうも秘密になっているような気がするのですよ。つまり、収縮ということがなければ、膨張という考えも、生まれないわけです。そして、われわれが存在していない、少くとも意識を持っていないとすれば、膨張も収縮も、ないわけです。

私はね、こうじゃないか、とも思うのですよ。

宇宙が膨張しているとすれば、それはつまり、それを考えるその人、もし私がそう考えるのなら、私自身が膨張しているのではないだろうか。もし、収縮しているとすれば、私自身が収縮している、というわけです。

私が宇宙で、その宇宙がまた私だ、と、そういう風に言えるのかもしれない。

だから、私に宇宙のことなんか、わかりっこないのかもしれませんね。宇宙のことを考えている、その私の考えが、また宇宙なのだから。

しかし、上村さん、あの子は、まちがいなく、どうやら宇宙みたいなものですね。あの子の母親も父親も、それでは、さようならって、あの子に言った。二十歳になって、施設の年限が切れれば、私たちも、それでは、さようならって、あの子に言うでしょう。そして、その瞬間に、あの子がそっくりその言葉をこだまみたいに返して来るのですよ。それでは、さようならってね。言う方も、言われている方も、私自身というわけです。宇宙っていうのは、そのことじゃないか、という気もするのですよ……。

口にくわえた煙草が短かくなり、主任教師は灰皿でもみ消した。そして、右手にはさんだ煙草をくわえてすぐに火をつけ、その空いた右手の指に神経質に、また新しい煙草をはさみこんだ。

——さっき、あの子は二次障害も重い、とおっしゃいましたね。

言葉がない、という以外には、どんな具合なのですか……。

隆之は、主任教師の話に、自分が釣りこまれそうになっているのを意識した。話を引きもどさなければならない。二次障害と、あの子が宇宙であることとは、どういう関係があると、主任教師は主張するつもりだろうか。

――二次障害と言ったかもしれませんが、それは一応そういう風に言ってみただけのことで、どの障害が一次で、どれが二次かなんて、誰にも決められやしませんよ。

主任教師は、素気なくそう言った。

――ところでね、上村さん。あの子は、右の眼がつぶれているのですよ。ただ、見えないというのではなくて、物理的にというのか、つぶれてしまっているのです。さっきごらんになった時は、膝に顔を伏せていましたから、気がつかれなかったでしょうが。

――気がつきませんでした。どうして、眼がつぶれてしまったのですか。

隆之は、驚いて訊き返した。つぶれている、という言い方が、何か不吉な意味を持っているように、隆之の耳に響いた。

――つぶれてしまった、というよりも、つぶしてしまったと言うべきでした。

主任教師は、自分の言葉を訂正した。おかしな事件を喋る時のように、口調が軽くなっていた。

――自分の体を、たたくのです。手のひらやこぶしでね。暇さえあれば体じゅう、胸から足から、腹から、所かまわずたたいていたのですよ。

小さいうちは、本人に、それほど力もないことですし、大したことはなかったのです。時々、皮膚が所々紫色になるぐらいのことでした。

それが、だんだん頭だの顔だのも、思い切り、やるようになってきたんです。力がついて来て、体をたたくぐらいでは、物足りなくなって来たのかもしれませんね。

最初は、われわれも驚きましたし、もちろんとめようともしましたが、なにしろ、教室の中であろうと、散歩させている最中であろうと、突然やるんですね。ビンタをくれているような、いや、ビンタそのものにちがいない、すごい音がするのですよ。バチッてね。

子供同士、喧嘩でもはじまったのかと思ってふり向くと、あの子なのです。自分で自分の頬を張ったのです。

何度、聞いても、いやな音ですね、あれは。澱《よど》んだ水の入った袋が一気にはじけたような、甲高くて、それでいて何とも言えず暗い、むき出しに暴力的な感じがする。

右手でね、頭や顔の右側ばかりやるのですよ。なにしろ突然ですから、誰にもとめようがないのです。

年じゅう、右の頬が腫れあがったようになっていましたが、そのうち鼓膜がやられたらしくて、右側からの音には反応しないようになりました。

右手に軍手をはめさせたりしてね、それもすぐに取ってしまうので、腰に縛りつけておこうという人もいましたが、二六時中そうやっておくわけにもいかないし、結局、ただ見ているしかなかったのです。そして、眼がやられてしまった。自分で自分の眼を思いきりたたきつづけて、つぶしてしまったというわけです。

慣れているわれわれでも、ちょっと恐くなるような御面相ですよ、今では。なにしろ、たたきつづけた顔が右半分だけ、火傷《やけど》の跡みたいに色が変わって溶岩みたいなゴツゴツになっていて、その中につぶれた眼が、そこだけ細い一文字に線を引いているのですから……。

主任教師は、子供の顔を、大して恐いとも思っていなさそうな口調で、描写した。

――いわゆる、自傷というのですか、自分で自分を傷つける子供は、別に珍らしくはないのですが、あの子のようなのは私の見た中では、特別ですね。自傷の期間も長いし、激しい。自分の耳と眼と、顔をそうやって長い時間をかけ、執念深く、自分の手をふるってつぶして行くこと。隆之は、体育館の壁ぎわに坐りこみ、膝に顔を埋めこませていた子供の顔、その右半分を想像した。それは、何かの刑罰か、拷問か、それとも何かの手によって理由もなく与えられてしまった事故の跡のようなものなのであろうか。

――今でも、あの子は、自分の顔をたたきつづけているのですか。

隆之は訊いた。姿を消す春郎が、なぜかしきりに頭に浮かんだ。主任教師に学校の中を案内してもらっている間、春郎は、春郎が入ることになるかもしれないクラスに、とりあえず預かってもらっていた。春郎は、そのクラスから今も不意に姿を消してしまっているかもしれない。

――いや、たたきません。

主任教師は、隆之が一瞬ハッとするほど、不機嫌な口調で言って、黙りこんだ。そしてしばらくして、ようやく自分の沈黙に気づいたように、言葉をつづけた。

――耳と眼が、片一方ずつだめになってしまうと、まるで忘れたように、たたくのはやめてしまったのですよ。ちょうど中学が終った時分でしたか、まるで何かの仕事が終ってしまったみたいに、目的を達成してしまったとでもいうように、本当にきれいさっぱり、どこもたたかなくなりました。あの子は、何かにひどく不都合を感じていたのか、憎しみを感じていたのか……。自分の顔の右側から、音や光が入って来るのが、ひどく耐え難いことだったのかもしれない。今のあの子を見ていると、よくそう思ったりします。

もっとも、その代り、一日じゅう、ああやってどこかの壁の隅っこで、起きているのか、寝ているのか、ただ体を丸めてじっと坐っているだけの子になってしまいましたが……。

主任教師は、そう言って、またいつの間にか火をつけた新しい煙草から煙を吐き出して苦笑した。眼の前の机の上に、黒い鮮やかな模様がある。何の形なのか、その模様は奇妙な動物の体のようでもあり、ただの、風に吹きのばされた塗料のようでもあった。

隆之は眼を上げて、部屋の中を見回した。普段は、ちょっとした遊戯療法にでも使っているのであろうか、部屋の片隅に、赤や緑や白の、大小さまざまなボールが転がっていた。その向うに、大きくガラス窓が開き、手の届くほど近くに、一本の松の枝が斜《はす》かいにかかっている。

黒い模様は、その枝の影であった。松の枝が、人工の模様のように、不思議なほどくっきりと机の上に影を落としているのであった。隆之は、体育館の隅にうずくまっていた子供が、ふと本当にそこにいた一匹の昆虫であったような気がした。

それがいつのことであったのか、隆之は、はっきりとはおぼえていない。

団地の歩道を、隆之は乳母車を押していた。春郎が、その乳母車の上で、隆之に背を向け、箱の枠をしっかりと握って立っていた。先ほどから、一度も隆之を振り向きもせず、春郎はそうやって、まるで一本の棒のようにそこに立っていた。

春郎は、もう乳母車に乗せるのには、大きすぎた。春郎の背中は、隆之の視界をそっくりふさいでしまうほどだった。

しかし、乳母車から下ろすわけにもいかないのであった。一度道に下ろせば、春郎は、たちまち隆之には止めようもない勢いで走り出し、姿が見えなくなってしまうに決まっている。そして、その春郎が、またいつ姿を現すのか、何時間待てば良いのか、ひょっとすると半日も、一日じゅうも、事故や、その他の不吉なことだけを考えて過ごさなければならない。

乳母車は、春郎の体重で底がたわみ、小さな段差や凹《へこ》みにも、ぎしぎしといやな音を立てた。しかし、乳母車に乗せておけば、安心なのであった。春郎は、その中にいる限り、箱から出てはいかない。もう箱の枠をまたげる背丈になっているのに、まるでそこが自分の唯一の砦か、陣地ででもあるかのように、決して出て行きはしなかった。

身じろぎもせずに、箱を死守する歩哨のように、春郎は狭い乳母車の中に立っていた。

夜だった。それも、もうかなり遅い時刻であった。

春郎の後ろを歩いていた藤子が、何かを言った。それは、――こうやって、二人でついて歩いていても仕方がない、と言ったように聞こえた。

それは、そうにちがいない、と隆之は思った。そして、振り返ると藤子の姿はなかった。

歩道の敷石が、サンダルの足の裏を硬くはね返して来る。その冷たい硬度が、裸足《はだし》で歩いているよりも、もっときついものに感じられるようだった。

その時、眼を使わないで生きるとは、一体どういうことだろうかと、と隆之は考えていた。

乳母車の小さなゴムの車輪が、切れ間なく固い音を立て、その小刻みな震動が、押している手のひらを温もらせている。月明りで、道が濡れたように白く光り、その白さを街路樹の影が黒く区切っていた。

隆之は、眼をつむってみた。前方に障害物がないのを確かめ、最初は薄く閉じ、そして強く完全に瞼《まぶた》を合わせた。

闇の中を、隆之は慎重に一歩一歩進んだ。乳母車が自分より先にある。歩道の段差を落ちるか、何かにぶつかるのが、まず春郎であることが、隆之の足を一層慎重にさせた。

故意に眼を使わないようにすることは、自分がひどく意識されることであった。車輪の音と、乳母車の箱のきしみが、二本の平行線のようにばらばらに分かれて聞こえる。聞こえるというのではなく、耳に直接、物のように、音が入って来た。

ものの十歩も歩かないうちに、隆之は眼を開けた。方向の左右ばかりでなく、上っているのか下っているのか、その感覚もあやふやであった。濃密な液体の中を漂っているような気分が、あっけなく隆之の瞼を開かせてしまった。

歩道が、青白く平坦につづいていた。

闇だと思うのは、それが暗いと分かるのは、自分が光を見ているからだ。隆之は、何か新しい発見でもしたように、そう思った。

その散歩に出る前に、団地の部屋の中で、隆之は藤子と話をしていた。

——磁界なのですよ、結局。

と藤子は言った。

そうか、磁界なのか、そうなのかもしれない、と隆之は思ったが、黙っていた。

——磁界なのです。その磁界から、春郎はどうしたって、出て行ってしまうのです。

藤子は、つづけてそう言った。

——出て行ってしまうのは、つまり、春郎が言葉を使わないからだろうか。

と隆之は言った。

——そうです。そうにちがいありません。言葉を使わないから、あの子は港のない船みたいに、どこにもとまることができないで、ふっと姿を消してしまいもするのです。

——言葉がないから、磁力のない場所に行ってしまう。そういうことだろうか。

——そうです。それ以外には考えられません。

――姿を消している時に、春郎はどこに行っているのだろうか。

――磁界の外ですよ。決まっているじゃありませんか。あなたの手も私の手も届かない所に、あの子は行ってしまうのですよ。

藤子は口惜しそうにそう言った。

――しかし、春郎の眼から見れば、自分が姿を消しているのではなくて、その時は、われわれの方の姿が見えなくなってしまっているのかもしれない。

――それは、そうですよ。それは、そうだろうけれど、そんな風に言っていたらきりがないでしょう。かくれん坊か。かくれん坊をしているわけではあるまいし。

かくれん坊か。そう言えばそうなのだ、と隆之は言葉には出さずに、うなずいた。向う側にいる春郎と、こちら側にいる大勢の人間が、真中につい立てをはさんで、頭を出しては、引っこめている。つい立てが立っている。見上げると、眼のくらむほど背の高いつい立てが立っている。

――つい立ての色は、何色なのだろうか。

隆之は、そう口に出した。

――つい立てですって……。何がつい立てなのですか。

――いや、きみの言う、その磁界のことさ。磁界の外は、一体どんな風になっているのだろう。外には何があるのだろうか。

――分かりませんよ、そんなことは。あなたにだってわたしにだって、分かるはずがないことですよ。

――言葉を使わなければ、われわれも外に出てしまうのだろうか。

――何を言っているんですか。危険なんですよ。危ないんです、春郎が。姿を消したりしたら、春郎は必ず危ない目に遭うに決まっているじゃない。あなたは、そう思わないんですか。春郎がいなくなったら、それきりじゃないですか。

藤子の唇が、ふだんとはちがう紅色に染まり、そこが浮き出して見えた。首が白く細長くなった。——春郎が、姿を消してそのままだったら、そこへ行ってみることはできるだろうか。それとも、姿が消えたままでやっていくことになるのだろうか。

隆之は、藤子の紅色の唇を見ながら、そう言った。しかし、藤子の返事は、隆之には聞こえて来なかった。

歩道のゆるい曲がり角に、そこを線で区切るように一本の太い影が落ちている。街路樹がとぎれ、そこだけ青白い広場のようになった歩道の石畳の上に、影はきわ立って黒々と映っていた。

隆之は、影の根本をさがして、歩道沿いの広い芝生の庭を見わたした。いく棟も整然と並んだコンクリートの建物に、点々と明かりがついている。

芝生の中に、一本の大木が立っている。大木は松であった。松は少し斜めに、枝のない太い幹を、のっそりと地面から生やし出し、頭に黒く重たげな葉の塊《かたまり》を茂らせていた。太い影は、その松のものであった。

芝生に落ち、歩道に影を引き、葉の塊が車道に映っている。歩道と車道の段差を折れ曲がり、影は、まるで丁寧に敷かれた、手でめくることができそうな一枚の布のように、そこにあった。

影が松なのだ。そうにちがいないのだ、と隆之は思った。じっと見ていると、厚みのない、その黒々とした影の中に、数え切れないいくつもの松が、どこまでも無限につながりつづけて行っているのであった。

藤子と別れたのは、それからしばらくたってからだった。

卒業式は、もうはじまっていた。式場の体育館の後扉をそっと開け、隆之は父兄席の中に座った。正面の壇の上で、校長が痩せた坊主頭の子供に卒業証書を渡している。坊主刈りの髪が、まばらにのびかけているのが、隆之は気になった。

子供は、さし出された卒業証書の紙を片手で受け取り、どうして良いのか分からない、というようにパラパラと音を立ててふり回した。壇の脇で見守っていた女性教師が小走りに子供に駆けより、手を引いて壇から下ろした。

壇のすぐ下に折り畳み椅子が数列並べられ、そこに子供たちが座っている。子供の後姿を隆之は眼でさがしたが、春郎の姿はなかった。椅子が所々、空席になっている。その一つが春郎の席なのであろう。春郎のいなくなるのに慣れっこになった教師は、あきらめてそのまま放ってあるのだろう。式の終る頃、まるで見はからったように、春郎はまたその席に現れるのにちがいない。

折り畳み椅子のあちこちから、子供たちがひっきりなしに音を立てて立ち上がり、叫び声を上げ、手を打ち合わせる。そのたびに教師たちが走り寄り、また席にもどす。

校長は、何気ない顔で、壇に上げられて来る子供に卒業証書を渡していた。

バックに、何かの童謡が低く流れている。ヴァイオリンの緩い音が、眼まぐるしく立ち上がる子供たちとは関係のないもののように、旋律を追いかけて鳴っていた。

この体育館の隅に、あの子供が膝に顔を埋めてうずくまっていたのだ。隆之は思い出して、隣りの母親の肩越しに、その片隅に眼をやった。そこには、もちろん、誰の姿もなかった。

ゴムのサンダルをはいた主任教師は、あの部屋を出がけに、隆之と扉の方に並んで水を打つような足音を立てながら、

――上村さん、私はね、今度の休暇にでも、あの子の父親をさがしに行こうかと思ってるんですよ。と、そう言った。

――孤児と決まっていれば、かえってそれなりにやり方はあるのですが……。

身許保証、というような言葉を主任教師は使った。隆之には要領を得ない、法律の問題であるらしかった。そのためには、父親に姿を現してもらわなければならないということのようであった。

――いるはずの父親がいない。いや、いなくなった父親がいる、と言った方が良いのかな、それに困らせられているのですよ。二十歳を過ぎると、宙に浮いて、あの子自身がいないことになってしまいかねない。まァ、実際にはそうはならないにしても。

なぜ、あの子供に主任教師はこれほど熱心になるのであろうか。そう思い、隆之は主任教師の顔を見た。しかし、その口調は、こういうことは珍らしいことではない、と言っているようでもあった。

――もっとも、父親を見つけても、もう子供は見つからないかもしれませんがね。

主任教師は、妙な言い方をした。

――子供が見つからない……。

隆之は訊き返した。

――子供というのは見つけようとしても、なかなか見つかるものではない。見つけようとしなければ、見つかりませんよね。

主任教師は、父親と子供との関係のことを言っているらしかった。しかし、それは、もう子供はとうにどこかへ行ってしまっている、と言っているようにも、隆之には聞こえたのだった。

隆之の席の前の方で、バシャという板と板とを打ち合わせるような音が響いた。太った女の子が一人、壇に背を向け、畳んだ椅子を手にして立っていた。そして、その椅子をそばにいた若い女性教師に素早く押しつけ、女の子は椅子と椅子の間の狭い通路を走り出した。スカートが広がり、肩の張った女の子の体が傍らを駆け抜けた時、隆之は、思わずとめようとして手を出したが、どこにも触れることができなかった。何かの四角な塊が通り過ぎて行ったようだった。

女の子は、体育館の窓に走り寄り、窓を真黒に重く閉ざしている暗幕を力まかせに開けはじめた。眼の前にかかった霧を左右に払いのけるような手つきで、女の子は暗幕をいく度も波打たせた。

不器用な手つきで、ようやく一つの窓の暗幕を開け放つと、女の子はまた隣りの窓の暗幕にとりついた。卒業式の照明のためなのであろう、どの窓の暗幕も隙間なく閉ざされていたのだった。

開いた窓から、白い光が流れこみ、それが壇上を照らしているライトの光を頼りなく稀薄なものにした。幅の広い暗幕をなかなかいっぺんに開け放つことができず、女の子は少しだけ開いた暗幕をまた手もとに引き寄せては、いらいらとした手つきで払いのけた。そのたびにカーテンレールのこすれる、甲高い金属音が響いた。

誰も女の子を席にもどそうとしない。素知らぬふりで、卒業式が行われているのだった。多分、途中で女の子をとめれば、もっと騒ぎを大きくすることになるのを、教師たちは知っているのだろう、と隆之は思った。

暗幕を開ける手を休め、一瞬女の子が振り返った時に、隆之は眼が合ったような気がした。いや、その視線の光は薄く拡散していて、自分を見たわけではないようにも思えた。

表情のない顔の中で、その眼は不思議に静かだった。眼を開いたまま眠っているのではないか、と思わせるほど穏やかに見開かれていた。

背を向けて、また暗幕にとりかかり出した女の子の背中を眺めながら、隆之は、あの女の子は、夢の中でも女の子なのだろうかと、妙なことを思った。

女の子は、夢の中では男の子なのかもしれない。そして、もしもその時、男の子なのならば、あの女の子は男の子にちがいない。ずっと夢を見つづけていれば、あの子はずっと男の子のままではないか。いや、このたった今も、女の子は夢の中にいるのかもしれない。その夢の中で、女の子は一体何になって暗幕を開けつづけているのだろうか。

春郎は、この体育館から姿を消して、今どこにいるのだろうか。ここに姿が見えなくても、春郎は自分のいる場所にはやはり確かにいるのにちがいない。

その場所で春郎が、隆之が見たこともないような動物の姿となり、想像もつかない世界の風景を見つづけているような気がした。そして、あのうずくまっていた男の子も……。

隆之は、そんな風に、順ぐり順ぐりと考えていた。

いつの間にか、隆之の隣りの席に校長が座っていた。それに気づいて、隆之は確かめるように壇の上を見やった。そこには白いクロースのかかった机があるだけで、誰の姿もなかった。そうしてみると、隣りに座っているのは、校長にちがいなかった。

しかし、なぜ校長が自分の隣りに座っているのだろう、と隆之は思った。卒業証書を渡し終え、しばらくの間、父兄の中の空いている席に座りに来た、ということだろうか。

隣りに座っている校長の髪の毛は、間近に見ると、壇上にいる時よりも、ずっと白く、ふさふさと豊かだった。

——こうやって卒業させてもねえ、本当は仕方ないのですよ。

白髪には似合わない甲高い声で、校長がそう言った。正面を向いていたが、それは、どうやら、隆之に向かって言ったようだった。眼を合わせると、校長は愛想の良い顔で笑った。

——卒業が、この子たちに何の資格になるわけでもないし、しかし、とにかく与えられてしまったわけだから。

与えられてしまった……。何が与えられたのだろうか。

校長は、笑顔のまま、しきりに一人でうなずいた。訊き返しても仕方のないことにも思われた。

――それにね、上村さん。卒業させて、そうすればもどって来てくれるというわけのものでもないし。

――ああ、そうですね。まったくそうですね。

校長の言った意味が、一時に分かったような気がして、隆之は、そう言った。

その時、背中から聞き覚えのある声がして、隆之は、ふり返った。そこに主任教師が座っていた。

――上村さん、あの女の子もね、ふた親ともいないのですよ。死んでしまったわけでもないのに、両方とも姿が見えなくなってしまったのです。さがしに行かなければなりません。でも、さがしている間に、またあの女の子も見えなくなってしまうかもしれないけれど。そうでしょう、校長……。

主任教師は、校長の肩に手をかけて、そう言った。そして、女の子のことを喋りつづけた。

隆之は、眼の前の椅子に並んでいる子供たちの背中の中に、春郎をさがした。もう姿を見せても良い頃だと思ったが、その中にもどってはいなかった。

校長と主任教師とは、一言喋っては、しきりにうなずきあっていた。その声音が、隆之に次第に耳障りに響いて来た。

――この丘に上って来る途中で、白い札を沢山見かけましたが、あれはこの学校の子供たちが立てたものなのでしょう。

みやまなるこゆり、という札を見かけました。響きの良い名前ですね……。

隆之は、二人の話に割りこむように言った。みやま、なるこゆり、と口に出した自分の声が、歌を歌っているようだった。

二人は、話をやめ、ふいに隆之の顔をじっとのぞきこんで来た。その鳴子形の花は、風の中で、事実、小さな音を立てるのかもしれない。

——今、何とおっしゃいました。

校長が、不愉快そうな、むき出しの声で言った。主任教師が上眼遣いに、じっと隆之を見ていた。何か言ってはいけないことを言ってしまったのか。それとも話に割りこんだことが、よほど二人を不愉快にさせたのかと思い、隆之は、

——いや、大したことではありません。

そう言って、取り消すようにあわてて手を振った。

その時、隆之はふと、あれは深山鳴子百合ではなかったのかもしれない。そうではなくて、深山なる小百合、深山にある小さな百合。ただ、そういう意味だったのかもしれない、と思った。深山なる小百合。みやまなる、こゆり、と隆之は節をつけ、頭の中で読み下した。歌のように響きの良い名前であった。

しかし、たとえ読みちがえていたとしても、それが二人をそれほど不愉快にさせる理由になるとは思えなかった。

隆之は、二人から眼を逸らして黙りこんだ。煙草を吸いたかったが、卒業式の式場で吸うのは、もちろん許されていないだろう、と思った。

校長も主任教師も、まだじっと隆之を見つめている気配だった。

隆之は、眼をつむった。しかし、そうすると、かえって二人の気配が体をおし包んで来るようだっ

た。

そのうちに、隆之は、自分の読みちがいが、何か取り返しのつかない、二人にどうしても謝罪しなければならない重大な過ち、充分にそれだけの理由のある過ちであったようにも思えて来た。

瞼に力をこめ、隆之は、座ったまままきつく体をすぼめていた。

丘の中腹の草むらであの白い木札を見て、それからここに来て卒業式の式場に座っている。そのほんの短かい時間の間に、みやまなるこゆりは、深山鳴子百合として頭の底に沈み、そこにこびりついてしまった。それが過ちだったのだ。

どうして、頭の底にこびりつかせるようなことをしてしまったのだろう。どうして、それが、深山なる小百合ではないかと、たった一秒でも疑ってみようとはしなかったのだろう。隆之は、何度もそれを後悔し、自分を責めた。

長い時間が過ぎて行くようであった。

煙草を吸いたい。どこかに行って、煙草を吸わなければならない。一本の煙草さえ吸えれば、後はどうなってもかまわないような気すらした。

そう思って、眼を開き、首を上げると、二人の姿は、もうそこにはなかった。

春郎は、まだあの草むらの中にいるのにちがいない、と隆之は思った。

未明

九月に入って間もない日に、辞表を出した。暑い日だった。午近《ひる》く、私は白い石造りの会社の門を出て、脇の坂道を上っていた。頭の真上から太陽が照りつけていた。時々見知った顔とすれ違い、眼で挨拶を交わした。辞表の用紙を入れた白い封筒だけを手にしていた。汗がズボンやシャツの内側を、筋を作って流れ落ちた。封筒の縁を指の腹でそっとつかみ、汗で濡れないように時々手を持ち変えた。

坂道の両側は、何年も見慣れた光景だった。道の左側のガードレールに沿って、大きな邸の石塀が灰色に長くつづいていた。塀から張り出している薄暗く繁った樹木の頭が、密集した林のようだった。見上げると、それが耐えられないほど埃《ほこり》っぽく暑苦しかった。

私と同じ方角に行く会社の人間には出会わなかった。この坂道を上り終ると急に道がせばまって、鶏卵だけを専門に商っている間口の小さな店と、パン屋や蕎麦屋が二、三軒ポツンと看板を出している路地になる。私はその路地を抜けて、バス通りまで出るつもりだった。「暑い」と私は思わず口に出して言った。坂道は、もう平坦になっていた。立ち止まって、ズボンの尻のポケットからハンカチを出した。しめって柔かくなっていた。顔と半袖シャツの両腕を拭き、胸のボタンを外して、裸の胸と脇の下の汗を拭った。狭いガードレールの内側を、体をかわすように、二、三人の通行人が通り抜けて行った。

バス通りを渡り、通りから少し入った住宅街の小さな中華料理屋のテーブル席に私は腰を下ろした。最近開いた店だった。通りがかりに場所は知っていたが、入るのは初めてだった。塗料の匂いが薄く店の中に漂っていた。小柄な女店員が、私の前に水の入ったコップを置いて、愛想良く注文を聞いて行った。クーラーの冷気で汗がたちまち引いて行くのを感じた。私はテーブルの脇に封筒を置いて、冷水で曇ったコップをしばらくぼんやりと眺めていた。カウンターから二人連れの客が、ちょうど立ち上がろうとしていた。テーブルが二つとカウンターだけの店だった。私の向いのテーブルで背広姿の青年が頰杖をついて新聞を読んでいた。

封筒を開いて、私は辞表の用紙をテーブルに広げた。航空便箋のような薄い紙片だった。広げる前にテーブルの上の水滴をハンカチで拭き、コップを端にどけた。胸のポケットから細書きのサインペンと小型の判子入れを取り出した。微《かす》かにしめっていた。

「お待ちどおさま」という声が、不意に耳もとで聞こえた。女店員が冷し中華を載せた盆を両手で持って、テーブルの脇に立っていた。私の前に書類があるので、どこに置いたら良いのか戸惑っていた。

「そこに置いて下さい」私はテーブルの向い側を手で差して言った。

辞表の項目は、簡単な事柄ばかりだった。一昨日、人事担当の局長から手渡された後、会社の廊下を歩きながら読んで、書くべき内容も分かっていた。それに私の退職の理由や期日は、もう二週間以上前に、私の部署の担当役員から取締役会で正式に報告され、決定されている事だった。この書類は、会社にとっては、私の退職の最後の形を整えるために必要なものに過ぎなかった。

その日、私が辞表の用紙を受取りに人事局長室に入ると、取締役を兼任している局長は、広く分厚い机の向う側に窓を背負うようにして立っていた。薄緑色のブラインドが半分下ろされていた。机の端に、黒い金属の書類入れと幾種類もの印鑑が収められた木の箱、その脇にきちんと蓋をされた肉厚の湯呑みが整然と置かれていた。この部屋に入るのは、私には初めてだった。

部屋に入って来た私に何を言って辞表の用紙を渡したら良いのか、局長は困り切っている様子だった。私の部署と人事局とは、日頃ほとんど仕事の上での交渉もなかった。部屋に入る時に、「失礼します」と私は言い、局長は「どうぞ」と言ったきりだった。秘書の女性がソファの前のテーブルに茶碗を置き一礼して部屋を出て行ったが、それを待つのを口実のようにして、私たちは机の向う側とこちら側に黙って立っていた。座って下さい、という言葉さえ言おうかどうか、局長は迷っている眼をしていた。既に取締役会で決定された私の退職の理由を訊ねたり、説明したりする事は、もう話題にならない状態になってしまっていた。その事に私たちは困り果てていた。

「色々、お世話様になりました」立ちつくしたまま軽く頭を下げ、やっと言葉を見つけ出して私の方から言った。

「いや、色々と、どうも……何もしてあげられなくて」と局長もほっとしたように言葉を出した。そしてその言葉で急に話題を思い出して気が軽くなった、というような顔つきで、私の傍まで机の縁を急ぎ足で回って来た。

「調べてみたんですがね。現役の、第一線の部長のまま退職されるのは、きみが初めてですね、会社創立以来。戦争にとられたり、事故や死亡の方は何人かいますけれど」局長の手が軽く私の上着の腕に触れていた。

私の退職が珍らしいケースだという事が、私に何かの名誉心を感じさせる、そう思って局長はこう言っているのだろうか。それとも彼自身が、おそらく部下の人事課員から言われた発見に小さな興奮を感じているのだろうか。私には分からなかった。ただ局長の触れている手や顔の色には、どこかに陽気な無邪気さがあった。クーラーの利いた明るく広い局長室の中で、初老の局長は私のすぐ眼の前に向き合っていた。仕立の良さそうな背広や真白いワイシャツが、彼に良く似合って見えた。その事に、不意に微かな憎しみのようなこだわりを感じた。

「そうなんですか」とだけ私は言った。

局長は、私の腕に触れていた手を離して自分の席に引き返した。足音を立てない柔かな歩き方だった。引出しから薄い紙片を取り出し、ざっと眺めるようにしてから私の方に向け直して机に置いた。退職届けの用紙だった。

「退職の理由欄ですがね」彼は相変わらず少し陽気な口調のまま、紙片の中程の欄を指差して言った。「色々な御事情は書かなくても結構ですよ。会社の方ではもう分かっている事ですから。ただ、自己都合により、とでも書いて下さい。それから、退職される希望日はいつでしたっけ」

私は返事を言い澱《よど》んだ。会社の方で分かっている、という自然な口調に気持の何かがつまずいていた。

何日か前に玲を連れて買物に行った、団地の行きつけの酒屋を思い出していた。店に入るなりいつものように玲はフリーザーの白いボックスをかき回して、好きな銘柄のアイスクリームを探し始めた。店の奥でビールを選び、数本の壜《びん》を抱えて出入口のレジに引き返すと、玲が銀紙で包装されたアイスクリームを二個両手に持って、主人に突きつけていた。太った中年の主人は、玲と私を交互に見て、笑いながら「分かったよ。値段は分かったから、もういいよ」と柔かな声で言い聞かせるようにくり返した。玲とその主人がもうほとんど同じ背丈なのに私は改めて気づいた。玲はアイスクリームを握ったまま立ちつくしていた。レジスターを打ち、ビールを袋に入れながら、主人は「体は丈夫なんでしょう」と私に訊いた。主人が私に玲を話題にするのは、初めてだった。不意をつかれた気がした。「元気なのに、かわいそうにねえ。口が利ければ何でもないのにねえ」と気の毒そうに言った。いつもの、人の良い口調だった。私は主人の顔を見ながら黙って立っていた。どう返事をして良いのか、分からなかった。馴染の酒屋の主人が何を言っているのか、一瞬意味がとれなかった。けれども、「かわいそう」という言葉は、私の中にたちまち陰気に不快な感情を広がらせた。玲のために、口を利かない理由を、その場で主人に説明する気持にはなれなかった。説明する必要もない事だった。しかし店を出た後、とっさに返事ができずに口ごもった自分に無性に腹が立った。

「十月の十四日です」私は人事局長に、既に私の部署の担当役員と話し合っておいた退職の日を言った。自分の声が固かった。

「そうですか。それならまだ日がありますが、あなたの場合は部長ですので、おやめになる一ヶ月以上前に出して頂く事になっています。それと、お分かりだと思いますが、人事に関する事ですので、退職されるまで絶対に内密にして下さい」澱みのない口調だった。

整理しなければならない仕事のあれこれが頭に浮かんだ。しかし、自分の部署の人間にも内密のまま仕事を引きつがなければならないという気の重さも、不思議なほど上の空のように他人事だった。私は、局長がていねいに畳んで社用封筒に入れてくれた辞表を上着の内ポケットに入れて局長室を出た。局長はドアのところまで私を見送って来た。

ソバの皿をテーブルの向う側に置いたまま薄い辞表の用紙を眼の前に広げ、私は五分で済んでしまうはずのその書類を、なかなか書き出す気持になれなかった。向いの席では青年が、脇に新聞を広げ、皿に盛り上がった冷し中華を音を立てて食べていた。

辞表を書いている私の様子を、妻の里津子にも会社の人間にも知合いの誰にも気づかれたくなかった。私の退職は、会社の中ではもちろん内密にしなければならない事だったが、それとは別の感情が私の中にあった。家でも、事務室でも、会社のある大通りに何軒も店を出している喫茶店ででも、書く気持になれなかった。私の会社の地区から完全に離れてポツンと開いているこの小さな中華料理店は、今の私には最も都合の良い場所だった。

三ヶ月近く前、会社に向かう電車の中で辞める事に気持が決まった。長い間、ほとんど一年以上も自分の中でめまぐるしく感情を高ぶらせては決意し、そして同じ条件や理由の周りをまたぐるぐると逡巡し、結局深く酔い過ぎた翌朝のように訳もなく滅入る事をくり返していた。その全部が遠い記憶になったように、不思議なほど突然、自然な感情の中に気持が落着いて行った。

電車の窓の外には梅雨の激しい雨が降っていた。私の部署は勤務時間が不規則で、その日は朝の遅い出勤だった。通勤の時間帯はとうに過ぎ、車内は空いていたが、あいている座席はなかった。電車はT川の長い鉄橋を大きな震動音を立てて渡っていた。水面が銀色に細かく波立っていた。大粒の雨滴が叩きつけられる絶え間のない音が聞こえるような気がした。私は吊り革を両手で持って濡れたガラス窓から川を眺めていた。川の下流が、霧がかかったように暗く霞《かす》んでいた。

もう引き返して考える事はないだろう、という自信に似た感情が、頭の中の不安を一気に駆逐して行くようだった。その感情は、川の風景の中から理由を越えて突然自分にやって来たように思えた。辞める事に決まった――。私は、ブラ下がるように吊り革を両手で持ったまま感情の中に体をまかせ、理由を考え返してみる気持もなかった。電車の激しい震動音の中に、解き放たれた穏やかな高揚を感じていた。

数ヶ月、団地の部屋の中で里津子と私とは結末の来るはずのない暴力をくり返していた。話す言葉には何も意味がなかった。深夜までただひたすら野犬のように吼《ほ》え、罵《のの》り合った。皿と丼と茶碗と灰皿が、流しや壁に叩きつけられて粉微塵になった。玲がおびえたように寝室の布団にもぐって見ていたが、一枚、どちらかが皿を壁に叩きつけると、ますます大きくなって行く吼え声も破壊も、転がり落ちるように歯止めが利かなかった。ガラス器だけには里津子も私も手をつけないのが、陰気に滑稽だった。いつでも裸足《はだし》でいる玲の足のためにだった。鉄の塊《かたまり》のように重い電気ミシンが私の両腕で白いコンクリート壁に投げつけられ、えぐり落したような窪《くぼ》みをつけた。

その夜、居間の座卓に向い合わせに坐って、里津子と私とはコップの中の水割りウィスキーをお互いの顔に放りつけ、浴びせかけ合った。話の切り出しは、いつもきまって里津子の、障害を持ったリョウをどう考えているのか、リョウを一体どうするつもりなのか、という切羽つまった口調の言葉だった。しかし、浴びせかけ合った瞬間に、その前に何を話していたのか見当もつかなくなった。「殺せ！」と叫んで里津子は立ち上がった。私も立ち上がった。むしり取るように里津子はシャツを脱ぎ捨てた。素速い動作だった。下着を着けていなかった。痩せた白い貧しい上半身だった。腕を振り上げ、里津子は私にしがみついて来た。片腕で突きのけた。頬に平手打ちを食った。私も平手打ちを返した。交互に、力まかせに何回となく叩き合った。里津子が倒れないのが意外だった。脚で里津子を蹴り放した。力を加減できなかった。痩せた体があお向けに襖《ふすま》まで飛んで倒れた。倒れた上を蹴った。縮めた里津子の腕をかすめて胸に当った。

「痛いよお！」と、里津子は突然悲鳴を上げて襖の前を転がり回った。襖の桟が折れて露出していた。「痛いよお！　痛いよお！」と里津子は転がりながら何度も泣き叫んだ。肋骨の辺りを手のひらで被《おお》っていた。私は立ったまま里津子の裸の上半身を見下ろしていた。肋骨が折れているのかもしれないと思ったが、何の言葉もかける事ができなかった。ただ、この部屋の情景の何もかもに酷薄な嫌悪感が広がって行くのを感じていた。

寝室の玲を見やった。あお向けになって両腕を掛布団の上に出し、じっと天井を見つめていた。玲は十二歳だったな、とふと思った。壁の時計がもう真夜中の二時を回っていた。私は黙ったまま自分の部屋に入ってドアの鍵をかけた。手の中で鋭い金属音がした。

ソバの皿に手をつけないまま、長い間じっとしていたような気がしたが、五分もたっていないようだった。向いのテーブルの青年はまだソバを啜《すす》っていた。

辞表の細い黒い罫で囲まれた欄を、上から改めて読み直した。

退職願。取締役社長――殿。という文字がやや大きめに、最上段に印刷されていた。所属部署。役職名。氏名。印。退職理由。入社年月日。退職希望年月日。そして、提出の日付、と横書きの文字がつづいていた。「以上のとおり退職致したく、宜敷《よろしく》お取計らい……」云々という文字が最後の罫から少し間をあけ、字数を合わせてきちんと二行になっていた。紙片の右下に小さく、株式会社――と、社名が印刷されていた。

胸のポケットから抜いてテーブルの隅に置いてあったサインペンを手に取り、キャップを外した。所属部署――、と書き始めた。役職名、部長。氏名――。自分の名前を書いて、もう一度見直した。判子入れの蓋を開け、氏名の後ろに印を押した。固いテーブルの上の紙片に強く判を押しつけ、何秒間かそのままじっとしていた。指の腹に木製の判の固い感触が伝わって来た。

判をケースにしまった。白い紙片に鮮やかに朱色が残っていた。

もう一度、サインペンを手に取った。けれども、書きつごうとして、次の「退職理由」の欄の前でやはり私は重い気分に突き当った。廊下で歩きながら読んだ時に感じた複雑でうっとうしい感情が、そのまま胸に返って来るようだった。「退職理由」という文字の前を、平静に通り過ぎる事ができなかった。私に一体、退職する理由を書く事ができるのだろうか。

椅子から腰をずらし、尻のポケットからハンカチをつまみ出して二、三度口の辺りを拭き、両手で口に押し当てた。そのままぼんやりと眼の前の紙片を眺めていた。複雑に入り組んだ筋の見えない物語を、また改めてたどり返そうとしているような気持がした。互いに何の関連もない風景や感情が、頭の隅をゆっくりと流れた。退職の理由を書く事は、私と会社、そして私と里津子と玲との十数年の時間を書く事に違いなかった。

ハンカチをテーブルに置いて、私はもう一度サインペンを手に取った。向いの席の青年が立ち上がって勘定のために店員を呼んでいた。辞表の「退職理由」の欄に「自己都合のため」と書いた。これで良い、と念を押すように文字を見直した。細い罫の中で、その文字がやや大き目に見えた。私は、紙片を広げたままテーブルの隅に除け、ソバの皿を手もとに引き寄せた。

あの梅雨の、電車の中で気持が決まった日、出社するとすぐに私は、私の部署の局長を兼任している担当役員に、時間をとって欲しいと告げに行った。仕事の引きつぎや後任を考えると、誰よりもまず彼に告げなければならなかった。

「時間のかかる事かい」彼は役員室の幅広な事務机から顔を上げて言った。ゴマ塩の、短かく刈りそろえた頭に白髪が、また少し増えているようだった。しかし、いかつい輪郭の顔の中で、機敏に動く眼がいつもの軽い冗談を言う時のように笑っていた。

「二時間とって頂けませんか。それに、できれば会社の外で」私も気軽な調子で言った。その気軽さを自分が脇から見ているような気がした。

私は、七、八年前、彼の部署にいた事があった。彼は、まだ局長でも役員でもなかった。その頃、会社が退けた後深夜まで、私たちは幾度も転々と繁華街の店から店へタクシーを駆って酒を飲んだ。

十年以上も歳が離れていたが、今でもお互いに気易い雰囲気があった。しかし、今の自分の気軽な口調は、かえって私の胸の中でぎごちなくわだかまって響くようだった。役員は眼鏡を外し、少し考えるようにして机の上のびっしりと書き込まれた予定表をのぞき込んでいた。

十分程の所だった。

翌々日の夕方近く、私たちはホテルのロビーの席に向い合って座っていた。会社からタクシーで十分程の所だった。広い窓からホテルの良く手入れされた庭が見えた。雨はしばらく前から止んでいたが、梅雨の湿気の強い日だった。私の説明は終っていた。眼の前のグラスに自分でビールを注ぎ足した。この役員とコーヒーを飲みながら話した事は一度もなかった、と喋《しゃべ》り終えた後のとりとめのない気持で思っていた。濡れたグラスの表面が、天井のライトを映して光っていた。役員はゴマ塩の頭を少し傾《かし》げて、ポツンと言った。「きみの言った意味は、結局会社を辞めるという事ですか？　部署を変わりたいという事ではなくて……」

「そうです」と、役員の顔を見返して私は言った。意外な質問をされた気がしたが、そう言われてみると、役員には唐突な話に違いなかった。今まで一時間近く、ほとんど私一人で喋っていた。役員は黙ったまま聞いていた。役員の顔を見ずに、時々ビールを口に含みながら、そのビールのグラスを眺めつづけるようにして喋り通していた。私には聞いている彼の感情は分からなかった。

私は役員に「会社を辞めるという事です」ともう一度言った。

役員は席の上に立ててある色刷の小さなメニューを見るともなく手に取っていた。静かだった。私たちは、そのまましばらく黙って、ほとんど人声のないロビーの窓際に座っていた。

役員が私の方に眼を上げた。メニューを席にもう一度立てて「きみの希望は分かりました」何かを思いめぐらす風な口調だった。「少し時間をくれませんか」そして付け加えるように「長くはとらせないつもりだけど」と言った。テーブルの上で軽く両手の指を組んでいた。その組んだ指を見ながら

「もちろん、けっこうです」と私は言った。こういう話ですから、とも、御迷惑をおかけします、とも付け加えようと思ってやめた。

説明の中で、私は何回も自閉症という言葉を使った。自分の十二歳の息子は、いわゆる「自閉症」と呼ばれる子供なのです、という言い方をした。私には、理屈からも感情からも、使う事をしたくない呼び方だった。

役員とは、仕事の中でも会社が退けた後の様々な繁華街の店の中でも、長年雑多な話を交わして来たが、自分の家の事について話をするのはその日が初めてだった。

「いわゆる」を冠せたとしても、自閉症という言葉で説明する以外にはない、とこのホテルに向うタクシーの短い時間の中で思っていた。これから話題にしなければならない事柄とは無縁な世間話を隣りのシートの役員と交わしながら、私は「自閉症」や「障害児」という子供に対する区分けや考え方、区分けする事自体への私の意見や感情を一切言うまいと思っていた。ロビーの席で私はただ、自分の自閉症という障害を持った息子が十二歳になって、女親一人の手では精神的にも肉体的にも対応する事が不可能になった事。玲に対しては二六時中の肉体的、心理的なつき合い方が必要だという事柄の周りをぐるぐると回るようにして、日常の具体例を幾《いく》つかはさんで説明した。役員は、直属の部下である私の退職に関して、取締役会で他の役員を納得させるような報告をしなければならないだろう。私の退職が取締役会で不自然な事柄に思われないために、私は思春期に入ろうとしている玲の性的な発達のスピードについてもくり返して喋った。実際、浴室で裸になった時の、年齢よりも大柄な玲の下半身に生え初めた黒い陰毛や、突然鋭く勃起する性器は、私をそのたびにはっとさせた。

私の話がどう理解されても良かった。ただ彼が役員として報告する事ができるようにしたいと思っていた。そのためだけに私は言葉を選び、具体例を選別していた。

作った事を言っているわけではなかった。けれども、口から出た説明の言葉が次々と頭の中からも感情からも跡形もなく消えて行くようだった。こうやって説明する事で、結局私はこの役員を、そして玲も、裏切り、だましつづけているのではないかという、奇妙に沈んだ気持がした。

「この子は変だよ」という里津子の叫び声が頭の中に響いていた。役員に喋りつづけている自分の言葉をたよりない気持で追いかけながら、頭の隅に、長いフィルムを巻き戻したように、十年近く前の情景がしつこく浮かんでいた。

玲は三歳を過ぎていた。私は団地の居間で寝苦しいうたた寝をしていた。私の頭の上で、金属音が断続的にカタンカタンと鳴りつづけていた。半睡の中で、それが台所の板の間で玲が鍋の蓋を逆さまにして、コマのように回している音だと分かっていた。音はもう一時間以上もつづいているように思えた。突然、里津子の激しい叫び声がして、私は上半身を跳ね起こした。ダイニングキッチンの椅子から里津子が私に向って「この子は変だよ。やっぱり、この子は変だよ」と何度も叫んだ。眼が光っていた。吊り上がった眼に油気のない髪がかかっていた。汗のにじんだ額に、乱雑に髪の細い束が貼りついていた。それまでに聞いた事のない、切りつけるような口調だった。里津子の言葉の意味が分からなかった。

「変だとは何だ」私はとっさに叫び返した。「自分の子供に何を言うんだ」と叫んだ。

「あなたは変だとは思わないの」座ったまま里津子が訊き返して来た。叫び声が、不意に露《あら》わに疲れをにじませた沈んだ口調になっていた。しかし眼の中には、いつもとは違う挑むような光があった。

「耳が悪いわけでもないのに一言も口を利かないで、毎日毎日お鍋の蓋ばかり回している玲が変じゃなければ……、一体あなたは玲をどんな子供だと思っているの」

「玲は、玲じゃないいか」反射的にまた私は言い返した。里津子の疲れた口調に対して、かえって虚勢を張り、背伸びをしている事が自分で分かっていたが、言葉が止まらなかった。「他にどんな言い方がある。玲は、玲だ。色々な人間がいるんだ。玲もその一人だ。玲はこういう性格なんだ。玲は、誰でもない。玲だ」自分で息苦しくなるほどの早口だった。

里津子と私とは、それまで障害児や異常という類《たぐい》の言葉を、暗黙の中で慎重に避けて来た。それは私たちの、玲を決めてしまいたくない、いつかは他の子供のように普通になるのではないか、という臆病と願望の入りまじった気持からに違いなかった。しかし、その日の言い合いの勢いの中で、私たちは一気にその垣根を越えようとしていた。

生まれてからそれまで、玲は私たちに決して視線を合わせなかった。抱き上げ、顔を合わせると、玲の視線は折れ曲って私の頭を飛び越え、あらぬ何かを見つめているようだった。そして、ただ小さな腕と脚を激しく突っ張って抱かれる事を必死に避けつづけた。眠っている時以外、私たちは玲を満足に抱いた記憶がなかった。玲が自分から私たちの首に決して手を回して来ない事、玲を抱きしめようとして拒否される事は、そのたびに私たちを途方のない孤独な気持にさせた。呼びかけても決して振り向かず、ろくに玩具も手に取らなかった。笑い声を立てず、喃語《なんご》も出さず、ただ悲鳴のように突然、私たちには理由の分からない泣き声を爆発させた。

歩き始めて間もなく、六畳の部屋の襖と壁の間を、毎日何十回も規則正しく往ったり来たりし始めた。往復する玲は、不器用で無表情な一本の棒のようだった。壁にそのまま突き当り、何度か額から血を流した。けれども、自分の血に気付かないように泣きもせず、ただそのまま往復をつづけた。玲が寝ついた後に、里津子は私に「この子が時々、宇宙人のような気がする」と、半分ひとり言のように、ことさら冗談めかす口調で言った事があった。

私は、玲に怯《おび》えていた。里津子とも私とも無関係の場所で、得体の知れない何かをにらみつける眼付でただ黙々と部屋を往復し、鍋の蓋を回しつづける玲に怯えていた。しかし「変だ」と私は口に出す事ができなかった。そして里津子も、変だ、と口に出す事はなかった。里津子は、ただ時々仕事から帰って来た私に、玲が一体何をしたいのか、自分が玲に何をしてやったら良いのか、何も分からない、と訴えるように話した。玲が立ち、歩き始めて乳母車に乗せる事も背に負う必要もなくなって、ますます里津子には玲のしたい事、して欲しい事が分からなくなって行くようだった。それどころか、外に出ると、自動車も信号も人の家の庭も何もかも無視して走り出す玲は、里津子の負担をますます増した。何よりも、玲の感情がどうしても理解できない事が、里津子を最も疲労させていた。

しかし、私にも玲の欲求や感情を理解する方法は、何一つなかった。私はただ黙って、時々苦笑すら浮かべて話す里津子の話に相づちを打っていた。「呼んで、振り向いてくれればもう少しリモコンが利くのにねえ。玲は私のことをゼンゼン親だと認めてくれないみたい」とも里津子は言った。会社の事務室で、私は団地の部屋にいる里津子と玲を、いつも里津子の冗談の口調や苦笑を楯にするようにして思い浮かべていた。

その日、里津子は初めて、変だ、という言葉を口に出した。それは里津子の勇気なのかもしれなかった。そして、いつか口に出す事を、里津子も私も予期していた。口に出して玲の症状や病名を定めなければ通過して行けない日常が積み重なっていた。以前にも、私たちは三人で何回か相談所やセラピストのもとを訪問した。しかし、自閉的な傾向がある、あせらない方が良い、という以外に、はかばかしい答を聞く事はできなかった。玲は、ほとんどの子供が言葉を喋り始めるはずの満二歳を、とうに過ぎていた。

「あなたは、玲は変じゃないと本当に思っているの」椅子の上から里津子は念を押すように暗い口調でつづけた。「玲には治療も必要じゃないと言うの」

玲が変ではない、と私は思っているのだろうか。私の中で里津子の言葉が響き返した。変ではない、と私には言えなかった。しかし、変だ、変でないという言葉ではどうしても解く事のできない考えが、自分の中に根を張っていた。それが言い合いの中で、初めて自分にも分かるようだった。その考えは、里津子にも自分にも説明できないものだった。ただ、ますます感情だけが高ぶった。

「変だとか、治療だとか……そういう言い方をするな」立ち上がって私は言った。感情を殺そうとしたが、抑えきれずに声が荒く大きくなっていた。もしも玲を普通の子供にするための適切な治療があれば、自分は一体どうするだろう。里津子の問いに答える事ができない気弱な疑問の棘《とげ》を抑えつけ、声が一層高くなった。しかし、玲は誰でもない、玲だ、という自分の叫び声を否定してしまう事も私にはできなかった。

変だ、とは一体何だ。普通とは一体何だ。誰が一体、それを判定するのだろう。私には判定できない事だった。いや、どんな判定にも、私は決して納得する事はないだろう。

しかし、今眼の前で玲は、私たちには理由の分からない理由で、単調に鍋の蓋を回しつづけている。玲は、一体誰なのだろう。答えの出ない問いの尻尾を、高ぶった感情の渦巻きの中でぐるぐると私は追いかけ回し、ただ、変だと言うな、玲は玲だ、と叫ぶようにくり返した。

里津子は椅子の上から黙って私をにらむように見つめていた。不意に立ち上がって便所に入り、たたきつけるようにドアを閉めた。ドアは、いつも玲を話題にする時の、里津子の冗談めかす口調や苦笑からは想像できないような激しい音を立てた。玲は台所の板の間に同じ姿勢のましゃがんで蓋を回していた。玲が何を感じ、何を考えているのか、玲がどういう人間なのか、私には分からなかった。

「普通」と「変」、そういう言葉で玲について里津子と私が話す事は、それきりなかった。

ソバは、のびて頼りのない歯ごたえがした。食べ終ってもう一度皿をどけ、入社年月日、退職希望年月日、そして今日の日付を書き終えた。週末の金曜日だった。店を出ると、体がどっと光の照りつける暑い空気の中に入るのを感じた。

役員室で担当役員に辞表を手渡し、私は自分の事務室に戻った。午後の一時を大分過ぎていた。部屋にはアルバイトの若い女性以外、誰もいなかった。自分の席に坐り、薄鼠色の壁にかけられている白いボードを見た。外出する仕事の多い私の部署では、部員たちはこのボードに行き先と帰社予定の時刻を記して出かける習慣になっていた。八人の部員が今日はたまたま全員、出かけていた。定時の退出時刻までに帰社予定の者もいなかった。

アルバイトの女性と一言、二言、言葉を交わして、私は淹れてくれた茶をすすった。汗をかいた後の熱い茶が舌に快かった。

事務机に両肘をついて茶をすすりながら、私は、今日の予定をどうしようか、と迷っていた。アルバイトの女性は、ドアに近い自分の席で所在なさそうに、大判の雑誌を繰っていた。

机の上の電話が鳴った。電話を待っていたような気がした。急いで受話器を取った。社内からの問い合わせだった。失望したような気持で私は早口に返事をした。

電話を切ってもう一度、白いボードを見た。左眼の視野の隅に、銀紙を貼りつけたような光が走った。小さな、いびつな形の銀紙だった。光は眼球の動きにつき添ったり離れたりしながら、上下にゆるく流れた。私は眼球をぐるぐると動かした。追いつきも追いつかれもしない、光る影にからかわれているようだった。うっとうしい追いかけっこだったが、一方でどこか晴れた空に閃光を見ているような快感があった。

二ヶ月ほど以前から光は時々不意に私の視野に現れるようになった。白色の書類や明るい色の物を見つめた時に良くそうなるような気もしたが、実際には全く関係がないようでもあった。その光は一度現れると忘れていた事を咎《とが》めるように、眼をどこに移してもしばらくはしつこく消えようとしなかった。光が頻繁に眼の中に見え出した頃、不審に思って友人の医者に電話をかけた。内科の医者だったが、眼の事なので不安が先に立った。

友人は、網膜剝離ではないか、と言った。電話口で、モーマクハクリというその言葉の意味が一瞬取れなかった。光がいつ頃現れ始めたのか。前にも同じような事があったか。それに、最近眼に強い打撃を受けた事はなかったか、とテキパキとした口調で訊ねられた。あの時だ、と思ったが、私は黙っていた。友人に私は、私と里津子との諍《いさか》いを話していなかった。

「どっちにしても」と友人は電話口の向うで言った。いつものムダ話をし合う時の気軽な調子に戻っていた。「放っておくと剝離が進行して失明する場合もないわけじゃないから、眼科に行くんだね。網膜剝離だったとしても、レーザーで焼けば簡単に治る。設備がそろっている大病院の方が良いよ」

結果が分かるまでは禁酒、という彼の言葉から、私たちは何回か一緒に行った飲屋の噂話などをして電話を切った。

視野の隅に突然光が現れた日の数日前の夜、居間の焦茶色の座卓をはさんで、里津子と私は向い合っていた。里津子が私の部屋のドアの外から、話があると私を呼んだ。玲が通っている特殊学級の担任教師の事だ、と強い口調で言った。鍵を外して部屋を出、私は座卓の前に坐った。

里津子は、その日玲が学校で受けた激しい体罰の話を私に切り出した。それも、今日が初めてではない、と里津子は言った。しかし、何度くり返しても同じように、私たちはたちまち何を話しているのか、お互いに分からなくなっていた。玲が担任の女教師に頭からバケツで雑巾を絞った水を浴びせられた、という里津子の最初の文句だけが時々頭の隅をかすめるだけだった。しかし、その話も、きっかけは違ってもいつもと同じ騒乱に変わった。オーヴントースターが食器棚の腹にたたきつけられ、コンクリートの壁で皿や鉢が粉微塵になった。

里津子と私とは座卓の脇で酔ったように顔や胸を打ち合っていた。突然、左の眼に眼底が破裂したようなショックを受けた。とっさに閉じた瞼の内側に、火事のような赤色が一面に広がり、たちまちまた暗くなった。痛みではなく、脳の奥まで響き返して来る衝撃だった。私は腰から倒れ、そのまま反転してうつぶせに脚を縮め、背を固く丸めた。左の手のひらが本能のように左眼を被っていた。背を里津子が果てしなく蹴りつけていた。

あの時に里津子の拳が正確に私の眼球の頂点を撃ったのに違いない、と友人の「眼に強い打撃」という言葉を聞いた瞬間に、私は思った。けれども、電話でレーザーや病院の設備についての話を聞きながら、その事で里津子に対する憎しみも怒りも全く湧いて来ないのが、自分でも不思議だった。長い間、傷つけ合っている事の、ただ当り前の結果のようにしか思われなかった。電話を切った時、病院に行くつもりはなくなっていた。

薄い板壁で隔てられた隣りの部署で電話が鳴り、人の声が交わされるのが聞こえた。白いボードの上を流れる銀紙がうるさくなって、私は机の上に視線を戻した。引出しから黒い小型の社員手帖を出して、予定を確かめた。今日の午後の欄には、外出も会議の予定も書かれていなかった。毎月、月の初めの数日は、手帖に空白が多かった。

来週の月曜日の夕方から三日間、東北のA県にある支社に出張する事になっていた。もう三ヶ月も前からこの出張は手帖に書き込まれていた。その支社に行くのは初めてだった。火曜日の朝から、毎年今の時期に行われる支社の行事に出席するためだった。私は特に仕事はない、気の楽な出張だった。会場で人に会って、握手や挨拶をして下さればそれで結構です、と打合わせの電話で支社長から言われていた。「とにかく、本社からわざわざ部長さんが見える。それが大事なんですよ」と、支社長はわざとらしく声を落として露骨な言い方をした。「ただ、とにかく遅刻しないで来て下さいよ。地元のエライさんがごちゃごちゃ来ますからね」と持ち前らしい大声で冗談めかして念を押された。受話器につけた耳に高い声が響いていた。

A県のH市にある支社までは新幹線を使っても数時間はかかるので、月曜日の夜、H市で一泊するつもりだった。この出張から帰って、すぐに担当役員と私の後任や引きつぎについて気の重い話をしなければならない、と手帖の来週の頁《ページ》を繰りながら私は思っていた。

もう一口、茶を飲んだ。ぬるくなりかけていたが、甘い香りがした。肉厚の湯呑みには、魚偏の文字が何列も並んでいた。会社に出入りの鮨屋から貰った物だった。手に持ったまま、鰺、鮪、鮒、とぼんやり読んで、私は壁に掛かった円形の時計を見上げた。改めて見ると、飾り気のない無愛想な表情をしていた。もう三時近かった。あれきり電話も鳴らなかった。

アルバイトの女性に後を頼んで会社を出てしまおう、と決めた。役員室で辞表を渡し、事務室への廊下を歩きながら、今日は早く会社の建物を離れたい気持だった。

湯呑みを机に戻して未決の書類に手早く判を押し、私は黒いクリップに挟んであるメモ用紙を数枚抜いた。何人かの部員にいつもより丁寧な連絡を書いた。月曜日には、朝から外で三、四人、打合わせの約束があったので、その足でA県に発つ予定になっていた。このまま一週間近く部員と顔を合わせない事が、やはりどこかで気がかりだった。視野の隅に銀紙がまだゆっくり流れていた。

メモを書きながら、H市へは自分の車で行こう、と不意に思いつきのように考えていた。団地の駐車場の隅に駐《と》めてある小型の黄色いボディの乗用車が頭に浮かんだ。車で出張に出た事はなかったが、時刻表を調べる事も切符を買う事もひどくわずらわしかった。立ち上がって席の背後の小さな本立てから備えつけの地図を引き抜き頁を繰ったが、東北の地域はその地図に入っていなかった。

メモを書き終えて、それぞれの部員の机に置き、アルバイトの女性に電話を受けてくれるように頼んで、私は事務室を出た。彼女はドアを開けた私に「いってらっしゃい」と自分の席から体を斜めに振り向けて言った。軽く机に置いたシャツ・ブラウスの白い腕が、若々しく眼に映った。


冷房のきいた会社のビルを出ると、午後の太陽の光がまだ建物や道を走る自動車に、弾けるように反射していた。私は思わず眼を細め、手のひらを額の上にかざした。蒸暑い空気が、白いアスファルトの歩道に充満していた。

ターミナルビルの書店で分厚い全国版の道路地図を買い、その地図を小脇にして私は書店に隣り合っている小さな喫茶店に入った。アイスコーヒーを注文して、私は地図の頁を繰った。

私の会社のあるT市からA県までは、T縦貫道路で真北に向って八つの県を通り、その地図では十七頁を費やしていた。縮尺図で計ると、七百キロを少し越えていた。その頁の量とキロ数は、私の思いつきをかき立てるようだった。喫茶店の中で小一時間も私は複雑な多色刷の地図を読む事に熱中していた。

道路地図を書店の紙袋にしまい直し、私は喫茶店の電話で学生時代からの親しい友人を呼び出した。雑談をしながら夕食をしようと思っていた。このターミナル駅は、彼の勤めている銀行の帰り道になるはずだった。私は今日辞表を出す事も、辞表を出すまでの経過も、結局何一つ里津子とは話していなかった。家で里津子と私は、昨日までと同様、ただ無言でいるに違いなかった。

ターミナル駅に近い、何度かその友人と入った事のある鮨屋が待ち合わせの場所だった。カウンターの中程に座り、隣りの席に地図と鞄《かばん》を置いた。友人は少し遅れて来るはずだった。まだカウンターとテーブルに一組ずつしか客はいなかった。板前が差し出した熱いおしぼりで手を拭い、顔に強く押し当てた。

ビールを頼み、グラス一ぱいに注いで一息に飲んだ。胃に落ちて行く冷たい液体に快い抵抗があった。仕事の会合以外に町で酒を飲むのは久し振りだった。

明日は、特殊学級から帰って来た後、玲を連れてK山の麓《ふもと》にある山の家に行く事になっていた。土曜日と日曜日を、玲と二人だけで樹海の中にあるその家で過ごすのが、この数ヶ月の習慣になっていた。週末の休みを一日中、団地の同じ部屋の中で里津子と行き交い、無言で朝夕の食事をとるぎごちなさは、ただ私たちの神経を一層鋭くささくれ立たせるだけだった。土曜日と日曜日を離れて生活する事は、里津子と私の距離を何も近づける事にはならなかったが、神経を逆立てる事だけはしないで過せる時間を作ってくれた。平日は、二六時中玲と顔をつき合わせている里津子は、その間だけ自分の息をつく事ができるのではないか、そして帰って来ればどちらからか一言、何気ない冗談を言い出せるのではないかとも、出かけるたびに私の中に薄く期待のような気持があった。山の家は二部屋と居間だけの小さなものだったが、私の団地から車で二時間もかからない所にあった。

二杯目のビールに口をつけて、すぐにまたカウンターに置いた。ちょうど七年前の初夏にその家を買った時の記憶が、筋を忘れてしまった映画のように、その場面だけ頭に甦って来た。

日曜日の夕方だった。玲は、先程目を覚ましたばかりだった。玲と里津子の寝室にしている団地の部屋で、里津子は玲の背中を睨みつけるようにしてしゃがみ込んでいた。両肘を膝に、両手を頬に、つっかい棒のように当てていた。表情を殺した左の横顔に、髪が半分かぶさっていた。私は襖を開けた廊下から里津子の背を見ていた。そのままの姿勢で立ちつくしていた。起き出すと、すぐに玲は、部屋のダンボール箱に入っている様々な色や形のプラスチック製の玩具を、開け放した窓から一つずつ、次々と団地の庭に向って放り出し始めた。ダンボール箱と窓の間を、玲は機械のように言葉なく行ったり来たりしていた。他には何も見ていなかった。放り出す時に、短く「うッ」とかけ声をかけた。一ヶ月以上も、こうやって毎日放り出す事をくり返していた。放り出す玩具の色と形に不思議なほど規則正しい順番があった。ダンボールの箱に乱雑に詰めこまれた玩具から、玲は鋭くその順番を見分けた。全部投げ終えたら急いで庭に集めに行き、また部屋の中に持って来なければならなかった。毎日毎日何十回も、その果てしのないくり返しだった。里津子の姿勢は、そのための待機だった。少しでも間があけば、私たちには決して視線を合わせずに、空中にだけ向い合うように、玲が全身を震わせて隣り近所にまで響くほどの大声で泣き叫び出すのが分かっていた。

団地の一階にある私たちの部屋の窓から、芝生の庭に点々と投げ出された玩具に、西陽が黄色く射していた。言葉をかける事や、抱き止めて他に関心を向けようとする事に意味がないのを、里津子も私も知っていた。玲は、ただ両腕を突っ張りもがき叫びつづけて、私たちの視線だけを正確にそらすような鋭い眼付で元の動作に戻って行くだろう。玲は、言葉を出す事も受け取る事も、それ以上に里津子や私の感情そのものを受け取る事を頑《かたく》なに拒否しているように見えた。私たちは、玲の単調で強烈なくり返しの行動の後を、意味の理解できないままにただ追いかけつづけていた。

私は、玩具が少しずつ減って行くのを意識していた。ダンボール箱から最後の一つが無くなった瞬間に、里津子は跳ね起きて玄関への廊下をふさいでいる私の体を突きのけ、玩具を集めに庭へ走って行くに違いなかった。

山の家を買う事を、その日の数ヶ月前に私は思いついた。通勤の駅で買った新聞の別荘広告欄に、K山の麓のその山の家が売り出されていた。ローンを使えば、私の収入で買えない金額ではなかった。深い樹海を整地した広い別荘地の一画の家だった。

もう一年近く、平日は二、三時間しか眠る事のできない夜がつづいていた。玲の夜と昼が逆になっていた。朝、すっかり明かるくなる頃にようやく玲は眠り、夕方眼を覚ました。それも一定ではなかった。二日二晩、煌々《こうこう》と電灯をつけたまま起きつづけ、突然深夜から次の日の夕方まで眠りつづける事もあった。そして、夜と昼が逆になるのとほとんど同時に、玲は決して便所で小便をしなくなった。寝室の窓を開け、団地の庭に向って用を足した。その理由も、私たちには全く分からない事だった。大便は便所でするのだから、便所をこわがっているのではないだろう、という事ぐらいが私たちに推測できる事だった。窓のレールにかかった小便の臭いが、いつも部屋の中に薄く漂っていた。隣り近所に臭いが行かないように、里津子は、そのたびに庭に何度もバケツの水をまいた。

玲が起きている間の、里津子にも私にも意味の理解できない叫び声や泣き声、タンスの頂上に私たちの肩を使ってよじ登るような、いつ終るのか分からない要求のくり返しを、私たちに制止する方法はなかった。そして、次第に里津子は私がバケツで水をまく事や、里津子に代って私が玲に肩を貸す事を頑なにいやがるようになった。夜中に玲が小便をし出し、私が風呂場でバケツに水を汲んでいると、無言でそのバケツを私の手から奪うようにした。そのたびに、私は、玲に神経を立てている自分が里津子に見透かされているように感じた。バケツを奪う里津子の手つきは——イヤならば、やって欲しくない——と言っていた。しかし、里津子の研ぎ澄ましたような空気と玲の激しい物音は、自分の部屋に入っても私を決して眠らせなかった。睡眠不足は、私の体力と神経をすり減らしつづけた。

叫び声や泣き声を上げるたびに、真夜中に玩具を窓から放り出し始めるたびに、声も体も利かなくなってしまうほど拳で玲を打ちのめしてしまいたいという衝動が、血がどっと吹き上がるように私の頭に突き上げた。けれども、もし一度でも、今の私たちには理解できない玲の行動や叫びをそうやって打ちのめしてしまえば、言葉を、いや、ほんの小さな感情や表情の動きですら、それきり玲とは交わせなくなってしまうという怯えが私にあった。里津子も、同じ事を怯えているようだった。今でも玲の感情のどこにも私たちは触れる事ができない、と感じていた。しかし、打ちのめせば確実にもう永遠に、触れる事はできなくなってしまうだろう。

私たちにできる事は、突き上げて来る感情の血を、必死に表情にも行動にも出さないで振舞う事だけだった。けれども、一方では、そういう演技の忍耐こそが、玲に私たちを決して近づかせない重い壁になっているのではないか、と感情を押し殺すたびに私は思っていた。しかし、自然に忍耐することは、私には不可能だった。

言葉も視線も使わずに、ただ動作だけで、玲は要求をしつづけた。その要求が、本当に玲がしたいと思っている事なのかどうかすら、私たちには分からなかった。深夜、無表情に笑い声もたてず、ただ大声で叫びながら、寝室のソファの上をトランポリンのように跳ねつづけた。

ある晩に、早目に帰宅すると、玄関の扉の郵便受けに、茶色の薄い封筒が一通だけ入っていた。裏に団地の管理事務所のゴム印が黒く押されていた。厭《いや》な胸騒ぎがした。玲と里津子は寝室で眠っている気配だった。今の時刻から眠っている玲は、きっと深夜に目覚めるだろう、といつもの重い気持がした。玄関に立ったまま私は封筒を開け、中の白い事務用箋に書かれた文字を読んだ。お宅の深夜の騒音が近所の安眠を妨害している、注意して欲しいという苦情が何通か管理事務所宛に届いている旨が、黒いボールペンの小さい堅い字で横書きに書かれていた。意識的な事務連絡風の文章だった。その文字の列は、胸の底の不安を覆っていた薄い膜を一挙に引き剝がした。白い用箋を手にしたまま、私は自分の頭の芯が冷えて行くような感触を感じていた。玲と里津子を起こさないように、真すぐ静かに自分の部屋に入り、ドアを閉めた。用箋を封筒に入れ直し、細かく千切って屑籠に捨てた。

用箋の内容は、里津子の神経を一層鋭くいら立たせるに違いなかった。これまでにも、里津子の口から階上や隣りの住人に昼間それとなく苦情を言われた事を聞いていた。その言葉は、次第に、会社に行っている間の、私の不在を詰《なじ》る口調に変わって行った。言うたびに眼付が険しくなり、無口になって行くのが分かった。何かに追われるような気持だった。部屋全体に防音装置を施すことを真面目になって何度も考えたが、窓や、台所、便所の構造から完全な防音はむろん不可能だった。引越をして環境を激変させる事も、玲の過敏な神経を考えると、想像する事さえできなかった。それに、玲は部屋の中だけで生きているわけではない。玲の叫び声や突発的な行動を制止できないのは、毎日、里津子が玲を連れて日常の用事で出かけなければならない街路や商店の中でも同じ事だった。

　封筒は、今日初めてのものではないのかもしれなかった。私が会社に行っている間に、里津子が住人たちに言われたはずの言葉が、次々と頭の中を走った。団地の道で呼び止められ、手を放せばたちまちどこかへ見えなくなってしまう玲の手をきつく握りながら苦情を聞いている里津子の姿勢が、妙に鮮やかに想像された。玲は、里津子の手を体中の力でもぎ放そうとしているだろう。扉の開いている近所の家の中に靴のまま入り込んでいる玲を探し出した事が、私にも何度かあった。

　里津子は、私の不在の間に黙って郵便受けに入っていた封筒を破り、それを口に出さない事でますます内心に烈《はげ》しく私を詰る感情をつのらせているのだろう。帰って来た服装のまま部屋の真中に立って、私はそう思っていた。里津子は、私の家にいない時間も玲の後を追い、母親である里津子とも誰とも決して視線を交わそうとしない玲の後姿を呆然と眺め、不可能な制止を必死で試みて内心の神経をぎりぎりと抑圧しつづけている。そして、その事で玲の父親である私に向って神経を研ぎ澄ましているのに違いなかった。玲が言葉を出さず、母親に視線を合わせないのと同じように、里津子が私に向って無理矢理言葉をおさえつけ、眼を合わせようとしなくなっているのが分かっていた。日に日に私にかける里津子の言葉は少なくなり、用件だけを顔をそらすようにして離れた距離から話した。何年も体を合わせていなかった。

里津子の感情の中に、私は入って行く事ができなくなっていた。それ以上に、里津子の感情への憤りに似た気持が私の胸の中にいつの間にか、暗い巣を作っていた。憤りを里津子に向けて口に出す事はできなかった。しかし、私の中の憤りは、やはり里津子の方を向いていた。立ったまま、私は玲と里津子を怖れ、怖れている自分に苛立《いらだ》っていた。けれども、私にできる事は何一つなかった。

会社に行く電車の中で広げた新聞で山の家の広告を見た朝に、私は乗換え駅の公衆電話から、その別荘地を販売している不動産会社にパンフレットを送って欲しいと、電話をかけた。至急送って欲しいと念を押した。樹海の中の一軒の家は、玲と里津子と私の神経を一挙に解決してくれるような気がした。真白なアート紙にカラーの写真や別荘地の地図、価格表が刷り込まれている大判のパンフレットが届いた日に、私は里津子に私の計画を話した。その時、里津子は流しの前に立って食器を洗いながら、黙って私の話を聞いていた。玲は居間のコタツ板の上を、大きな音を立てて跳ねていた。

芝生に散らばった玩具をダンボールの箱に集め、体をよけた私の前を里津子は小走りに玲の部屋に戻って行こうとしていた。少し前屈みにすぼめた里津子の狭い肩の辺りを見ながら、私は早口に「やはり、あの山の家を買う事にしよう」と言った。どうしても買わなければならない気持だった。眼の前の玲と里津子の光景、そしてそれをただ見ている自分がたまらなかった。

里津子は、再び庭に玩具を放り出し始めた玲の方を向いてしゃがんだまま「そんな事より前に考える事が沢山あるでしょう」と言った。驚くほど高い声だった。それきり口をつぐんだ。

考える事——それは今のこの玲と里津子と私の生活を考える事以外にはなかった。しかし、袋小路のような神経の中で、山の家が思いつきだったとしても、思いつき以上に考えられる事は里津子にも私にも、もう何も無いとしか私には思えなかった。樹海の中で、少なくとも私たちは、玲の小便の臭いにも近隣の苦情にも神経を立てずに済むはずだった。

私は、私の部屋に入ってドアを閉めた。何回か不動産会社を訪ね、ローンのために銀行へ行き、別荘地の下見を自動車で往復して私はその山の家を買った。


鮨屋の店内は、短い時間のうちにいつの間にか立て混んで来ていた。奥の座敷のいくつかとカウンターがいくつかしかあいていなかった。

三人連れの客の背につくようにして暖簾《のれん》をくぐり、友人が入って来た。銀行員らしく夏の背広を着込んで、脇に黒色の薄い革鞄をかかえていた。背の低い小肥《こぶと》りの、見慣れた体つきだった。

「おそいぞ」と私はビールのグラスを合図代りに上げて、声をかけた。友人の、薄緑の眼鏡をかけた血色の良い顔が私の方を向いて笑った。

「上着もネクタイもとっちまえよ。銀行の中で飲むわけじゃないんだから」カウンター席の隣りに座りおしぼりで顔の汗を拭っている友人に、私はからかい半分に言った。

「慣れるとかえってこの方が楽なんだぜ」と弁解するようにいつもの低い声音で言いながら、友人は上着を脱いで席の背中にかけ、ネクタイをゆるめた。魚を切ってもらい、ビールと冷酒を追加した。飲みながら、いつの間にか私たちは二十年近くたった他愛のない学生時代の話を喋り合っていた。満員の店の中で、私たちは板前に何度も冷酒のお代りを頼んだ。

深夜まで、何軒も店を変えて飲みつづけ、最後に入った屋台で熱いソバを食べてタクシーに乗った。深夜の街の空気は、心地良く涼しくなっていた。帰る方角は同じだったが、友人の家は私の団地よりかなり遠方だった。一台のタクシーで、いつも私が先に団地の棟の横で降りる事になっていた。

シートに並んで、私たちは黙りこんでいた。友人は、暗い窓の外を見やっていた。眠くはなかったが、新しい話を始めるのが面倒な気持だった。友人も同じだろうと思っていた。

高速道路の出口で一たん止まったタクシーが再び動き出した時に、シートに両腕を投げ出して前方を向いたまま、私は「今日、辞表を出したよ」と言った。ロレツが回っていなかった。この友人には以前にも決心のつかないままに何回か、会社を辞めるつもりだと、高ぶった愚痴のような気分で喋った事があった。話しても仕方のない事だった。他には誰にも話していなかった。玲の行動や、里津子との間の暴力のいくつかもこの友人は知っていた。しかし酒を飲む時には、お互いにいつも自然に別の話題を選んでいた。

ロレツの回っていない事に、かえって気分が解放されるようだった。私の方に顔を向けた友人に、黙っているのが面倒なまま「里津子とも別れるよ。もう、そうするしかない」とつづけて言った。しかし、断言じみたその自分の声は、急にわざとらしい頼りのない口調になっていた。気持の、まだ定められないでいる事柄が、まるで決意のような言葉になって自分の耳に返って来た。不快な感情が、頭の芯に焦点を結ばないまま重苦しく広がった。

友人は「そうか」とだけ言った。暗いタクシーの席で、それ以外の答え方が分からないという、酔いから醒めたようなぎごちのない表情をしているのが、ありありと見えた。宙に浮いたような自分の言葉のわざとらしさを中和させようと、つづける言葉をぐるぐると頭の中で探したが、ますます厭な言い方になるに違いなかった。私たちはもう一度沈黙した。畜生！　と私は胸の中で何かを罵った。二度と、誰にもこの事柄について喋るまいと決心していた。

タクシーが小高い丘の上の団地に着いた。私の家は、この丘の上一面に立ち並んだ団地の五階建の棟だった。私の棟の街灯の下で降りながら、友人にいつものように割り勘のタクシー代を手渡した。「これで頼む」と渡しながら言った。「ああ、じゃあな」とだけ友人も言った。渡す事で、沈黙が一瞬だけ日常にほどけて戻ったような気がした。友人は、タクシーの中から軽く左手を上げて走り去った。私は遠のいて行く車の尾灯を見ながら、白い街灯の光の下にしばらくそのまま立っていた。

鍵を回し、団地の重い鉄扉を開けて玄関に入ると、突き当りの玲の寝室の襖が薄く開いたまま、暗く静まっていた。もう眠っているようだった。一年ほど前の或日から突然、夜の十時頃になるといつの間にか眠ってしまうようになっていた。理由もきっかけも分からなかった。ただ、その日に玲が自分で変化したとしか言いようがなかった。それまでの夜中の叫び声や跳ね回る大騒ぎが、嘘のようだった。けれども、私は帰って来るたびに玲が眠っているかどうかを確かめた。習性になっていた。深夜、タクシーを降りると、街灯の所まで玲の泣き叫ぶ声が聞こえて来る事が幾度もあった。私が家に入って行く、その刺激で騒ぎを大きくするのを怖れ、いや、それ以上に、部屋でただじっと玲の叫び声や激しい足音がおさまるのを寝つかれずに耐えている間に、自分の神経が逆立ち突き上げて来るのを怖れて、駐車場の自分の自動車のシートを倒して横になっていた事もあった。静まっている玲の寝室の気配にほっと息をつく気持が、胸の底に今も残っていた。

右手の台所の重い木製の開き戸は、きちんと閉まっていた。はめ込んである大きな半透明のガラスを通して青い光が動いていた。里津子がイヤフォンで深夜テレビを見ているのだろう。それが、毎晩玲が寝ついた後の里津子の息抜きのようだった。私は自分の部屋に入り、ドアを閉めた。閉め切ってあった部屋の空気が、蒸暑く体を包んだ。

翌日の朝、眼を覚ましたのは、もう遅い時刻だった。眼の上に左腕をかざし腕時計を見た。十一時近かった。脱ぎ捨てたシャツとズボンが枕もとに放り出されていた。パンツだけの裸で眠っていた。南側の窓にかけてある濃紺の重いカーテンが光を含んで所々白み、風でゆっくりと揺れていた。窓を開け放したまま眠ってしまったのを、ぼんやりと思い出していた。体中が熱くほてっていた。半身を起こして部屋の中を見回した。布団の足もとに道路地図の紙袋と鞄が転がっていた。家の中からも団地の庭からも、物音がしなかった。昨夜、友人に喋った言葉の一つ一つが頭に浮かんで来た。「別れる」と言った自分の口調を思い出すと、またたまらなく厭な気持がした。口調が薄べったい音になって、頭の中に響き返した。私は、あの時里津子のいない場所で里津子を話題にしようとしていた。いや、里津子のいない場所だから、別れる事を話題にしようとしたのではないか。それは里津子に対しても自分に対しても卑屈な感情だった。

本当に私は里津子と別れようとしているのだろうか。なぜ、私は里津子と別れるのだろう。玲をはさんで、里津子と私との間には、一体何が起きてしまったのだろう。今日になるまでの、その一番最初には、一体何があったのだろう。その事は、長い間、暴力と沈黙だけになっている日常とは別に、今も私には道筋が眼に映って来ない薄暗い時間のままだった。

タクシーのシートで私は友人の顔色を窺《うかが》い、答える反応、その中の同情の臭いを嗅ごうとしていただけだったのかもしれない。道筋の分からないままに、私は友人にただどこかに押しやって欲しかったのだろうか。ぎりぎりと不愉快な気分がまた体にしがみついて来た。

立ち上がって、カーテンをいっぱいに開けた。晴れていた。窓の眼の前に葉を繁らせている立木に、陽が照りつけていた。芝生の上に、背の高い樹木の影が黒く鮮やかに落ちていた。わずかに入って来る風が、裸の上半身に当った。

脱ぎ捨ててあったシャツとズボンを着け、ドアの鍵を開けて、私は部屋の外に出た。シャツが昨夜の汗でしっとりと冷たかった。シャワーを浴びるつもりだったが、裸のまま里津子の前に出る事に、気持の中でこわばるものがあった。台所の開き戸が開け放しになって、居間にいる里津子の向うむきの細い背中が見えた。坐った姿勢のまま畳に両手をついて新聞を読んでいた。むき出しの腕と白いT

シャツの背中が、異様なほど痩せて見えた。私と言葉を交わさなくなり、結末のない暴力をくり返すようになってから、里津子が眼に見えて痩せて行っているのを知っていた。ろくな食物を口にしていないようだった。台所の流しの脇に、ウイスキーの壜がいつも置かれるようになっていた。

二、三ヶ月前の休日に、里津子にその事を言った事があった。「急に痩せたな」とだけ言った。里津子の痩せて尖った顔が私の方を向き、一瞬だけ明かるくなって「そう、わかるの」と言った。私は里津子の顔を見返した。視線の中で、私たちはお互いの感情を探した。私と里津子とは、一体いつこうやって視線を合わせたのだろうか、という感傷のような思いが頭の隅に走った。里津子も私も互いに顔を合わせる事なく、もう何年も玲だけを向いて暮らして来た。そして今、私たちが向き合えば、それは必ず暴力と罵り合いに変わってしまう。私たちが見ているのは、もう自分たちの感情や神経だけで、本当は玲すらも見ていないのかもしれなかった。

しかし、私には里津子のその顔の明かるさすらも、とっさにどこか歪《ゆが》んで見えた。その時も、それ以上、私たちは言葉を交わす事なく、沈黙した。

里津子の脇を通ってタンスからバスタオルを出し、新しい下着とシャツを持って浴室に行った。里津子は新聞に手をついたまま、固く身動きをしなかった。シャワーを浴びている間に、里津子の出かける玄関の鉄扉の音がした。

昼過ぎに特殊学級から帰って来た玲と、この頃玲の好物になっている焼ソバを食べ、私たちは山の家へ出かけた。数ヶ月前から玲は一人で登下校をするようになっていた。それまでは数えるほどの日数しか学校に通った事のない玲からは想像もできない事だった。里津子は今夜この家に帰って来ないつもりだろうかと、駐車場から車を出しながら、ふと思った。里津子は週末を、一泊の旅行をしたり、友人の家で過ごしたりしている様子だった。しかし、玲と山の家に行くようになって以来、二日間を里津子がどうやって過ごしているのか、私たちは話した事がなかった。その二日間について、お互いに何の関係も持たない方が良いと、私たちは暗黙の中で思っていた。

夜になると、山は急に気温が下がり、肌寒いほどだった。この山の家を買い、結局三人で過ごすことはなかった。里津子は、二回だけ一緒に来て、——とてもここで暮らす事はできない。自分は都会で仕事をして、山の中に玲と私を置き去りにしようと言うのか——と、固い表情で言った。その言葉は、私の計画が里津子の気持から遠く離れた所で作られたものだ、という事を私に知らせた。しかし、私の中に、里津子の感情に近づく事をどこかで諦めているような気持があると、その言葉を聞きながら私は思っていた。

いつものように一つの部屋に布団を並べ、毛布と掛布団にすっぽりとくるまって玲と私は寝た。「おやすみ」と声をかけると「おやすみ」と、私と同じ口調でオウム返しに言葉を返して来た。何年も、一言も言葉を出さなかった玲がオウム返しの言葉をいつ言い出したのか、もう私は忘れていた。たとえ会話にはならなくとも、何か一言でも言葉を出して欲しいと焦るように思いつづけていた自分が嘘のように、玲の言葉を当り前に聞いていた。オウム返しが、自閉症児の特徴であると、それを障害の例として挙げている治療や研究の本を、私は何冊も読んだ事があった。けれども、そうであっても、玲の言葉は今でも私を必ず安心させた。布団に入っていくらもたたないうちに、玲は私に背中を向けて寝息を立て始めた。常夜灯の光が、ぼんやりと部屋の中を照らしていた。私は頬杖をついて白い壁紙に幾筋か流れている細い皺をなぞるように眼で追っていた。

「ウソつき！」という、里津子の激しい言葉が思い出された。玲が六歳になり、教育委員会から就学の通知が来て、玲を学校に出すかどうか、私たちは何度も話しては迷い、結論を出す事ができなかった。話は何日もの間にあちこちによじれ、里津子は、私に会社を辞めてくれと、学校についての結論を出せないまま、くり返し要求するようになった。「こわい」と、里津子は言った。「玲がこわくて、毎晩毎晩眠る事ができない。家にいて欲しい」と、時には悲鳴のように叫んだ。そして、ただ黙っている私に「会社と玲と、どっちが大事なの」と言い「ウソつき!」と叫んだ。

あの時に、私は会社を辞めなかった。辞める事が、里津子と私、そして玲にとってどういう解決になるのか、里津子の眼に私がどのような嘘つきに映っているのか、私には分からなかった。そして里津子の問いに、私は辞表を出した今でも答える事はできない。

私と玲が寝ているここに、里津子がいない。初めに一体何があったのだろうか。しかし、今も答えが見つからなくとも、これが、里津子と私がもう既に選んでしまっている結論なのに違いなかった。私は布団から身を乗り出して、玲の短い固い髪の頭を撫ぜた。もう一度、強く撫ぜた。玲は、確かに私の子供だった。いや、私自身が玲であるような、奇妙に満ち足りた感触が手のひらにあった。玲の短い髪の頭と私の手のひらが、複雑に絡み合った細い糸のようなガラス細工で結ばれている気がした。

肩まで布団をかけて向うむきになっている玲の顔をのぞいた。心持ち唇を突き出し、小さく口を開けたままぐっすりと寝入ってた。

月曜日の夕方、縦貫道路のUインタチェンジに入った。白い縦貫道路の上には、自動車の影がなかった。私はスピードメーターの下の黒いボタンを押して、距離計を0に合わせた。往路は縦貫道路を使い、帰路は海を見渡せる曲りくねった一般道路を走るつもりだった。往復で千五百キロ以上あるはずだった。喫茶店で道路地図に熱中していた時の気持が甦って来た。上空は、まだ薄明かるく晴れていた。

遠い前方に、褐色のトラックの小さな後姿が見えた。スピードメーターの針は、微かに震えながら、いつの間にか一二〇を差していた。エンジン音だけが単調に響く小さな車の室内にいる事が、妙に鮮やかに意識された。視野の先端から流れるように私に迫って過ぎて行く道を追いながら、今、左眼に銀紙が現われないだろうか、とふと思った。それは、どこか期待のような感情だった。分離帯の芝生に植えられた並木が、緑色のくっきりとした遠近法を描いて視野の中心につづいていた。

走り出してから一時間もしないうちに、前方の北の空に浮いている薄い雲が所々黄色くなり始め、それから何分も経たずに縦貫道路の上は黒い靄《もや》がかかるように暮れて行った。

H市に最も近いMインタチェンジで縦貫道路を離れた。スピードメーターの脇の時計は、十時半を差していた。M市で一泊し、翌朝支社に行く予定にしていた。距離計の数字は、六百キロ近かった。料金所のゲートで開けた窓から、意外に生温い外気が入って来た。

M駅前のビジネスホテルのベッドに背広や下着を詰めた紙袋を投げ出し、私はすぐに枕もとの受話器を取って、外信の発信番号を回した。自分の手つきがあわただしかった。T市の市外局番号を回し、つづけて事務室の直通電話の番号を回した。腕時計は、十一時を過ぎていた。必要な用件はメモに書き残してあったが、ただ事務室の様子が知りたかった。

耳に当てた受話器から呼び出し音が、三度、四度と鳴っていた。もう誰もいるはずのない時刻だった。電気の消された真暗な私の事務室の中で、直通電話のベルだけが規則正しい間隔を置いて鳴りつづけている。その情景を左手で受話器を握ったまま私は想像していた。十回、呼び出し音を数えて、私は受話器を置いた。

翌日の朝、支社に着き、駐車場に車を入れながら週末に役員に手渡した薄い辞表の用紙が頭に浮かんだ。会社に辞表を出した自分は、もうこの支社に対しても辞表を出している事になる、とどこかにひるむような気持があった。

女子社員に案内された広い会議室の奥のテーブルで五、六人の男たちが、座って喋り笑い合っていた。他のテーブルには、まだ誰もいなかった。ガラス窓が開け放され、スチールのテーブルと折り畳み椅子が、何列も整然と並べられていた。男の一人が私と眼を合わせ、テーブルの間を縫って急ぎ足で近づいて来た。

「――部長さんですか」彼は私の前に立って、勢いよく右手を突き出した。偏平な顔の、大きな男だった。私の眼が彼の顎の辺りにあった。口もとで笑いながら、細い眼がすばやく動いた。電話で聞いた通りのカン高い大きな声だった。

「――さんですか。初めまして」と私もつられるように大きな声で支社長の名前を言い、彼の握手を受けた。背の釣り合いをとるように腰を少し屈めながら、彼の乾いた両手が、大袈裟な仕草で私の手を包んだ。私より一回り歳上のようだった。

奥のテーブルで、支社長はいきなり早口で、私に次々と男たちを紹介しはじめた。そのたびに、慣れ慣れしい口調で男たちの商売や事業を賞《ほ》めた。支社の招待客たちだった。椅子に座ると、すぐに女子社員が私の前に茶を置いた。男たちは再び笑い、喋り始めていた。

次々と会議室に出入りするＨ市の有力者らしい男たちと挨拶をし、握手を交わした。その合間に何度か、私は一人で支社の屋上に上って町を見渡した。支社の六階建のビルに沿った歩道に、祭の夜店のような屋台が並び、人が出始めていた。空が真青に晴れ上がっていた。Ｈ市に大きな市の立つ日に、休憩所として会議室を提供し、接待するのが、支社の行事の唯一の仕事のようだった。挨拶以外に、私の仕事は何も無かった。時間が過ぎて行かなかった。

夕方から立食パーティーになっていた会議室のテーブルに、まだ点々と食べ残しの皿や、ビールや水割りのグラスが散らばっていた。八時を過ぎていた。客は、もう誰も残っていなかった。支社の若い社員が数人、黙々と皿やグラスを盆に載せて運び出していた。ドアの脇で支社長と握手をして、私は会議室を出た。支社長は、また乾いた両手で私の右手を包んだが、朝の時ほどの力を感じなかった。パーティーの酒で酔った頭に、彼の手がただ鬱陶しかった。

私は「T市にも来て下さい。歓迎しますよ」と大声で言った。握手をされた手に力を入れ、大きく振った。来月退職する私は、この支社長を一体どうやって歓迎するのだろう。私の辞表を知らない支社長に、わざとのように大袈裟に親しげな振舞いをつのらせた。

支社で取っておいてくれたホテルは、H駅の筋向いにあった。ベッドが一つと、コーナーテーブルにテレビと電話機が置いてあるだけの、小さな部屋だった。一度、受話器を取ったが、会社にも里津子にも連絡する気持が起きて来なかった。私は、乱暴な音を立ててそのまま受話器を置いた。胸の中でいつの間にか感情が歪《いび》つな形をしていた。ベッドと壁の間の狭い床に、私はしばらく立ちつくしていた。酔った頭が、何かいつまでも解けない問題を解こうとしているようだった。体が前後に揺れていた。シャワーを浴びて、私はすぐにまた部屋を出た。

ホテルに面した通りを挟んで、両側の路地に何軒もの小料理屋やスナックが、明かるく看板の灯をつけていた。立ち並んだ店の扉を、次々と私は開けた。早足に路地を歩き回った。路地から路地へ、建物と建物の肩幅ほどしかない隙間を縫って渡った。何軒も店を変えるうちに、路地の店は次々と灯を消し始めていた。

狭い袋小路の小さな店の扉を私は押した。扉は乾いた軽い音を立てて内側に開いた。一人でカウンターの中に座って雑誌に眼を落としていた女が、顔を上げて観察するように私を見つめ、「いらっしゃい」と言った。低いかすれた声だった。言った後、すぐに雑誌を閉じて立ち上がった。小柄な体だった。扉の左手に五、六人掛けのカウンターが一列あるだけだった。女はオレンジ色の袖無しブラウスの上に、真白なカーディガンを羽織っていた。薄暗い照明の中で、オレンジ色が鮮やかだった。「自動車旅行でね」とカウンターに座りビールを頼むなり、私は一時間も前からの話題のつづきのように、小皿に出された豆を噛《かじ》りながら言った。T市から来た。縦貫道路を走り通した。すぐそこのホテルに泊っている。たてつづけに喋った。わけもなく、故意に陽気な口調を作っていた。

女は、私のすすめるビールを飲みながら戸惑った顔で、黙って私を見ていた。カウンターの隅の細長い花瓶に、野草らしい淡い紫色の花が一本挿されていた。髪を頭の後ろで束ねていた。やや上向きの小さな鼻に、小犬のような表情があった。私と同じ位の年齢のようだった。かすれ声が、戸惑った眼付でグラスを口に運ぶ幼い表情と、ちぐはぐに聞こえた。

女は、私の話の合間に今日の市の話をぽつりぽつりと喋っていた。放り出すように語尾を切ってしまう奇妙な喋り方だった。屈んでカウンターの中の冷蔵庫から新しいビールを出しながら、片手で束ねた髪をほどいて振った。真白なカーディガンの背中に、髪が黒く広がった。

新しいビールの栓を開け、カウンターの端の板を上げて女は私の隣りに坐った。私は喋りつづけた。誰も客が入って来なかった。

店の片付けを終えた女と外に出ると、路地は看板の灯が消えて静かだった。扉に鍵をかけている女の丸めた背中を、私は道に立ってぼんやりと眺めていた。かけ終って手早く二、三度扉を押して確かめると、女は小走りに私に並んで浅く腕を組んだ。私は、女の持っている紙袋を手に取ってさげた。市の買物のようだった。歩きながら、女は私の顔をのぞき込むようにして、顔馴染だと言う小料理屋に誘った。「行こうよ、ね、連れてってよ、ね」と少女のような言葉遣いをした。何年も前から女を知っていたような、甘い気持がした。

小料理屋に寄り、しばらくして店を出るともう暖簾がしまわれていた。暗い通りを歩いて、私たちは自然に同じタクシーに乗った。女のアパートまでは僅《わず》かの時間で着いた。

　ぐっすりと寝息を立てている女の隣りで、夜明けまで私は眠りつく事ができなかった。一人で服を着け、アパートの屋根つきの廊下に出ると、明け始めた白い空の下で、林と建物の風景がはっきりと輪郭を作っていた。まだ冷たい外気に強い潮の匂いがしたが、海は見えなかった。思わず肩をすぼめながら、廊下の中程についている急な階段を降り、アパートに沿った土の道を急ぎ足で歩いた。突き当りに白く、大きな街道が見えた。足を止め、アパートを振り返った。白い空の中に、二階建のプレハブのアパートが暗く沈んでいた。女の部屋の小窓の白い桟が、浮き出すように見えた。

　タクシーが拾えないまま、私は繁華街の方角に向って街道を歩きつづけた。銀色のコンテナを積んだトラックが、背後から何台も轟音を上げて追い越して行った。歩道のアスファルトに薄い陽の光が射していた。しばらく現われなかった銀紙が、視野の隅にゆっくりと流れた。

　ホテルのベッドの上に背広とワイシャツを脱ぎ捨てた。早足で歩きつづけた体が、汗ばんで火照《ほて》っていた。腕時計も外して、背広の上に投げた。その脇に、下着のままあお向けになった。カーテンが閉まった薄暗い部屋の空気が、火照った体を冷やした。静かだった。深夜、女のアパートの前でタクシーを降りてから、まだ数時間しかたっていなかった。

　アパートに上がり、台所の天井から垂れた蛍光灯の紐を引こうとする女を、後ろから抱き寄せ、カーディガンの上から体を強く抱いた。舌に、女の濡れた口の中が温かかった。何年も体を合わせていない里津子へのひるむ気持が、胸の中のどこかで私にざらざらとした反撥をかき立てているようだった。

　布団の枕もとに置いたスタンドの小さなランプの光が、女の顔に彫りの深い影を作っていた。手のひらで女の柔かい体を撫ぜ、足の指の先まで唇を当てた。体を合わせた時に、女は小さく声を上げた。そしてつづけて「中で、出してもいいよ」と眉を寄せ眼をつむったまますさやいた。「できない日だから」と私の頭を引きよせ耳もとで言った。柔かな息だった。しかし、その瞬間に、私の胸の底を激しく得体の知れない感情が打った。「子供――」と私は思った。

息を殺しながら声を立てる女を、何度も烈しく抱いた。女に、更に大きな声を立てさせる事に私は熱中していた。もっと大声を上げさせなければならない、と女の声が洩れるたびに思った。自分が女の体を欲求していたのかどうか、分からなかった。

ベッドの上で眼をつむり、女の声を思い返していた。体のどこにも酔いがなくなっていた。里津子との暴力のくり返しも、辞表も、支社長の偏平な顔も、何もかもが眼の裏で濃淡も、遠近も失った風景のような気がしてならなかった。

あお向けのままじっとしていた。

眼を開けると、天井の真中に埋まっている乳白色の電球が、丸く薄い影を作っていた。海岸沿いの一般道路を走らずに、もう一度縦貫道路でまっすぐにT市に帰ろうと思っていた。山の家の、玲の隣りの布団で眺めていた壁紙の細い皺の形がぼんやりと頭に浮かんだ。

廊下を急ぎ足で歩いて行く足音が聞こえた。自分が、辞表や自閉症という言葉を相手にして、ただ決められた芝居を演《や》っているだけのような気がした。もう一度、なぞるようにあのロビーで担当役員に説明した道筋を思い浮かべた。玲が「自閉症」の子供である事。思春期を迎えている玲の、女親には解決の困難な精神的、肉体的問題。二六時中必要な情緒的交流。誰にも予想がつかなかった玲の変化。道筋が、つかみ所のないままにあっけなく私の頭を通り過ぎて行った。それは、もう何度もくり返し頭の中で演じた台本だった。

辞めなければならない、という、その理由と、辞める、という事は、やはり全く別の事柄に違いなかった。そして、私の辞表と玲。里津子と別れる事。それも、それぞれ別々の、関係のない事柄に思えた。

「そうなんだ」私は頭の後ろで手を組んでひとり言を言った。意外なほど大きく耳に響いた。眼をつむると、火照った体が少しずつ静まって行くようだった。


座卓の上の離婚届の日付け欄には、私の字で十月十四日と書き込まれていた。今日の日付だった。いや、もう真夜中の今の時刻では、昨日の日付だった。私の最後の出勤日でもあった。白いコンクリートの壁にかけられた八角形の青い掛時計の秒針が、音も無く回っていた。三時三十分を過ぎようとしていた。無意識に半袖の腕を手のひらで何度もさすっていた。寒くなって来ていた。鉄の扉が里津子の手でコンクリートに叩きつけられるすさまじい響きが、まだ部屋の中に残っているようだった。

焦茶色の座卓の前にもう長い間、同じ姿勢で坐りつづけていた。座卓の端に、底にわずかに液体の残ったウイスキーの壜が立っていた。私の眼の前に空になったグラス、向う側に半分以上残って氷の溶けてしまった水割りのグラスが置き放しになっていた。

緑色の罫線の引かれた離婚届の薄い用紙は、その座卓の真中に向うむきになっていた。何十分か前に扉を叩きつけて出て行った里津子の署名と印が用紙の最下段に、やはり向うむきに読めた。壜のウイスキーを少しだけグラスに注いで一口、口に含んだ。冷たい液体が奥歯に触れた。襖の開け放された隣りの部屋で、玲が布団を首までかけてぐっすりと寝入っているのが見えた。「リョウ」と私は呟いた。呟いた自分の声が、人の声のように耳に届いて来た。

「こんなウチにいられるか！」叩きつけた扉の外で里津子は叫んだ。その叫び声と扉の響きが一つになって、幾度もくり返して耳の中に鳴っていた。

どこか遠い街道から自動車の音が奇妙に身近に部屋の中に届いて来て、たちまちまた消えて行った。その音は、子供の時の眠れない夜中、布団の中で一人で聞いていた遠い電車の響きにどことなく似ていた。

叩きつけられた鉄の扉の爆発音のような響き、扉の外で叫んだ里津子の声は、静まり返ったこの五階建の鉄筋の棟中を、頂上まで駆け抜けただろう。棟中の夫婦たちが、里津子と私との夜中の騒乱に耳を澄ませ、息を殺して眼くばせをし合い、意味ありげな含み笑いをして聞き入っていたような気がした。

もう一口、ウイスキーを口に含み、そのまま喉に飲み下した。いがらっぽい抵抗があった。

あお向けになって寝息を立てていた玲が、いつの間にか私の方に顔を向けていた。寝息の音もしなかった。眼が覚めているのだろうかと思って見つめたが、口を少し開けて相変わらず深く寝入っていた。

もう四時になろうとしていた。壁掛時計の秒針は、少しの澱みもなく滑るように回っていた。私は八角形の、この部屋には不釣合に大きな時計をしばらく眺めていた。針が時刻を告げていると思えなかった。ただ回転を目的に作られた機械、という風に秒針は回りつづけていた。

罎のウイスキーを全部グラスに注いだ。残っていた薄茶色の液体は、細長いグラスを半分以上満たした。

また一口、喉に飲み下して、私は座卓の上の薄い紙片を手に取った。夫の欄には、まだ何も書かれていなかった。紙片の右側に妻の欄が縦並びになっていた。氏名、生年月日、妻の父、妻の母の名、続き柄。届出人の妻欄に署名と印。黒のサインペンで、それらがきちんとした筆跡で記されていた。

左側の「夫が親権を行う子」の欄にだけ、ぽつんと私の字で「玲」と書きこまれていた。里津子は自分ではついにその文字を書こうとしなかった。印を押す前の用紙を里津子に渡されて、最後の念を押し、座卓を挟んだ差し向いで私はその文字を書いた。紙片の一番下の夫の名、妻の名が並んだ届出人の欄の脇に〈必ず本人が自署して下さい〉という但《ただ》し書きがついていた。緑色のその文字が生々しかった。

「これで済んだ」私は自分に訊ねるようにひとり言を言った。しかしそのひとり言は、たちまち落着きなく、わざとらしい声音になって自分の耳に返って来た。「終りも始まりもない」私は訂正するように胸の中で呟いた。

里津子の署名の字体は、私の眼に次第に重苦しく映って来た。私は紙片を折り畳んで座卓に置き返した。

持っていたグラスを座卓に置いて、私は部屋を見回した。何かが気がかりになっていた。相変わらず、まるで作った静寂のように物音がしなかった。深夜に手提鞄一つだけを持って、叫んで飛び出して行った里津子が気になっているのだろうか。

私は座卓に両手をついて腰を上げた。玲は先程の姿勢のまま私の方を向いて眠っていた。

電灯の消されたダイニングキッチンの白い食卓の上に、黒いアイロンと赤い電池式の眼覚時計、片手鍋、それに大きさのふぞろいな皿が乱雑に置かれていた。薄暗い食卓の上のアイロンは、ひどく不釣合な光景だった。キッチンの北側のカーテンは、まだ真暗のままだった。

部屋の中の空気は、ますます冷たくなって来ていた。立ち上がると、半袖のシャツと半ズボンから剝き出しになった腕と脚が身震いするほど寒かった。

ダイニングキッチンの電灯をつけて、私は流しに置き放された食器を洗い始めた。食べ残しの魚肉やサラダを、次々とダストポットに捨てた。湯沸し器の湯を時々冷えた肘の上にかけて手のひらでこすった。洗剤の白い泡を丹念に湯で洗い落とし、食器を水切り籠に積み上げて行った。

洗い終り、私は居間の襖から、薄明るくなって来た玲の寝室を見渡した。学校用のズボンとシャツ、その上に白いコットンの靴下、それに紺のジーンズのカバンがきちんとそろえて布団の足もとに置かれていた。私と昨夜の話をする前に、里津子が置いたのだろう。そのそろえ方は、洋服を丁寧に畳みながら、玲を置いて自分が出て行く事についてくり返し考えている里津子の几帳面な手つきを私に思い浮かべさせた。襖に寄りかかり、私はしばらくぼんやりと頭の中でその情景を想像した。

しかし、その想像は、次第にどこか危うい匂いのするものに変わって行くようだった。里津子と別れた、という事と、今の自分の気持とが重なり合わなかった。胸の中に、妙に空白な距離を私は感じていた。その距離が、この家の中に玲と二人でいる事を、かえってありありと見えさせてくるようでもあった。

はじのまくれ上がっている布団を直し、私は、玲に並んで布団の中に体を入れた。アンダーシャツを上げて背中に手を回し、柔かい玲の体を引きよせた。温かかった。何かの動物の子供のような、蒸れた甘い匂いがした。玲は口の中で小さな寝言を言って腕で私の体をよけ、ゆっくりと寝返りを打った。

しばらくしたら、玲を起こさなければならない。玲は、すぐに里津子の不在に気付くにちがいない。それをどういうやり方で私に訊ねるだろうか。言葉を使わない玲の幾通りもの訊ね方が、様々な情景になって次々に頭の中に浮かんだ。朝食を食べさせ、そして、今朝は担任の女教師に会うために、学校まで送って行かなければならないと、向うむきの玲の短かく刈りそろえた頭を見ながら、私は思った。その時刻まで、もう何時間もなかった。

朝の橋

居間の壁の青い掛時計が、七時五十分をさしている。ゆっくりとまわっている白い秒針を眼で追いながら、私はしばらく時計の前に立っていた。

団地から下の道に出る急なスロープの手前まで玲を送って行き、白いガードレールを時々パンパンと平手でたたきながら、ふり返りもしないで歩いて行く玲のうしろ姿が坂を下りきるのを見とどけて、私はまたこの部屋にもどってきた。

道草をたっぷり食いながら歩く玲は、学校までこれから三十分はかかるだろう。

秒針から眼をはなして、私は部屋の中を見まわした。六畳の居間と、つづきに白い食卓を置いたダイニング・キッチン。流しの壁のむこうがわには、一週間前、里津子が出て行くまでは私の寝室に使っていた四畳半の和室がある。

つい一時間前まで玲とならんで寝ていた六畳の和室。布団をあげ、襖《ふすま》をあけはなった北がわのその部屋が、薄暗く広々とした穴倉のように見えた。

私は食卓のわきを通って冷蔵庫の前にしゃがみ、扉をあけて麦茶のポットを出した。コップに注ぎ、あおむけに冷たい麦茶をのどに流しこんだ。

あおむけのまま、ふと口を閉じた。コップには、もう一口ほどしか残っていない。その一口を上唇で受け、残りを飲まずに捨ててしまうか、それとも飲みほしてしまおうかと、私は迷った。

口をあけ、一息にのどに通した。食道に余計なもののように残りの液体が重く流れこんだ。

コップを置き、まだ昨夜の食器がおりかさなっている流しに腰をよりかからせて煙草に火をつけ、私はもう一度部屋の中を見わたした。

壁の白さの目だつ、妙にだだっ広い空間だった。木目模様のテレビ。鼠色のクリーンヒーター。食器棚。壁につるされたクーラー。玲も里津子もいない空間の中で、そのどれもが誰か他人のもののようだった。吐き出した煙草の煙が、ゆっくりとダイニング・キッチンの境をこえ、居間にむかって薄く広がっていった。部屋の中にテレビやクーラーが静まりかえって置きはなしになっていた。

この団地に越してきてから、三年たっていた。

里津子と私との会話は、回復しなかった。玲に疲れはて、私との生活に望みを失って、一週間前に離婚届に判を押し、里津子はこの部屋から出ていった。そういう形で、私と里津子との生活はおわった。その日が、私が会社をやめ、玲と暮らしはじめた日になった。

部屋じゅうの窓をあけはなし、私は洗濯機をまわした。朝の外気が南がわの窓からゆっくりと流れこんできた。芝生の草いきれの匂いがかすかにまざっていた。何かをたしかめるように、私は食器棚の横腹にはられたカレンダーを見た。秋がはじまる季節だった。

洗濯機をまわしたまま、私はダイニング・キッチンのヴェランダに出た。五階建の棟の一階にあるこの部屋は、眼の前が団地の芝生になっていた。刈りこまれたばかりの芝生の中に数本植えられた背の高い立木を透して、黒々と繁った林が見えた。玲の学校は、その林のちょうどむこうがわになる。

この団地は丘の頂《いただ》きに建っていたが、林にさえぎられて学校の建物は見えなかった。

五階の部屋を買っておけば、ヴェランダから学校が見えたかもしれない。鉄製の手すりに両肘をついて、私はぼんやりとそう思った。

玲は一時半ごろにもどってくるはずだった。

洗濯物を干し、食器を洗い、掃除をしなければならない。しかし、そのどれもはじめる気にならなかった。

芝生のむこうの車道を、乾いた音をたてて思い出したように赤い乗用車が通りすぎていった。

背を丸め、手すりについた腕にあごをのせて、私は、玲が毎日ジーンズの手提鞄《てさげかばん》に入れて学校から持ち帰ってくる連絡帖の、角の毛羽だった黒いボール紙の表紙を頭に浮かべていた。

一昨日のその連絡帖には、罫で「先生から」と区分された欄に、赤いボールペンで走り書きのように――太もものうしろの赤くなっている所は、M君をつかまえてキスをしようとしていたので、私が物差しでひっぱたいた所です――と書かれていた。

連絡帖は、玲の通っている特殊学級のどの子供も持っているものだった。自分では何も言わない子供にかわって、その連絡帖で担任教師と親がやりとりをすることになっていた。

その日、学校からもどるとすぐに食卓に座っておやつのアイスクリームを食べだした玲のむかいで、私はその連絡を読んだ。物差しでひっぱたいた、という文字が、自分でも驚くほど私の胸を激しく騒がせ、不安にした。私は顔を上げて玲を見た。玲はアイスクリームの最後のかけらを口に入れて、熱心に口を動かしていた。

食べおわった玲を居間に立たせ、しゃがんで太もものうしろをのぞきこんだ。右と左の膝の裏がわに二個所ずつ、薄赤くみみずばれのように物差しの跡がのこっていた。

座卓の上にプラスチックの五十音玩具をならべて遊びはじめた玲のわきで、私は連絡帖を一頁《いちページ》一頁読みはじめた。その連絡帖には、玲が六年生に進級してからの毎日の連絡がとじられていた。

一枚目に体力測定の用紙がはりつけられていた。

年齢　十二歳。体重　四八キロ。身長　一五〇センチ。そのあとに、太り気味、と黒いボールペンで担任の所見が記されていた。

夢中で遊んでいる玲のわきに坐りこみ、私はその連絡帖の頁を二回、三回とくりなおし、同じ数頁をいく度も読みかえした。

読みおえた時には、窓の外がもう夕方の日ざしになっていた。私は大きく息をして立ちあがり、背をのばした。大学ノートほどの大きさの用紙の一枚一枚の手ざわりと、担任のNという女教師の字体が、まだ映像のように頭に残っていた。

玲は、毎日のように学校で叱責され怒鳴られては泣きわめき、N教諭からひんぱんに平手や物差しでたたかれていた。いや、たたかれているばかりではなかった。

――中休みあとから理由もなく下校時までわめき通しだったので、手のひらで尻をひっぱたいた……すぐに泣き声をたててごまかそうとする……ふざけて校庭の池に足をつっこんだので、頭からバケツで池の水をかけてやった……廊下そうじがいやだったらしく、泣いてひっくりかえったので、これから毎日そうじをさせる……着がえがおそいので、はだかでヴェランダに出した。今日が寒い日でなくて残念……。

赤や黒、時には橙色のペンで書かれたそれらの大ぶりな文字が、私の頭の中でぐるぐるとまわった。

坐りこんで、桃色の「よ」というプラスチックの文字を眼の上にかざし、「ハダイロ、ハダイロ……」と何度も叫んでいる玲のうしろから、私は体をかがめてその文字をのぞきこんだ。二四色のクレヨンで色の名前をおぼえたばかりの玲は、毎日あきずにこの遊びをやっていた。窓の光に透かした「よ」の字は、たしかに肌色をしていた。

「リョウ」と、私は立ったまま玲の背中に声をかけた。「きょう、N先生にぶたれて、いたかったか」

「イタカッタカ」と、玲は私の語尾をオウム返しにくりかえした。

「いたくなかったのか」

「イタクナカッタノカ」と玲はまたくりかえし、私の言葉にはまるで無関心なそぶりで、緑色の「き」という文字を取りあげ、「キミドリ」と叫んだ。遊びに夢中になっている玲の横顔が、今にも声をたてて笑いだしそうだった。

突然、感情が荒立ち、私は玲のわきにしゃがんで「リョウ。N先生にひっぱたかれたら、ひっぱたきかえせ。かまうことはないぞ」と言った。玲は、机に「き」を置いてチラと私を見て、また右手の指で大事そうに別の文字をつまみあげた。


太った白黒の斑《ぶち》の猫が、のろのろと芝生に入ってきて横になり、腹をなめだした。どこにも人影がなかった。不思議なほど何の物音もしなかった。部屋に入る気にならず、私はじっとヴェランダの手すりにもたれて芝生をながめていた。つい一週間前までこの時刻は、もう会社にむかうために団地のバス停にならんでいた時間だった。しかし、バスを待っていた自分の姿も、その間に考えていたことも何も思い浮かんでこなかった。ただ、陽を浴びた午前中の団地のヴェランダにいる自分が、まるで他人の影を見るように、ふと頭の中で鮮やかに意識された。私は眼をつぶり、その影を見つめた。時間の流れが、どこかぎごちなかった。体の中に軽いめまいのような感じがあった。

長い時間をかけて、洗濯物を干しおえ、食器を洗い、部屋じゅうに掃除機をかけた。

六畳間の畳の上でいつの間にかうたた寝をしていた私は、鉄扉の乱暴にあけられる音で眼をさました。玲がもう靴をぬいで玄関の廊下にあがり、背中のリュックサックとジーンズの鞄を床にドサリといっぺんに投げ出した。リュックサックには砂袋がいくつもつめこまれ、床に当たって重く鈍い音をたてた。体重を減らすために、N教諭からそれを背負って登下校するように指示されていた。

玲はしばらく息をつきながら廊下に立っていた。体をおこして、六畳間から、私は整髪用のレザーで私が不ぞろいに短く刈りすぎた玲の頭を見あげた。薄暗い廊下の玲が、のっそりと妙に大きく見えた。額に汗が吹きだしていた。足もとにころがった砂袋をつめたリュックサックが、まるで玲が名差しされて背負わせられた障害児という重荷そのもののように、私には思えた。

食卓の上で広げた連絡帖には、——日常生活のくずれが目につきはじめました。今の家庭生活に問題があると思います。障害児は、レベルは上げられなくても、下げないための努力をしなければ、すぐに落ちます。玲は今がピークです。今日も廊下そうじがいやだったらしく、大パニックで泣きわめいていました。これから毎日二十回廊下の雑巾がけをさせます。叱りつけ、たたいて、私やお父さんの言うことになんでもその場ですぐに従がえるようにしなければいけません。そうなってようやく玲は本物です——とあった。

私は、食卓に座り、いつの間にか自分で缶を開けたコーンビーフにフォークを突きさしてほおばっている玲を見た。家庭生活……障害児……ピーク……そういう言葉の数々にとりかこまれて、玲は何ごともない顔で大好物のコーンビーフを食べている。それらの言葉は、N教諭の考え出したものではない。何かの集団が一斉に玲にむけてそう言っている言葉にちがいないと、もう一度連絡帖の文字を見かえしながら、私は思った。

リョウは、いつから自分で缶を開けるようになったのだろう、と私は、コーンビーフの塊《かたまり》を一たん皿にもどし、上にソースをかけ足そうとしている玲を見ながら思った。

「リョウ」と私は声をかけた。玲は、私の方は見ずに「ハイ」と抑揚のない声で、またコーンビーフをかじりながら返事をした。いつものように、私の声への条件反射のような返事だった。

「リョウ、ソースをかけすぎるなよ。タダじゃないんだぞ」と私は、玲の顔をのぞきこみ、ふざけかかるように言った。玲の前の白い皿は、ソースで一面真黒になっていた。しかし、私は玲がそこに座っていることで、ようやく一日がはじまったような気がしていた。

「リョウ、着がえをしたら、車で買物に行こうか」と私は思いついて、食べおわって立ちあがろうとしている玲に言った。

玲は、突然椅子の背に体を打ちつけるようにして座りなおし、手のひらで何度も自分の頭を思いきりたたき出した。「キガエ、キガエ、キガエ……」玲は叫ぶようにくりかえし、今度は手のひらにかみついた。かみついたまま「ウーッ」と泣き声をあげて首を細かく左右にふった。小さい頃から何年もの間、そうやって突然自分の歯にかみつかれてきた玲の手のひらは、そこの部分だけ茶色に変色して、前歯の大きさの固い輪のようなかみダコになっていた。

そして玲は椅子から跳ねるように立ちあがり、ドンドンと足ぶみをして床の上にころがった。

このごろは、めったに手のひらにかみつく玲を見ることはなかった。一体、玲は学校でどんな着がえの仕方をさせられているのだろう、とっさに私は思った。

――リョウが泣いたりわめいたりするのは、ただ、好き勝手がしたい、いやなことはやりたくない、そう言っているだけのことですからね。親が許して、いいかげんにさせてはダメですよ。リョウはそういうことには利口だから、すぐに自分の得になる方につけこんできますからね。

一週間前に、玲と一緒に朝から学校に行き、私は家の状況が変わったことを告げた。私の話を聞きおえるなり、N教諭はそう言った。三十代なかばの、化粧気のない担任教諭は、授業がはじまる前の教室の中で、年齢にしては低い声で自信にあふれた言葉づかいをした。

――家庭生活……障害児……

玲をとりかこんでいる言葉の集団が、つぎつぎと私の頭の中を駆けた。そして、その言葉に私自身もとりまかれている。

「リョウ」と私はあおむけにひっくりかえって両足で床をたたいている玲を、片足でゴロゴロとヴェランダの窓の方にころがしながら言った。

「着がえは、おまえの好きでいいんだ。したくなければ、しないでいいんだ」

玲が私の言葉をどう理解するのか、分からなかった。しかしほかに言いようはなかった。それに、家に帰ったらすぐに着がえを日課にさせるようにとN教諭からは言われていたが、考えてみると黄色のポロシャツと半ズボンでもどってきた玲に、着がえの必要はありそうになかった。

窓枠のところでとまった玲は、「キガエ」とまた叫んで手のひらをかんだ。

ヴェランダの物干竿にかかった洗濯物のハンガーが、玲と私の下着やシャツを一面につるして、風のない空中に静かに下がっていた。ハダカで歩くわけでもあるまいし。それに着がえの日課を決める時に、誰もおまえに相談しなかったしな、と私は胸の中で呟《つぶや》いた。

結局、泣きやむと玲は自分で手早く着がえをすませた。

丘の上に何十棟も立ちならんだ団地をぬけ、急坂を下り、街道にむけて私は車を走らせた。玲は、助手席でじっと前方を見つめていた。街道から見あげると、立ちならんだコンクリートの棟が、丘の頂上にゴツゴツともう一つの頂上を作っていた。

街道をわたり、山を切り開いた広い新興住宅街をぬけ、さらに二つの丘をこえて、私は大きなスーパーマーケットの駐車場に車をとめた。車からおり、広い駐車場を横切りながら、玲は眼ざとくころがっているジュースの空缶を見つけ、拾いあげて指でコンコンとたたいた。表に出ると、玲は落ちている空缶を片はしから拾ってラベルの色をたしかめ、まるで暗記しようとするように、そこに書かれている文字を見つめて、しばらくは動かなかった。

立止まった玲を待ちながら、私は、ここにくる途中の丘のふもとで見かけた、新しい病院の白い大きな建物を頭に浮かべていた。助手席で黙って前を見ていた玲が、突然ひとり言のように「オカアチャン」と言った。いつものように抑揚のない、条件反射のような声だった。

「えッ」と言って、私は玲の横顔を見た。玲は私の方は見ずに、右手の前方にある大きな白い建物を眼で追うようにして、もう一度「オカアチャン」と言った。建物の屋上の看板に大きく「——病院」と書かれていた。

慢性になった歯茎の治療のために、しばらくの間、里津子は病院通いをしていた。下痢をした玲を何回か一緒に連れて行ったこともある。どこの病院かを里津子から聞いてはいなかったが、それがこの病院だったのにちがいない。玲は、意味は分からないが、漢字を読める。この看板の文字もおぼえていたのだろう。

しかし、里津子を思いだすことで玲は混乱し、不安になりはしないだろうか。里津子が家を出ていったのは、深夜玲が眠っている間だった。翌朝起きてきた玲は、すぐに今と同じ口調で「オカアチャン」と言った。私は、その時何も返事をしなかった。何も言うことができずに、玲の言葉をさけるようにしてパンを焼き、牛乳を飲ませて玲を学校に送り出した。

胸の底で何かの強い感情が動いた。病院から眼をそらしてまた前を見つめている助手席の玲の横顔が、ハンドルを握りながら、自分の顔のすぐわきにあるような気がした。

「オカアチャンがどうした」スピードを上げながら、私はわざとのように大きな声で言った。どういう言葉を使っても、どういうやり方でも、私は玲に里津子がいないことを納得させることはできないのかもしれない。胸の不安の上に、乱暴に坐り直すような気持だった。

「――ビョーイン」と、今度ははっきりと、看板の文字を読みあげるように、玲はそう言った。

「オカアチャンは、もう病院にいないよ」と私は言った。つづけて「オカアチャンは、あの病院にいないよ。もう帰ってこないよ」と、ゆっくりと言った。

こうやって私は玲に伝えた。オカアチャンという言葉を私が出したこと、そのことで玲は納得する。いや、納得するべきだ、と私は胸の底で念を押すように思った。ルーム・ミラーにまだ病院が小さく映っていた。

玲は前を向いたまま「モウカエッテコナイヨ」と、私の語尾をオウム返しにくりかえした。

――ナットクしないとヒッパタクゾ、

と私は胸の中で冗談のように言った。その、ヒッパタクという自分の口調がなぜか無性におかしくて、私はハンドルを握ったまま思わず声を上げて笑った。玲がちらりとわけをうかがうように私の顔を見た。

玲は、駐車場のアスファルトに引かれた白い線の上に大事そうにきちんと空缶をおき、スタスタとスーパーの建物にむかって歩きだした。もう夕方が近く、買物客でたてこみはじめていた。このスーパーに来るのははじめてだった。勝手の分からない店の中で人の影にまぎれそうになる玲に、私は何度も声をかけた。

スーパーからもどって食事を作り、私はビールを飲みながら、食卓のむかいで、真黒になるほど御茶漬海苔をかけた丼飯の茶漬を、箸で不器用にかきこんでいる玲を見ていた。あおむいてかきこむ玲の顔が丼でかくれた。

玲は、ただ一種類のもの、きまった銘柄のせんべいか、インスタントラーメンしか決して食べようとしなかった。あれは、一体いつごろのことだったのだろうか。ゆっくりとビールを口に含みながら、私は自分の記憶をさがした。この団地に越してくるまで一年じゅう、玲はせんべいかラーメンしか口にしなかったような気もした。いや、越してきてからも、つい数ヶ月前まではそうだったのではなかったか。六、七歳になっても、玲はまるで体の一部分になってしまったように、哺乳ビンを絶えず口からはなさなかった。いや、もっと後までそうだったのかもしれない。

牛乳とせんべいとラーメンしか口にしない玲が、体のどこかをいつか必ず悪くするのではないか、と絶えず不安だった。しかし、ほかのどんな食物をすすめても、時には無理に口に入れさせようとしても、玲は固く食いしばった歯を絶対に開こうとはしなかった。

玲の背丈が、まだ私の臍《へそ》ほどまでしかなかった頃だった。部屋の隅の座卓に坐って、玲は眼の前のラーメンの丼にフォークをつっこんでソバをすくいあげては、口に入れずにまた汁にズブリとつけた。もう三十分以上も同じ動作をくりかえしていた。かたわらに坐って、里津子がじっと玲を見つめていた。もう数ヶ月も玲は毎日同じラーメンを食べつづけていた。飽きてしまっているのにちがいない。しかし、もし玲がラーメンを食べなくなってしまえば、一体かわりに何を食べさせたらよいのだろうか。

身じろぎもしない里津子の眼が、その不安を押し殺していた。

突然、里津子が荒々しく玲の手からフォークと丼をひったくり、立ちあがって流しに逆さまにザッとあけた。玲は、はじけるようにうしろにひっくりかえり、手のひらにかみつき、頭をかきむしった。何かが起きるたびに、玲は頭のその一個所に爪をたて、かきむしって傷つけた。かさぶたがこわれ、玲の爪に血がついた。

私は玲をかかえあげ、外に出て自転車の補助椅子にのせて走りまわった。自転車にのせている間だけは、いつも玲は静かだった。まだ出社前の時刻だったが、二、三十分しかそうしてはいられなかった。家にもどり玲をおいて会社に出たあと、やはり玲は何も食べずに手をかみ、頭をかきむしりつづけるにちがいない。不安な気持のまま、私はペダルをこぎつづけた。

私の頭に、点々といくつものシーンがよみがえった。しかしその一つ一つがいつのことだったのか、もう私には分からなくなっていた。

今、眼の前で玲は机の上に米の飯と焼魚とサラダと味噌汁をならべて食べている。記憶をさがすこ とに、何の意味もない。私は、玲と同じように上をむいて一気にビールを飲んだ。

長い間一言も言葉を出さなかった玲が、オウム返しに里津子や私の言葉をくりかえしはじめたのは、いつのことだったろうか。それも、いつの間にかだった。ある時から、としか私には言えない。

もう一杯ビールをグラスに注ぎ「リョウ、野菜を食え、野菜を」と私は千切りのキャベツの皿をさして言った。「野菜を食わないと死ぬぞ」

玲は焼魚を食べおわり、チラと私の皿の手をつけていない魚を見た。

「食べるのか」と私は箸をにぎった手を私の皿の方につき出した玲に言い、片身をそいで玲の皿にのせた。この食卓の上で、玲の好物は焼魚だけだった。「それを食べちまったら野菜を食べろよ」皿にのせたばかりの焼魚をすぐに口に入れた玲に、私は大声で言った。

玲は顔をしかめてキャベツの皿に箸をつっこみ、口にほおばって眼を白黒させた。いやなものを一気にのみこんでしまおうと、その勢いをつけるように、両手を体のわきでブルブルとふって、私の顔を見た。玲の表情がおかしかった。

「かまなくていい。飲みこんでしまえ。おまえは鶏と同じに砂嚢がついているんだから」

加勢するように、私は笑いながら言った。

両手を体のわきでふりまわしている玲。そして食卓をはさんでビールを飲みながらそれを見ている父親の姿を、まるで、二羽の鶏を見るように自分が見ているような気がした。

その夜、玲と二つならべて敷いた布団に腹ばいになり、枕もとの電気スタンドの黄色い光の中で、私は銀行の預金通帳を開いた。機械で打たれた横書きの黒い小さな数字とカタカナが、数列表のように整然とならんでいた。頁をくり、私は上から下に何回か数字を追った。

表紙に——銀行総合口座通帳と太く書かれた緑色の通帳をスタンドのわきに投げ出し、私は腹ばいのまま煙草に火をつけた。薄青い煙が、スタンドの電球をとりまくようにゆっくりとひろがった。通帳の最後の欄には、わずかな金額の数字しか記されていなかった。

——どうにかなるにきまっている。

首を上げて、ひろがって行く煙を眼で追いながら私は思った。頭の底の方で、玲と二人で暮らすことになったこの分譲団地を売りはらうと、何年生活して行けるだろうか、とぼんやり考えていた。今、玲と私が寝ているこの団地の部屋とそこにおいてある家具、その一つ一つを私は頭の中にぐるぐると思い浮かべた。

深く吸いこんだ煙草の煙をスタンドの電球に吹きつけ、私は隣りの布団の玲を見た。枕もとに、表紙がとれかけ、背表紙もボロボロになった漢和辞典がころがっていた。いつのころからか、玲はこの辞典を手ばなさなくなった。今夜も寝る前に長い間、玲は頁をくっては小さな活字の漢字に見入っていた。

この団地を売ってしまえば、通帳の数字は一気に増えるだろう。そして、その数字が通帳から消える日を想像しても、玲にも私にも意味のないことのような気がした。

「先のことから今日を考えてたまるものか」私は口の中でそうひとり言を言った。

布団の中で体のむきを変え、私は肘枕をついてむこうむきの玲の不ぞろいな髪の頭を見た。玲はかすかな寝息をたてて、ぐっすりと眠っていた。今日、スーパーマーケットで買ったピンク色と空色の明るい色柄の布団が、玲の体をおおってやわらかくもりあがっていた。その様子が、まるで玲がピンク色の泡の中にいるように見え、私はふと玲とここに布団をならべて寝ていることに、眼に見えるような手ざわりを感じた。

——どうにかなるにきまっている。

私はもう一度胸の中で呟いた。

肘枕をついたまま、私はしばらく眼をつむってぼんやりと一日を思いかえしていた。

——今日、あのスーパーの中で、玲は警官のような制服の警備員にえり首をつかまれていた……。

はじめての勝手の分からない店の中で、ふと気がつくと玲の姿がどこにも見えなかった。一階の混雑した食料品売場を何度も往復して私は玲の姿をさがし、エスカレーターを上ったすぐつき当たりにある玩具売場で、警備員にうしろからエリをつかまれ、体を丸めている玲を見つけだした。玲は声をたてずに、ただじっと手のひらをかんでいた。

「リョウ、何をやったんだ」私はいそぎ足でそばに行って声をかけた。

中年の警備員は、私の姿を見てホッとしたように玲から手をはなして制帽をかぶりなおし「おとうさんですか。このお子さんがオモチャの箱を破っていたんでね」と玩具の棚を指さして言った。その口ぶりから、警備員は大分前から玲をとらえて叱り、名前を訊いたりしていたのにちがいない、と私は思った。口をきかず、ただ背をかたく丸めて手のひらにかみついている玲に、警備員は途方にくれていたのだろう。棚の上段にある五十音玩具の平たいボール箱のふたが、斜めに大きくさけていた。

私は腕をつかんで玲を引きよせ「店の物を破ったりしたらダメだ。いつも言っているだろう」と大きな声で言った。玲は私の言葉を理解しないだろう。しかし、私は警備員に、私が叱っていることをそうやって伝えなければならなかった。玲は私の方は見ずに、ただあいた方の手で私の手をもぎはなそうと、体を左右にくねらせた。

警備員は、とまどったようにしきりに帽子に手をやりながら私と玲とのやりとりを見ていた。そして小さな声で、ひとり言のように「いいですよ。箱だけのことだから。わからないお子さんなんでしょう」と呟いた。

私は警備員に「買いとります」と言い、破れたボール箱に手をのばした。

「いいですよ、いいですよ」と警備員は、あわてたようにくりかえし、私の手をさえぎった。「けっこうですから……どうぞ……もう」と彼はとぎれとぎれに言って、もう行ってくれというように何度も手をふった。玲はその間に私の手をふりはらい、別の売場の方に駆け出して行った。

あおむけになって、頭のうしろで両手を組んだ。灰皿においた煙草の煙が、白いコンクリートの天井にむかってゆっくりと上って行った。

あの時に、制服の警備員はしきりに眼をしばたたいて気弱そうに「わからないお子さんのことですから」と何度も私に言った。しかし、わからないお子さんだから、箱を破ったことがなぜいいのか。なぜ見逃すのか。警備員はそのことについて、なぜいいのかについて、考えてみたことがあるだろうか。

いや、彼にはその「なぜ」がわからなかった。わからないからこそ、彼はそう言って玲という、突然自分にふりかかってきた災難から逃れたというわけだろう。次の棚おろしの時にでも、あの箱の破れた玩具はメーカーに返され、また新しい箱に包装されて同じ棚にならべられるのだろうか。

私は消えかけた煙草を灰皿でもみ消し、電気スタンドのスウィッチをひねった。カチッという小さな音がして、一度に部屋の中が真暗になった。南がわのカーテンの隙間に、外灯の光が細いたての一本の線を作っていた。

眼をつむったあとも、スーパーマーケットの情景は、頭の中からなかなか消えて行かなかった。

あのあと、布団売場で新しい布団を二組買い、車の屋根にベルトでくくりつけてこの団地にもどってきた。古い布団をしまいこみ、今夜からかけている化繊綿の軽くすべすべとふくれあがった布団が、体を動かすたびにやわらかくはずむように私の体についてきた。

玲が、わからないお子さんなのではない。あの警備員が、玲をわからなかった、そういうことなのだ。眠りにおちていく意識の中で、ぼんやりと私はそう思った。

翌朝、私は玲と一緒に部屋を出た。立ちならんだ団地の白い壁に、朝の光が明かるく反射していた。朝の遅い不規則な勤めをしてきた私は、思わず見なれないものを見るように、丘から下るアスファルトの坂道を見なおした。それが、団地から学校への通学路だった。子供たちが、三、四人ずつかたまってしゃべり合いながら、私たちを追いこしていった。中の一人がふりかえって「おじさん、おはよう」と高い声を上げた。

玲は、今朝も坂の縁のガードレールをトントンと手のひらでたたきながら、ゆっくりと歩いていた。背中の砂袋をつめたリュックサックが腰のあたりまで重そうにたれさがっていた。

眼覚時計のベルで眼をさまし、着がえをしていつものように食卓で黙ってトーストをかじっている玲を見ながら、私は今日、玲と学校に行こうと考えていた。

昨日の連絡帳に記されていた、「日常生活のくずれ」、それに一、二日前の「物差しでひっぱたいた」という文字が、起きるとすぐに私の頭によみがえった。そして昨日、玲は「キガエ、キガエ」と叫んで床をころがりまわった。玲は学校でどういう時間をすごしているのだろうか。授業がおわる最後まで学校にいることにしよう、と私は思った。ガランとした部屋の中で、玲が学校で送っている時間をただ想像していることにも、耐えられない気持がした。

うしろから歩いて行く私には関心がないように、玲は坂を下りきって小さな川にかかっている橋の手すりにもたれてしばらく流れをのぞき、またぶらぶらと歩き出した。

「リョウ、早くしないと学校におくれるぞ」私は玲を追いこし、ふりかえって声をかけた。

玲は、川にそった背の高い金網のフェンスの中ほどまで歩き、鞄を地面に下ろして両手を金網にかけ、額を押しつけるようにして、そこでまた流れを見つめはじめた。

「リョウ」と私は二、三歩ひきかえし、肩に手をかけた。玲はうるさそうに肩をゆすり、「イヤナノ」と短く言って私の手をふりはらった。

私は、思わず玲の横顔を見なおした。何も言葉を出さなかった玲が、数年前に突然はじめて返事をした言葉が「イヤ」だった。「イヤ」という言葉には、玲の特別に強い感情がこめられているのにちがいない。そのことを私はとっさに思いかえした。玲は一心に流れの一個所を見つめていた。

巨大なU字溝のようにコンクリートで固められた、地上から五メートルほどもある川底を、緑色の水が小さな音をたてて単調に流れていた。流れのふちに、砂のたまった小さな瀬ができていて、水音はそこからひときわ大きく届いてくるようだった。

玲は、その小さな瀬をじっと見つめていた。私は、金網ごしに水の流れを眼で追った。流れ下ってくる水が、瀬に当たり、小さく波立って水音をたて、行きすぎた水と同じ道筋を通って流れて行く。波と水音が、単調にたえまなくつづいていていた。

玲とならんで金網の前に立って、しばらくの間、私も流れを眼で追い、瀬の水音を聞いていた。玲は、毎日学校の行き帰りにこうやってこの瀬を見ていたのだろうか。何かが分かったような気持がした。

私は、金網につかまっている玲の腰のあたりにたれ下がっているリュックサックの底に手をやり、砂袋を少し上に持ちあげた。玲は私をふりかえり、ようやくまたゆっくりと歩きはじめた。

住宅街の中にまだのこっている畑をぬけて、玲はつき当たりの、やや小高くなった小学校の門をなれた足どりで入って行った。玲のあとについて門を入り、私はあらためて観察するように、広い土のグラウンドと三階建の鉄筋の校舎を見まわした。団地に引越して玲がこの学校に通うようになってから、一年半ほどになる。それまで玲は、どこの学校にも数えるほどしか通ったことがなかった。

薄暗い廊下を、玲のあとから教室にむかいながら、私は、もう六、七年も以前、玲が学齢をむかえ、学校に出すようにと、教育委員がこの団地に引越す前のせまいアパートを訪れてきた時の情景を思い返していた。寒い季節だった。初老の小柄な教育委員は、部厚いコートを丸めて部屋の隅におき、就学を猶予してほしいという私の話を、腕をくみうつむいて黙って聞いていた。クリーンヒーターの上に寝そべり、眼の前で五本の指をヒラヒラと奇妙な踊りの手さばきのようにふっていた玲が、突然飛び下りて教育委員の肩を踏み台にしてテレビの上によじのぼり、さらにそこからタンスの上にのぼろうとした。里津子がいそいでうしろから玲の尻をささえ、押しあげた。教育委員は、体をかたくしてただうつむいていた。

玲は、一言も言葉をしゃべらなかった。アーッという、誰にあてるのでもない高い叫び声と、突然爆発するはげしい悲鳴のような泣き声だけが玲の声だった。名前を呼んでもふりむきもしない玲が教育委員の肩を踏み台にするのを制止することは、里津子にも私にもできなかった。

タンスの上にうずくまっている玲の眉間に、たてに深く皺がきざまれていた。

教育委員は、就学猶予はしないでほしい、と言った。「とにかく学校に出してください。義務教育なのですから」

校庭にならんでいなければいけない朝礼。ほかの子供たちと一緒に同じ物を食べる給食。そしてどんなに簡単なものであっても、教室で教えられる音楽や理科や社会の授業。親が呼びかけてもふりむきもしない玲が、学校でその一つ一つのどれも受け入れるはずがなかった。何かにおびえたように額に皺をきざんで、家の中ではぐれた雀の子供のように一時もじっとしていない玲を教室に入れるのは、無理なばかりでなく、ただ神経を混乱させ逆立てさせるだけだろう。

教育委員は、私の話の一々に首をたれたままうなずいた。しかし彼はやはり、重苦しい口調で同じ言葉をくりかえした。

その後も、教育委員は、いく度もアパートを訪れてきた。

入学の直前まで、里津子と私は学校のことばかりを話していた。ついてこようとしない玲を交代で
児童相談所や病院で、自閉症、精神薄弱、知恵おくれ、情緒障害と、さまざまな言われ方をされた玲が、学校に入ることで、ほかの子供たちとまじわることで、もしかしたら何かを感じ、変化をするのかもしれない、里津子にも私にも、内心に薄い期待があったのだろう。いや、私たちはその期待を、玲を学校に出す理由にするしかなかった。

新学期が近づくほどに眼についてくるランドセルや勉強机のテレビ・コマーシャル、それに郵便受けに入って来るダイレクトメール、私たちはそれを見るたびに息苦しかった。

里津子がつきそって、玲は何日か学校に通った。教室で玲はおびえたように叫びつづけ、廊下に飛び出して走りまわった。無理に席につかせると、平手で自分の頭をたたきつづけた。手のひらにかみつくことを、玲はその時からはじめた。

結局、玲君のためにと親御さんがそう思われるのなら休ませて頂いてもけっこうなのですが、という担任の遠まわしな言い方で、玲は学校に通わなくなった。それから二、三年して、私たちはこの団地に引越した。

階段を上った廊下の中ほどにある「あすなろ」と黒地に白いペイントで書かれた札の下がっている教室の入口に、N教諭が腕組みをして立っていた。半袖のTシャツからつき出した腕が、三十代なかばの均整のとれた彼女の体つきに不釣合に太かった。

玲は、ぎごちのない足どりでN教諭の前に立ちどまり、首をコクンと前に折って「オハヨウゴザイマス」と言った。背中のリュックサックが肩につり上がった。何かの機械じかけの人形の仕草のようだった。その様子に、私はふいに胸をつかれるような気持で、N教諭の顔を見た。

N教諭は私の方は見ずに、入口に立ちふさがったまま「ダメ、やりなおし」と玲にむかって鋭い口調で言った。そして顔を上げた玲に自分の化粧気のない顔を指さし「N先生、N先生、N先生」と高い声でくりかえした。

一瞬、間をおいて玲は「Nセンセイ、オハヨウゴザイマス」と抑揚のない、何かを読んでいるような口調で言った。「ヨシ、入りなさい」と言ってN教諭は体をよけ、玲は教室の中に入っていった。

玲はこの特殊学級の教室に、毎朝ああやって機械じかけのようなあいさつをして入っていくのだろうか。N教諭が入り、扉がしまった教室の外で、私はあっけにとられたような気持でたたずんでいた。玲が私の手もとからどこかの兵舎のような部屋に入っていったようだった。

私は、教室の廊下がわの窓から中をのぞきこんだ。玲が最後で、もう五人の生徒がそろっていた。馬蹄形にならべられた机の中央にN教諭が立って、ひとりひとり机に鞄をしまわせながら、何か言っていた。彼女は竹の長い物差しを手にし、それで、時々生徒の机をコツコツとたたいていた。

以前にも何回か参観にきた私には、五人とも見おぼえのある顔だった。しかし、朝のはじまりからこうやって教室の様子をながめるのは、私にははじめてのことだった。粗末な机に座って膝に手をつきじっとしている子供たちに、私は不思議ななつかしさを感じた。

父兄の参観は自由、ということになっていた。今日は下校時まで玲と、玲のクラスの子供たちを見ていよう、と窓のふちに手をかけてひとりひとりの表情を見ながら私は思った。

いつの間にか、私と同じほどの年かっこうの母親が二人、連れだって私のうしろからのびあがるようにして、教室の中をのぞいていた。気がついて体をよけ、私は二人に会釈をした。二人は顔を見あわせ、無言でとまどったようにあいさつをかえしてきた。私はもう一度、窓ごしに教室の中を見た。私には、彼女たちがどの子供の母親であるのか分からなかった。

話しかけにくそうにしている母親たちからはなれて、私は校舎の階段をおり、校庭に出た。あの二人の母親は、学校の中でめったに見かけない男親の姿にとまどっていたのだろうか。それとも、少人数の特殊学級の、どの母親も、もう知っているのにちがいない私の離婚が彼女たちの頰を小さくゆがませたのだろうか。授業がはじまってひと気のない校庭をゆっくりと歩きながら、私はぼんやりと考えていた。

砂場の所で立ちどまり、私は校庭をコの字形にとりかこんでいる鉄筋校舎を見あげた。玲のいる教室の窓が開いていたが、私の位置からは誰の姿も見えなかった。子供の声が聞こえないのが不思議だった。砂場の鉄棒によりかかり、休み時間、この校庭が叫び声をあげて走りまわる子供たちでいっぱいになる情景を私は想像した。しんと静まりかえった校庭に、突然、教師の名を呼ぶスピーカーの音が甲高く鳴った。

昼休み、机に座った子供たちの皿にパンを配りながら、N教諭は教室のうしろに立っている私に

「今日の放課後、時間がありますか」と訊いた。パンに手をのばそうとした玲の隣りの子供の手を、素早く平手でピシッとたたいた。そしてまっすぐに私の顔を見つめて、「リョウのことでお話ししておきたいことがあるのです」と、はっきりと強い口調で言った。皿を机におく音が、静かな教室の中にかたくひびいた。朝、参観していた母親の姿はもうなかった。

食事がはじまり、子供とならんでパンを口に入れていたN教諭は、ふいに「先生が食べさせてやろうか」とむかいがわの子供に大声で言った。やせて青白い肌をしたその子供は、うつむいて皿に盛られたジャガイモの煮物をフォークで何度もかきまわし、口に持っていこうとしては、また皿にもどしていた。N教諭は立ちあがり、子供の背後から手をとってフォークにつきさしたイモをむりやりに子供の口におしこみ、手のひらで口をきつくおおった。子供は眼をつぶった。のどがゴクンと動いて、ジャガイモが飲みくだされた。

私は思わず息をのんだ。この子供はこうやって毎日、嫌いな食物を飲みこまされているのだろう。玲が、家で手をバタバタさせながらキャベツを飲みこむ理由が眼の前でとけた。玲は、口を手でおさえつけられることよりも、自分で飲みこむことをえらんでいるのだ。

玲は、食パンをはしからゆっくりとかじっていた。

ほかの子供が帰ったあとのガランとした教室の隅にしゃがみこんで、指で床に字を書いている玲に声をかけ、私は生徒の机にN教諭とさしむかいで座った。黒い連絡帖の表紙のへりでN教諭はトントンと机をたたき、わきにおいてしばらく黙っていた。そして顔をあげ「率直に申しあげますが、おとうさんはリョウに甘すぎます」とかたい口調で口を切った。給食の時間に子供たちのひとりひとりを絶えず見まわしていた時と同じ、熱っぽい鋭い視線だった。

「リョウは障害を持った子供なんです。自閉症児なのです。もう私が言わなくても知っていらっしゃるはずですが、もしリョウを今のままで、最低限の社会ルールも身につけさせないでほうっておけば、施設に入ることもできなくなってしまいます。悪ければ、一生精神病院で暮らさなければならなくなります。連絡帖にも書きましたが、玲の発達は今がピークです。今、リョウがようやくできるようになった洋服のボタンかけやふき掃除を、何度でも毎日くりかえしてしこみつづけていなければ、こういう子はすぐに力がおちます」

一気にそう言って、N教諭は教室のうしろをふりかえった。玲は話の途中から二、三枚かさねて教室の壁ぎわに積まれているマットの上を、大声を出しながらとびはねはじめた。空中で笑い声をあげ、パンパンと手を鳴らした。

N教諭はまた私の方にむきなおり、「こうやって待っている間も、リョウはちっとも静かにしていられません」お分かりでしょう、というように彼女は少し勝ちほこった表情で言った。実際、玲の声にさえぎられ、私はN教諭の声の所々が聞こえなかった。

「こういう子は、言葉が満足にしゃべれないし、私の言うこともお父さんの言うことも理解なんかできません。子供の感情や気持を受けいれて対応しなくちゃいけない、などという人もいますが、私はそんなことでは甘いと思います。センチメンタルな気持でいたら、結局子供がダメになります。そして一番困るのは親なんです。

障害児は、普通の理解力がない子供なんです。おとうさんが玲と二人になってからの、この一週間の連絡帖を見ると、リョウの納得のいくように説明してやってくれとか、リョウの気持をくみとって、とか何回かお書きになっていますが、いくら私が説明したって、リョウがそんなことを理解できると思っていらっしゃるのですか。リョウはただ、おとうさんが甘いから、それにつけこんでいるだけです。学校でも、もう私の言うことを聞かなくなって自分勝手になりはじめています」

私は黙って、少しずつ声高になっていくN教諭の声を聞いていた。話のあいまに、あなたにはお子さんがいますか、と訊こうとして彼女が独身だったことを思い出し、また口をつぐんだ。

「理解とか納得とかいうようなことを考えることが、甘すぎるのです。以前に私の手がけた子供で、リョウなんかとはちがって文章も理解できるし、簡単な足し算や引き算、それに九九までできる子供がいました。ＩＱも八〇以上ありました。それでも、その子は今施設にいるんです。

リョウの場合には、とにかく理屈ぬきに、叱ってでもたたいてでも、私やおとうさんの言うことにしたがえるようにしなければいけません。教室に入る時にはあいさつをする、シャツのすそはズボンにきちんと入れる、レストランに入ったら膝をそろえて座って、好きでも嫌いでも出された物を黙って全部食べる。

教室の中で隣りの子とふざけたり、スキを見せると椅子の上で踊ったりするリョウがいるようでは、クラス経営ができなくなります」

ダメをおすようにそう言って言葉を切り、N教諭はわきにおいてあった連絡帖をとってパラパラとページをくりながら、じっと私の顔を見た。表情のとぼしい化粧気のない顔の中で、眼だけが自分の言葉に酔ったように大きく見開かれ、キラキラと熱っぽくかがやいていた。

私は何を言おうかととまどい、N教諭から眼をそらして、玲をふりかえった。玲は、私と眼が合うと、マットの上で一層大きな笑い声をあげ、空中にはねた。玲はこの教室の中で、また表情をなくしていってしまうのではないだろうか。玲の眉間から皺がなくなったのは、いつのころだったろうと、ふと私は思った。

黙って玲を見ている私に注意をうながすように、N教諭は音をたてて連絡帖を机の上におきなおし、もう一度口を開いた。

「自閉症児は、ダウン症児などとはちがって、見た眼には普通の顔だちをしています。だから、つい甘やかしてきれいな服を着せたがったり、髪の毛を分けてみたりする親までいます。それに、へんにむずかしい字をおぼえて、玲もそうらしいですが、辞書を一冊丸ごとおぼえてしまったりする。それで、まるで天才教育みたいなことをさせたがったりするのです」

障害児は、障害児なのです。そんなことは何の役にもたたないのに、というように、N教諭は言葉を切り唇のはしで少し笑った。

普通の顔だちとは、一体どんな顔のことを言っているのだろうか。私は思わずN教諭を見かえした。N教諭のキラキラとかがやいた眼は、——あなたは私の言うことに反対かもしれないが、必ずそのうちに思い当たることになる。それを今、私はあなたに忠告しているのだ、と自信と熱気をもって言っていた。

玲をとりかこんでいる言葉や視線を、あらためて私は思った。しかし、その中で、何年か前には学校に行けば必ず自分の頭をたたき、手にかみついて泣き叫んでいた玲が、スキを見て隣りの子供とふざけ合い、椅子の上でとびはねている。教室の入り口で機械じかけのようなあいさつをすることよりも、楽しい時にはとびはねる、それこそが大事なことではないだろうか。眉間に皺をきざんでいた玲は、長い間そうやって自分の感情を表現する方法を知らなかった。玲は今、自分でそのやり方を見つけだしている。授業中に、突然椅子の上で踊り出す玲の姿を想像し、思わず私の胸に笑いがこみあげた。

「リョウは、一体どのお子さんとふざけ合うのが好きなのですか」と私は訊いた。

「誰ともですよ」と、話をはぐらかさないでほしいというように、N教諭はムッツリと言った。

帰り道、玲はまた川の金網に両手をかけ、長い間、流れを見つめていた。小さな瀬から朝と同じように水音がとどいてきた。私は玲とならんで金網によりかかりながら、玲の背中のリュックサックを持ちあげて肩からはずした。玲は、ただうるさそうに体をねじって肩紐から腕をはずし、またバンザイのように両手を金網にかけて流れに見入っていた。

　私が見ていたせいもあるのだろうか、Ｎ教諭は今日、玲をたたかなかった。しかし、教室の中で玲もほかの子供たちもたえずはげしい叱責の声と一緒に物差しで膝を突いて座り方をなおされ、首をおさえて通りがかりの教師にあいさつをさせられていた。昼休みがおわると、まるで兵士の匍匐前進《ほふくぜんしん》のように縦列を作って一斉に尻をあげ、教室の前の廊下で数十回も雑巾がけをくりかえさせられていた。その間も列の横で、Ｎ教諭は物差しを手にしてじっと鋭い眼で子供たちを見ているのだった。時々、参観している私をちらりと見るＮ教諭の眼は、この子供たちは障害児なのです、と言っていた。

　牢獄か兵舎に幽閉されているように、玲は一日の数時間を学校ですごしている。そこで、玲は障害という言葉の世界に慣らされ、時間がくればつぎの施設や病院という名前で仕切られた社会に送り出されていくために、跳びはねることも笑い声をあげることもないように訓練をうけている。

　そして、学校という名前のあの三階建の鉄筋コンクリートの建物と、それがとりかこんでいる土の校庭。気味のわるいほど静まりかえったその情景を、私は頭の中に思いかえした。

　金網に背中をあずけ、私は煙草を出して火をつけた。カチッというライターの音に、玲が一瞬ふりかえり、すぐに流れに眼をもどした。

　Ｎ教諭に動作の一つ一つを監視され、シャツのすそをズボンにグイとつっこまれ、笑い声をあげて跳びはねた瞬間に物差しでたたかれるコンクリートの部屋。玲のすごしている時間が、私の体におおいかぶさってくるようだった。

　煙草を深く吸いこみ、吐き出した。空中に煙がうすい膜を作って広がり、また消えた。左手にさげていた砂袋のリュックサックを道におろし、私は腕時計を見た。もう三時になろうとしていた。一時間ほど前には、この道は下校の子供たちでにぎやかだったろう。今は通行人の影もなかった。

昨日の夕方、学校からの刷物を持って訪ねてきた、玲と同じクラスの母親の言葉が、ふと頭に浮かんだ。その母親は、団地の二、三軒へだてた棟に住んでいたが、話をするのははじめてだった。

「学校へ行くついでがありましたから……」彼女はそう言って、玄関のたたきに立って半開きの扉を手でおさえたまま、少しあわただしげな手つきで、私にワラ半紙のプリントを手わたした。プリントには、最初の行に太い文字で「障害児の進路、——先生をかこむ会」と書かれていた。

「こういうプリントが、しょっちゅう来るんですよ」と彼女は、礼を言いかけた私に早口で言った。

「うちの子供も言葉が出ないし、少し疲れると発作があるしで、毎月病院に通っていますけど、何だか年じゅう学校から障害児、障害児って言われると、わたしまで障害児のような気がしてきますわ。あの子だって好きで障害児になったわけでもないのに、障害児らしくしないと悪いことをしているみたいで……。わたしも障害児の親らしくないって、保護者会のたびにN先生に叱られるんですよ」

それだけ言うと、またあわただしくあいさつをして、彼女は帰って行った。

障害児らしく……。そう胸の中で呟いて、私は金網ごしに煙草を川に投げた。私と同じ年かっこうの、勝気そうなその母親の口調が耳に残っていた。やせぎすで背の高い彼女は、軽くカールさせた髪を肩に流し、鮮やかなオレンジ色のブラウスを着ていた。年齢には不似合なその髪型や服装は、何かに対して精一杯あらがって彼女が自分をささえようとしているものだったのだろうか。

道においたリュックサックをとりあげ、私は玲の背中に「リョウ、もう帰ろうか」と声をかけた。玲は金網から手をはなして私をふりむき「モウカエロウカ」とくりかえした。そして長い間見つめていた川にあきたように、スタスタと団地の方にむかって歩き出した。

玲は、私の言葉を理解できない。玲は社会のルールをわからない。しかし、私も玲の言葉をわかっていはしない。私や社会の方も、玲のルールを理解していない。玲の、玲自身の持っている言葉、玲が作っているルール。刈りすぎた不格好な玲の髪をうしろから眼で追いながら、突然私はそのことを思った。

ずしりと手に重いリュックサックを小わきにかかえなおし、私は川にそって走り出した。玲を追いぬきながら「リョウ、行くぞ、走れ」と大声を出した。そのまま走りながらふりむくと、玲はけげんそうに立ちどまって私を見ていた。「リョウ、走れ」と、私はその場で足踏みをしながら、また大声で言った。玲はつられたように二、三歩走り出した。「そうだ、リョウ、走れ」と笑いながらもう一度私は言った。幼い子供のように不器用に両手を外がわにふり、上半身をゆすって玲は、面白い遊びを見つけた、というように私の方にむかって大急ぎで走りながら声をあげて笑った。息をはずませるたびに途切れ途切れに、それでも玲は笑いつづけた。

数日後の夜、夕食をすませたあと、私は玲を連れて車でK山にむかった。K山のふもとに七、八年以前、建売の分譲で買った小さな家があった。

高速道路のインタチェンジをおり、街灯のない真暗な細い山道を、曲りくねって私は車を走らせた。あけはなった窓から、樹木の匂いのする湿った風が車の中を吹きぬけた。玲は助手席で、つけはなしのカーステレオでテープを聞いていた。せまい座席の中でリズムに合わせるように体を前後にゆすり、時々パンパンと手を打った。

ビームに上げたライトが、道のはしの「――銀行K山寮」と書かれた看板を照らし出した時に、私は思わずアクセルにかけた足をゆるめた。道路からわずかにひっこんで、二本の太い落葉松にさし渡すようにかけられたその白い看板と黒く太い文字。それは、山の家にむかう時に、何度も見なれたものだった。

あれはいつの頃のことだったろうか。

深夜泣き叫ぶ玲への近所の苦情や、せま苦しい団地や街の刺激、車の危険から逃れようとして、ためらう里津子を押し切り、私は衝動のようにこの山の家を買った。

息をつめるように、私は毎日をすごしていた。私の腰ほどまでしか背丈のなかった玲は、額に何本もたて皺をよせ、歯を食いしばり脂汗を流して、来る日も来る日も昼も夜も泣き叫びつづけていた。里津子は、放心したように畳にぐったりと横になっていた。起きあがり、自分の感情に耐えられないように玲の頬を打った。里津子にも私にも、悲鳴のような玲の叫び声を静める方法がなかった。私は襖をあけはなした隣りの部屋で、壁に体をぶつけて叫びながら走りまわる玲を、ただ眼で追っていた。壁の角々に、けがをしないために当てた布が張ってあった。玲はそれもひきちぎった。今にも玲をひきたおして蹴りつけようとする感情をおさえるために、玲の悲鳴が耳に入ってこないようにするために、私はヘッドフォンを耳に当て、音量をいっぱいにしてジャズを流した。なぐりつけるような烈《はげ》しい音が胸にひびき、心臓の鼓動が不安定にドクン、ドクンと鳴った。

玲がつかれはてて眠ったわずかのすきに、私たちは、少しの音もたてないように、はうようにして敷きはなしの布団に入り眠った。眠っている間も、玲は眉間に深く皺をきざんでいた。毛布をかけるほんのわずかな気配にも、玲はふたたびはっと眼を開き、悲鳴をあげた。

いくつものきついカーブを曲り、車は急勾配の道を上っていた。ライトに照らし出された左右の樹木の枝が、窓にせまるようにかすめた。

突然、前方の草むらから黒い動物の影がライトの光の中に走り出し、とっさにブレーキに足をかける間もなく、道を横切って反対がわの林の中に消えた。車をとめ、私は「リョウ、キツネだ、キツネがいたぞ」と大声を出した。それがキツネかどうか、分からなかった。野犬か、それとも私の知らない動物だったのかもしれない。私はハンドルに腕をおき、助手席の玲の横顔を見た。玲は、動物が消えていったあたりの林に眼をやっていた。

「キツネがいたね」と私はまた玲に言った。

玲は「キツネガイタネ」とくりかえし、少し首を下げて、うかがうように林の暗がりを見つめた。私はまた山道を走り出した。玲もライトの光の中に、私と同じように一瞬間、あの動物の影を見たのにちがいない。そのことに何か安心するような気持で、私はふっとため息をついた。

急な坂の頂上を、左に大きく曲った。曲り角の白い大きな家に、明々と灯がついていた。車の中に、玲の聞いているシンセサイザーの音がゆるく鳴っていた。

この山に来はじめたころ、玲の聞いていた曲は何だったろう、と私は思った。

もう五、六年もすぎていた。その夜、家で寝ていたいという里津子を残して、玲と二人で山の家にむかってこの真暗な山道を走り、ちょうどあの銀行の看板をすぎたころ、私はしきりに何かの考えにとりつかれていた。その考えが何なのだろうかと、自分でじっと思いをこらすようにして、私はハッとして玲の横顔を見たのだった。

その時、まだ背丈の足りない玲は、腰を浮かすようにしてダッシュボードにつかまり、あごを手の甲にのせて身じろぎもせずに前方を見ていた。玲は自動車に乗るのが好きだった。ふだんの泣き叫ぶ声がうそのように、静かにただ一心不乱に前を見つめていた。

私が、山道を走りながらしきりに考えていたのは、玲がいなくなれば、というそのことだった。山の家から団地にもどれば、また同じことがくりかえされるだろう。隣近所の苦情や、突然、車道にとび出してしまう玲の事故に神経を立てずに山ですごしていられる時間は、せいぜい一日か二日のことにすぎなかった。

急なカーブにそってハンドルを切りながら、私は、自分が山の樹海の中に玲をおきざりにする情景を、しきりに想像していた。それは多分、容易にできることだった。

熔岩の石ころだらけの山の道を、呼んでもけっしてふりかえらず、どんどんと走るように奥へ奥へと入って行く玲のうしろから、私はただついて行く。両がわから、葉をしげらせた木が暗くびっしりと道をおおっている。誰にも行きあわない。くねった道をいく度も曲り、山がますます深くなっていく。いくつ目かの曲り角で、私はふと玲を見うしなう。

あの時、私はその先も考えていた。ハンドルを握りなおして、私は、私の記憶の中の想像を掘り出すように思いおこした。もし、万一、玲が誰かに発見されることがあっても、玲は口をきかない。誰も私を疑うことはできない。私はただ、山の散歩の途中に玲とはぐれただけなのだ。

玲を連れてこの山に来るたびに、私は胸の底のどこかに、私が玲とはぐれる情景を思い浮かべた。いや、深夜に突然、玲が悲鳴をあげ、音をたてて駆けまわりはじめるたびに、私は何も手を出すことができずに、ただ一心に、頭の中にその情景を思い浮かべていた。玲のうしろから、いくつも曲り角を曲って歩いて行くその道筋の一本一本、そしてふいに足をとめる自分の姿を、頭の中で追いつづけていた。

まっすぐに走っていた車が舗装のはがれた穴を踏み、ダンッとはげしい音をたててゆれた。あわててブレーキを踏み、私はハンドルを握りなおした。玲が体をダッシュボードに打ちつけるにぶい音がした。

車をとめ、ルームランプをつけて「だいじょうぶか」と私は声をかけた。玲がびっくりしたように眼を見ひらいて私を見ていた。不ぞろいにボサボサと立った髪の毛と、その下の眼つきがおかしかった。

床に散らばった煙草やライターをひろいあげ、私はまた車を走らせた。

角にモミの木のある最後のカーブを曲り、車は山の家に近づいていた。真暗な車内で、玲がテープのスイッチを切るカチッという音がした。いつの間にか玲は山の家への道をおぼえ、この曲り角でスイッチを切るようになった。

玲がびっくりして私を見たあの眼つき。そうやって自分の感情を、玲は確かに私につたえた。あの、じっと私を見つめる眼つき、私がほしかったのは、あの眼だった。

助手席でテープをとり出そうとして体をかがめ、しきりに手さぐりをしている玲の影が動いていた。左手を天井のルームランプにのばして、明かりをつけながら、この山の家を売れば、あと何年余計に暮らしていけるだろうか、と私は思った。

早朝、家具のなくなった部屋に戸じまりをし、私は玲を連れて団地の棟を出た。もう年の末が近かった。家具は、私たちの出る少し前に引越しの業者が全て運び出し、トラックに積んで先に行っていた。駐車場に下りる坂道の途中でふりかえると、ジャンパーで上半身のふくれあがった玲が、私から大分おくれてゆっくりとした足どりでついて来ていた。時々口を丸めて、何かの遊びのようにアーと声を出しながら白い息を吐いた。

半月ほど前、学校から帰ってきた玲の連絡帖に、廊下の雑巾がけの最中にふざけてとびはねたので平手で打ち、バケツの水をあびせた、と書かれていた。畳の上に腹ばいになって、一面に広げた新聞のチラシの文字に見入っている玲に、私は「リョウ、明日から学校休もうか」と声をかけた。玲は、はねるように上半身をおこして「ガッコウヤスモウカ！」と叫んだ。そして疑うように私を上眼づかいに見て「ガッコウヤスモウカ」と小さな声でもう一度言った。

「学校には、もういかなくていい。学校はお休みしよう」玲の眼を見かえして私は言った。「ガッコウオヤスミショウ」と、玲はまたくりかえした。

その夜、N教諭の自宅に電話をかけ、私は翌日から玲を休ませた。二、三日後にN教諭から連絡をうけ、私は玲をつれて放課後の学校の校長室で、校長とN教諭、主任の教諭と長い時間、話をした。

障害児は障害児らしく、というような考え方は絶対にみとめられない、と私は言った。N教諭の暴行の一つ一つを言葉に出すたびに、私の感情がまた荒立った。

「普通児とか障害児とかいう問題ではありません。だいたいそう名づけたのは、おとなの方じゃないですか。子供には何も相談しないで、おとなの都合だけで、そうやって区別しておけば学校の中でも社会の中でも自分たちが勝手に作ったルールがうまくいく、そういう理由だけで名づけているだけじゃないですか。子供には子供の感情も都合もあるでしょう。子供のために学校に通わせろというのなら、学校で先生たちは子供たちの感情を理解して、彼らを尊重して一緒に生活する、そういう場所が学校じゃないんですか」

私はしゃべりつづけた。感情がのどをつきあげた。

「子供の行動の理由も感情も分からない自分の貧困な理解力はたなに上げて、子供をひっぱたくような人間に教師の資格があるとは思えませんね」

とにかく、障害をすべての理由にして、命令をし、禁止をして、それにしたがわなければ、ただ懲罰の怒声や暴行をふるうような学校に玲を通わせるわけにはいかない、と私は言った。

定年に近いという、やせて背の高い校長は背を丸めるようにして、しきりに私の話に相づちを打った。しかし「特殊学級には、普通学級とちがってむずかしい問題があります。N先生は熱心にやっていると私は思います。それは――さんにもわかっていただかなければなりません。この学区に住んでいらっしゃる以上は、担任であるN先生のやり方にしたがってほしい」という言葉以外のことを、彼は、けっして言わなかった。N教諭は一言もしゃべらずに、ただ私と玲とを交互に、にらむように見つめていた。

私の隣りで、玲は校長室の大きなやわらかいソファを時々腰でゆらしながら座っていた。

駐車場の車の前で、私は煙草に火をつけ、まだ坂道を下りきらない玲を待った。あの夕方近くの校長室の情景、その中でそれまで校長とならんで私のむかいがわに座り、じっと聞いていた主任教諭が、突然話の腰を折るように強い口調で言った。

「――さん、あなたはね、こうやってリョウをともかく座っていられるようにしたのは、一体誰だと思っているんですか」吐き捨てるようにそう言って、主任教諭はそれきりまた口をとざした。

野獣を家畜にしてやった、そういうことかと、私は一瞬主任教諭の顔を見かえした。その時の冷えびえとした感情が、まだ私の中に残っていた。

あの日、何の結論もないまま学校の門を出て、暮れはじめた道を玲と歩きながら、私は胸の中で団地から引っ越すことをきめていた。別の学区にどういう学校があるのか、何もあてはなかった。しかし、それが玲と暮らすということなのだろう、と私は思った。

車に背中をもたせかけ、深々と吸った煙を白い霧のように一気に吐き出し、私は大声で「もう行くぞ」と玲に声をかけた。

車を発進させながら、私は助手席の玲に、思いついて「リョウ、川を見ていこうか」と声をかけた。玲が毎日、砂袋のリュックサックを背負って学校の行き帰りに見入っていた川。金網に両手をかけた玲の背中。その姿が頭に浮かび、私の中に思わず感情のような気持が動いた。

玲は動き出した車の中で、いつものように前を見つめながら「カワ、イカナイヨ」と言った。「川を見ていかなくてもいいのか」と私は車をとめ、玲の方をむいて言った。玲は「カワ、ミテイカナイヨ」と、ちらと私の顔を見て、もう一度はっきりとした声でそう言った。

「そうか。もう行こう」私はまた車を走り出させながら言った。

条件反射のような「ハイ」ではない。機械じかけの「オハヨウゴザイマス」ではない。そうしてオウム返しではない返事を玲がしたのは、はじめてだった。いや、はじめてではない。街道にむかうせまい道を走りながら、私はしきりに自分の記憶の中をさがした。玲がもうずっと以前から、何度もこうやって私に返事をしていたような気がした。

団地の売却をたのんであった不動産屋の事務所によって鍵をわたし、私は広い街道を東の方向にむかって車を走らせた。つい一週間ほど前に借りる契約をしたアパートは、団地から真東に四本の大きな川をわたり、数十キロはなれた町にあった。

この街道を東にむかうのは、はじめてだった。両側にビルと、それにはさまれて商店がどこまでもたちならんでいた。その変哲のない街並が、ハンドルを握りながらどこか新しい風景のように私の眼に映った。

三つ目の長い橋を、私たちの車は渡っていた。車の中に、いつものように玲がかけたシンセサイザーの耳慣れた音が鳴っていた。玲は、前方を見つめたまま大きなあくびをした。S川をこえる橋だった。入口の太い石柱に「K……橋」と彫られていた。朝の道にいつの間にか自動車が列を作ってならび、はげしい渋滞がはじまっていた。

彼岸花火

その商店街の曲り角で、私は立ちどまった。右に鉤《かぎ》の手に折れた歩道の突き当りに、低く陽よけテントを下げて、小さな佃煮屋が店を開けている。テントの奥に薄暗く、黒い佃煮の箱が並んでいた。箱には一つ一つ、ガラスの蓋がされ、眼がなれると、その中は黒ばかりでなく、褐色やアメ色をしているのだった。それが店の奥までいくつも並んでいた。

テントの手前の歩道に立って、私は見るともなく箱の列を眼で追った。真夏の烈《はげ》しい日射しが、テントの内と外とをくっきりと分けていた。アスファルトから、照り返しが顔をたたいて来るようだった。

ふり返ると、いま歩いて来た商店街の道が真白だった。歩道に沿って隙間なく軒を並べている店の列の中に玲の姿をさがしたが、どこにも見えなかった。

「リョウ」と、私は呼ぶのでもなく、ただ口の中で言った。玲をさがしている自分の視線が、自分のものでないようだった。

まるで何かのくせのような、こうやっていつも玲をふり返って、姿を確かめて歩いている、とぼんやりと私は思った。

そのままそこにたたずんで、私はまた佃煮屋のテントの奥に眼をやった。

ほの暗い塊《かたま》りが、私の胸の底に沈んでいた。その塊りが私の足を佃煮屋の店先にとどめさせているようだった。

この商店街は、もう二十数年前、私の中学校への通学路だった。私は、日によっては自転車に乗ってこの直角の曲り角を大きくカーブを切って学校へ急いだ。日によっては、学校からの帰り道、肩に鞄《かばん》をかけ歩道をぶらぶらと歩きながら店を一軒一軒のぞきこんだりした。

つい十分ほど前に、玲と私とはこの商店街の入口でタクシーを降りた。玲に学校を休ませて、朝から児童相談所に行った帰り道だった。タクシーが商店街の入口のアーチを通り過ぎようとした時に、私はふいに思いついてタクシーをとめた。

隣りの席の玲に、「リョウ、ここから歩いていこうか」と声をかけた。

玲は前を向いたまま、私の言葉をオウム返しに「ココカラアルイテイコウカ」と言った。

二十数年前とほとんど変わらない家並みだった。赤と白に塗られた鉄骨のアーチ、そこに渡された看板に、――商店街と書かれた黒い文字、それが晒《さら》されたように薄くぼやけていた。

玲は、いつものように両肩をゆすりながら、手と足の調子の合わない不器用な歩き方で、私の後をゆっくりとついて来た。菓子屋。金物屋。乾物屋。駅から遠く離れたこの商店街には、不思議なほど以前と同じ店が同じ位置に、黙りこむように並んでいた。

昼の太陽が頭から照りつけていた。二十数年前、私は今の玲と同じほどの年齢だった。この道を歩きながら、その時に私は何を考えていただろう。

玲をふり返った。酒屋の真赤な自動販売機の前に立ちどまっていた玲は、私と眼が合うと、またゆっくりと歩き出した。この商店街を抜ければ、いま玲と私が住んでいる町に通じている地下鉄の駅がある。タクシーをとめた時、私はそのことに思いついたのでもあった。

少年だった自分に自分が戻って行くような感情が、歩くたびに胸の中で揺れた。昔の時間が返って来るような光景、そこに滲みついている匂い。乳色のガラスを通して物を見るような気持がしきりにした。

通りをはさんで、歯医者の白い、塗料の所々はげた看板があった。看板の脇の小窓に、やはり白く塗られた木の格子がはまっていた。どの色もその頃と同じで、しかし一様に褪色している。私はこの歯医者で傷んだ歯を深く削られ、詰め物の下でうずく痛みをこらえながら家に帰った。こらえきれずに、途中の橋の中ほどで太い鉄の欄干を強く握って長い間、濁った単調な流れを見つめていた。

その頃の私と同じ年頃の玲は、いまこの町を歩きながら、何を考えているだろうか。玲も、乳色のガラスを通してどこかの風景を眺める時があるだろうか。時間の中に沈みこんで行こうとする気持をはらうように、私はそう思った。そのままふり返らずに、人通りの少ない夏の歩道を歩いた。

佃煮屋の中は薄暗く静まり返って、人の気配がなかった。暗さになれた眼に、店の奥のガラス格子の戸が見えた。それが三分の一ほど開け放しになっているのだった。

姿の見えない玲は、どの店に寄り道をしているのだろうか。

歩道に面して、そこだけ透明に、ガラスのショーウインドウがキラキラと輝いていた、あの時計屋に入って行ったのかもしれない。玲はここ数ヶ月、時計屋という時計屋は必ずのぞいて見なければ気がすまない。

いつもならば、私は玲をさがしに引き返しているだろう。店の中に入って来て、ただ黙って店の品物を手に取り、指でたたいたりしている玲を今にも叱りつけようとしている店員に手短に謝って、玲を店から連れ出しているだろう。

しかし、その場に立ちつくし、いま歩いて来た道を戻る気持になれずに、私はただ玲が入っていった店の中を頭に浮かべていた。

出て来た店員に何も返事をせず、ガラスのケースに両肘をついて、その中の色とりどりの時計を、玲はただじっと眺めている。棚に並べられている眼ざまし時計を手に取って、文字盤のガラスをいつものように指でコンコンとたたいているかもしれない。

玲は時刻を見ているのではない。文字盤に書かれたSEIKOやCITIZENという小さなローマ字、それに丸や長方形、中には三角形をした時計の形を丹念にそうやって観察しているのだ。時々、手で頭の上にかざして、文字盤に当る光線の屈折の具合も確かめているだろう。

たまりかねた店員が、坊や、時計をたたいちゃダメだよ、と強い口調で言う。そして、ふり返りもしないで時計をいじり回している玲のそばに来て赤い置時計を取り上げ、店の外に押し出す……。

障害児っていうワッペンかなんかがあれば、胸に貼っておくのにね。その方が、いっそ気が楽よね。そう言った母親の言葉と、その冗談めかした高い声が、玲の姿に重なって頭の中に浮かんだ。玲の通っている養護学校で、ついこの間あった保護者会の会話だった。教室に円く並べられた生徒の机に坐って、担任の教師の話を聞いた後、十数人の母親はまとまりなく、私語とも発言ともつかず、喋《しゃべ》り合っていた。

特にね、自閉症の子はね、外から見ただけじゃ普通の子と変わらないから、それがかえって困るのよ――。そういうはばかりのない話が出かけていた。車椅子に乗ってるとか、顔が曲っているとかすればさ、向うで気がついて、それなりに分かってくれるんだけどね――。うちの子なんか、ほら、このごろ道ばたで、よその人の背中でも肩でも、スーッと撫でてみたり、つっついてみたりするでしょう。もう体だけは大きいから、年中、痴漢にまちがえられたりするのよ――。

母親たちは口々に喋り、子供の滑稽な失敗談とも苦労話ともつかぬことを話題にしては、どっと笑い合った。車椅子の子供の母親も、脳性マヒで顔の歪《ゆが》んだ子供の母親も、一緒になって笑っていた。

黄門さまみたいなもんだね。このワッペンが眼に入らぬか、天下の障害児なるぞ、ってね——。話は、そんな風にして、益々賑やかにつづいた。「ワッペンが眼に入らぬか」と、手振りまで入れ芝居がかって言った肥《ふと》った母親の、一際大きなその声の調子を思い出して、私は思わずふっと笑った。

右に鉤の手になるその曲り角の左手に、小さな寺の門が開け放しになっていた。山門を越して見える本堂の古びた木の壁が、白くいっぱいに日を浴びていた。山門。山門の薄く泥をふったような鼠色の屋根瓦。本堂よりも丈の高い左右の大木。山門のひさしの下に横書きに書かれた太い文字。その寺も、何も変わっていないようだった。

玲と私とが、この町の二つの場所に、互いに見知らぬ人のように別々にたたずんでいる、ふとそんな感覚が胸をかすめた。

その角に立っていたのは、大して長い時間ではなかったのだろう。われに返ったように、私は後ろをふり向いた。玲がいつの間にかそこに立って私を見ていた。今年から養護学校の中学部に通いはじめた玲は、そうやってそばに来ると、もう私といくらも背丈がちがわなかった。額に乱雑にかかった髪の毛の間に汗が粒になって浮かび、白い半袖シャツが所々、汗で濡れて胸や腹にはりついていた。少し息を切らしていた。

「リョウ、どこへ行っていた」と私は訊いた。時計屋から追い出されて、急ぎ足にここまで歩いて来たのだろうか。

何も返事をしない玲に、私はまた「何を見て来た。時計を見て来たのか」と言った。

玲は、少し考えるようにして「トケイ、ミナイヨ」と、ゆっくりと言った。

「まあ、いいよ」と私は言った。時計屋でなければ、菓子屋のフリーザー・ボックスをかき回していたのかもしれない。訊いて、どうしようという気でもなかった。

ぼんやりと街角に立っていた感覚が、そこにいる玲にまだ慣れていかないような、奇妙な気持だった。

「行こうか」と言って、私は歩き出した。もう何日かで玲の学校は夏休みになる。何年もの間、玲のことで言い争いをし、沈黙をし合い、私は里津子と別れた。会社を辞め、玲と二人で暮らしはじめてから、一年近くたっていた。

玲が、まだ二歳だった。二、三ヶ月で三歳の誕生日が来る頃だった。会社の帰り道、乗り換え駅の人混みの中で、私は言いようのない不安に襲われて、立ちどまった。

三歳になっても、まだ玲が一言も喋らなかったら……。おさえつけていた不安が、突然その時、何かの蓋を外してしまったように、胸の底からつき上げた。

その日の早朝も、玲は私の枕もとでウイウイという奇妙な声を上げて、泣いていた。泣き声は次第に大きくなり、また小さくなったが、しつこくいつまでもやまなかった。自分の布団をはい出して、そうやって私の枕もとに寝転がって泣いているのが、半分眠っている頭の中で分かっていた。もう何ヶ月も、玲はまるでワザとのように夜通し眠ろうとせず、まだ暗いうちから、必ずそうやって泣き声を上げるのだった。声が小さくなり、ホッと眠ろうとするその出鼻に、また揺すり起こすような泣き声が響く。何時間もそうやって、私は浅い眠りの中で揺さぶられつづけていた。

毎日毎日、一体、玲は俺をどうするつもりなんだ。こうやって、毎朝無理矢理たたき起こされている。

「うるさい」と怒鳴り、私は跳ね起きて、掛布団を丸めて壁にたたきつけた。言葉のない玲に、何を言っても、どうなだめても叱っても、何も通じない。感情をとめられずに玲の腕をつかみ、思いきり尻をたたいた。

玲の向こうの布団から、里津子が玲を引きよせて、「何をするの」と叫んだ。里津子も、もうとうに玲の泣き声で眼覚めていたのだった。私は玲をにらみつけ、早朝の薄暗い部屋の中で、まるで敵同士のように里津子とにらみ合った。その里津子も自分をおさえ切れずに、音を立てて玲を打つことも、このごろではしばしばなのだった。

里津子の手をもぎ放して布団に寝転がった玲が突然立ち上がり、泣くとも叫ぶともつかず、鶏のような高い声を上げて部屋中を跳ね回った。

玲は、一体どうなるのだろう。自分は一体どうすれば良いのだろう。里津子は私に、どうすれば良いの、どうするつもりなの、と言い、何も答えられない私といさかい、今朝のようなことがあるたびに、私たちはまた何日もお互いに口を利かなくなる。

私は人混みの間を縫ってエレヴェーターに乗り、足早にその駅のターミナルの書店に入った。教育。育児。心理。白い札にそう書かれた棚から私は片はしに本を抜き出した。不吉なものをよけて通るように、私はそういう種類の本を見まいとして来たのだった。

精神薄弱。智恵遅れ。ダウン症。情緒障害。自閉症。幼児分裂症。生い茂った木の枝にからまりついた蔓《つる》をズルズルとたぐりよせるように、私の眼の前にそれらの活字が果てしなく現れた。どの本を引き出しても、必ずそういう活字があるのだった。

自閉症――発語が無いか、または異常に遅い。一度現れた言葉がまた消えてしまうこともある。発語が遅いほど、重症のことが多い。多動。無意味に部屋の中を行ったり来たりし、名前を呼んでもふり向こうとしない。このため聾唖と誤診された例も多い。親と視線が合わない。自分の手に噛みつく、髪の毛をむしるなどの自傷行為がしばしば見られる。嬰児の時には、静かにじっと寝ていて余り泣くことがなく、「手のかからない子」という印象を持つ親が多い……。

そう書かれた固い表紙の一冊を、棚の前に立ったまま私は何度も読み返した。その本に書かれてあることは、どれも、全てが玲だった。

自閉症という文字を、私は棚の本を次々と抜き出してさがした。どの一冊も買う気持になれなかった。しかし、私は棚の前から離れられないのだった。

自閉症の原因は、現代医学では解明されていない。不治の病である。ある本の中で、数人の学者や医者が喋っていた。

――予後経過については、大体十歳くらいを過ぎると、行動や理解力など、普通の精薄児とあまり変わらなくなるようです……。

玲の将来は、「普通の精薄児と変わらなくなる」。「普通の精薄児」という奇妙な言葉が、その奇妙な分だけ、一層確かな言葉として、まるで何かの判決を聞くように、私をおどしつけた。

どの本に書かれてあることも、全て玲そのもののように思えるのだった。

精薄児の親。これからの一生を、私はそうやって生きなければならない。それは、何かの刑罰のように思われた。その刑罰から、自分はもう自由になることはない。

玲は、毎日確実に育っていく。なんとかしなければならない。なんとかする？　何を考えているのだろう。何とかする方法は、何もないのだ。

手にした本に並んでいる文字の意味が、何も頭に入って来なかった。なんとかならないだろうか。それでも、私はそう考えないではいられなかった。自分が、未練がましく卑屈で、腹立たしかった。しかし、何かの方法がないわけがない、と思わずにはいられなかった。

帰りの電車の中で、私は両手でぐったりと吊革にもたれていた。もし、戦争が始まっても、玲は兵隊に取られることはないではないか……。そういう突飛な考えが頭に浮かんだ。いや、とんでもない。動物園の、檻に囲われた動物たちが薬殺されてしまうように、玲こそ誰よりも先に、食物も与えられずに放り出されて殺されることになるだろう。

私は、あたりを見回した。ラッシュアワーを過ぎた車内は、妙に静かだった。真冬だったが、暖房の利きすぎた電車の中は、汗ばむほど気味悪く温かかった。大勢の人間たちと自分が同じ一つの箱の中にいることが、たまらなかった。

玲が、今のままで、今の体の大きさのままでいれば良い。私の腰ほどまでしかない背丈で、いつまでもいれば良いのだ。大きくさえならなければ、小さな体のままで家の中だけを駆け回っているのならば、玲は町に出て侮辱され、指を差されてヒソヒソと笑われ、危険な目に遭うこともないだろう。玲が見知らぬおとなから、バカと怒鳴りつけられ、通行人に一々白い眼でふり返られ、突飛ばされて膝から血を流している。その光景が不意に頭に浮かんで、私は吊革を握りしめて眼をつぶった。家にいれば良いのだ。いつまでも小さいままでいられる方法はないだろうか。

だが、それは何という無意味な思いつきだろう。里津子か私か、いや、その両方とも、きっと玲より先に死ぬことになる。私たちのいない玲は、一体どうなる。体だけ大きくなり、それでもただ家の中だけを駆け回って、食べ、眠っている玲は一体どうなるのだろう。

思いついては、自分でそれを嘲笑《あざわら》う、不毛なゲームのようだった。しかし、考えることをやめられなかった。——私たちよりも先に玲がこの世からいなくなる方法がないだろうか……。この世以外の場所に、玲が住みつづけることができないだろうか。

電車がとまり、扉が開いて、そこから黒く着ぶくれした乗客が一団になって降りて行った。下車する人ばかりで、誰も乗って来ない。再び閉じようとしている扉を、私はぼんやりと眺めていた。

その日の、駅からの帰りの道だったろうか。それとも、もっと後の、別の日のことだったろうか。寒い風の吹いている街灯のまばらな夜道を爪先立つようにして歩きながら、私はまた頭の中でぐるぐると不毛なゲームをつづけていた。

この子は、変なのよ。ほかのどの子とも、この子は違っている。言葉が出ないだけじゃない。もうこんなに大きいのに、あなたが家を出て行く時に、バイバイもしようとしない。ひとりで靴をはくことだってできないのよ。第一、私がそばにいたって顔を見るどころか、まるで道端の棒杭に会ったように体をよけるだけなのよ。あなたは、昼間、家にいないから分からないのよ。一日中鍵を閉め切って、どこへ飛んでいってしまうか見当もつかないこの子の後を家の中じゅうついて回っていると、こっちまで本当に気が変になるわ。買物に出るのだって、もうすぐ三歳になるっていうのに、わざわざ乳母車にのせて、飛び出さないように後ろから見張りつづけて押していかなきゃならない。この子が自分で歩くようになってから、私はスーパーに行ったことさえないのよ。あの広い中で迷子になられたら、ひとりでそこら中を駆けずり回ってガラス器の陳列台か何かにぶつかって大ケガをするのを想像したら、もうスーパーの前を通るのだって怖いぐらいだわ。

あなたはいつだって、考えているとしか言わないけれど、一体何を考えているの。玲を一体どうするつもりなの。玲は毎日毎日大きくなっていくのよ。あなたが夢みたいなことを考えている間も、毎日大きくなっていくのよ。私ひとりでは、もうどうしようもなくなっているのよ。あなたは、考えているって言って、そうやって逃げているだけじゃないの。

それは、私たちの話の果てに、必ず里津子が口に出す言葉だった。道を歩きながら、私の頭の中にその言葉が、私の不毛なゲームの後を追いかけて響いていた。

商店街を抜け、私たちは地下鉄に乗った。熱のこもった車内の空気を、天井のファンが単調にかき回していた。日中の地下鉄はすいていた。玲は座席に腰かけようとはせずに、いつものように扉のガラスの前に立って外を眺めていた。そうやって、真暗な地下鉄のトンネルの壁を見つづけていると、突然、次の駅名を知らせる明かるい掲示板が現れる。玲はそれを待ち受けて、掲示板の文字の中に見覚えのある字がないかどうか、素速く確かめているのだった。

字を見ること、本や町の看板の中から同じ字をさがすことが、まだ小さい頃から玲のただ一つの、遊びらしい遊びだった。道ばたに看板を見つけると、小さな玲は、片はしからそれによじ上ろうとする。肩にのせ、間近にその字を見せてやるまで、玲は決してそこを動かなかった。

アパートに帰り、夕食をすませた後、玲は居間の畳の上にあお向けに、大儀そうに寝転んで眼をつぶっていた。額が熱く、検温器で計ると高い熱だった。日照りの中を歩いて汗をかき、風邪をひきこんだのかもしれない。

「リョウ、熱があるよ。薬を飲もうか」と、あお向けのまま、まるで人形のように熱を計らせ、ぐったりとしている玲に、私は言った。「クスリヲノモウカ」玲は、私の顔を見て小さな声でオウム返しにくり返した。

救急箱に常備してある解熱剤の袋の封を切ってさし出すと、玲はのろのろと上半身を起こし、あお向いて中の粉末を一気に口に入れた。そしてコップの水を、うまそうにゴクリと飲み下した。

熱があると薬をのむ。その動作に、私はふいに胸を衝《つ》かれた。リョウ、おまえは一体何をしているんだ。そんなに素直に薬を飲んでもいいのか。いつでもそんなに素直に飲んでしまってもいいのか、と私は胸の中で言った。この子は、もしもこれが毒の薬であっても、自分では確かめることもできずに、私が飲もうと言えば、こうやって一気に飲んでしまうだろう。

一瞬、わけもなくたまらない感情がつき上げた。思わず私は、玲の口の中に指を入れて飲んだものを吐き出させてしまいたい、という衝動に駆られた。あお向けに、また畳の上に体を伸ばして半分眼をつぶっている玲の顔を私はしばらくの間、見つめていた。

その夜、玲と並べて布団を敷き、すぐに荒い寝息をたてて眠ってしまった玲の隣りで、自分の布団の上にあぐらをかき、私は長い時間、寝つくことができなかった。

オートバイの爆音がどこかから微《かす》かに聞こえ出し、少しずつ大きくなって、また遠く消えて行った。次々とその音がつづいた。このアパートに近い公園を廻る並木道を、少年たちが毎夜、そうやってオートバイを走らせている。私は、寝返りも打たずにぐったりと眠っている玲に時々眼をやりながら、ぼんやりとその音を聞いていた。

数年前、まだオウム返しの言葉もなく、誰ともかたくなに視線を合わせずに、何かあるたびにただ自分の手の平にはげしく噛みついていたあの頃ならば、どんなに高熱を出しても、ひどい下痢をして頬がこけるほどになっても、玲は固く歯を食いしばって、決して薬など受けつけようとしなかっただろう。薬どころか、玲はほとんどどんな食物も口に入れさせなかった。ある銘柄のせんべい、決まった種類のインスタント・ラーメン、そして牛乳。それだけが玲の食事の全部だった。栄養失調を起こさずに生きているのが不思議だった。

ほんの少しずつの変化だったのだろう。玲は色々なものを食べるようになった。私には、それはいつからとは言えない突然のある日に、玲がまるでそれまでのかたくなな信仰を捨てて、改宗でもしたかのように見えたほどだった。その頃、道端の肉屋でコロッケを二つ買い、それに少しソースをかけてもらって、歩きながら玲と食べた。「おいしいか」と私は玲に訊く。何も言わずに自分のを食べ終り、玲は私の持っている食べかけのコロッケにも手をのばして来た。玲がコロッケを食べていることが、わけもなく私は嬉しかった。

しかし、そうやってコロッケを食べ、野菜や肉を口にし、薬を飲むことは、玲にとっては一体何なのだろう。

玲は一歩ずつ、仕方なしに私たちの世界に近づいて来たのかもしれない。あの書店で立ったまま私が読みふけった本の通りに、「普通の障害児」になって来たのかもしれない。けれども、それが一体、玲にとっては何なのだろう。

玲は、私たちのこの世界に近づいて来た。しかし、この世にいる私は、一体どうやったら玲に近づいて行けるだろう。どうしたら玲の見ている風景、その色を見、その匂いを嗅ぐことができるのだろう。一言も口を利かず、家の中をただひたすら走り回り、壁に当たって額から血を流し、夜中、叫び声を上げてベッドの上をトランポリンのように跳ねていた玲は、その時確かに玲の中で何かを見つめていたのに違いない。それは一体何だったのだろうか。

あの書店で読んだ本の、どの一冊にも玲はいなかった。ふと、私はそう思った。どの一冊も例外なく何かをまちがえていた。玲は、あそこにはいなかった。いるはずがなかったのだ、と私は思った。

七ヶ月ほど前に、玲と私はこのアパートに引越して来た。年の暮が近い頃だった。二、三日かけてようやく荷物を解いて整理し終え、玲を連れて職業安定所に失業保険金を受取りに出かけた帰り道、私はこのアパートの近くの、溜池や釣堀や菖蒲の畑がいくつもある広い公園に寄った。二百年以上も以前に、この土地の灌漑のために近くの川から引かれたという用水池が、公園の中央に延々と細長く、巨大な瓢箪池のように横たわっていた。池の向う岸の枯れた芝生の中に、建ちかけの東屋が点々と小さく見えた。行く手に沿って池はゆるく右にカーブして見えなくなり、初めての私の眼には、池の水がどこまでも果てしなくつづいているようだった。鉄製の低い柵に寄ってのぞきこむと、黒く濁った水が、底深く静かに揺れていた。

おとなの腰ほどまでしかない柵の高さが気になって、私はたびたび玲をふり返った。ジャンパーで上半身のふくれた玲は、三十メートルほども後ろから、ゆっくりとした足どりでついて来た。心もち首をかしげ、公園の風景には何も関心がないように、垂らした両手をぶらぶらと揺らしていた。左の手に、いつの間にか拾ったジュースの黄色い空缶を持って、時々それを眼の高さに持ち上げては、立ちどまってじっと調べるように見入っている。いつものように、缶の色やそこに書いてある文字を読み、観察しているのだろう。

空缶を持たせてさえおけば落着いているものだ、と長い間私はそうとだけ思って、玲が缶の何に興味を持っているのかに気づかなかった。汚い、悪い癖がつくという理由で、以前玲が通っていた特殊学級の担任教師は必ず、叱って無理矢理に玲に空缶を捨てさせ、玲はそのたびに激しく自分の頭を自分でたたき、手の平に嚙みついた。

池の水をこえ、思い出したように冷たい風が吹いて来て顔に当たった。私は思わず頰に手をやり、周囲を見回した。枯れた芝生の所々に葉を落とした木が数本ずつ、何個所にも立っていた。その枝を透かして見える公園の中には、どこにも人影がなかった。

玲に歩調を合わせるように、私はまたゆっくりと歩き出した。どこかから自転車に乗った少年が二人現れ、池の縁をまるで競走でもしているように、並んで力いっぱいペダルをこいで、あっという間に私とすれ違って行った。空気が冷たく揺れたようだった。ふり向くと二台の自転車は、玲をはさむように走り抜け、後ろ姿がみるみる小さくなって行った。玲は、少しびっくりしたように顔を上げていた。すれ違いざまに揺れた冷たい空気に、玲も驚いているように私には思えた。

その日の昼前、職業安定所の、暮で混み合った待合所の椅子に座り、私は名前が呼ばれるのを待っていた。玲は落着かない様子でフロアを歩き回り、先程から事務のカウンターに肘をついて、正面の壁にかかっている丸い大きな掛時計をじっと眺めていた。事務員がちらちらと不審そうに玲に眼を遣り、私は椅子から玲を呼んだ。

戻って来た玲に、隣りに座っているように私は言い「お金を貰ったら帰ろう。お金はいくら貰うんだ」と訊いた。

玲は、まだ正面の掛時計を見つめたまま、気がなさそうに「ヒャクエン」と言った。どこでそう覚えたのか、「いくら?」と訊かれると、玲は条件反射のように「ヒャクエン」と答えるのだった。「百円じゃないよ。もっと沢山だ」と私は言った。この保険金の出るあと数ヶ月間は、それで玲と暮らして行くことになる。しかし、その時私の隣りに座った玲の横顔を見ながら、ふと、保険金を、もしこのまま貰いつづけられるものならば、そしてこのまま玲と暮らして行くことができるならば、それで何も考えることも問題もないではないか。そうやってじっと生きていけるならば、それで良いではないか——そういう夢のような気持が、一瞬頭の隅に走ったのだった。

公園を一まわりして、借りたばかりのアパートに私たちは戻って来た。玄関ホールの大きなガラス張りの扉がきれいに磨き上げられ、そこに「迎春」と、鶴や松をあしらった地に金文字で印刷された、たて長の紙がセロテープで貼られていた。

私は扉の前で立ちどまり、文字を指さして、「リョウ、あの字は何と読む」と訊いた。玲は少しの間じっと文字を見つめ、ゆっくりと「ゲイシュン」と言った。そして、紙の右下のすみが三角形に小さくまくれているのが気になるのか、そばに行って指でそこをていねいにのばした。

枕もとの常夜灯の光が、向うむきに寝ている玲の横顔を薄暗く照らしていた。いつの間にか寝息が静かになっていた。

　私は立ち上がって、隣りのダイニング・キッチンの冷蔵庫からビールを出し、流しの前の小さな食卓に腰かけて栓を抜いた。もうとうに十二時を過ぎていた。玲が眠っている部屋の、カーテンを閉め切ったサッシ窓を通して、まだ時々オートバイの爆音が、いかにも遠くの道からというように小さく聞こえて来て、また消えて行った。

　ジャンボヤキソバ。

　一口ビールを飲みかけて、私はその言葉を思い出し、思わず口の端で笑った。

　このアパートに移って年を越し、学校を決めるために私は玲を連れて、いくつかの学校を参観した。その学校の一つに、自閉症児だけを対象にしている学級があった。教育委員から紹介されて、私はその学校を訪ねたのだった。

　私鉄の駅を降り、建てこんだ住宅街の中の狭い道を教えられたようにたどって、そのはずれにある木立に囲まれた学校の門を私は玲と入った。

　三階建のコンクリートの校舎から少しはずれて立っているまだ新しいプレハブの教室が、その自閉症児のための学級だった。

　寄り道の多い玲に手間どって、大分約束の時間に遅れていたが、教頭は愛想よく私たちを教室まで案内してくれた。

　小ぢんまりとした明るい教室の中に、十人ほどの生徒が席について、もう授業が始まっていた。正面で、やせぎすの背の高い、この学級の主任だと教頭に教えられた教師が、チョークで黒板に表のようなものを書きながら、今日の計画を話していた。生徒たちの後ろの席に、玲と私は並んで座った。

「今日は、この二つのうちのどちらかにしよう」黒板の表を指さしながら、教師は、生徒が聞きとりやすいように一つ一つ単語を区切りながら、ゆっくりと静かな声で言った。

「一つの案は、カレー・ライス。もう一つの案は、ヤキソバだ。昼食の買物は、このどちらかに決めることにする。

カレー・ライスの材料には、何を買えば良いか。——君、言ってごらん」

カレー・ライスと大きく書かれたその下に、じゃがいも、ぎゅうにく、にんじん、などと平仮名で書いてあるその文字の一つを指さしながら、ふり向いて教師が言った。この学級では、買物とその料理を授業課目にしているようだった。

——君と呼ばれたその生徒は、机を鉛筆の尻でこすっているだけで、顔を上げなかった。玲のすぐ前の子供が「じゃがいも」と抑揚のない声で言った。

時間をかけて、ひとりひとりに材料を言わせた後、「それでは、決をとろう」と教師は言った。生徒たちは、無表情にばらばらの方角を向いて、体を揺すったり、眼の前で指をパラパラと振ったりしていたが、教師はかまわずにつづけた。

「カレー・ライスにしたい者は手を上げて」

自分も右の手を上げながら、大きな声で教師は言った。つられたように、二、三人が手を上げた。最前列の子供が「手を上げて」とオウム返しに言った。

「では、ヤキソバにしたい者は」今度は、自分は手を上げずに教師は言った。今日は、カレー・ライスの授業にする予定のようだった。中ほどの席の生徒が突然立ち上がって「品川の次は田町です。田町の次は浜松町です。浜松町の次は新橋です……」と駅の名前を正確に十以上も言って座った。授業に飽きているのだろうか、と私は思った。

教師は慣れた様子で、その子には何も言わずに「それでは、今日はカレー・ライスに決まった。材料を、これから手分けして買いに行こう」と、そう言った。そして、何かつづいて言いかけた時に、私の隣りでそれまで何も言わずに黒板を眺めたり、机に指で文字を書いたりしていた玲が、突然顔を上げて大声で「ジャンボヤキソバ」と言ったのだった。

「えッ」と言って教師は言葉をとめた。

ヤキソバは玲の好物の一つだった。ジャンボヤキソバという銘柄が、特別好きでもあった。しかし、その時玲がヤキソバを食べたいと思ってそう言ったのかどうかは、私には分からないことだった。黒板の字を見て、その連想で机に指でジャンボヤキソバとでも書いていて、玲はただそれを読んでみたのかもしれない。それとも、ただ単純にタイミングの良すぎる偶然だったのかもしれない。

黒板の前で、教師は困ったように苦笑いをしていた。初めて参観に来た私たちの前で、彼はいつも通り自然に授業をして来た。その不意を突かれた格好だった。

玲の方を見て、彼はすまなそうに「悪いけど、今日はカレー・ライスになったんだよ。残念だけど、もう決まってしまったから……」と言った。

ちらと教師の顔を見たきり、玲は、もう自分の言ったことには関心がないという風に、また指で机に文字を書きはじめた。私は、急いで授業を騒がせたことを詫びた。

あの時、玲の「ジャンボヤキソバ」という唐突な声の響きが、何だかひどくおかしかった。

自閉症児のために特別に予算を組んで、人手も設備も整えている熱心な学校だった。参観の終った後も、主任教師は応接室で長い時間、自閉症児療育というまだ歴史の浅い分野に対する彼の考え方や、やり方の説明をしてくれた。私は、何度も礼を言ってその学校を出た。

しかし、「ジャンボヤキソバ」という言葉を思い出すたびに、私は、どこか全てが奇妙な具合にはぐらかされてしまうようなおかしさを感ずるのだった。

玲の回りを、あの教室にいた自閉症と呼ばれる子供たちの回りを、そして障害児と名づけられている子供たちの回りを、必死になって親や教師たちがぐるぐると走り回っている。しかし、その子供たちが突然「ねえ、そこで何をしているの」と訊いて来たら、一体私たちは何と答えられるだろう。子供たちは、そういう言葉を持ってはいない。しかし、そう思いながら、私たちを眺めているのかもしれない。

私が玲について、不安に思い心配していること、その全部が何かの思い過ごしなのかもしれない……。

今日の朝、私は玲を連れて地下鉄とバスを乗りついで一時間ほどの所にある児童相談所に行った。このアパートに越してしばらくして私は一度、その相談所を訪ねたが、その時は玲を連れて行かなかった。

玄関前の駐車場の脇に、少年と少女が肩を組んだブロンズの立像が立っていた。玲は、その立像のそばで立ちどまり、不安そうに建物を見た。そして「ビョーイン」と小さな声で言った。

相談所の、まだ新しい白い建物、そして大きなガラスの窓。それが玲には病院のように見えるのだろうか。そう思って私は「ここは病院じゃない。だから注射はしないよ。ここは児童相談所という所だ。言ってごらん」と玲の顔を見ながら言った。このごろは、そうやって私の言葉をオウム返しのように復誦させると、玲は納得して安心するはずだった。

しかし「チュウシャ」と玲は私の言葉の中の、そこだけを言って、動こうとしなかった。

「注射はしないよ」と私はまた言い、思いついて、玄関のガラス扉の脇にかかっている大きな木の看板を指さして「読んでごらん」と言った。そこには、黒く「A児童相談所」と書かれていた。玲は、一字一字その中に病院という文字がないのを確かめるように声を出してそれを読み、ようやく私たちは建物の中に入った。

　玲は、若い女性のセラピストとプレイ・ルームで遊び出し、私はクーラーのきいた小さな会議室で、初老の相談員と向い合って座った。この前訪ねた時と同じ相談員だった。

「今、プレイ・ルームで玲君を拝見しました」相談員は、眼鏡を外して机の上に置きながら言った。「私が部屋の隅にいたら、おまえは出て行けって、押し出されましたよ。やはり、若い女性の方が良いんでしょうかな。さっそく二人で、トランポリンの上で跳ね回って大騒ぎしていましたよ」

　そう言って彼は笑った。

「私もこういう仕事柄ですから、自閉症のお子さんは何人も拝見しましたが、その中では玲君は随分表情のある方ですね。何か、こう、みんな一様というのか、感情があまり感じられなくて、なかなか私など、何を考えているのか良く分からない。取りつく島のないようなお子さんが多いのですが……」

　机の上に両手を組み、彼は話の前置きのようにそう言った。

　そして、机の傍らから一綴《ひとつづ》りになったパンフレットを取り上げて、私の前に置いた。表紙に「精神薄弱児のために——保護者の方へ」と書かれたそのパンフレットを、彼は机の向こう側からゆっくりと一頁《いちページ》ずつ繰りながら、私に内容を説明しはじめた。どの頁にも横書きに、精神薄弱児のための手当や税金の控除、介護人の派遣、医療費の減免などが、細かい活字で書かれていた。その項目の一つ一つを指で差し、ていねいに説明している相談員の言葉を、私はぼんやりと聞いていた。

　最後の頁を閉じて、彼はもう一度表紙を表にして私にそのパンフレットを渡しながら、「これは、どうぞお持ちになって下さい」と言った。

「今、ざっと簡単に説明しましたけれど、具体的なことは、その都度、私に相談して下さい。処置のために提出する書類などは、なかなか面倒なものもありますから」

そして、それが癖のように肘を立てて組んだ両手の上に軽く顎をのせるようにして、言葉を継いだ。

「こういうお子さんを持った親御さんは、本当に大変だと思います。お子さんが小さいうちは、まだ家庭で何とかなっても、だんだん大きくなって来れば、親御さんだけではどうにもならない問題も色々と起こって来ます。お子さんの方だけではなくて、親の方の病気や事故ということだってあります。

行政としてできることは、まだまだ不十分なことが多いのですが、それでも遠慮なく相談なさって下さい。できる範囲のことでは、お役に立てると思います。

家に置くのが困難な場合には適切な施設に処置するとか、寝泊りのできる病院に緊急処置するとかの方法もあります。状態の良い場合には、職業訓練所で簡単な作業を身につけさせるような、そういうやり方もあります。

お子さんをどういう風に処置するかは、ケースによって色々と難かしい問題もありますが、とにかく仕事や生活の面で親御さんの苦労が少しでも軽くなるように、できることは致します」

言い終って相談員は机の上の眼鏡を取り上げた。そして胸のポケットから小さな手帖を出しながら

「何度も御苦労ですが、来週もう一度、ここに来て頂けませんか。玲君の障害度の判定をしておきたいと思いますので」と言った。

日どりを打ち合わせ、相談員に礼を言って私は会議室を出た。プレイ・ルームに迎えに行き、まだトランポリンに未練のありそうな玲を連れて、私はこのアパートの部屋に帰って来た。

何杯目かのビールを飲み干して、私は立ち上がった。後ろの流しに、相談所から帰って食べた夕食の食器が山積に放り出されていた。

隣りの部屋の玲をのぞくと、掛布団をすっかりはぎ、パジャマを胸までたくし上げて、ぐっすりと寝入っていた。額に手を当てると、熱は少し引いているようだった。オートバイの爆音はいつの間にか消えて、いつも必ずそこに置いて寝る小型の漢字辞典が、ひっそりと玲の枕もとに影を作っていた。

玲の隣りの布団に横になり、私は何気なくその漢字辞典を取り上げて、頁を開いた。三段組の文字の列。大きく印刷された見出しの漢字。色刷りの書き順。小学生用のその辞典を、私は見るともなく一頁一頁繰った。

何十冊、いや、何百冊、玲はこの同じ辞典を見つづけただろう。最初は五、六歳の頃だった。家の中、そこいら中に散らかり放り出されていた本の中から、玲はこの辞典だけを選び、じっと見入るようになった。頁がすり切れ、背表紙がこわれると、また新しく買い換えた。必ずこの同じ辞典でなければならなかった。他の辞典には見向きもしなかった。今では、五十音順も索引も何も見ずに、玲はいきなり目ざす漢字の頁を開けることができる。この一冊の辞典の中に、玲の文字の世界が力いっぱい押し詰められ、詰め込まれているようだった。

辞典をもう一度、玲の枕もとに置き、私は布団の中であお向けになり、両手を頭の下に組んだ。私は、来週また玲を連れてあの相談所に行くのだろうか。玲を判定する——。玲の、一体何を判定するのだろうか。

相談所を出て、陽の照りつける道を玲と歩きながら、私の頭の隅に薄くぼんやりと漂っていた疑問、どこまで割って行っても答えになって出て来ない疑問が、またどこからかゆっくりと湧き出して来るようだった。

あの初老の相談員は、おそらくもう無数の子供たち、無数の問題を手がけているのだろう。少し早口の、テキパキとしたていねいな口調を、私はまた思い浮かべた。相談所を訪れる親や子供たち、そのひとりひとりは、一体どういう表情であの白い建物に入って行くのだろう。

そして、少しずつ眠気のさして来る頭の中に、相談員の口調に重なるように奇妙な情景が浮かんだ。広い平野に、子供たちが一本の列になって並んでいる。一本の列は延々とどこまでも、地平線の向うに消えて行くように、長く長くつづいている。平野は、単調に広がり木も生えていない。強い太陽の光が真上から射しているが、子供たちは身動きもしないで、口をつぐんで立っている。半ズボンや短いスカートから突き出した子供たちの裸の脛《すね》が、肌色の林のように見える。

いつの間にか、先頭から足音もなく列が崩れて行く。崩れた分だけ列はなくなり、右の方に円のように子供たちの群ができている。黄土色の土の上に、円がいくつもできている。大きく膨れていく円もあり、小さいままの円もある。

私は、自分がどこからこの光景を見ているのか分からない。子供たちは粒のようで、顔の形がわからない。ただ私は子供たちの円に見入っている。太陽の光が照りつける下に、いつまでも無数に立っている子供たちの姿が、何か気味の悪い生物のようだ。

胸苦しかった。

私は両手で掛布団を押しやって半身を起こした。夢であったのか、それとも醒めていて私が無意識に頭の中に描いていた想像の光景だったのか、はっきりとしなかった。

上半身を起こしたまま眼をつぶり、私は、今、頭の中で見た光景の感触をもう一度反芻するように追った。

いくつもいくつも、数え切れないほどの円ができていた。不ぞろいな大きさの円が、平野のあちこちに散らばっていた。しかし、やはり子供たちは物音一つたてず、ただ黙りこくっているのだった。

はるか遠くの小さな円の脇にいるのが、玲のようだった。玲は円から外れて大声で笑いながら、両足で思い切りジャンプして手をたたいている。何か、玲の好きなフォーク・ソングのテープがかかっていて、玲はいつも家でやるように、それに合わせて跳ねているのに違いない。しかし、私が今、頭の中で見た光景には、玲の手をたたく音も笑い声も、テープの音も何も聞こえていなかった。全てがパントマイムのように、仕草だけの世界だった。

平野の光景、そしてその中でひとりで跳びはねている玲の姿が、重苦しく胸の中に残っていた。眼を開けると、相変わらず常夜灯の黄色い光が、部屋の中を薄暗く隈取《くまど》っていた。私はそのましばらく玲の規則正しい寝息の音を聞いていた。

適切な処置——と、あの相談員は言った。玲は、そして私もこの世に生きて、この世の物を食べ、呼吸をしている。そうやって生きているのだ。玲は障害児として、障害度何度という判定を受け、そうすることで適切に生きて行く。相談員は、そう言っていたのに違いない。

しかし、それは一体、玲のためなのだろうか。玲自身が考え出したのでも望んだのでもない判定は、玲にとってどういう意味があるのだろう。そうなることで適切に生きていけるのは、私の方、私と同じような親たち、そして子供には相談せずに決めてしまった仕組のようなもの、その石のように陰気におし黙っているこの世の一切合財の仕組の方ではないのか。

私は、また頭の下に両手を組み、布団にあお向けになった。頭の芯で何かが醒めて、そこだけが動きつづけていた。いつまでも眠りつくことができなかった。

翌朝、眼ざまし時計のカン高い金属音で私は寝不足の眼を開けた。隣りの布団でまだ眠っている玲の額に手をのばすと、熱はもうすっかり引いているようだった。

　気配でぼんやりと眼を開いた玲に、私は「リョウ、熱は下がったみたいだ。学校へ行くか」と訊いた。玲は、昨日の夜大儀そうにぐったりと眠ってしまったのが嘘のように素速く上半身を起こして「ガッコウ、イクカ」と早口に言った。

「学校、本当に行くか」と私はまた訊いた。玲が、私の言葉をただオウム返しに言ったのではなく、本当に行くつもりなのかどうかを確かめるために、私はつづけて「学校、行かないか」と訊いた。玲自身の気持を知りたい時、私はこのごろではいつもそういう訊き方をするようになっていた。

「ガッコウ、イクヨ」と玲は言った。

　念のために検温器で熱を計り、ダイニング・キッチンの食卓で、私たちはいつものように向かい合って、トーストを二切、それに簡単なサラダを食べ牛乳を飲んだ。

　椅子の上で立て膝をして黙ってトーストを噛んでいる玲に、私は「リョウ、おいしいか」と訊いた。「オイシイカ」と玲は、気がなさそうにくり返した。「まずいか」と訊くと、「マズイカ」と、ちらっと私の顔を上眼遣いに見て言った。

「どっちだよ。はっきりしろよ」と私は言った。玲は「ドッチダヨウ」とパンを口に入れたまま、今度は少しうるさそうに強い口調で言った。毎朝こうやって冗談のようにやりとりするのが、私にはそのたびにおかしかった。

　朝からもう熱気が立ち上るようなアスファルトの道を、学校まで玲を送って行き、鉄柵でできた校門の黒い引き戸の鍵をはずし、重そうに自分で開けて中に入って行く玲の背中を、私は外に立っていつものように見ていた。柵に「子供がとび出します。必ず閉めて下さい」と書かれた白い札が貼られていた。生徒が自動車の道にとび出さないように、この養護学校は、周囲が高い鉄柵と、重い鉄柵の引き戸で囲まれている。

玲は、門の中に入ると、そこから手をのばしてもう一度自分で鍵をしめて私の顔を見た。

「行ってらっしゃい」と私が外から手を振ると、玲も同じように手を振って「イッテラッシャイ」と言った。

「リョウは、行ってらっしゃいじゃないだろ。この前教えただろ。何て言うんだ」私は柵の外からまた言った。

「イッテキマス」と玲は言い直し、背中を向けて校舎の方へ歩いて行った。片手に鞄を下げてゆっくりと歩いて行く後ろ姿を、私はしばらくの間見送っていた。毎朝送って来るたびに、玲が重い柵で仕切られた別の世界にひとりで入って行ってしまうような、奇妙に不安な気持がした。

帰り道、学校の敷地が切れる曲り角で、私は後ろから自転車を押して来た、玲と同じ中学部の子供の母親に声をかけられた。帰る方向が私と同じその母親は、子供を送りながら自分の帰り道のためにいつも押して来るその自転車には乗らず、私と並んで歩きながら「ウチのはね、もう来年卒業なんですよ」と、ぼつぼつという口調で私に話しかけて来た。クラスの違うその母親と、学校の廊下や校門の前で二、三度行き交い、挨拶を交したことはあったが、話をするのは初めてだった。

痩せて、バレーボールの選手のように背の高い盛夫という、その母親の子供の姿を私は思い浮かべた。彼は、私が玲を送って来る頃には、もうたいてい白い校内着に着替えて、校舎の前庭にいた。前庭には、授業のはじまる時間まで、いつも子供たちがてんでんに柵に顔を押しつけて外を眺めたり、花壇のコンクリートの縁石を伝い歩きしたりして遊んでいた。そして、危険のないようにそれを見守っている数人の教師たちの脇にも、甘えるように子供たちが群れていたが、盛夫は必ず、どの子供とも教師とも遠く離れて、前庭の白いコンクリート塀と鉄の柵にぴったりと沿って、そこをただひたすら行っては戻り行っては戻り、機械じかけの人形のようにその動作をくり返していた。彼の毎朝のそういう姿に慣れてしまったように、誰も声をかけようともしなかった。

学校の事務所に用事があって、朝、玲と一緒に校門を入った日に、私は、その日も塀に沿っては行き来をくり返している盛夫の様子を、前庭の花壇の脇に思わず足をとめてしばらく見ていたことがあった。

盛夫は、私よりも頭一つ高い背を心持ちかがめるようにして、両手を二本の棒のように前に垂らし、うつむいて脇目もふらずゆっくりと歩いていた。塀が校舎の壁に突当ってそこで切れると、彼はその姿勢のまま反転して、また同じ道を戻りはじめるのだった。下を向いた青白く表情のない顔の中で、ただいつも何かを考え詰めているように、眉根深く皺が刻まれていた。

棒のような二本の腕を、盛夫は歩いている最中に、少しも振らない。それが私には、彼が内心で私には分からない何かをじっと眺めつづけている、それともその何かにじっと耐えつづけている、そのしるしのように見えたのだった。

それは、私の勝手な思い過ごしだったのかもしれない。いつの間にか私のそばに来て盛夫を見ていた顔見知りの中年の女性教師が、私に説明するように言った。

「あの子は、言葉がないんですよ。中学になって、小学校の特殊学級からここに転校して来たんですけど、なかなか学校にも慣れなくて、私たちもはじめはどうやって対応したら良いのか、分からなかったんです。でも、このごろはちゃんと教室で座っていられるようになりました。

いつの間にか、まるで自分の一番安心できる道を発見したみたいに、ああやって毎朝歩き出したんですけれどね」彼女は、そこで少し微笑《ほほえ》んだ。

「このごろは、授業がはじまる時刻に誘えば、素直に教室に来るようになったんですよ。でも、その時にね、もうはじまるのかって、必ず少しガッカリしたような顔をするんですけど、その時の顔が、とっても可愛いんですよ。ほとんど普段、表情がないんですけれどね、その時の顔だけは、本当にとっても可愛いんですよ。

あそこを歩いている時に、声をかけたり遊びに誘ったりすると、もう大変なんです。御機嫌が悪くなって、怒って、自分で自分の顔をたたいたり、地面に大の字になって泣きわめいたりするんです。

ああやっている時が、あの子には一番落着いていられる時なのかもしれません」

盛夫の母親と歩きながら、私は塀に沿って前かがみに歩いている盛夫の姿、そして——とっても可愛いんですよ——と言って微笑んだ女性教師の口調を思い出していた。

「中学を出てしまうとね、行き場所がなくなってしまうんですよ」

自転車を押しながら、盛夫の母親は話をつづけた。初めて話しかけられた私は、少し戸惑って曖昧に相槌を打ったが、彼女はかまわずに同じぼつぼつとした抑揚のない口調で喋っていた。

「この地区にも養護高校ができたから、そこに入れなさいって、学校ではそう言うんですけどね、高校に入れても同じなんですよ。毎日送り迎えして、学校に行っている時間だけなんですよ、私が何かできるのは。

家ではね、おとうさんも私も働いてますからね、それにあの子の妹がまだ小学校だしするから、あの子にだけかかり切りになれないんですよ。送って来て、家に帰って仕度して、すぐまた仕事にでなくちゃならないんですよ。仕事先が近所だから、まだ良いですけどね、それでもすぐに家のことがたまっちゃうでしょう、週に三べんしか行けないんですよ。今日は行かない日ですけどね。帰りは、あの子は学校のバスに乗って帰って来るから、迎えに行かなくてもいいけど、それでも帰って来る時間までには、何が何でも私も家に帰ってなくちゃいけないでしょう。

それに高校に入れてもね、三年たてば出なくちゃいけないでしょう。同じなんですよ。高校出れば、もう行く所はないから、ずっと家にいられたらどうしようって、またそう考えなくちゃいけないのは、同じなんですよ」

母親は自転車のハンドルに両手をもたせかけて、のろのろと歩きながらまるでひとり言のように話しつづけた。その、のろのろとしたひきずるような足取りは、まるでこの母親が家に帰りたくないのではないか、家に帰る時間を少しでも引きのばそうと思ってそうやっているのではないか、と思わせるほどだった。私は、彼女の足に合わせて、時々立ちどまるようにしてゆっくりと歩いたが、母親は私のそんな歩き方にも気づいていないようだった。

何を言いたくて、こうやって私と並んで話しつづけているのだろうか。私は、彼女の横顔を見たが、母親は私の視線にはかまわず、ただ前を向いて、何かを見つづけるように同じ足取りで喋っていた。もう彼女の背丈は、盛夫の胸ほどまでしかないだろう。髪を短目に無造作に切った彼女の横顔を見ながら、私はそう思った。

「あの子がまだ小さい頃にね、やっと小学校へ上げるようになった時分にね、あの子は、べつにどこも悪くないのに、病気でもないのに、どこにも行かないんですよ。ごはんを食べるとね、そのごはんを食べた机の下に、すぐもぐりこんじゃうんですよ。それで、そのままいつまでも丸まって、ただじっとしてるんですよ。ほっとけば一時間でも二時間でも、ただそうやって膝をかかえてうずくまっているんですよ。心配でね、私も机の下をのぞきこんで呼ぶんですけど、顔も見ないんですよ。何だか、床に落ちているゴミみたいなのを手の平でなでて丸めたりしてるだけで、それでまた膝をかかえてるだけなんですよ。

お医者さんに連れてってもね、体は悪くないって言われるだけなんですよ。だけど、何にも喋らないし、もっと小さい時連れてった児童相談所みたいな所で、自閉症じゃないかって、そう言われて、学校も特殊に入れたんですよ。

学校も行ったり行かなかったりで、家にいる時は、大てい机の下にもぐってるんですよ。私もあんまり心配だから、どうしてそんなにいつまでももぐっていられるんだろうと思ってね、机の下でこの子は一体、何を考えてるんだろうと思ってね、一緒になってもぐってみたんですよ。もぐって膝かかえてみたんですよ。そしたら、机の下って狭くって、何だか身動きもできないし、息が苦しくなって来そうで、とってもあの子みたいにいつまでももぐっていられないんですよ。私がはい出してもね、あの子はじいっとまだもぐってでね。でもその時思いました。机の下でね、床の上に丸まって、天井って言うんですか、机の裏側見てるとね、何だか安心な気持がするんですね。どうしてだか分からないけど、誰も、何にもここには入って来ないっていうような、そんな心持がして、ちょっとの間は良い気持なんですよ。

あの子みたいにいつまでも、一時間も二時間もとっても入っていられやしませんけど、でもその時ね、ああ、この子はこれが良くていつも机の下に入ってるのかなって、そう思ったんですよ。ちがうのかもしれませんけどね、あの子は別のことを考えてもぐってたのかもしれませんけどね、私はそう思ったんですよ」

相槌を打ちながら、私の頭の中に、私の知らない彼女の家の中の食卓の光景が浮かんだ。バレーボールの選手のように背の伸びた盛夫は、もう多分、食卓の下にもぐることはないのだろう。しかし、食卓にもぐっている盛夫の姿、その表情が私にはありありと見えるような気がするのだった。まだ小さかった玲が、毎日のようにテレビによじ上り、書棚をこえ、そこからまた、たんすの上によじ上り、背を丸めてじっと何時間も下を眺めていた姿が、その想像に重なった。

そして私は二、三ヶ月前の、この養護学校の授業参観を思い出していた。

体育の授業だった。中庭に跳箱が運び出されていた。子供たちは、まず手前にある低い跳箱を越えて、それから少し走ってその先の、もっと背の高い二つの跳箱に橋のように渡された太い梯子《はしご》の上をそろそろと渡って、向こうのマットの上に飛び下りる。そういう練習だった。敏捷に跳躍して跳箱を越える子供や、不器用によじ上っては失敗する子供たちを、父兄たちは跳箱から少し離れた脇に固まって、ざわざわと喋り合いながら参観していた。

玲がこわごわと梯子を渡って飛び下りて、何人か後が盛夫だった。盛夫は、自分の腹のあたりまでしかない手前の低い跳箱の前で、立ちすくんでいた。何度か跳箱の背に手をやるのだが、また後ずさりして、その上によじ上ろうとも跳ぼうとも、どうしてもできないのだった。

言葉もなく、表情もないその盛夫の姿が、かえって彼の内心の緊張やおびえを全身で伝えて来るようだった。

後ろで見守っていた若い体育の教師が小走りに盛夫のそばに寄り、「盛夫、どうした。大丈夫だ。跳べ」と片手で盛夫の腰を押した。その勢いで、盛夫は前によろけるようにして跳箱に上半身を伏せた。

その時に父兄の中から、突然この母親が叫んだのだった。

「先生、その子は眼が悪いんですよ。先生だって知っているでしょう。眼が悪いから恐いんですよ」

そして彼女は走るように跳箱のそばに行って、上半身を伏せたままの盛夫の腕を取って抱え起こしながら、激しい口調で若い教師に言った。

「恐いんですよ、この子は。押したりしたら恐いにきまってるじゃないの。恐いのに、もっと恐がっちゃうだけでしょう。眼が悪いんですよ。跳箱がぼんやりとしか見えないんですよ。障害があるから、すぐ自分ではずして壊してしまうから眼鏡かけられないの、先生だって知ってるでしょう。知ってるのに無理に押したりして。何をするの、一体」

若い教師は、盛夫をそれほど強く押したわけではなかったが、母親の剣幕に驚き、気圧されたように、その場に黙って棒のように立っていた。

のろのろと自転車を押し、道の先だけを見つめて、ひとり言のように、私の相槌すら聞いていないように、母親は喋りつづけていた。

「あの子の前にね、ひとりできたんですよ。でもその時は私も若くてね、今生むのはどうだろうって思ってね、生活のことも考えたし、おとうさんも、またいつでもできるからってそう言うから、生まなかったんですよ。四ヶ月だったんですけどね、もうそれ以上になったらなかなか大変だってお医者さんも言うから、病院に行って、生まなかったんですよ。

水子霊って言うんですか、私の知り合いがね、言うんですよ。それがいけなかったって。だから、その子の霊が盛夫についているんだって。だから盛夫があんな風になったんだって。私にもその霊がついているって言うんですよ。それで盛夫を連れてね、おはらいをして貰《もら》いに行ったんですよ。一度だけじゃ駄目だって言われて、何度も何度も行ったんですよ。遠い所なんですけどね、電車を何べんも乗り換えして行くお宮さんみたいな所なんですけどね。

おとうさんは、迷信だって言ったんですよ。そんなことをしても何にもならない、やめろって言ったんですけどね。私も迷信だって思ったんですよ。何にもならないだろうって思いました。でも行ったんですよ。盛夫を連れてね、二人で何べんもおはらいして貰いに行ったんですよ」

道に面した町工場から、アスファルトの熱気をかき立てるように、金属のぶつかり合うけたたましい音が断続的に響いた。その工場を通り過ぎる時も、母親は話をやめなかった。

「今朝早く来てね、担任の先生に言って来たんですよ。盛夫は、卒業したら施設に入れることにしたんですよ」

「施設って、どういう風な……」と私は訊き返した。

私の中で、なにか乱雑に散っていた思いが、一斉に重ね合わせられていくようだった。誰にでも良い。母親は、このことを話さないではいられなかったのにちがいない。

母親は相変わらず私の顔は見ずに、喋りつづけていた。

「施設に入れたらね、やっと楽になれるって、そう思うんですよ、高校にやってもね、卒業したら行き場がないんだから。家に置いとくだけになっちゃうんだから。家に置いとくわけにいかないんですよ。それなら、義務教育だけ終えたら、施設に入って貰った方が良いんですよ。でも、良い施設はなかなか空かないんですよ。入るのが大変なんですよ。前から方々見に行っていたんですけどね、良い所はなかなかないんですよ。ただ閉じこめとくだけみたいな所ばっかりなんですよ。部屋の中が、何だか臭うような所だってあるんですよ。

一つ空いたって、そう知らせて来た所があったんです。だから思い切ってね、そこに決めたんですよ。家から遠いんですけどね。電車で何時間もかかるし、山の中だから、入れたらもうあんまり会いに行ってやれないって思うんですけどね。

でもね、やっと楽になれるって思うんですよ。来年、盛夫が卒業してそこに入れて貰ったら、やっと楽になれるって思うんですよ。

高いんですよ。毎月、何万円も取られるんですよ。でも、お金さえ払えば、盛夫はそこで御飯を食べて、寝て、暮らして行けるんだから。

私やおとうさんと離れるのは、いやだと思うんですよ。おとうさんはね、盛夫にはとってもやさしいんですよ。いつも、不憫だって言ってね。盛夫もあんな風だけど、おとうさんと一緒にお風呂に入ったりするの、大好きなんですよ。休みの日にドライヴに連れてって貰ったりするとね、何かのはずみで、いつもお面みたいな顔してるのが、ニコッと笑ったりするんですよ。何が面白いのかは分からないんですけどね、でもそういう日には二、三べん笑ったりするんですよ。

おとうさんもね、精神病院に入れるわけじゃないんだから、その方が良いって言うんですよ。盛夫は、何考えてるんだか分からないけど、盛夫のためにも結局その方が良いって、そう言うんですよ。

山の中だけど、好きな食べ物や着がえ持って、月に一ぺんぐらいは会いに行ってやれると思うんですよ。盛夫だって、はじめはさみしいかもしれないけど、なれれば楽しいことだってきっとあると思うんですよ。今の学校だって初めはいやがって、送って来る道で暴れて、自動車の前に飛び出したりして大変だったけど、このごろはどうやらこうやら、毎日、行こうって言えば私と一緒におとなしく来るようになったんだから……」

角に小さなクリーニング屋のある十字路で、母親は立ちどまり、話をやめてぼんやりと私の顔を見た。まるで初めて私がいるのに気づいたような顔だった。クリーニング屋から流れ出す熱湯のせいだろう、道の側溝の蓋の隙間から、薬品臭い白い蒸気がいかにも暑苦しく吹き上がっていた。

「私は、こっちの道ですから」母親はそういった。そして膝を折って小さく腰をかがめるような挨拶をして、右に折れて行った。

私は十字路にたって、そのまましばらく母親の後ろ姿を見送っていた。母親は、ふり返らなかった。半袖のブラウスを着け、白っぽいズボンをはいた、その私と同じほどの年齢の母親の後ろ姿が、のろのろと重そうに自転車を引きながら遠ざかって行った。

楽になる、と母親は言った。その、楽、という言葉にこめられた無数のものを私は思った。それが、私の胸の中で音を立てているようだった。

バス通りを渡り、まだ両側に点々と畑の残っている細い道を、私は公園の方に向かって歩いた。回り道だったが、公園の遊歩道を抜けて、池にかかっている大きな鉄の吊橋の手前を右に曲れば、アパートまではすぐだった。

池に沿った遊歩道の所々に、鉄の柵に竿を持たせかけて釣人が糸を垂れていた。近よってのぞくと、どの釣人のびくの中にも大てい二、三尾の鯉や鮒が窮屈そうに泳いでいた。この公園は、釣の名所になっているらしく、毎朝早くから釣をする人影がない日はなかった。

ここの土地に越してきて、玲を連れて散歩に出ると、私はこの低い鉄柵ばかりでなく、びくを見るたびに近よって行く玲に、いつもはらはらしていた。後ろからついて来る玲をふり返ると、玲はいつの間にか釣人のびくの脇にしゃがみこみ、中に手を入れようとしている。何度か同じことを見ていて、私には、玲がそうやって中の魚をつかんで池に放してしまおうとしているのだ、と分かっていた。私は小走りに駆け戻って、そのたびに、釣ったものを放してはいけないと、玲を叱った。玲は仕方なさそうに立上がるが、次のびくの所では、必ずまた同じことをしようとした。

玲は、小さな頃から池の中を泳いでいる魚を見るのが好きだった。方々の遊園地に連れて行ったが、乗物や野外ステージの芝居には見向きもせず、たいていどの遊園地にもある池の縁に身を乗り出すようにして、何時間でも水の中の魚をじっと見つめていた。

玲の眼には、魚が小さなびくの中にいるのが、奇妙で不自然なことなのかもしれない。しかし、玲にとってはそうであっても、釣人の魚を池の中に放させてしまうわけにはいかなかった。

いつの間にか、玲はびくには手を出さなくなった。しばらく中をのぞいて、待っている私の所に来るようになった。

「魚、いたか」と私はそのたびに玲に訊いた。

「サカナ、イタカ」と玲は言う。

「魚、何匹いた」と訊くと、少し考えるようにして「イチ、ニ」とか、「イチ、ニ、サン」と答える。実際の数とは違っているのだろうが、今はそれが散歩のたびに玲と私との、何と言うことのない遊びだった。

少し霞《かす》んでいるような広い池の中ほどに、番《つが》いのカイツブリが、豆粒のような雛を何羽か後ろに連れて泳いでいた。褐色の、円い伏せたお椀のような小さな体に垂直に、細く短い首をまっすぐに立てて、カイツブリは水の上を滑るように動いていた。親鳥の一羽が突然かき消えるように水中にもぐり、見当もつかないほど離れた水面に、また突然姿を現す。カイツブリは水の上を滑りながら、何度もその仕草をくり返していた。水面に現れた時には、大てい小さな魚をくちばしにくわえ、それを持って雛の所に戻って来るのだった。

私は、遊歩道に足をとめて、その仕草を眺めていた。

ここに越して来てしばらくたったある日、私は池の葦の茂みに巣を作っているカイツブリを見かけた。広い池の中から枯草を集め、番いで営巣している小さな水鳥の姿が、何となく私の眼をひいた。卵を生み、番いは交代で巣に戻っては、その卵を抱いていた。春になったばかりのまだ寒い頃だったが、池の縁にカメラを据えて、何人かがその様子を撮影していた。

雛がかえり、親鳥が毎日、巣に小魚を運び、しばらくして、今のように、かえった雛を連れてカイツブリは水の上を泳ぎ出した。

ある日、玲を学校に送った帰り道、私はいつものようにこの遊歩道を歩いていた。岸からあまり離れていない水面に、カイツブリともう大分大きくなった雛が何羽か固っていた。

くちばしに何かの稚魚をくわえて浮いている親鳥の所に、その日も雛がねだるように口を大きく開けて寄って行った。しかしその時、親鳥は空を向くようにして稚魚を自分の首にぐっと呑み下し、突然、雛をくちばしで突いた。その突き方の激しさに、私は思わず足をとめた。突いた後も親鳥は雛を追い回し、雛が遠く逃げさってしまうまで、水平に下げた首から槍のようにくちばしを突き出し、普段はめったに広げない翼を広げて水の面を打ちながら、執拗に追いかけつづけた。せっせと雛に小魚を運んでいたつい二、三日前からは想像もできない光景だった。

大きくなった子供には、もう自分で餌を取れということなのだろう。そうやって一人前になって行けと雛を追う親鳥。まるで絵に描いたような教訓の劇を見るようでもあった。

私の思いは、そういうやり方を自然として生きているカイツブリには、むろん何の関係もないことだった。それから数日してこの池を通りかかった時には、まだ少年のような体つきの雛が、親鳥から離れて、時々水にもぐっては浮かび上がっていた。

しかし、雛を追い回す親鳥の、その光景を見た時に、何か、私には答えられない問題に答えてみろと言われたような、そういう重い気持が、胸の底で一瞬したのだった。

この世という自然、その中で、玲をひとりで池の中に突き放すやり方もある。そうやって、玲を玲なりに一人前にして行くやり方もあるのにちがいない。私は今までにそういうやり方を頭の隅で考えないわけではなかった。しかし、そのたびに私はその考えを脇に押しやって、それ以上自分で見ようとはしなかった。

私は怖いのだろうか。眼を放せば、びくの中に手を入れて中の魚を池に放ってしまう玲。釣人は玲を怒鳴るだろう。怒って彼は、理由が分からず立ちすくんでいる玲を殴りつけるかもしれない。そればかりではない。玲は、散歩の途中、時々足をとめては、この池の低い柵を越えて、水に手をのばそうとする。泳ぎを知らない玲は、この深い池に落ちれば溺れて死ぬだろう。

しかし、それでも私は思い切り玲を自然の中に突き放すべきなのかもしれない。大きくなった雛は、親鳥に追い回され、もう餌は与えてもらえない。雛はそういうやり方の中で、自分で餌を取ることを覚えて行く。そして、水の中にもぐって餌を取ることをついに覚えられずに餓えて死ぬ雛もいるかもしれない。弱って猛禽の餌食になる雛もいるのに違いない。しかし、そうやって一人前になれずに死んで行く雛もまた自分たちの種の一羽として、カイツブリは自然の中で生きているのではないか。

リョウ、と私は思った。玲は、この世という自然の仕組を知らない。これからどうやって玲はそれを身につけて行くだろう。どんなに身につけても、薄暗くよじれ合い絡《から》まり合ったこの世の仕組の中で、玲が一体餌を取ることができるだろうか。そしてその仕組の中で、ついに餌を取ることができないとしたら、玲は一体何の餌食になるのだろうか。

私は、水面に大きな円を描くように、ゆっくりと泳いでいるカイツブリを見つめた。数羽の雛が、相変わらず一羽の親鳥の後についていた。もう一羽の親鳥は、餌の小魚をさがしてどこかにもぐっているのだろう。

土の乾き切った遊歩道に立っていると、それだけで額から汗がにじみ出して来るようだった。水面を滑るカイツブリが、いかにも涼し気に見えた。

「イヤナノ」と、ふと私は小さく言った。それは玲の口癖の真似だった。四、五歳の時だったろうか。何も言葉のなかった玲が、初めてこの言葉を口にした。今でも玲は、一日に何度も、何かあるたびにこう叫ぶ。

「マイッタヨ」と、私はまた小さな声で言ってみた。アパートの部屋で私が玲をからかい、突いたりくすぐったりして部屋の隅に追いつめた時に、「イヤナノ、マイッタヨ」と自分でも半分笑いながら叫ぶ玲の表情が頭に浮かんだ。私がもしこの池に玲を突き放そうとすれば、その時玲は、一体どんな表情で「イヤナノ、マイッタヨ」と叫ぶだろうか。

親鳥が池の真中に雛をくちばしで突き放すのが自然というものであるように、私は玲とごく少しの言葉を、そうやって交しながら暮らして行くのだろう。それが玲と私にとっての自然なのかもしれない。

一年に何度も営巣するというカイツブリが今連れている雛は、初めて私が見た雛から何代目になるのだろう。それともここにいる親鳥が、あの時の雛なのだろうか。

私は、指でピストルの形を作って、人差指の先で池の中のカイツブリをねらった。カイツブリは、相変わらずゆるく水面を滑っていた。そうやって代をくり返しているカイツブリの姿が、何か非常に強いもののように、そしてたまらなくいじらしいもののように見えた。私は口の中で小さく「バーン」と言った。

その夜、夕食をすませ、食器を洗ってしまおうと椅子から立上がった時、隣りの部屋に寝転んでいつものように漢字辞典を見ていた玲が、突然顔を上げて、「ハナビ」と言った。そして、跳ね起きるようにして窓の所に行ってカーテンを開けた。寝室にしている畳の部屋は、南側に大きく窓が開いている。

食器を洗いかけながら、私は窓際の玲の背中に「リョウ、花火が見えるのか」と声をかけた。玲は返事をせず、一心に何かをさがすように外を見つづけていた。

水をとめ、窓際に行って、私も玲の肩の上から首を出した。

しばらくそうやって真暗な空を眺めていた。

東の方に、突然、紫陽花の花のような小さな花火の球が浮かび、少し間をおいて、トーンという軽い音が響いて来た。「ハナビ」と玲はまた言った。そして音に合わせるように、体の脇で小さく両手を振った。

「本当だ。どこかの花火大会だ。リョウ、花火見たいか。見に行くか」と私は言った。

「ミニイクカ」と、玲はふり向いて小さく叫ぶように言った。そして窓を離れ、すぐに玄関に向かって歩き出した。

アパートの駐車場から車を出し、時々上がる小さな花火の球を目当てにして、それを追いかけるように私は車を走らせた。

花火は次第に高く、大きくなった。音が響くたびに、玲は助手席で両手をふるわせた。

大きな川の堤防に沿った道に、私は車をとめた。花火は、その堤防を越えた河川敷から上がっているのだった。車を下りると、空に高く、花火が巨大な傘のように色とりどりの輪を広げた。

急な斜面の草をかきわけて、私たちは堤防の上にのぼった。そこは、見物の人波が細い道にあふれるようだった。花火が、眼の下ほんの二、三百メートルほどの河川敷から次々と打ち上げられていた。

ドーンと腹に響く爆発音と一緒に、頭の真上に輪が広がる。広がって、バラバラと散ると、それを追いかけるように次の輪が広がり、その脇に重なってすぐ次の花火が輪を広げる。音と音が重なり、頭の上一面に、花火の輪と輪が重なった。

音が響き、輪が広がるたびに、人混みの中から飛び出すように、玲は空を見上げて思い切り跳ね、パンパンと両手を打ち合わせた。跳ねながら大声を上げ、笑った。人にぶつからないように、私は強く玲の肩を抱いた。抱かれているその腕の中で、玲は力一杯跳ねた。

絶え間なく拍手と歓声が上がり、堤防の細い道に音と光が溢れていた。

玲を抱き、爆発の音に合わせて、人混みにかまわず、いつか私も玲と一緒に跳ねていた。眼を輝かせ、体をふるわせて大声をあげる玲と、そうやって夢中に何かの踊りを踊っているような気がした。

花火は、時には空から幾筋もの白い滝のような火花を降らせた。

打上げが次第に間遠になった頃、玲は疲れたようにその場にしゃがみこんだ。帰ろうか、と声をかけると、すぐに立上がり、私たちはまた堤防の急な斜面を、湿った滑りやすい夏の草を踏みながら下った。玲は私の後をそろそろとついて来た。

中ほどまで下った時に、背中から、ズンと足もとを揺らすような爆発音が響いた。ふり返ると、私から少し離れた斜面に玲も立ちどまって空を見上げていた。

しばらく花火がやんでいた堤防の上の真暗な空に、白い火の玉が尾をひいて真すぐに上って行った。火の玉は、キューンという空気を裂くような鋭い音を立てながら私たちの頭の真上はるかに高く、ぐんぐんと上りつめ、そこで一気に割れて、紫色の巨大な花を開いた。花を追いかけるように、パーンとはじける音が届いて来た。

玲は、すべり落ちそうな姿勢で斜面に体を傾け、首を上げ背を反らして空の真上を見上げていた。紫色にはじけた花火の中心が、音を立ててさらにもう一度はじけ、そこから紫色の外側に、もう一つの、もっと大きな赤い火の輪がどこまでも広がった。火花が頭の上をおおい、夜の空が一面に真赤にそまった。真赤な色が、一瞬、私の眼の中で、いつまでもとどまりつづけるもののように、動きをとめた。まるでこの世の空ではないようだった。

われに返り、私は暗い斜面の中に、玲の姿をさがした。玲は、まだ同じ場所に立ったまま、今にもそこから空に向かって飛び上がりそうに、肩をそびやかし、小刻みに両手をふるわせていた。

火の輪が、無数の小さな点となって散りかかり、みるみる暗くなって行く空を見上げながら、私は「リョウ、もう帰るぞ」と大声で呼んだ。

あとがき

私は、重度障害——自閉症、と呼ばれる子供と、暮らしている。

私の子供は、私の行為によって、この世に生命として生まれた。私の子供の側から見るならば、子供は、私によって生命として、生まれさせられた。

生まれ、させられた——そのことは、私自身もまた、私の子供と起源は同じだ。私は、私の言葉を、その、生まれさせられたという場所に、その場所に眼を伏せようとする私を追いたて、書こうと努めた。

ある時から、私は、なぜか偶数というものに、奇妙に自分の安心を感ずるようになった。そして、このごろある本の中で、奇数は、余の出てしまう数、偶数は、互いに支え合い、安定した、余の出ない数、という考えがあることを知った。

四、八、十六……。偶数で割っても、その商に決して奇数の出ない数には、一層、安心を感ずる。しかし、同時に、二は二によって割られ、一となり、その一もまた、割られつづける。そのことに、体の底に絶えず、あるふるえを感じてもいる。

親がいることによって子がい、子がいることによって親がいる。敵によって、味方がい、黒によって白が存在する。加と被、被と加。どこまでも折り重なり、もつれ合いつづいて行く、対の関係。そのことを、これからも書いて行くのだろうと、感じている。

五篇の小説の、一つ一つを激励して下さった、三田文学と海燕の編集部の方々に、感謝しています。

この世のこと

鳩

その駅の、プラットホームのベンチに、津村周は、一時間ほども前から、座っていた。周の足もとには、十数羽の鳩が、まとわりつくように群れ集まり、小走りに右往左往していた。鳩は、くうくうと鳴きながら、歩くたびに、しきりに首を上下させた。

何本もの電車の路線が、そこに集中して、また出て行く、郊外のターミナル駅だった。周の座っているホームは、どことなくしんとして、人影がまばらだった。

昼を、少しまわっていた。この時刻は、乗降客の最も少い時間帯なのだろう。ベンチに座っているのは、周ひとりだけだった。

周は、なぜ自分は、こんな所にいるのだろう、とでもいうような、見慣れないものを見るような眼つきで顔を上げ、あたりを見まわした。

眼の前に、隣りのホームが見える。その向うにも、いくつものホームが、ずっと先の方まで重なり合うように並んでいる。そして、軌道敷がホームとホームとを、規則正しい濠割のように、隔てていた。

二つ向うのホームに、頻繁に電車が入り、そしてすぐにベルが鳴り、またあわただしく出発して行く。そのたびに、ホームの上を乗降客がせわしなく行き交い、人と人との影が何重にも重なり、その影が、スクリーンに映し出された何かの模様のように、平べったく入り乱れる。

二ヶ月前まで、周は毎朝、その二つ向うのホームから電車に乗り、都心の会社に通い、そして夜、また同じホームに帰って来たのだった。

時おり、何かの都合で、日中、そこで電車を待っていることもあった。しかし、どんな時刻にも、そのホームは、まるで休み時間の小学校の校庭のように、人の声が折り重なるように厚く充満し、吐息や体温や、コンクリートを踏む靴の音が、何色ともつかず、かきまぜられ溶け合った油絵具のように、あふれ返っていた。

会社に通ったのは、二年間だけだった。そして、やめてしまうと、その二年間を過した自分の時間は、さらさらとした透明な水のように、音もなく流れ去り、消えてしまった。ぽつりぽつりと、染みのように、所々、小さな記憶が残っているだけだった。

周は、膝の上に置いてあった紙袋から薄い煎餅を一枚つかみ出し、両手で細かく砕いて、ばらばらと足もとにまき散らした。ベンチのまわりの鳩が、一斉に騒々しい羽音を上げ、喉を鳴らしながら、落ちて来た餌に向って突進し、騎馬戦のように折り重なり合いしはじめた。

二、三枚砕いては、足もとにまき、周は軽く手をはたいて、またベンチの背に体をもたせかけた。こうやって座っていると、オフィスの回転椅子に座っていたあの時間と今とが、何の節目もなく、のっぺらぼうにつながっているような、白っぽい気持がした。

一時間前に、このホームから出た特急電車に乗るつもりで、周は駅にやって来た。けれども、ホームで待っていて、やがて眼の前に列車が入って来た時、突然、ひどくおっくうな気持に襲われて、結局、ベンチに座ったまま、周はその電車を見送ってしまった。

とりわけて約束や用事のある旅行ではなかった。そのことが、周の胸の底に本能のように眠っていたおっくうさを、眼ざめさせ、かき立てたのかもしれなかった。

ここに座っていることと、電車に乗り、どこか他の場所に移動することと、その間に、どういう違いがあるのだろうか。

電車が出て行った後、周は、胸の中で、ぶつぶつとそんな風にも思った。

次の特急電車には、もう一時間と少し待たなければならなかった。

三年ほど前、周は一度だけ、この同じホームから特急電車に乗ったことがあった。その頃、周は大学を出、定まった職業を持たずに、ぼんやりと毎日を送っていたのだった。

ある日、深い山奥の村にひとりで出かけたきり、そのままそこに住みついて、漢方薬の薬草の採集をはじめた大学時代の友人に、葉書で誘われ、周は電車に乗り、その村を訪ねたのだった。歯止めのないその頃の生活を、そのまま延長するように、その気になれば、しばらく友人と一緒に住んでみても良いし、数日で帰って来ても良い、と内心で思っていた。

いや、ただそればかりでもなかったのかもしれない。

周は、その時、自分でもはっきりとは意識しなかったが、胸の底のどこかで、何か常ではない、事件のようなことが、その旅行で起きてくれることを、期待していたようでもあった。

想像のつかないこと。想像の中には、おさまりきれないようなこと。

正体のわからない力で、体を鷲づかみにつかまえ、他の一角に放り出してくれるような、そういう種類のことを、周は、定まらない、気まぐれなアルバイトなどで日を送りながら、ぼんやりと考えていたのだった。

それは、外から見れば、一見何でもないことかもしれない。

あるいは、突拍子もない、命にさえ関わるような、大事件かもしれない。

何であれ、しかしそれは、心底から周の胸をつかみ上げて、これこそ自分の身に起こっていることにちがいない、これこそが、確実に、自分の事件だと思わせてくれるような、そういう種類のことでなければばならなかった。

その頃、周は、自分の体の中に、奇妙な知恵の輪が、埋まりこんでいるような気持を抱えていた。組み合わされた輪を外すことは、それほど難かしくはない。しかし、外したとたんに、また、その外した形が、新しい、組み合った輪になっている。そういう、厄介な知恵の輪だった。

そんな知恵の輪が、なぜ体の中に入りこみ、埋まりこんでしまったのか、周自身にも、はっきりとはしなかった。

しかし、確かに、まるでしぶとい寄生虫の一種ででもあるかのように、それは周の中にいた。そして、周の息づかいを、二六時中うかがいつづけ、頃合いの拍子に、ふいと首を持ち上げて、いよいよ、何かにとりかかろうとしている周の決心や足どりを、わけもなくおしとどめてしまうのだった。

外しても外しても、また新しい知恵の輪ができ上がっているだけ。それならば、実は、知恵の輪を解くことには意味がないのではなかろうか。いや、なぜ知恵の輪を解こうとするのか、その問いこそが知恵の輪なのかもしれない。周はぐるぐるとそんなことを考えていた。

大学に入って、一年ほどたった頃だった。

その頃、周は、特に勤勉でもなく、またとりわけて怠惰でもない、大勢の学生のひとりとして、毎日の時間を過ごしていた。大学という場所は、それほど面白くはなかったが、しかし別に耐えられないほど不愉快というわけでもなく、周は、一応それらしい学生の生活を送っていたのだった。そして、そういう自分に、とりたてて感想を持ったこともなかった。

大学という所に限ったことではない。どんな場所にいても、結局は、そういう風であるのにちがいない。そんなことは、いわば自明のことだとも、無意識の中で思っていたようだった。

ある日、周より三年ほど年長の、同じ大学の友人が、ウイスキーを一本さげて、アパートを訪ねて来た。友人は、その春に無事大学を卒業すれば、ほどほどの規模の商社に就職することが内定していた。

部屋で、いつものように学生同士の気楽さにまかせて、周は、その年長の友人と、したたかに酒を飲み、他愛のない議論に熱中した。友人の卒業は、二ヶ月後だった。何も変わったことはなかった。二ヶ月たてば、こんな風な子供らしい騒ぎもできなくなってしまうのだ。それが、ちょうどうまい具合の、酒のさかなでもあった。

いや、その晩、一つ、いつもとは少しだけちがうことがあった。

夜が更け、周と友人とが、まだ子供っぽい議論に熱中していた時、ふいに電灯が消え、部屋の中が、暗闇に変わってしまったのだった。電灯が音も無く、ふわりと消えた時、周は、ちょうど学生臭い聞いた風な警句を連発して、反応はいかに、と友人の顔色を一心にうかがっている真最中だった。そのために、周の意識には、瞬間、部屋の家具や本箱とは関係なく、まるで友人の体だけが、そっくりそのまま、視界からかき消えてしまったように感じられ、暗闇の中で、ぼんやりとしてしまったのだった。

ただの停電だった。停電は、このごろではあまりないことではあったけれども、もちろん事件と呼べるようなことではなかった。そして、部屋の中の真暗闇も、周がマッチの光を頼りに、抽出《ひきだ》しの奥から一箱のローソクを探し出して、何ということもなく解決されたのだった。

その晩は、いつまでも電気はつかなかった。しかし、皿に立てた一本のローソクの、ほの暗く揺れる黄色い光と、くすんだ物影の中で酒を飲むことは、かえって二人の興を盛り立て、舌に拍車をかけたようでもあった。

停電をきっかけに、ちょうどうまく座が改ったとでもいうように、周と友人とは、それからまた明け方まで、果しなく喋りつづけた。

しかし、飲み、喋り、笑い合い、忙がしく口と手を動かしている、その最中、周は、ふと自分の胸の中に、奇妙な薄黒い雲のようなものが、ゆっくりと首を出しては、またひっこめているのを発見した。

何なのだろうか。これは。

友人と喋りつづけながら、周は、何度か、胸の中の奇妙なものをそもそと手さぐりし、正体をたしかめようとした。

そして、しばらくそうやっているうちに、その薄黒い雲は、どうやら毒々しい罵倒、いわれのない憎悪にあふれた罵倒の言葉で、でき上がっているらしいことに気づいた。

しかも、驚いたことに、その言葉は、たった今、ごちゃごちゃとコップや水差しを置いた小さな座卓をはさんで、眼の前であぐらをかいて飲んだり笑ったりしている、年長の友人に向けられているのだった。

——なんだって、こいつはいつまでも、おれの部屋にいすわっているんだ。……

薄黒い雲は、時おり、ふいに首を持ち上げては、ひどい下卑た声で叫んだ。

——ひとりで過ごせるはずの静かな夜が、こいつが現れたおかげで滅茶苦茶じゃないか。他人の迷惑というものを、考えたことがないんだろうか、まったく。何という鈍感で、図々しいやつなんだろう。……

——うだつの上がらない教師なんかのばかげた噂話に、よくもああ、げらげら下品に笑えるものだ。きたない前歯がむき出しじゃないか。低能ザルめ。

——おれより三つも年上のくせに、こいつの頭の中は、一体どうなっているんだ。カラッポな冗談で得意がりやがって。こんなやつに、のこのこ入って来られる会社が気の毒になるぜ。……

周は、その友人と、いわゆる親友の仲と言って良かった。少くとも、周の方ではそう思っていた。年齢は三つ隔っていたが、そのことにはこだわりなく、互いに苗字を呼び捨てで呼び合うようなつき合い方をしていたのだった。

胸の中の声は、周をひどく狼狽させた。

思いもよらない、とてつもなく理不尽なことを、その声はわめき散らしているのだった。薄黒い雲が首を持ち上げる気配を感じ取るたびに、周は、眼の前の友人にそれを気取られまいと、懸命に自然らしく振舞おうと努めたのだった。

しかし、雲は周の狼狽にはおかまいなしに、遠慮なく汚ならしい罵倒の言葉を吐き散らした。それも、次第に間をおかなくなり、ついには、突き出した首を、それきり図々しく引っこめようともせずに、ひっきりなしに胸の中でわめきつづけるのだった。

少しでも油断をすれば、汚ない言葉が、ふいと口から出て行ってしまいそうなほどだった。

しかし、それでも、とにかく何とか乗り切ることは、できそうだった。

酔いが増すのにつれて、周は、次第に自分の胸の中のわめき声が気にならなくなり、いつもにも増して調子良く、友人の話を受け、返し、笑い合った。

声は、いっこうにやみそうもなかった。しかし、周の口は、声とはまるで関係のないもののように、素知らぬ振りで、なめらかに回転していたのだった。

明け方、ようやく酒も議論の種もつきて、寝ることになり、座卓を片づけ、せまい部屋の中に布団を敷きのばす場所を作ろうと、友人は、根もと近くまで短かくなり、まだゆらゆらと炎を上げているローソクを、皿ごと手に取った。

雨戸のないガラス窓からは、もう薄明りが入ってくる時刻になっていた。

そして、まだ一言二言、冗談口をたたきながら、炎を吹き消そうと、友人がローソクに顔を近づけた時、周は、思わずどきりとした。

ローソクの、ほの暗く、黄色く揺れる炎が、友人の瞳に映り、瞳の中で気味悪くゆっくりと揺れ動き、そして、見開いた両方の眼が、その奥深い暗がりから周に向って、とてつもない悪罵を投げつけているような錯覚を、周は、その一瞬、感じたのだった。

錯覚ではないのかもしれない。ひょっとすると、実際、この友人も自分と同じように、一晩中、胸の中に罵《ののし》りの声を上げつづける雲を抱えこみ、そうやって、何食わぬ顔で酒を飲んでいたのかもしれない。

周は、ちらとそんなことも思った。

しかし、友人と二人分の布団を、酔いにまかせて乱暴に畳の上に敷き散らしているうちに、そのことは、忘れてしまった。

周の胸の中では、まだ時々、妙な声が、ぶすぶすと下品な言葉を吐いているようだったが、何を言っているのか、もうぼんやりとして、定かでなかった。

その晩のことは、それきりだった。それで、何ごとが起こったというわけではなかった。

翌朝、といっても昼近く眼ざめると、友人は機嫌良く、冗談ぽい握手を周と交して、帰って行った。

その日、周は、まだ眠り足りていないような、だるい体をもてあまし気味に、学校へは出ずに、部屋の中でぼんやりとしていた。

そして、夕方近く、頭の後ろで手を組み仰向けに寝転んで天井を眺めていた時、周は、ア、おれは死ぬのだな、と不意に思ったのだった。

天井には、木目模様を印刷した紙が貼ってある。その、いやに整然と流れている細かい模様を眼で追いながら、周は、何度も何度も、おれは死ぬ、必ずおれは死ぬことになっている、と頭の中で一つおぼえのように、くり返した。

死ぬ、と言っても、そのまますぐに死んでしまう、と思ったのではない。死が近くまで迫っているように、思ったのでもなかった。

ただ、周は、自分が、いつかは必ず死ぬのだということ、自分の、今こうしている生が、ある時に必ず自分の死に変わる、ということを、まるでその瞬間に、生まれて初めて見つけた、新鮮な大発見のように感じたのだった。

いつなのかはまるで分からない、しかし自分の未来のどこかに確実にいすわっている死というもの。周は、その時、死を、たった今、手の触れるほど身近に、姿かたちまでありありと感じ取っているような、確かな感触を覚えたのだった。

奇妙な感触だった。

周は、天井の木目模様をながめたまま、その感触の中にぼんやりと体を漂わせていた。

いやな感じではなかった。恐ろしいのでもなかった。それどころか、どこか快い、かすかに甘い手触りさえした。感じたことのない、糸屑のようなふわふわとした軽い痺れが、ゆっくりと体の中を通って行くようだった。

しばらくして、周は畳の上に体を起こした。感触が、体の中に残っていた。

なぜ突然、自分が死などということを身近に感じたのか、さっぱり分からなかったが、妙な手触りだけは、確かにまだ体の中に残っているのだった。

死ぬときが、必ずやって来る。そうだ、必ずやって来るのだ。

畳の上にあぐらをかき、周は、頭の中で何度か、そう呟《つぶや》いた。

その後、いく日も、その感じ、手触りは、周にしつこくまとわりついて、離れなかった。

一体、何だってこんな感じに、とりつかれてしまったのだろうか。自分が、必ず死ぬ。それは当り前すぎるほど、当り前なことではないか。

なるほど、いつかは死ぬにきまっている。しかし、だから、どうということはないのだ。そんなことを考えたからといって、なんにもなりはしないではないか。

周は、ぶつぶつと胸の中で自問自答した。

相変わらず周は、適当に学校にも通っていた。アパートの部屋で寝そべって本を読み、レコードを聞き、他愛のないテレビに笑ったりしていた。そして、そのうちに、こんなつまらない考えは、煙のようにあっけなく、どこかに行ってしまうだろうと、タカをくくりもしていたのだった。

しかし、周の思うようには、ならないようだった。

道を歩きながら、交差点の赤信号に、何の気もなしに立ち止まった時。食事を終え、コーヒー・カップの縁に口をつけた、その瞬間。
ア、おれは、いつか死ぬのだ。
周の頭の中を、その言葉がふいと横切るのだった。そして、一瞬、信号を待っていても、コーヒーをすすっても、そんなことは何にもならないじゃないか、という、体の力が脱《ぬ》け落ちて行ってしまいそうな感覚に襲われるのだった。

何を考えている時にも、どんなことをしている最中にも、そうだった。何の前触れもなしに、突然それは、やって来るのだった。

いつか、必ず死んでしまうのに。……だからどうだというのだ。……

周は、何だか自分が一日中、寝ても醒めても、そういう役にも立たない考えにとりつかれているのではないか、そして、そのついでに、自分も役立たずのロクでなしになってしまうのではないかと、妄想めいて思うことさえあった。

周は、友人との一晩を、時々思い返した。胸の中で、一晩中、散々毒づきながら、何食わぬ顔で酒を飲んでいた、あのことと、何か関係があるのだろうか。その罰が当って、こんな馬鹿げた考えにとりつかれてしまったのではないだろうか。

しかし、内心でそういう妙なことを考えていはしても、そのことで周の毎日の生活に、目立って変わったことがあったというわけではない。周は、相変わらず、学校の友人たちと、年齢相応の若者らしいつき合いをし、適当に授業をこなし、そして卒業後の就職の情報も、人並にせっせと収集していたのだった。

内心の自問自答は、その間にも少しも休むことはなかった。

もちろん、周は、そんな不毛な自問自答はやめてしまおうと、何度も決心した。しかし、固く決心すればするほど、かえってそこに意識が向いて行ってしまうようだった。それならば、いっそなるがままに任せよう。周は、そういう気持になっていた。

そして、くり返しくり返し、周が頭の中で訊ね、答えしているうちに、次第に問答すること、それ自体が生まれつきの癖のように、周の頭の内側に貼りついてしまった。

周の足もとで群れていた鳩が、軽い羽音を立てて、ざわざわと跳び退った。ベンチの眼の前を、サラリーマンらしい若い背広の男が、鳩にはまるで関心がなさそうに、ゆっくりと歩き過ぎて行った。

鳩の群れは、船のへさきにかきわけられる波のように、男の歩みに従って二手に分かれ、そして男が行ってしまうと、また何事もなかったように、ベンチのまわりに集まって来た。

ろくに羽を開きもせず、男の歩く分だけ、ただ申しわけほど道をあけてまた戻って来た、鳩の物慣れた横着な仕種を、周は面白そうに、ぼんやりと眺めていた。

次の特急電車までには、まだ大分、間があった。

周は、膝の上の紙袋から、また煎餅を二、三枚つかみ出し、細かく砕いて足もとにまき散らした。

死ぬだの何だのと、妙なことを考えていた、そのせいばかりでもなかっただろうけれども、大学を出る頃になっても、一向に気に入った具合の良い勤め先が見つからず、卒業してしばらくの間、周は、知人の紹介や新聞の広告で見つけた、細かいアルバイトなどをしていた。それでも、ようやく正式に勤める会社が決まった時には、周も、やはり人並みに、ほっとしたのだった。

その会社の仕事は、一日中、ほとんど机に座りきりのことが多い、商品管理の仕事だった。次々と種類の違う書類が流れて来て、休む暇もなかったが、それでも新しい仕事は、周に若者らしい好奇心をかき立てもした。

会社に入り、数ヶ月の間、例の妙な自問自答は、周の頭の中に姿を現さなかった。そんなことをしても何もならない、という答を、周は、忘れていた。

ある日、周は、昼近く自分の部屋で眼をさました。半月程、猛烈に忙がしかった仕事にようやくかたがつき、その日はひさしぶりに休みを取ったのだった。

もう、充分に眠り足りていた。起き上がると、周はラジオ体操のように、軽く腕を振って体をほぐしたり、窓を開け、手すりに布団を並べて干したりした。風もなく、穏やかに晴れた日だった。

軽い食事をすませた後、周は、机の上に新聞を広げ、コーヒーをすすった。明かるく陽の入って来る部屋の中で、のんびりとくつろいだ気持だった。忙がしかった仕事を乗り切り、こうやって部屋でゆっくりとしていると、何とも言えず快く、満ち足りた気持がした。

　この部屋も、そろそろ引越した方がいい。

部屋を見まわして、周は、そんなことを思いもした。横着をして、まだ学生の時と同じ、一間のアパートのままだったのだ。

　そして、新聞を隅々まで読み終り、大きな伸びをして、周は何気なく、壁に吊した派手な色のダーツの的に向って、矢を投げはじめた。入社したばかりの頃、会社の近くの玩具屋で面白半分に買って来て、時々、退屈しのぎに、それで遊んでいた。

　矢は、快調に、次々と的の中心の最も得点の高い小さな円に命中した。時には、的に突き立っている前の矢を勢い良く弾いて、そのまま中心に突き刺さったりもした。釘一本で、いい加減に壁に吊した的は、矢が命中するたびに、がたがたと揺れ、大袈裟な悲鳴を上げた。

　赤や緑や紫色の、プラスチックの羽のついた矢を、一通り投げ終えては、的から引き抜き、何度目かに新しい矢を投げようと、何気なく耳の横でかまえた時、ふと、周は、矢をつまんでいる指の先から、いつもとは違う、妙に生々しい感触が体に伝わって来るのを感じた。

　まるで、その矢でたった今、眼の前の草叢《くさむら》の中にうずくまっている小さな生き物をねらっているような、残酷な、しかし何とも言えず快い緊張感が、指先にあった。そして、その生き物は、すでに傷ついているようでもあった。

　傷ついている生き物の柔らかそうな体に、周の指は、思い切り力をこめて、鋭い矢の切先をくいこませようとしているのだった。

気味の悪い感覚だった。何とも言えず快く、その快さが気味悪かった。

そして、周は、今までにもダーツで暇つぶしをしている時、時々、こんな感じがしたような気がした。ダーツの的の上に、無意識に何かを重ねて、周は矢を突き立てていたのだった。

こんな、子供の玩具のようなもので、一体自分は、何をねらっていたのだろうか。耳の横にかまえた手を下ろし、机に矢を置いて、周は、しばらく考えこんだ。しかし、良く分からなかった。そして、何となく興をそがれた気分で、ダーツもそれでお終《しま》いにしてしまった。

夜、太陽の光にたっぷり当たってふくれ上がった温い布団にもぐりこみ、えりもとから日なたくさい匂いを鼻に吸いこんだ時、その妙な生き物の感触が、千葉孝夫の姿に、ひょいと結ばれた。忘れ物を置いた場所が、何のきっかけもなく、突然、頭の中に返って来たようだった。

大学に入り、まだそれほど日もたたない頃、周は、同じクラスの何人かに誘われて、都心にデモに出かけた。その中のひとりに、千葉孝夫がいた。

千葉は、高校生の頃から政治的な活動をしていたらしく、デモに行くのはその日が初めてだった周に、互いに対立し合っている政治党派の違いや、その日はどの隊列に入れば良いかなど、いくつか要領めいたことを教えてくれたのだった。

大きな公園につき、プラカードと旗が乱雑に揺れ、ボリュームをいっぱいに上げたスピーカーが所かまわずがんがんと怒鳴り合い、響きわたる集会を終えて、学生たちはそれぞれ隊列を作り、スクラムを組んだ。

長いデモ隊の列の先頭が、公園を出て行くのが後方の周に見えた時、周は、その初めて見る光景に、わけもなく興奮した。自分も、そして、デモ隊の全体が、どこか決死的な場所に向って、いよいよ出発して行く。そんな、何とも言えない高揚を感じて、身ぶるいするようだった。

公園の周囲は、分厚く乱闘服を着こんだ機動隊と装甲車が、何重にも取りまいていた。その上、集会のすんだ頃には、もう夕方を過ぎ、あたりは薄暗くなりはじめていたので、機動隊の人垣は、まるですきなくびっしりと生い繁った密林のようだった。

集会の間、千葉は周の隣りに座っていたが、デモの隊列がいよいよ公園の出口に向って動き出した時には、どこに行ったのか、姿が見えなかった。周は急に、取り残されたような不安な気持に襲われて、ずんぐりと背の低い、骨格の太そうな千葉の姿を、あちこちと眼でさがしたが、学生で埋まった公園の、どこにも見つけることはできなかった。

公園を出たデモの列は、はじめのうちは順調に、ビルに灯りのつき始めた大通りでさかんに気勢を上げていたが、しばらくして、機動隊の規制がはじまると、あっけなく大混乱に陥った。

隊列の右からも左からも、容赦なく警棒で殴られ、重い靴で蹴りつけられて、見る間にスクラムは散り散りになり、周は、出発した時の興奮もたちまちしぼんで、ひとりで必死に、ビルとビルの間の路地に逃げこんだのだった。

その路地に、偶然、千葉がいた。千葉は、周の姿を見ると、駆け寄って来て、こういうせまい場所にいるのは、かえって一番危険なのだ、というようなことを叫びながら、周の腕をつかみ、路地づたいに、一筋離れた大通りまで導いてくれた。

しかし、その通りも機動隊と、それに投石で抵抗をしている学生でいっぱいだった。時々、花火を打ち上げるような乾いた爆発音がして、催涙弾の白い煙が道のそこここに上がり、金属臭い臭いが立ちこめていた。

周が、おびえて思わず路地に引き返そうとした時、千葉が強く周の腕に、自分の腕を回して来た。そして、周を引いて通りの中央に歩き出た。そこには、まだ二、三十人ほどの学生が、一団となって残っていた。千葉は、周を連れてその一団に加わり、街頭に残ったその拠点を守りつづけようというつもりのようだった。

千葉に言われるまま、夢中で手当りしだいに石や棒きれを、通りの交差点のあたりに密集している機動隊に投げつけているうちに、気がつくと、いつのまにか二、三十人固まっていたはずの学生が、わずか数人に減っていた。

そして、それを見はからったように、ジュラルミンの楯を構えた機動隊が、一斉に重苦しい靴音をひびかせて、交差点から周の方に向って駆け出しはじめた。

楯とヘルメットで表情の全く見えない乱闘服の一団は、人間ではなく、まるで通りいっぱいに広がった、黒い巨大なブルドーザーのように、周の眼には感じられた。

手に持っていた石を、足もとに投げ捨てて逃げ出そうとした周の腕を、その時また、千葉の腕がつかんだ。千葉は、残っていた数人の学生と強く腕を組み、向って来る機動隊の一軍に、こちらから逆に突っこんでいこうとしていたのだった。

足がすくみ、周は、二、三歩そのままアスファルトの上をひきずられた。そして、必死に足を踏んばって、その場にとどまろうとした。何をやっているんだ、と千葉がまっすぐ機動隊の方を向いたまま、怒鳴った。自分を怒鳴っているのだ、と思ったが、やはり周は足を動かすことができなかった。

道いっぱいに横隊を作った機動隊がみるみるうちに眼の前に、のしかかるように近づいて来た時、周は、良いも悪いもなしに、ただ恐怖にかられて何も考えるいとまもなく、闇雲に千葉の腕を振りもぎり、一目散にその場から逃げたのだった。

夢中で振りもぎった時、千葉の腕が、自分の腕からふいと離れ、そのまま体ごと、千葉が煙のように機動隊の隊列の中に消えて行ってしまうような感じが残った。

千葉は、その日以来、学校に姿を見せなくなった。機動隊員に取り囲まれ、リンチのように無茶苦茶に殴られ、逃げのびはしたけれども、眼の片方をひどく傷つけられ、病院で治療をしている、と教室の中の噂話で、周は知った。

自分だけ逃げた、という思いがあって、周は見舞いに行くのにも、ひるむような気持で、そのまま時間が過ぎてしまった。そして、そのうちに、千葉は、ついに片方の眼の光を失い、もう一方の眼も失明してしまうかもしれない危険な状態だ、という話が伝わって来た。

周は、あれきりデモに行ったことはなかった。千葉の話が伝わって来るたびに、その原因の何パーセントかは、自分にもあるのではないか、と胸の中で、負い目のような気がしたが、しかし、千葉と、それまで親しいつき合いをしていたわけでもなかったこともあり、時のたつうちに、次第に気に病むこともなくなって行った。そして、その日のことはいつの間にか、胸の底のどこかに沈んでしまった。

ダーツの的の上に浮かんでいたのは、たしかに千葉孝夫だった。それも、千葉のまだ失明していない方の眼、それが的の中央に浮かび、耳の横にかまえた矢で、周はその眼をねらっていたのだ。足もとで、頭の上からまた煎餅のかけらが落ちて来ないかと、しきりにくうくうと喉を鳴らしている鳩を見下ろしながら、周は、そう思い返していた。

そのことに気づいた日から、どことなく、調子がおかしくなった。会社で仕事をしている自分の歩調と、体の中の、もうひとつ別の自分の歩調とが、どうもうまく合わなくなり、何をするのにも、どこかうっとうしい、大儀な気分が、ついてまわるようになったのだ。

仕事中に、時々、デスクに両肘をついて、周はぼんやりとした。そういう時には、ダーツの矢をはさんでいる指先の、何とも言えない快さを思い出しているのだった。

渾身の力をこめて、矢を投げる。矢の真赤な羽根が、吸いこまれるように的に向って飛び、そして、千葉孝夫の残った、まだ見えている眼に深々と突き刺さり、その場で羽根を細かく震わせる。

そう想像すると、ひどく後暗い、しかしそれだけ一層、強烈な快さ、眼の前にある何もかもから一気に解き放されてしまうような何とも言えない快さが、体を揺さぶるのだった。

そして、それと同時に、周はもう一つ、自分だけの秘かな楽しみを持つようになった。

それは、自分の眼が、もうほんのしばらくすれば、あと一時間もすれば、つぶれ、見えなくなってしまう、と胸の中で想像することだった。

周は、細々と丁寧に、毎日毎日その想像を磨き立てた。

事務室の壁掛時計が、一時を差していれば、今から一時間後、きっかり二時に、自分は失明する。自分の意志とは、全く関わりなく、確実にそう決められてしまっている、と周は想像した。失明に向って、一秒一秒進みつづけて行く、その時間の足どりを頭の中に思い描いた。

失明というゴール、そのゴールは、ちょうど二時。それが確実に、みるみる近づき、そして否応なく、そこに吸い込まれ、永久に光が失われる。

周は、幼い子供が気に入りの玩具をしゃぶりつづけるように、その妄想を、わざわざ頭の中に何度もくり返し、呼び出しては、戯れた。

周の座っている椅子から真正面に見える壁掛時計の針が、周の遊びの時刻を示した。十時を差していれば、十一時まで。一時を差していれば、二時まで。四時を差していれば、五時まで。いつも、必ずきっかり一時間。それが、周の失明までの、決められた時間で、その一時間の間、周は、自分の作り出したゴールに、背中から駆り立てられるように、闇雲に仕事に没頭するのだった。

眼が見えているから、眼が見えなくなるのが恐ろしいのだ、既に眼が見えないのであれば、恐ろしいことは何もない。そんな風なことを、周は時々、書類の余白にくしゃくしゃと書き、気がついて、丸めて屑籠に捨てたりした。

今、自分の眼が見えていること、それこそが、この変な妄想と戯れている原因なのではないか。相変わらず、失明の想像を頭の中でくり返しながら、周は、時々、そんな風にも思った。それは、自分でもどこか倒錯めいた考えのようにも思えたが、本当に、眼さえ見えなくなってしまえば、少くとも頭の中だけは、よほど軽々とさわやかになる。それだけは、たしかなように思えたのだった。

周は、次第に会社の仕事に興味を感じられなくなった。

机に向って、今、仕事をしているのは、自分ではなく、誰か他の人間のようだった。他の人間ではないにしてもまるで野球のキャッチャーのように頑丈なマスクをかぶった自分が、そのマスク越しに机の上の書類に、せっせと何かを書きこんでいるような気がした。

失明を想像する、その想像の中の恐怖の方が、本当の自分で、実際に仕事をしている自分は、軌道を外れ、永遠に中心にたどりつくことのない、何のよすがも持たない彗星であるように感じられてならなかった。

そして、周は、まるで時間と共に移り変わる自然のなり行きに、おとなしく流されて行くように、ある日、会社を退職した。

周は、まだ三十歳にもなっていなかった。何をするのにも、十分なくらい若かった。しかし、周の内心は、少しも若くなかった。

これからまた、何をはじめたとしても、結局それは、ただ、分厚いマスクをつけた自分のやる、仮のできごとなのに決まっているではないか。周は、いつの間にか、胸の底で、意固地に、そう思い定めていた。

仮のことであるならば、それをどんなに積み上げても、どんなに巨大な山を造り上げても、結局は何も無い。幻だ。そして、その幻のために、人も自分も傷つけ、痛い痛いと騒ぎをおこしているだけではないか。

幻は、どこまで積み上げて行っても、幻であることに変わりはない。

周は、ベンチの背もたれから体を起こして、ポケットをさぐり、煙草をさがした。しかし、アパートを出る時に忘れたらしく、煙草もライターも見当らなかった。

ベンチから立ち上がり、周は、売店の方に歩き出した。足もとの鳩は、長い時間、時々煎餅をまきながら、ベンチの一つ所に座っていた周になついてしまったように、よけもせず、かえって二、三羽、周の歩みに、よちよちとついて来た。

売店で煙草を買い、その場で封を切って、周は、胸の奥まで深々と煙を吸いこみ、そして吐いた。足もとから見上げられている視線を感じて、周は眼を落とした。鳩の一羽が、鳥特有の、顔を深く横にかしげた姿勢で、細かく首を振りながら、しきりに周の顔を見つめていた。指にはさんだ煙草を、餌の一種と思っているのかもしれなかった。

丸く、いっぱいに開いた眼に、見憶えがあった。

それは、一匹の犬だった。

三年前、はじめてこのホームから特急電車に乗り、友人のいる山奥の村に行った時、何日かすると、その村で祭りがあった。

周は、その村に一週間ほど滞在したのだったが、周が着いて三、四日すると、急に、村に若者の姿が目立ちはじめた。

ちょうど、周を追いかけるように、都会に散っていた若者たちが、その祭りの日を目ざして、生まれた村に帰って来たのであるらしかった。

まだ若者の姿が見えない時には、その村は、険しい山を切り開いて耕したわずかな段々畑にもめったに人影すら見えないような、静かな、一日中眠っているような村だった。道で、たまに行きあうのは、必ず老人だった。そして、どの老人も、腰を深く屈め、哲学者のように地面をじっと見つめて沈黙したまま、道の端をゆっくりと通り過ぎて行くのだった。

特急の駅を降り、そこからまた、高い峠を車で二つ越えなければならない、深い山の中だった。峠を越える道も、大雨の日には、通行はきまって閉ざされてしまうということだった。そして、それだから、漢方の薬草の宝庫なのだ、と友人は周に説明した。

村に着いた日の翌日、友人は朝から山に薬草採りに出かけ、ひとりで村の道を手もちぶさたに歩いていた時、周は、その犬に会った。

道の脇の草むらから、犬は突然顔を出し、前足の間に、屈めた首を思い切り突っこむようにして、上眼づかいに周を見上げ、そして、次の瞬間、千切れるように尾を振りまわした。

やせた、貧相な犬だった。茶色の体毛が所々泥で汚れ、一眼で野良犬とわかった。

犬は、途中でちょん切られたような短い尾を、風車のように振りまわしていた。そして、両眼を丸く見開いて周を見つめ、小さい子供が地団駄を踏むように全身をふるわせながら、足で地面をかきむしっていた。

周は、一瞬、あっけにとられて、その場に立ちどまり、犬を見下ろした。犬は、明らかに歓迎の意志を、全身を隅々までふるわせるような勢いで周にぶつけて来ているのだった。周が一言でも声をかければ、犬は一跳ねで周にじゃれかかり、顔から手から、どこからどこまでなめまわして来るにちがいなかった。

初めて見る犬の、その余りの大袈裟な歓迎ぶりがのみこめずに、周はしばらく犬を眺めていたが、しかし、どう見ても、犬には何の下心もありそうになかった。

そして、周が犬の頭を撫でてやり、犬の方もひとしきり周の顔や手をなめまわすと、犬は周の後からまるで、主人に従うようについて歩いて来た。

道で、たまに行きあう村人は、犬を見かけると、なれた口調で、ほい、アカ、と声をかけた。その野良犬は、この村ではアカという名で通っているようだった。そして、声をかけられるたびに、犬は、体をふるわせ、尾をふりまわして、惜しみなく愛敬をふりまいてはあいさつし返すのだった。

周が泊めてもらっている友人の家に帰りつくと、それを見届けるように、その犬は、何をねだる風もなく、あっさりと、どこかへ帰って行ってしまった。

妙に印象に残る犬だった。

その夜、友人に訊くと、その犬は、いつの頃からか、この村に住みつき、持ち前のまじり気のない愛敬を村じゅうの誰にも一人残らずふりまいて、まるで村全体の人間が、少しずつ飼い犬にしているように、誰の所にもいつかない代り、誰からも絶えることなく餌を与えられて暮らしている、ということだった。

村にいる人間にも、よそから来た人間にも、野良犬にありがちな警戒というものを、とにかくまったくしないで、いきなり何年も以前から知り抜いていたようになついて行ってしまう。あれでは、いじめようと思っても、いじめようがない。犬によほど悪意を持っているやつでも、手もなく気勢をそがれてしまうだろう。野良犬にとっての生きて行くための秘訣だとすれば、あれ以上の秘訣はないかもしれない。

友人は、村人にアカと呼ばれているその野良犬の生き方に、自分も感心しているという口ぶりで、そんなことを周に説明した。

　祭りの夜、周は、友人の家の二階から、広場を眺めていた。あたりが暗くなると、すぐに友人の家の、ちょうど道を隔てた真向いの広場に十メートル四方もありそうな巨大な焚火がたかれた。そして広場を埋めた村人たちがそのまわりで、てんでに鬼や獣めいた面をかぶり、神がかりのような踊りをくるったように踊り始めた。地を踏みならす足音や波のようにどっと起こる嬌声、それに絶えず力いっぱい打ち鳴らされている太鼓の音が、道を越えて家の中にも渦を巻いた。

　老人しか残っていなくなってしまった、この小さな村に、突如として若い人間たちが一時におしよせたのだった。そして若者たちは、声のなかった森や畑を無理矢理に眼ざめさせた。

　都会に出ていた若者も、昨日まで、ひっそりと家の中で時を過ごしていた老人たちも、その全部が、広場の焚火のまわりで、足を踏みならし、体ごと鬼や獣に変わってしまったように、仮面の下から夜空に向って喚き上げている。周には、そんな風に思われた。

　小山のように積まれた薪が、絶えず火の中に投げこまれ、そのたびに、細かい火花が噴き上げた。そういう荒々しい祭りをはじめて見る周には、広場から荒れ狂った一団が、今にもこの家に声を上げて一斉に襲いかかって来るのではないかと思えるのだった。

　夜が更けても、人の波はいっこうに減らなかった。

　見物を、そろそろお終いにしようと、二階の窓を閉めかけた時、周は広場の隅に、一匹の犬がいるのに気づいた。

　やせた茶色の体は、アカと呼ばれている、あの犬にちがいなかった。そして、犬はどうやらずっと以前から、まるで自分も祭りに参加しているもののように、そこにいたようだった。

　犬は、入り乱れて踊っている誰彼の後について、じゃれかかろうとしては、相手にされずに、人波からはじき出され、また戸惑ったように、隅に引き返し、しかし立ち去ろうとはせずに、そこでしきりに短い尾を振っていた。

その時、人波から外れて、ふらふらと犬に近づいた、どぎつい色の面をかぶった男が、犬の前に屈みこみ、前足をつかんで、ちんちんのように、犬を立ち上がらせた。そして、くねくねと両腕を振って、犬に無理矢理、踊りを踊らせながら、人波の中にひきずりこんで行った。

犬は、後足で無器用にもがきながら、引きずられて行ったが、それでも相手にされていることが嬉しいのか、激しく尾を振っているのだった。

人波にかくれた犬は、それからいくらもたたないうちに、不意に焚火の炎の上に、まるで小さい、無格好な気球のように、ふわりと浮かんだ。そして、周が思わず窓から身を乗り出す暇もなく、激しく揺れ動く臙脂色《えんじいろ》の明るい炎の中に沈みこみ、その後に火花が、どっと噴き上がった。

何が起こったのか。一瞬、周は窓枠に両手をついたまま、ぼんやりとした。

しばらくして我に返り、周はもう一度、広場を見わたした。

信じられない光景だった。しかし、確かに周は、炎の上に放り投げられた犬を見たのだった。

巨大な焚火の真中から、炎が間断なく巻き起こす、激しい上昇気流の渦の音が聞こえてくるようだった。その炎の上に、静止した画像のように犬の姿が浮かんだ。

犬は、子宮の中の胎児のように、固く背を丸めて赤々と炎に照らされ、そして大きく両方の眼を見開いて、何かをじっと見ていた。

周は、その両の眼を、確かに今、すぐそばからのぞきこんだような気がした。しかし、犬の眼は、周を見ているのではなかった。

あの時、犬の眼は、何を見ていたのだったろう。

また煙草を深々と吸いこみ、ベンチの方に戻りながら、周は考えていた。

アカは、自分の身に起こった理不尽な運命を、多分、最後まで理解できなかっただろう。思い出すと、一層、言いようもなく哀れな、残酷な気持がした。

犬が炎の中に沈んだ後も、何ごともなかったように、広場の狂躁は夜明けまでつづいたのだった。

そして、アカという、まじり気のない愛敬をふりまきつづけた一匹の野良犬は、ひとりの男の小さな思いつきの悪戯で、宙に放り上げられ、炎の中で燃えた。

しかし、それは、本当に残酷なことだったのだろうか。

周は、ふとそうも思った。

犬の身に起こったことを、ただ残酷というような言葉で、本当に呼ぶことができるのだろうか。

そして、そう思うと、胸の底が冷えるような、やり場のない気持がした。

あの時、犬は一体、何を見ていたのだろう。

ベンチに腰を下ろしながら、周は、また同じことを思った。

犬が見ていたもの。それが知りたかった。それを自分が見ることができないのならば、本当のところ、残酷であったのかどうか、何も分からないのではなかろうか。犬の身の上について、何一つ口を出してはならないのではないだろうか。

その時、足もとに群れていた鳩が、何かに驚いたように、一斉に、たたきつけるような羽音を上げて、飛び立った。

鳩は、一団となって向いのホームの屋根をめざして飛び、そして屋根の上空で、まるめて吹き飛ばされた新聞紙のように、そろって横滑りに大きく流された。

屋根の上空には、時おり小さな突風が起きているのかもしれなかった。しかし、ベンチに座っている周には、風は感じられなかった。

鳩の群れは、少しの間、上空を右往左往して、そのうちにホームの屋根の縁に、ばらばらと吸いつくように舞い下り、並んでとまった。そして、てんでにあたりを見まわし、しきりに羽のつくろいなどをしはじめた。

そうやって、屋根にとまってしまえば、何ごとも起きなかったようなのだった。

何かに驚き、一斉にホームを飛び立ってから、屋根の縁に舞い下りるまでの一部始終を見ていた周の眼には、鳩の仕種に、多少の興奮の名残りが認められたが、たった今、屋根に眼をやった人にとっては、それは、ただのありふれた、平穏な鳩の群れだろう。

飛び立ち、突風に流された鳩の時間は、そうやって消えて行った。

そう考えると、周は、少しめまいがするような気がした。

鳩の時間は、自分の時間ではない。鳩が、鳩の時間の中で見ていた風景を、自分が見ることはできないのだ。そうすると、しきりに足もとにまつわりつき、膝の上の紙袋をねらってくうくうと喉を鳴らしていたあの鳩は、一体、自分には何だったのだろう。

周は、腕時計をのぞいた。もうすぐ、特急電車が入って来るはずだった。

乱暴に煙草を投げ捨てて、周は、ベンチから立ち上がった。わけもなく、鳩がたまらないほどいとおしかった。

猫

奇妙な出合いだった。いや、奇妙というよりも、やはりそれは、普通の出合いではない、異常なものにちがいなかった。

ある朝、会社に行くために、吾郎は、いつものように、アパートの自分の部屋を出た。そして、アパートの専用駐車場に停めてある車の、運転席のドアにキーを差しこもうとした拍子に、一本の太い雑草の茎を、ズボンの裾で思い切り、払ってしまった。

雑草には、夜露がびっしょりとついていた。具合の悪いことに、その駐車場は、アパートの建物の陰になっていたので、夜露は、まだ少しも乾いてはいなかった。

払った勢いで、吾郎の、まだ新しい薄いグレイのズボンに露が弾けとび、腿の方まで点々と黒く、水の染みがばらまかれた。

駐車場には、一面にコンクリートが白く張ってあった。しかし、その雑草は、コンクリートの細いわずかなひび割れの隙をつくように、土の中から頭をもたげ、舗装をこじ開け、太い茎を地上に現していたのだった。

晴れ上がった、気持の良い朝だった。まだ四月の下旬だったが、ついさっき、布団から起き出して窓を開けると、空気の中に、初夏の緑色をした湿気が霧のように漂っているのが、眼に見える気がするような、そういう日だった。

上天気につられ、吾郎は、めったにないような軽い気分で、アパートを出て来た。しかし、まるで、吾郎のその鼻先を、意地悪く故意に挫《くじ》きでもするように、一本の雑草は、吾郎の足もとで大きく弾け返り、そしてまた素知らぬふりで、のそりと立っていた。

吾郎は、思わず雑草をにらみつけた。憎々しいほど、太くたくましい茎をしていた。そして、その茎には、ほやほやと、白い生毛《うぶげ》のようなものまで生えていた。

吾郎のズボンは、両脚とも、点々と汚れていた。街角で、すれちがいざまに、見も知らぬ人間から理由もなく汚い言葉を浴びせられた、そういう時に似た気持がした。良く見ると、雑草の葉と葉の間からは、白い小さな花が、草の生命力をことさらに誇り立てるように、ぞろぞろと、いくつも顔をのぞかせていた。花の一つ一つの中心は、人工の彩色のように鮮やかな黄色だった。

いくつもの寸分たがわない、小さな真白の顔が、円く黄色い口を開けているのだった。

吾郎は、そのいくつもの顔に向って、むらむらと怒鳴り声を上げそうになった。しかし、もちろん口から出て行く寸前に、吾郎は、ぐっと声を呑みこんだ。

一本の雑草を、むきになって怒鳴りつけるような真似をすれば、一体、人に何と思われるか、知れたものではない。

吾郎は、小さく、うかがうように、あたりを見まわした。十数台分の車のスペースのある駐車場には、幸い、吾郎以外には、誰もいなかった。それに、吾郎は、まだ何も声を出していはしなかった。

吾郎は、草の頭に手をのばした。怒鳴り声を呑みこんだ、その分だけ、ますます猛々しい気持で、根こそぎ引き抜いてやる、という勢いだった。

しかし、今にも草に触れそうにのびた、自分のその指先が、わなわなと、まるで高い熱を発している病人の手のように、細かく震えているのが眼に入ると、吾郎は、たまらなく恥ずかしい気持に襲われ、あわてて手を引っこめてしまった。

　朝から、一体おれは何をつまらないことに、ムキになっているのだろう。吾郎は、胸の中でそう呟《つぶや》いた。そして、引っこめた手を、まるでそうやって震えていた事実を消滅させようとでもするように、二、三度ぶらぶらと、小刻みに振った。

　会社に行って、今日の仕事をはじめれば良いのだ。そうすれば、こんなつまらないことは、すぐに忘れてしまう。そうに決まっているではないか。

　吾郎は、まるで誰か傍らの人間を説得でもしているような口調で、また胸の中で呟いた。そして、ズボンの染みなどは、水が乾きさえすれば、何ごともなく消えて、分からなくなってしまうさ、とも付け加えた。

　運転席のドアを開けながら、吾郎は、しかし、まだ少し怨めしげな眼つきで、駐車場を見わたした。今日まで、まるで気づかなかったが、駐車場のコンクリートには、既に相当傷みが来ているようだった。表面のそこここに、細い筆で引いたようなひび割れが、いく筋も走りまわり、そこから細い隙間をこじ開けて、何十本もの似たような雑草が、やはり白い小さな花をぼろぼろとつけて、時を得顔に首をのばしていた。まるで、いく時代も昔から、ここは、本当は自分たちの土地だった、とでも言わぬばかりの風情だった。

　はじめから多勢に無勢だったのだ。駐車場の中を、腰を屈めて歩きまわり、雑草を、一本一本引き抜いてまわることを思うと、思うだけで、吾郎は、げんなりと気力が失われて行くような気がした。

　運転席に座り、片手でハンドルを握ると、いつもの出勤の気持に戻ったようだった。吾郎は、何気なく、セル・モーターを始動させた。

　その途端、まるでイグニッション・キーを回している指をはじき返すように、ボンネットの中から、甲高い、異様な物音が響いた。

鳥の激しい羽ばたき。一瞬、吾郎は、そう思った。夜の鳥が一羽、巣からはぐれ、恐怖に駆られて、闇雲に羽を打ち合わせ、鳴き喚き出した。瞬間、そういう風に感じられた。

羽が乱暴に、無茶苦茶に風を切る。そこに、甲高い、金属的な声が、突き刺さるように入り混る。団扇《うちわ》で、空中から吊るした銅片を猛烈に叩いている。そんな光景も連想させた。

吾郎は、反射的にセルを切った。

すると、すぐに音は静まった。その代りに、妙な臭いが、運転席の下の方から、ゆっくりと鼻先に広がりはじめた。

眼の前に、荒地の黄色く乾いた土が広がっている。それが、突然、風で舞い上がり、顔の前に押しよせて来る。土埃《つちぼこり》の微粒子が、空中に何層もの幕を張っている。そんな、土臭い臭いだった。そして、その臭いの中に、ほの温かく濃厚な、獣の息のような、生臭い臭いが混っていた。

何とも言えぬ、不吉な胸騒ぎがした。

吾郎は、左手でハンドルを握り、わけのわからないまま、少しの間、土と獣の臭いをぼんやりと胸の中に吸いこんでいた。

そして、我に返ったように急いで車を下り、前方にまわった。

車の前面には、特に変わったことは、何もなかった。

しかし、ボンネットを引き上げ、エンジン・ルームをのぞきこむのと同時に、吾郎は、思わず腰を引き、ウッと短い声を上げた。

小さな、幼い体つきの猫が一匹、ファンとエンジンの間の薄い隙間に、すっぽりとはさまれていた。

そして、その子猫は、はさまれたまま、まるで空中に後足で立ち上がり、チンチンでもしているような格好で、首だけを地に向って、だらりと落としていた。

ファンの翼の一枚が、猫の小さな体を、きっちりとそこに押しつけ、支えているのだった。

白と茶の斑《まだら》模様《もよう》の、一眼で雑種と知れる、ありふれた毛並だった。

吾郎は、おそるおそる、せまい隙間を、もう一度のぞきこんだ。

子猫は、固く両眼をつむっていた。歯を食いしばり、その食いしばった前歯の間から、ピンク色の舌の先が、むりやりに押し出されたように、のぞいていた。そして、首の後ろの、白い柔らかそうな体毛の中から、血が赤く滲み出し、頬のあたりを伝って、ゆっくりと一滴ずつ、間をおいて落ちていた。

一体、なぜこんな場所に猫がいるのだろうか。

吾郎には、さっぱり見当もつかなかった。滲み出している赤い血が、何か現実ではない、作り物のようにすら、吾郎には思えた。

しかし、たしかに一匹の子猫が、眼の前のファンとエンジンの隙間で死んでいた。そして、多分、子猫の死因は、ファンのようだった。吾郎が、セル・モーターをかけ、突然、回転をはじめたファンによって、子猫はたった今、一瞬のうちに首を切断された。どうやら、それに間違いない。

しげしげと小さな猫をのぞきこみながら、吾郎は、ようやくそれだけのことを、推し測った。

子猫は、後足を固く、腹の中に縮めていた。その体形が、哀れだった。そうやって、まるでまだ生きているように、身の危険に身がまえ、体中の力を精いっぱい、両足にこめつづけているようだった。

何かの視線が、じっと吾郎を見つめている。その気配を感じて、吾郎は、エンジン・ルームに屈みこんだ姿勢のまま、首をめぐらした。

二匹の、同じような毛並の、やはり同じように生後何週間もたたないような小さな猫が、エア・クリーナーの、丸く平たいケースの上に、じっと座っていた。まるで、二度とそこを動けなくなってしまった、とでも言うように、二匹とも身じろぎもせずに、体には不釣合に大きな、猫特有の真ん丸い眼を見開いて、ひたすら吾郎を見つめているのだった。

何ということだろう。

吾郎は、思わず胸の中で、舌打ちするように呟いた。

ボンネットの中に、猫が三匹も入りこんでいるなんて……。

想像もつかないことだった。

三匹は、どうやら、このあたりを始終、徘徊している野良猫から、つい最近生まれた兄弟猫のようだった。子猫と似たような毛並の親猫を、吾郎は何度かアパートのまわりで見かけたことがあったのを、思い出した。

親猫と離れ、三匹だけで、まだ眼にしたばかりのこの世の探険を試ているうちに、この自動車のボンネットの中に、どこかから、おそらくエンジン・ルームの下方の隙間からでも、もぐりこみ、おそるおそる、それでも一方では子供らしい冒険心に駆られて、迷路のような機械や配管の間を、上へ上へはい上がった。きっと、そんなことではなかっただろうか。ボンネットの中は、子猫たちがつい最近そこから出て来た母親猫の胎内のように、薄暗く、ほの暖かい、静まり返った洞窟だったのかもしれない。

エア・クリーナーのケースの上に、二匹の猫が、まるで二つの小さな置物になってしまったように、相変わらず身じろぎもしないで座っていた。ファンに偶然、体を触れていた三分の一と、そうではなかった三分の二を隔てている幸運と不運とが、吾郎の眼の前にあった。それは、あまりにも絵に描いたようで、かえって不思議な、人工的な光景のようにも感じられた。

それが、吾郎と猫との出合いだった。

そのままでは、車を動かすことができなかった。出社の時刻を気にしながら、吾郎は、仕方なく、上着を脱いで、ワイシャツの腕をまくり上げ、せまい隙間から素手で猫をつまみ出した。そして、まだ生温かい小さな屍骸を、駐車場の隅の、ポリ製のゴミ箱に捨てて、ようやく車を発進させることができた。

ゴミ箱の丸い水色の蓋を開けた時、吾郎は、一瞬ちゅうちょした。紙くずや、腐りかけた枯葉の上に子猫を落としこむことは、やはり、不憫だった。それに、猫は、屍骸であっても、やはり猫であって、ゴミではない。けれども、他に屍骸を片づけるような、適当な場所もありそうになかった。それに、これ以上ぐずぐずしていれば、まちがいなく会社に遅刻しそうな時刻になっていた。

猫を入れ、蓋をして車に戻ると、残りの二匹は、さすがにもう、姿を消していた。

毎日、会社に通っている国道に出て、吾郎は、いつもよりもスピードを上げて走り出した。

大学を出て、すぐに今の会社に入り、吾郎はまだ、まる二年にしかならなかった。その業界では、中堅と言われるほどの規模の、主として農業耕作用の機械を製造し、販売する会社だったが、吾郎が短い研修を終えて配属された商品管理課は、朝の時間に厳しい部署だった。その部署の中でも、一番若い吾郎は、とりわけ遅刻するわけにはいかなかった。

道は、いつもの朝のように、渋滞していた。いや、たった十分たらず駐車場を出るのが遅れただけで、いつもよりも渋滞は、何割増にも、激しくなっているようだった。

混んだ道の中を急いでも、効果は知れたものにちがいない。しかし、少しでも前に出ようと、吾郎は、気をあせらせた。

一体、なぜこんな目に遭わなければならないんだ。

国道を走るにつれて、渋滞は、ますますひどくなって行くようだった。車の波の中で、いらいらとハンドルを操りながら、吾郎は、口の中でぶつぶつ言った。

朝からつまらない雑草なんかを蹴とばしてしまった。それが大体、失敗だったんだ。よりによってあんな場所に雑草が生えていて、しかも、それを蹴とばすなんて……。

次第に、吾郎は、たった今のこの瞬間、比較してみれば、世界中の誰にも負けないほど、自分が不運な人間であるような気がしてきた。会社に入って二年間、吾郎は、毎朝、二分と違わず、ほとんど同じ時刻にアパートの部屋を出て、専用駐車場までの三十メートルほどを、まっすぐ自分の車まで歩き、そして、もうほとんど無意識にまでなっている一連の動作で車を走らせて会社に通いつづけていたのだ。

雑草を蹴とばす、しかもそれでズボンを腿まで濡らしてしまうというようなことは、二年間、ただの一度もなかったほど、途方もない事件だったのだ。

そんなことを、くり言のように思っているうちに、吾郎は、自分がしてしまった行為が、どうやってもとり返しのつかない過失のように、重く、大きく膨れ上がって行くように感じた。

長い列を作った車が、止まっては、またほんの少し動き、わずかに進んでまた止まる。その単調なくり返しが、いつもの朝の何倍もの緩慢さで、涯《はて》しもなくつづくようだった。計器盤に組みこまれた時計のデジタル表示の時刻が、容赦なく出社時刻までの残り時間を減らしていった。

もし、雑草を蹴とばすという失敗さえしなかったなら、よりによってボンネットの中なんかに猫が入りこむというようなことは、起こらなかったのではないか。……

少くとも、いつもの朝のように、雑草で時間をつぶしたりせずに、何ごともなく車に乗りこんでいれば、ちょうど猫がボンネットの中にはいこんだ、その時間にセル・モーターを回すという不運は、なくて済んだはずだったのだ。……そうすれば、もう会社の手前の、あの運河の橋を越えている頃だったのに。……

雑草と猫とによって惹き起こされた不運は、運転席の吾郎を、険しい不幸の堆積によって、今にも埋めつくそうとするようだった。

そして、車の列は、相変わらず、ほんの少し進んでは、無神経に、またのんびりと、止まってしまうのだった。

吾郎は、窒息しそうな不幸の棘々《とげとげ》しさで、体中に傷を負ってしまっているような気がした。

あと、二、三十メートルで、大きな交差点に車はさしかかるところだった。その交差点を、左へ曲がらなければならない。しかし、会社までは、まだまだ遠かった。

歩道の街路樹は、このあたりはたいてい公孫樹《いちょう》だった。吾郎の車がちょうど一本の公孫樹のわきに停まった時、その公孫樹の根もとにも、雑草がびっしりと生い茂っているのが見えた。

吾郎は、車のガラスを通して、しげしげと雑草を眺めた。それは、駐車場に生えていたのとは、違う種類のようで、茎も細く、花もつけてはいなかった。しかし、街路樹の植わっている、人が二人も並べば、いっぱいになりそうな土の狭いスペースは、何十本も生え出したその雑草で、緑色にふさふさと、すっかり覆われてしまっているのだった。

車が停まっている間、所在なさそうに、吾郎は、窓の外を眺めていた。車が少し動き、次の街路樹にさしかかると、その根もとにも、また同じような雑草が生い茂っている。この辺りのわずかな地面は、どうやら今のところ、その種類の雑草が制覇している情勢のようだった。

吾郎は、どの公孫樹の根もとも、我物顔に占領して、生い茂っている雑草に対して、少し不快な敵意を感じた。そして、のろのろと、交差点を曲がって行く車の中で、昨日、アパートに配達されて来た一通の手紙が、ふいと吾郎の頭に思い浮かんだ。

夜、会社からいつもの時刻にアパートの部屋に戻ると、扉の郵便受けに、ごちゃごちゃと何通かの郵便物が落としこまれていた。

その中に、差出人、松山芳彦の白い封筒があった。住所は、やはり、今でも、A拘置所だった。

吾郎と、大学で同じゼミナールにいた松山芳彦が警察に出頭し、自首の形で逮捕されたのは、二年少し前、ちょうど吾郎がもう二、三ヶ月で大学を卒業する頃だった。

同じゼミナールに籍を置いてはいたが、松山芳彦は、めったにゼミナールには出て来なかった。一般課目の授業にもほとんど顔を出していないようだった。

吾郎が松山芳彦に関心を持ったのは、というよりも、松山という学生が同じ大学に存在している、ということを意識したのは、彼が、ある地方の高速道路建設反対の住民運動に加わり、そのことで新聞に大きく名前を伝えられてからだった。

その新聞記事の中で、松山芳彦は、傷害や放火や、その他、吾郎にはどんな罪なのか良く分からない、いくつかの罪名で、指名手配になっていた。そして、その記事が出てから半月ほどたった頃、吾郎が学生食堂で昼飯を食べていると、向いの席に松山芳彦が現れて座り、何気ない顔で吾郎と同じように、銀色のトレイに入れた食器から、昼飯を食べはじめたのだった。

吾郎は、手配中の松山芳彦が眼の前に現れたことに、呆気にとられるような気持で、大丈夫なのか、こんな所にいて、と声をかけた。松山芳彦は、ああ、大学の中は、日本一安全さ。ただし、行き帰りは、日本一危険かもしれないが、というような返事をした。今まで吾郎が松山芳彦と顔を合わせたのは、ほんの二、三度だったが、声をかければ、やはり学生同士の気安さがあった。飯を食べながら、松山芳彦は、淡々とした口調で、自分が手配されたいきさつを、吾郎に話した。

そういう運動に、吾郎はほとんど関心がなかったが、それでも松山芳彦のやったことは、なかなか思い切った、そして、その分危険で、重大なことのように思われた。つまり、彼は、機動隊に周囲を守られて、測量と杭打ちのために、高速道路の計画されている森の中に入って来た役人たちと、それに集団でついて来た高速道路賛成派の、ある党の党員たちやその支持者の何十人かが、谷の小路を抜けてやって来るのを待ち伏せて、崖の上に、まるで西部劇のインディアンさながらにひそみ、頭の上から大量のガソリンを浴びせ、更《さら》に油を染ませ火をつけたボロ布を、いくつも投げつけたのだった。

松山芳彦の目論見では、谷じゅうが火の海になるはずだった。そうすれば、一人や二人の焼死ぐらいでは済まなかったかもしれない。

しかし、幸か不幸か、機動隊や賛成派の被害は、それほどではなかった。

ボロ布の落ちた、その場所では、確かにバッと炎が立つのだけれど、なかなかそれだけで、次々と仕掛花火みたいにガソリンがそこら中に延焼して行くという具合には、ならなかったのだよ。地面や、服に染みこんだガソリンには、思ったほど簡単には、火はつかないものらしい。

松山芳彦は、そう言った。そして、まあ、テストもなしの、ぶっつけ本番だったのだから、仕方ないさ、と、それほど残念でもなさそうに、つけ加えた。

しかし、それでも何人か火傷《やけど》を負い、そのあたりの茂みの何個所かで火の手が上がった。けが人の収容と消火作業とで大きな騒ぎになり、結局、その日はもちろん、しばらくの間測量は中止になった。

生い茂った森の中の、路もない崖の上に、前夜、秘かにいくつものガソリンの缶をかつぎ上げ、谷に向って浴びせるという仕事は、もちろん、松山芳彦一人でできるようなことではなかっただろう。

しかし、他の人間のことについては、松山芳彦は、全く口にしなかった。

それからまた一年ほど、松山芳彦の消息は知れなかった。そして、ある日、同じゼミナールの学生の話で、吾郎は松山芳彦が警察に出頭したことを知ったのだった。次の日の新聞に、松山が、逃亡先で地方の警察署に逮捕された、という小さな記事が出た。

その後、松山芳彦は、拘置所から時々手紙を書いて来た。吾郎宛ばかりでなく、方々に手紙を出しているようだった。ヒマになると、こういう所では、ロクなことを考えないから、手紙を書くのが精神衛生の維持には一番だ、というようなことを、冗談めかして書いてきたこともあった。吾郎も、わざわざ面会に行こうとは思わなかったが、それでも時々は、近況を知らせるような、何ということもない返事を書いたりした。

食堂で、さし向いで飯を食べた時もそうだったが、手紙の中でも、松山芳彦は、自分の行為の意味を書き連ねたり、特に意見を主張したりすることもなく、その他の、世の中の事柄についても、政治的なことは、別に何も言わなかった。

松山芳彦が書いて来るのは、もっぱら拘置所の飯の味についての、こぼし気味の感想が多かった。そして、同房の強盗や、カッパライや、強姦犯の人物素描。そんなことだった。

それは、政治運動のような事柄に関心のない吾郎に、松山芳彦が意識して話を合わせようとしてのことだったかもしれない。

吾郎が会社に勤め出してからも、二、三ヶ月に一度ほどの割合で、相変わらず松山芳彦は、手紙を書いて来た。しばらく来ないことがあると、吾郎の方も心待ちのような気持にもなり、こちらから便箋数枚の封筒を出したりすることもあった。

昨日来た、松山芳彦の手紙は、いつもとは少し違うものだった。相変わらず、激したような言葉づかいや、興奮したような調子はなく、落着いた、むしろ冷静すぎるほど淡々とした文面だったが、内容は、松山芳彦にしてははじめて、政治的な、と言えるようなことに触れるものだった。

つい先頃まで、一週間ほどハンガー・ストライキをしていた、と松山芳彦は、書いていた。同房の何人かと、差入れや、備品のことで待遇改善を所長に要求したが、その時、看守とのやりとりの言葉遣いや、感情的なもつれが、やや面倒な風にこんがらかって、結局、松山芳彦と、他に数人が懲罰房に入れられることになった。

そのことで、拘置所のやり方に抗議するために、松山芳彦は、ハンガー・ストライキをはじめた。検閲にかからないように、という配慮のためであろう、具体的なことはぼかした書き方だったが、おおむね、そういうことのようだった。

しかし、その手紙で、松山芳彦が吾郎に伝えたいことは、懲罰房での動物並の扱いや、看守の露骨な暴力や、そういうことではなさそうだった。そういう、文面の調子ではなかった。

ハンガー・ストライキをはじめて一週間以上たち、松山芳彦の体力が相当に衰え、神経の反応も多少、普通ではないような感じになって来た頃、突然、松山芳彦は、数人がかりで房から引きずり出され、別の部屋のベッドに四肢をくくりつけられて、無抵抗のまま、腕に点滴の針を差しこまれたのだった。

腹はもちろん、体じゅうのどこにも力の入れようがないのだから、おれをベッドに運んで行くのは、もみ殻の抜けたぬいぐるみ人形を持ち運んで行くみたいだったろう。もっとも、背中で眠った赤ん坊は重いとも言うから、意外に持ち手の方も、往生していたのかもしれないが。

松山芳彦は、そんな風に書いていた。

両手、両脚をベッドの枠に縛りつけられて、あお向けの奴凧《やっこだこ》みたいに天井を見上げていたら、おれの意志にはおかまいなしに、好き勝手に、おれの左腕に点滴の針が侵入してきた、というわけだ。その時、針がおれの血管の中にスルリと入って、点滴の薄黄色の液体が、一滴ずつベッドの脇に吊るしてある壜《びん》の中で落ちはじめた時、一体、どんな気持がしたと思う？　妙な気持だった。ちょっと言葉には表せないような、とてつもなく妙な気持がしたのだ。良い気持だった。今まで味わったことのないような、甘い、ホッとするような、良い気持で、液体の丸い滴を見ながら、思わずおれは溜息をついてしまった。そして、それとまったく同時に、同じ気持の、それこそ裏と表みたいに、ひどい不安な気持が、一気に襲って来た。まるで、何かの棒の先端にしばられ、吊るされて、たった一人で少しずつ少しずつ宇宙のただ中にさし出されて行くような、上も下も、右も左も、音や光も一体有るのか無いのか、それすらも分からなくなってしまいそうな、ひどい気持だった。体の周りの人間や物や、空気や光や、そういうものがあるから、普段、おれは、はじめて自分がいるという気になっているので、そうでなければ、自分というやつはどこに蒸発してしまうか、知れたものではない。自分の意志とは、まるで無関係に、おれの体のことなんか、とうの昔から何もかも心得ている、とでも言うような調子で、少しの狂いもなく、ポトン、ポトン、と落ちて行く滴の一滴一滴を見ながら、おれは、その時そんなことを思ったよ。そして、縛りつけられて、無念なことに何もかも他人任せだっていうのに、やっぱり溜息をつくほど良い気持に変わりはないんだ。とにかく、とんでもなく、変な経験だった。もっとも、そんな風に感じたのも、おれは、点滴というものは、はじめてだったし、それに、空きっ腹のモーロー頭だったから、特に過敏になっていたせいもあるのだろうけれど。

そこで、松山芳彦の手紙は、はじめて改行になっていた。手紙を出せる枚数の関係からか、いつも、松山芳彦の手紙は、改行が少なく、読みにくかった。

それから、今、思い返して見ると、もう一つ違った意味でも、やはり胸の奥の落着きが悪いような、変な気持がして仕方がない。というのは、一体、何だって彼らは、おれなんかに点滴をしたのだろう。考えてみると、実に奇妙極まりないことじゃないか。おれと彼らとは、つまるところ、敵同士だ。そして、敵なのであるならば、おれの滅びることに興味はあっても、生きのびることには、本当は何の興味もないはずではないか。おれと彼らとの関係と言えば、滅ぼし合うこと、そのことではないか。それなのに、なぜ彼らは、おれの延命に必死になったのだろう。敵に塩を送る、どころの話ではない。それこそ、遮二無二おれをベッドにねじふせて、力づくで、必死に、大量の栄養剤を、彼らはおれに恵んでくれた。おれは、その時、彼らに唾まで吐きかけてやったのだ。これは、一体、どういうわけのことなんだろうか。考えてみれば、何という皮肉で、人を徹底的にバカにした話なんだろうか。

そこで、手紙は、また改行になり、心なしか、文字の色が少し変わっていた。

昨日、前行の所まで書いて、お終《しま》いにしてしまった。きみに、こういう自分ごとばかり書き連ねても迷惑にちがいない、とも思い、破ってしまおうかと思ったが、やはり、とにかく送ることにする。読み返しもしないで、このまま封筒に入れることにする。胸の中で、何かがゴロゴロと転げていて、あれ以来、何とも落着かない。しかし、やはり、おれの死滅は、表と裏のように、彼らの死滅のことなのかもしれない。

松山芳彦の手紙は、そこで終っていた。後には、二、三行、いつものように、手紙の終りにそえる決まり文句が記されているだけだった。

松山芳彦の手紙の文面を思い出し、白い粗末な便箋にびっしりと書かれた真黒な文字を頭の中に思い浮かべると、吾郎は、ハンドルを握りながら、不意に、ひどく腹が立って来るような気がした。

相変わらず、車はまるで一寸刻みのように、申しわけほど進み、すぐに停まった。

吾郎は、拳を握り、ハンドルを二、三度、わけもなく、ゴンゴンと殴りつけた。

一体、何に、おれは腹を立てているのだろう。ただ、この渋滞にいらいらしているのだろうか。

吾郎は、そう思った。それだけではないような気がしたが、良く分からなかった。分からないことが、一層腹立たしかった。

松山芳彦の便箋の欄外には、一枚一枚、いつものように、桜のゴム印が捺してあった。その検閲印の几帳面さが、検閲官の眼が、そこに存在していることを故意に見せびらかすような、陰険なしつこさに思えた。

松山芳彦は、自分の死滅が、彼らの死滅と、表と裏だと書いていたが……。

吾郎は、不意に思った。

それでは、まるで男と女の関係ではないか。あいつは、彼らと、男女関係だと言っているのか。男がいなくなれば、女はいない。その逆も、またそうなのだから。

そう考えると、少しおかしくなったが、やはり腹立ちはやまず、吾郎は、また拳でハンドルをたたいた。

フロント・ガラスから見える、国道沿いの高層ビルの窓に朝陽が当たり、まるで水銀でも塗りつけたように、一つ一つがねっとりとした銀色に輝いていた。陽差しは、ますます強くなって来ているようだった。吾郎は、思わず右手をハンドルから離した。そして、子供の遊びで、気持をまぎらわそうとでもするように、中指と人差指とをそろえてピストルの銃身の形を作り、ビルの窓をねらって、バン、と言った。


会社に着いた時、吾郎は、すっかり疲れ切っていた。しかし、社屋の裏手にある社員専用の駐車場に車を停めた時、不思議なことに、始業時間までには、まだ十分以上残っていた。

実際、あの猛烈な渋滞のただ中を抜けて、こんなに早く会社に着くことができたのは、予想もつかない、不思議なことだった。吾郎は、出がけの雑草や子猫が、現実のことではない、夢の中のできごとだったような気すらした。しかし、駐車場に車を置き、社屋のビルに入って行くと、その不思議さも、いつの間にか、吾郎の胸の中から薄らいで行くようだった。

事務室のドアを開けると、部屋の机と壁で仕切られた通路の、右手の白い台に置いた大きな花瓶に、新しい花が生けてあった。この花瓶の花は、部署付きのアルバイトの女性が、萎れるたびに取り替えることになっていた。

吾郎には、今朝の花の名前は分からなかったが、緑色の、のっぺりと平たく太い茎から、真白い大きな楕円形の花が、大儀そうな様子で首を垂れていた。

正面の席に、もう課長が座っていた。その、痩せた背の高い課長は、毎朝、誰よりも早く席についているのだった。吾郎とは、親と子ほども、齢が離れていた。

おはようございます、といつものように、吾郎は言った。しかし、その時、いつもの朝とはちがって、胃の奥に、何だか酸っぱい臭いのするものが澱《よど》んでいて、それが微《かす》かに、池の小波のように動いた気がした。

課長は、上眼遣いにちらりと吾郎を見ただけだった。それも、いつもの朝通りだった。

吾郎は、自分の席に座った。そうすると、アルバイトの女性が、お茶を持って来てくれた。そして、机の隅に茶碗を置き、小さな声で、ごめんなさい、と言った。吾郎が、女性の方に振り向き、そして机の上の茶碗を見ると、昨日までの茶碗とは違っていた。昨日まで、吾郎は、入社の時に買った安物の、横腹にゴチャゴチャと木の葉の模様のついた茶碗を使っていたのだった。

ごめんなさい、と、この春に短大を出てこの課に来たばかりの、その若いアルバイト社員は、もう一度言った。さっき、洗い場で、いつものお茶碗を、うっかり落として、こわしてしまって。

そう言って、今にもぶたれそうな猫のように、両眼を閉じて、首をすくめた。

吾郎は、その女性の横顔を、はじめて、しげしげと見た。そして、眼の閉じ方が、ひどく大袈裟ではないか、と思った。年齢にしては、そういう表情は、子供っぽ過ぎる、とも思った。

気にするような茶碗ではないから、と、吾郎が実際そう思って、口にしかけると、彼女は、吾郎の言うことには、全く関心がないというような、強い口調で、今、お茶をいれたこのお茶碗は、流し場にあったありあわせですが、ていねいに洗ってあります。どうか、今日は、これを使って下さい。明日、新しいのを買って、持って来ますから……、そうさせて下さい。

アルバイトの女性は、一気にそう言って、吾郎の返事は待たずに、行ってしまった。

吾郎は、女性の、紺の制服の背中を見送り、そして、今の語調に気圧されたような感じで、花瓶の、のっぺりと白い花に眼を移し、その次にまた、課長の方を見た。課長は、黙って机の上の書類に眼を落としていた。

その時、天井に埋め込まれたスピーカーから、始業のチャイムが流れはじめ、チャイムの音と同時に、部屋のドアを乱暴に開けて、男が一人、小走りにあわただしく入って来た。そして、ひとり言のように、おはようございます、と呟きながら、課長の左手の席に座った。その男が座ると、それで商品管理課の課員、全員がそろったことになった。

男が席につくのと、入れ代るように、今まで一言も口を利かなかった課長が立ち上がり、会議だ、と、部屋の中の誰の顔も見ずに、低い、押し殺した声で言った。課長は、いつもそういう、わざとのようなぶっきらぼうな言い方をするのだった。それは、彼がこの会社での長い生活の中で、着なれた衣服のように、いつの間にか、自然に身に着けてきたやり方のようだった。そして、課長は、さっさと黒い書類ファイルを小脇にしてドアの方に向って歩き出した。

吾郎も椅子から立ち上がろうとしたが、その瞬間、課長の後姿が、ひどく押しつけがましいもののように、眼に映った。

何だって、わざとのように、人の顔も見ずに、ああいう口の利き方をして、わざとのように、ああいう歩き方をするのだろう。

中腰のまま、今更のように課長の後姿をじっと見ながら、吾郎は、そう思った。

会議だ、と声をかけさえすれば、自分の課の課員が、全員、階上のフロアの会議室に向って、砂糖つぼに行進する蟻のように歩き出す。それは、金魚が水中の酸素を吸い、人間が空気中の酸素を吸う、それと同じように、どういう説明も必要のない、それこそ地球の生成以来、決まりきったことだ。そう思っているのだ、この課長は。

部屋の中の課員たちは、手に手にノートやバインダーを抱え、椅子の音を響かせて立ち上がりはじめた。二、三人は、もう課長のすぐ後を、ドアの方に向って歩き出していた。

あたりのあわただしい空気に、背中を突かれるように、吾郎も、あわてて物思いを胸の中にしまいこみ、車つきの回転椅子を、尻でのけて立ち上がった。そして、それにしても、今朝、会議があるなんて、さっぱり知らなかった。一体、いつそんなことを聞いただろうか、と内心で、ぼんやり記憶を探していた。

きっと、なにかの加減で、おれは、うっかり忘れてしまっていたのにちがいない。課長は、会議のことは、必ず前日に、全員に徹底させる習慣なのだから。

吾郎は、そう思った。そして、会議のある朝に遅刻をしないで済んだのは、改めて信じられないほどの幸運だった、と、アパートを出てからのことを、頭の中に思い返した。

課長が、部屋のドアを開け、廊下に足を踏み出そうとしていた。

吾郎も、急ぎ足で一歩踏み出した、その時、吾郎はスチールの机の脇にかくれていた、金属製の丸いゴミ箱を、思い切り蹴とばしてしまった。ゴミ箱は、磨き上げたリノリウムの床の上を、斜めに傾きながら、背の高い不格好なソリのように走り、隣りの課員のスチール机にぶつかって、騒々しい音を立てた。そして、頭から床に倒れこんで、はね返り、そこでまた、二、三度はじけるような、ひどい音をあたりかまわず響きわたらせた。

吾郎は、通路に立ちすくんだ。

課長がふり返るのが見えた。そして、眉をしかめた、背の高い課長の視線が、突き刺すように吾郎の眼に入って来た。恐ろしい眼つきだった。吾郎は、体がすくんだ。しかし、一瞬、その一方で、この会社に入って、今、はじめて課長と視線を交しているような、妙な気がした。

課長と眼を合わせているのを、吾郎の茶碗を壊したアルバイトの女性が、部屋の隅からじっと見つめていた。その視線を確かに痛いほど感じた。

課長、と吾郎は、突然、大きな声で言った。その声が、まるで別人の声のような響きで、耳に戻って来た。そして、胃の中で、甘酸っぱい液体が、水の中で溶けかかり出した氷のように、ゴロリと揺れた。

会議は、この部屋でやったらどうでしょうか。それでも、別に何の差支えもないと思いますが。この部屋も、ちょくちょく電話がかかって来る以外は、静かです。ああ、そうだ。電話は、彼女に取ってもらえばいい。

吾郎は、アルバイトの女性を指さして言った。わけもなく、気持が高ぶり、それを自分で抑えられなかった。

白板も、あそこにあります。データの数字や、表を書くのには、十分な大きさです。

部屋の壁には、小ぶりの白板が一つ、吊るさがっていた。それには、課員の名前が書かれ、それぞれ、部屋に不在の場合の行き先を記すようになっていた。

会議の間だけ、課員の名前を消しても、不都合なことは、何もありません、終り次第、また書き直せば良いのですから。

吾郎は、自分の机の前に突っ立ったまま、壁をへだてた隣りの部屋にいる人間に話しかけるような、大きな声で喋りつづけた。

課長は、しばらくの間、ドアの所に立ったまま、吾郎を見つめていた。そして、突然、今までまるで、細かい字でも読む時のように、きつくひそめていた眉根を、音がするほど勢い良く、一気に開いた。その時、吾郎は、課長の頬の凹《へこ》みの下に、茶色の薄い染みがあるのに気づいた。

課長は、吾郎から視線をそらした。そして、吾郎には、過去にも未来にも永遠に関心を持っていない、というような、石のように冷たい表情をして背中を向け、ドアから出て行った。

その途端、我に返ったように、吾郎は、口をつぐんだ。そして、一瞬のうちに胸の底が凍りつき、体じゅうの力が、みるみる脱《ぬ》け落ちて行くような気持に襲われて、課長の姿が無くなり、そこだけぽっかりと口を開けたドアの空間を、立ったままぼんやりと眺めていた。その空間を通って、部屋の中からほかの課員たちが、一人一人、廊下に出て行った。

何ということを、言ってしまったのだろう。これで課長は、もう二度とおれを会議には呼ばないだろう。それで、ああいう表情をしたのにちがいない。

吾郎は、そう思った。

もう、部屋の中に残っているのは、吾郎と、アルバイトの女性だけだった。そして、彼女も吾郎と二人だけなのが気詰りそうに、何か用事ありげな顔で、そそくさと席を立ち、廊下に出て行った。

思い切って、今から上の階の会議室に行き、何気ない風をして、会議に参加してみようか、とも思ったが、すぐに、そんなことをすれば、一層、具合の悪いことになるにきまっていると思い返した。

仕方なく、吾郎は、通路に飛び出していた自分の回転椅子を、机の前に引き寄せて、腰を下ろした。

ひょっとすると、会社を辞めることになるのだろうか。

いや、もうそういうことに決まってしまった。そんな気がした。

なんで、こういう風になってしまったのだろう。吾郎は、思った。今、自分に起きていることが、うまく理解できなかった。

吾郎は、机の上の茶碗を手にとり、一口飲もうとして、ふと手を止め、白地に描かれた変哲もない模様を眺めた。女性アルバイトが、使い慣れた今までの茶碗を割ってしまったことが、一切の原因のような気が、一瞬したが、さすがにそれは子供じみた妄想だと、思い直した。

その時、課長の机で、電話が鳴った。

吾郎は、習慣のように素早く椅子から立ち上がり、課長の机の所に行って、受話器に手をかけた。そして、ためらったように、また手を引っこめた。

しかし、やかましく催促するように、ベルは鳴りつづけた。それも、気のせいか、音が次第に高くなって行くような感じすらした。

課長からの電話にちがいない。

吾郎は、確実にそうだと思った。そして、思い切ったように、受話器を取った。課長の言葉に、どんな声でどういう受け応えをしたら良いだろうと、切羽つまった気持で考えたが、何も良い考えは浮かんで来なかった。

ああ、きみか。

受話器を耳に当てると、案の定、課長の声が、せきこむように言った。

まだ、そんな所にいたのか。もう会議ははじまっているぞ。早く上がって来い。

いかにも、いらいらとした感じの早口で、課長は、一気にそう言った。

課長が、会議に来いと言っている。思いもよらないことだった。吾郎は、受話器を握ったまま、ぼんやりとした。

電話でも、話はできると思いますが。

言おうと思っていたことと、正反対の言葉が、受話器に向って、吾郎の口から出て行った。吾郎は自分でひどく驚いたが、しかし言ってしまうと、一度に落着いたような気もした。

何だって。

課長の、うろたえたような、大きな声がした。

きみは、一体、何を言っているのだ。会議だ。今、ここで、この会議室で会議をやっているのだ。きみは、商品管理課の課員だぞ。すぐにここに来て参加するんだ。

この部屋にいても、ぼくは、商品管理課の課員です。会議室に、わざわざ上がって行かなくても。

吾郎は、自分にも信じられないほど落着いた口調で、そう言った。

それは、そうだ。それは、そうだけれども、私は、そういうことを言っているのじゃアない。

途中で課長の声が、予想もつかない吾郎の返事に混乱したように、突然弱々しくなり、一瞬、途切れた。そして、すぐに、気を取り直したように、商品管理課にとって、今朝の会議の重要なことを細かく説明しはじめた。

ほんの短い距離なのに、なぜ課長は下りて来て、面と向って説明しようとしないのだろう。吾郎は、そう思った。しかし、こちらも上がって行こうとしないのだから、結局のところ、同じことなのだ。そういう風にも思った。

とにかく、上がって来てくれ。きみが欠けていると、いや、きみに限らず、課員の誰か一人でも欠けていれば、この会議は、商品管理課の会議としては、成立しなくなってしまう。会議とは、そういうものなのだ。きみにも、そのことは分かっているはずだろう。……

ぼくは、会議室には行きません。ここにいます。ここでなら、どんなことにでも参加できるのですが。

吾郎は、そう言った。それ以外に、どういうやり方もあり得ない、と思った。そして、また何か言いかけようとする課長の声のしている受話器を、置いた。

受話器を置くと、急に部屋の中が、水の底のように静まってしまったような気がした。

吾郎は、あたりを見まわした。小さな部屋だった。通路のわきの花瓶から、のっぺりとした白い花が、相変わらず首を垂れていた。

今頃、吾郎の、ちょうど頭の上の会議室では、吾郎を欠いて、それでもどうにかして、会議をはじめているのだろう。そう思うと、会社という場所が、はじめから、ひどくちぐはぐで、妙な場所だったように思えた。

あの、ボンネットの中で死んだ子猫を、ゴミ箱に捨てて来たのは、やはり間違いだったのではないだろうか。

楕円形の、白い花を見ながら、吾郎は、突然、そう思いついた。

あの子猫は、生まれたばかりで、この世をほんの少ししか見なかったのだから、駐車場のゴミ箱などに入れては、いけなかったのだ。アパートのまわりは、どこもすっかりコンクリートやアスファルトで舗装されてしまっているけれども、それでも、どうにかして、どこかに、小さな土の空地を見つけて、埋めてやらなければならない。

吾郎は、急いでドアの方に向って、歩き出した。一刻も早くアパートの駐車場に帰り、子猫をゴミ箱から出してやらなければならない。歩きながら、吾郎は、人差指と中指をそろえて、こめかみに当てた。下腹に力を入れて、バン、と声を出した。声を出した瞬間だけ、この世の何もかもが、うまく消えていてくれるような気がした。

蝶

月日、時間が解決しないことがこの世にある。やはりそれはある。

東藤夫の胸の中に唐突にそういう感慨めいた確信が、一瞬の風のように吹き過ぎた。その時、藤夫はある商品セールスのアルバイトで通りすがった私鉄沿線の小さな町で、行き当りばったりに入った大衆食堂の椅子に腰を下ろし、注文した定食を待ちながらぼんやりと壁のテレビを見上げていた。

食堂は夜になれば酒場に姿を変えるものらしく、壁には焼酎や日本酒や、それにモツ煮込みなどの酒の肴の値段を記した紙きれがベタベタと貼りつけられていた。

正午にはまだ十分ほど間があったが、店には藤夫が入った後から次々と客が入って来た。タクシーの運転手らしい緑色の制服の男や、頭に鉢巻を締め地下タビをはいた、いかにもこの近くで道路工事をしているという格好の一団が、すでに店の真中の大きなテーブルを占めていた。男たちはたがいに喋《しゃべ》り合うこともなく、てんでに備えつけの新聞や漫画雑誌を開いたり、テレビに眼をやったりしていた。少女のような従業員が一人、忙がしげに水の入ったコップを新しい客に配り、注文を訊いてまわっては大きな声で調理場の方に告げていた。

藤夫が座っている四人がけのテーブルの中央には白い花が一本、一輪挿しに挿して飾られていた。丸い小さな花びらの、そこいらの道端に生え出していそうな、いかにもありふれた花だったが、それでも今はもう十一月の下旬だった。こういう花でもきっと花屋でわざわざ買い求めたのではないだろうか。藤夫はそう思い、大衆食堂のテーブルには似つかわしくないもののように白い花を見なおした。しかし、見まわすとどのテーブルにも細い一輪挿しに同じような白い花が挿してあるのだった。

何という名前の花だろうか。

似つかわしくないということで、かえってその花がこの食堂そのものを名乗っている……。そんな風な妙な感じを藤夫は覚えた。

Sの電話を受けた夜からちょうど一年たっていた。

その頃行きつけにしていた喫茶店で本を読んでいる時に、不意に電話がかかっていると店内放送で名前を呼ばれ、藤夫は席を立った。その店で電話の呼び出しを受けることなど初めてだったので、一体誰だろうと不審に思いながら藤夫はカウンターの脇の、外したままの受話器を手に取ったのだった。

Sだった。Sは大学の近くの公衆電話からかけてきているようだった。

——よくここが分かったな。

藤夫は内心、少し迷惑に思いながらそう言った。喫茶店に一人でいる時間を藤夫は好んでいた。その時間を破られたくなかったので、藤夫はここによく来ることを友人達には内緒にしていたのだった。

いや……、とSは口ごもり藤夫の問には答えず、その代りのように早口に、今から会えないか、と言った。

藤夫はSと格別親しいという間柄ではなかった。ただ同じ学部の同学年生であり、学生食堂で顔を合わせれば、同じ席でとりとめのない話をしながら飯を食うこともある、そういう程度の知り合いに過ぎなかった。

藤夫の通っている大学は東京の郊外に十数年前に造られたばかりの、小さな私立大学だった。一ヶ月ほど前、突然その大学が自治会の手で封鎖された。ある朝、大学に通じている坂道を登って行くと、正門の鉄扉が閉ざされ、色とりどりにマジックやスプレーで大小の文字を書き殴ったベニヤ板が何枚も、一面に貼りつけられていた。

鉄扉の脇の狭い通用門が開けられていて、中に立っているヘルメットをかぶりタオルで覆面をした二、三人の学生に学生証を見せて中に入る仕組だった。

タオルの覆面はいかにも形ばかりだったので、藤夫にはその一人がSだとすぐに分かった。そしてSのことは良くは知らないながら、日頃の他愛のないお喋りとそこに立っているSの、形通りという風の覆面やヘルメットがどうにも結びつかない気がして、からかい半分に声をかけた。

——フーサゴッコもそろそろ流行遅れになるんじゃないのか。

Sの頭のヘルメットを指して藤夫はそう言った。

——何だと。ゴッコとは何だ。

軽く言ったつもりだったが、Sはいきなり意外な怒声を上げて藤夫につかみかからんばかりの勢いでつめ寄って来た。そして別のヘルメットがあわてて二人の間に割って入って来たのだった。

その場はそれで済んだのだが、藤夫はその時のSの突然の剣幕、それに眉根を吊り上げた、日頃のSからは想像もつかない凶悪な表情が頭の中に焼きつくように残った。それはひどく切羽つまった、まるで袋小路の壁際にでも追いつめられ、今にも太い棍棒で打たれようとしている野良犬の恐怖の表情とでも言いたいものだったように、藤夫には思えてならなかった。しかしそういう表情をするような大袈裟な場面でもなかったし、またSと藤夫との間にそれまでとりたてて何があったというわけでもなかったはずだった。

実際そのころはもう大学封鎖という学生の行動はすっかり下火だった。大都市の大学をすっかりひと廻りしてようやくその最後に、藤夫たちの大学に封鎖の残り火がうつって来た、と言えるようなものだった。自分の言葉が露骨すぎる皮肉か侮辱に聞こえたのか、それとも何か他に原因があったのか、と藤夫はその後何度かSの表情を想い起こしては理由を考えた。しかしどの理由もSのあれほどの剣幕を説明するには足りないように思えた。それにどう考えてもSの表情はただ憤怒ばかりでなく、どこかに確かに恐怖が漂っていた。

今から会えないか……というSの早口の、そして少し甲高い声を耳にしたその時、藤夫の頭に校門でつめ寄って来たSの表情がとっさに浮かんだ。しかし受話器を通して聞こえて来たSの声音は、頭に浮かんだ表情とはかけ離れた、まるで少年が自分の言葉にはにかんでいるような、おずおずと遠慮がちのものだった。

藤夫は一瞬、返事を言い澱《よど》んだ。Sの少年のような口調が藤夫をひどく当惑させた。それにそれほど親しいつき合いでもない藤夫に、なぜSはわざわざいきつけの喫茶店まで探し出し、電話の呼び出しをかけたりするのだろうか。そのことも腑に落ちなかった。

明日、学校に行くつもりだから、話があるのならその時でどうだろうか、と藤夫は言った。

一人でいるつもりの喫茶店に電話をかけられたことが、あまり愉快ではなかった。それにまったく予想もしていない、不意にふりかかって来たスケジュールのようにSに会うのはいかにも気が重かった。

そうか、とSは少し気を落としたように、しかしわざわざ電話をして来たにしてはあっさりと、そう言った。

大学はまだ封鎖されていて授業はなかった。藤夫は友人たちに会うために大学に行くようなものだった。そのまま電話を切るのもすまないような気がして、藤夫は明日、食堂あたりで出喰しそうな二、三の友人を想い浮かべながらSに、毎日きみは検問に立っているのか、と世間話のように訊いた。

封鎖はまだ当分つづくだろうけれども、自分はもうたまにしか検問には立っていない、とSはその話にあまり気乗りしないような声で言った。

——きみの言うとおりかもしれないな。今やっているのは封鎖ゴッコというところかもしれない。

Sはつづけてそう言った。藤夫にはその声がどこか他人ごとを言うような気軽な調子に聞こえ、Sもやはりそう思うようになったのかと内心で思った。しかしそのことを今あらためてSに向って言うのは、やはり自分のような運動の傍観者には、はばかられることのような気がして何も言わなかった。それでも一ヶ月前のSとのことが少し気が楽になったような思いはした。

——いくら封鎖貫徹と言ったって毎晩泊りこみで教室のゴロ寝は大変だな。それに夜はもう相当寒いだろう。

藤夫はそんなことを訊いた。そしてその晩会うことを断った代りのような気持で、今使っていない登山用の寝袋があるから、明日それでも持って行こうか、と言った。

それはありがたい、とSは素直に言った。寝袋が足りなくて毛布一枚の時もあるから……。

喫茶店の電話であまり長話をするのもはばかられて、藤夫は学生食堂で寝袋を渡しながら話をしようという約束をして電話を切った。

翌日の昼近く折り畳んだ寝袋を片手に提げて藤夫が大学への坂道を登って行くと、普段とはどことなく気配が違って感じられた。大学は小さな丘の頂上に建っていて、その坂道は大学に行くためだけに切り開かれ舗装されたものだったので、封鎖されて以来学生の通りも少くなり、かえって雑木林の中の散歩道のようにのどかな風景になっていたのだった。それがその日は坂を行き交う人影が多く、丘の頂上からも風に乗って何か切迫した調子で叫ぶスピーカーの声がしきりに聞こえて来た。急ぎ足で坂道を上り下りする者の中には一見して学生でない者もかなり混ざっていた。

坂道を小走りに下って来る同じクラスのDを見かけ藤夫は大声で呼びとめて、一体何があったのかと訊いた。

——あァ、大変なことが起きたんだ。きみは知らないのか。

Dはまるで藤夫がとてつもない無知だと詰《なじ》りでもするような口調で叫んだ。

——Sが死んだんだ。自殺した。ついさっき屋上から飛び降りて……。

Dは今下って来た坂道をふり返り、丘の頂上に顔をのぞかせている大学の白い建物を指さした。

——自殺したって。Sが……。

思わず藤夫も叫び返した。

——あァ。自殺だ、今救急車を呼んでいる。でも、即死だ。間違いなく。たった今ぼくはコンクリートにたたきつけられたSの姿を見て来た。滅茶苦茶だ。あァ、メチャクチャだよ。

Dはまくし立てるように一気にそう言い、眼を固くつむって何度も首を振った。

藤夫は無意識のように右手に提げた寝袋をDの鼻先に突き出した。これを貸す約束をしていたんだぜ。それなのになぜ……。そういう単純で他愛のない疑問が一瞬、声にならずに頭の中を通り過ぎた。

Sが飛び降り自殺を図った理由も動機もDにはさっぱり見当もつかないということだった。しかしSほど積極的ではなかったが、Dは封鎖を支持し封鎖の内部にいる学生の一人だった。そういうことも加わってDは大変なショックを受けている様子だった。

Dは飛び降りのその現場には居あわせなかったが、騒ぎですぐに駆けつけて聞いた話では、Sは突然ひとりで屋上に姿を現しヘルメットに覆面というスタイルで下を通る学生に向いハンド・スピーカーで大声で叫びはじめたということだった。アジテーションには慣れっこになっている学生たちはSが何を叫んでいるのか、はじめのうちその言葉には大して注意を払わなかった。しかし、人が上るようには設計されていず、手摺もない屋上の縁に突っ立っているSの姿がいかにも危かしく見えて、立ちどまってはらはらしたり、冒険的なSの姿を面白がりもしながら地上で何人かの学生が見守っていた。

　Sはタオルの覆面を片手で口のあたりまで引き下げ何度も叫んだ。そして突然言葉を切り、次の瞬間、深呼吸をするように両手を大きく上げて、宙に飛び出した……。

　――カイタイとかフーサとか、確かにそういう言葉を飛び降りる間際までSは叫びつづけていたらしい。小さなハンド・スピーカーだから内容ははっきりとは聞きとれなかったらしいけれど。

　Dは興奮のためにかすれ気味の声でそう言った。

　解体……。封鎖……。それならばSは他のことではなく、やはりこの大学封鎖という行動の中で、その考えのあり方を原因として死んでいったのだろうか。藤夫にはそれはどうしても納得の行かないことだった。まさかそういうことが実際にあり得ると、Dの言葉を聞いてもどうしても腑に落ちて行かないのだった。それについ昨日の電話でSは、やはり封鎖ゴッコかもしれないと、無理をしているような調子でもなく落着いた声で言っていたのではなかったか。

　解体。封鎖。Dの口から興奮の口調でしきりに飛び出すその言葉を、藤夫は錆びた釘を丸太にねじりこみでもするように頭の中に押しこんだ。

　ひとしきり藤夫と話し終えるとDは何かにせきたてられてでもいるような足どりで、小走りに坂道を下って行った。

　通用門に入ると、すぐ突き当りの校舎の前が真黒な人だかりだった。何重にも重なり合って立って鈍くうごめいている人の背中だった。藤夫にはその全体が実際、柔かくて巨大な真黒い何かの塊《かたまり》のように思えた。そしてその塊の中に死んだSが横たわっている。そうに違いなかった。

ざわざわと揺れる塊の方に近づき、藤夫はふと足を止めた。

おれは一体、今なにをしようとしているのだろうか。

藤夫の頭の中に一瞬、そういう疑問が走った。

Ｓの遺体を見、彼の死を確かめる……。そしてそれから一体どうしようというのか……。

立ち止まり、そのまま藤夫は身動きができないような気がした。怒声を上げたＳのすさまじい形相が頭に浮かび、その形相に昨日の喫茶店の電話のいやに素直な声音が重なった。なぜ昨日Ｓはわざわざ電話をして来たのだろうか。昨日Ｓに会っていれば彼は死ぬことはなかったのだろうか。なぜＳはさほど親しくもない自分を選んで電話をかけたのだろうか。

藤夫は人だかりを見やった。その中にＳの死体がある。砕けて肉の飛び散った死体が眼のあたりにあるような気がした。しかし、もし人だかりをかき分けて実際に死体を眼にすれば、自分はかえってＳが死んだということを納得できなくなってしまうのではないだろうか。Ｓの死が自分の中で宙ぶらりんになってしまう、そういう妙な予感が藤夫の足を立ちすくませた。

藤夫は結局そのままその場から、役に立たなかった寝袋を片手に提げて引き返した。坂道を下って行くと救急車がけたたましいサイレンの音を上げて走り上って行くのにすれちがった。藤夫はふり返り救急車の後姿を見送った。あわただしく上って行く救急車が何よりも雄弁にＳが死んだということを表しているようだった。

Ｓがどういう性質の人間なのか。どういう生い立ちをし、どういう好き嫌いを持ち、どういう理想や希望や絶望を持っているのか、藤夫は何も知らなかった。Ｓはただすさまじい形相と電話の声という二点で藤夫と触れ合っただけだった。しかし、いや、だからこそＳの死がたっぷりと墨をつけて捺《お》された印のように色濃いものに藤夫には思われ、坂道のカーヴを曲がり見えなくなった救急車のサイレンの高い音を耳で追いつづけた。そしてふと政治的なことでも思想的なことでも何でもない、Sが死んだのは自分のせいではないだろうかと理由もなく思った。

坂道を下りいつもの駅から電車に乗ってアパートに帰るその帰り道の間、藤夫はしきりに一つの記憶を想い起しつづけていた。それは藤夫が生まれた山の村での、幼い時の記憶だった。

その頃、藤夫は学校が終ると毎日のように金子君とばかり遊んでいた。藤夫は小学校の二年生で金子君は二学年上の四年生だった。

二学年の違いはあったけれども藤夫の遊び相手は必ず金子君なのだった。互いに家が近いというわけでもなく、親同士が親しいつき合いをしているのでもなかったが、他の同級生とではなくもっぱら金子君と、まるで兄弟のように藤夫は毎日連れ立っていた。

何をきっかけにして二人が毎日犬の子同士のようにじゃれ合い連れ立つようになったのかは、はっきりとはしなかったが、少くとも藤夫にとっては金子君のいない日は思いつくこともできなかった。そして金子君は藤夫をまるで同じクラスの友人のようにあつかい年上顔をしなかったので、それが藤夫には大変誇らしいことでもあった。

金子君と待ち合わせるのはケーブル・カーの駅でだった。学校が終ると藤夫は家まで十分ほどの道を歩いて帰るのだが、金子君はつい二年ほど前、ちょうど藤夫が学校に上る頃にできた観光客用のケーブル・カーに乗って帰って行くのだった。山の中腹に家のある子供もいたが、ケーブル・カーで通学しているのは村の小さな小学校の中で金子君だけだった。金子君の家は山のよほど高い所にあるのにちがいないと、藤夫は金子君の乗った黄色と白に鮮かに車体を塗り分けられたケーブル・カーの箱がゆっくりと登って行くのを見送りながら、そう想像した。

藤夫は山の高い方にまで行ったことがなかった。毎日、藤夫の知らない山の頂上に向けて真っすぐに、ぐいぐいと金子君を乗せた箱が登って行く。森の中に金子君が深々と消えていってしまうような気が見ているたびにした。

そして家に帰りカバンを置いてそそくさとまた、藤夫はケーブル・カーの駅に出かけて行く。改札口の外でしばらく待っていると金子君がさっき乗って行った箱がゆっくりと下りて来て、金子君が中から現れる。毎日そういう風にして藤夫は金子君と会うのだった。

駄菓子屋とよろず屋と米屋とが畑の切れ間にぽつりぽつりと姿を見せる村の道を藤夫と金子君とはいつものようにふざけ合いながら歩いた。毎日毎日判で押したように同じ道を二人は歩いたが、子供である二人にとってはそれで少しも飽きるということはないのだった。藤夫にとっても金子君にとってもその村の道は毎日新鮮な風景を見せてくれるものなのだった。

その日二人は村の道を折れて小川の岸に降りた。その川岸を少しさかのぼると、黒々と葉を茂らせた大木の枝が川に向って差しかかりとっぷりと川面を覆っている場所がある。藤夫は金子君の後についてその枝の先端によじ上り、そこからつけ根まではい上がった。二人にとってはそこは絶好の、二人だけが知っている隠れ家だった。茂った葉と葉の間から向う岸の畑や畦道《あぜみち》がのぞかれた。そして反対側を見ると今、藤夫たちが歩いて来た村の道を人が通り過ぎ、時々車が走り過ぎるのが見えた。しかし向うはそこに藤夫たちがいることに気づきもしないのだった。そのことがわけもなく無性に二人を愉快にさせた。

金子君はその日、ケーブル・カーの箱を降りて来た時から何となく元気がないようだった。顔色が青白く口数もいつもより少かった。藤夫は遊び相手の元気のなさが物足りなかったが、しかし一緒にいるうちにそういう感じは次第に消えてしまった。

木の枝の太い根方にまたがるとすぐに金子君は密集した葉の茂みの中に一個所、ぽっかりと丸く空いている隙間から村の道をのぞき、次にその隙間に現れるのが人間か自動車か、あるいはおとなか子供か、男か女か、そんなことの当てっこの遊びをはじめた。その遊びはいつもはもう少し危険で刺激的な遊び――たとえば枝づたいに大木の細い頂上近くまで登りわざと片手を放してぐるりと景色を見まわしたり、そこから猿のように隣りの枝に跳びうつったり、そういう遊びをした後でやることだった。いきなり金子君が当てっこをはじめたのに藤夫は内心不満だったが、丸い隙間をじっとのぞきこみ、今度は絶対自動車が来る、とか、次は男の人だ、まちがいない、とか言いはじめた金子君にたちまちひきこまれて自分も当てっこに熱中しはじめた。

しばらくするうちに金子君は藤夫が、次はおとなの男の人だよ、絶対そうだ、などと話しかけても時々、返事を返して来ないようになった。藤夫が催促をすれば口を開き、自分の予想を言いはするのだが、その言い方がいかにも渋々という風に思えて、藤夫は隙間をのぞきながらちらちらと金子君の横顔に眼をやった。いつもとは様子のちがう金子君のことが気になりはしたが、しかし心配するというよりも身を入れて遊びに参加して来ないことに腹が立った。そして次第に我慢ができなくなり、金子君が遊びに不熱心なことを当てこするようなぶっきらぼうな調子で、いやいやしているのならもうやめよう、と言った。

藤夫はそう言えば金子君が遊びにもっと身を入れてくれるのではないかと思っていた。

しかし金子君は藤夫がそう言うや否や即座に、うん、やめよう、と低い声で言った。

藤夫は驚いて金子君の顔を見た。まさか本当にやめることになるとは思ってもいなかったのだった。金子君は顔を伏せ藤夫の方は見なかった。

何か異様なものを藤夫は感じた。金子君は突然自分を見捨てようとしているのではないか。理由はわからず、ただそんな風な不安が胸の中に巻き起こった。

――やめるの、本当に。どうして。

藤夫は必死に金子君に言った。遊びはまだつづけていたかった。しかしそれどころではないような気がした。金子君の、やめよう、という低い声のとおりにこの遊びをやめてしまえば、それでもう金子君とはそれきり永久に遊ぶことができなくなってしまうのではないだろうか。うっそうと茂り光の入って来ない大木の枝の根方にたった今、一人で取り残されてしまうような、そういう恐怖に似た気持が藤夫の胸をかすめた。

金子君は伏せていた顔をそろそろと上げて藤夫を見た。その金子君の顔は藤夫をもう一度驚かせた。金子君は今にも泣き出しそうに弱々しく眼をすぼめ、何かを訴えたそうに唇をつき出していた。そしてその唇が小刻みにわなわなと震えているのだった。

金子君に一体何が起こったのか見当もつかず、藤夫は金子君の顔を見つめたままただ呆然とした。金子君は二歳歳下の藤夫を全く同じ歳の友達のように扱ってくれた。藤夫もそれに慣れ切って同じ学年の友達のようにして金子君と毎日遊んでいた。しかし表面はそうであっても、やはり藤夫は意識の底では金子君に頼り、金子君の保護がいざという時には必ずあるという無意識の安心感を持っていたのだった。

金子君が泣き顔を自分に見せるなどということはまるで予想もできないことだった。

藤夫は家の中のねぐらから突然体をつかまれ戸外に放り出された子猫のように、うろたえた。

――どうしたの。ねえ、どうしたんだよ。

藤夫はうわ言のように同じ言葉をくり返し、金子君の腕をつかんでゆさぶった。金子君を元どおりにしたかった。元どおりにしなければ恐ろしくて、どうかなってしまいそうだった。金子君は泣いたりしてはならないはずだ。泣くなどというそんなひどいことを自分に対してするはずがない。藤夫はひたすらそう思い乱暴に金子君をゆさぶった。

金子君はゆさぶられながら眉根をきつく寄せ、何かに耐えるような表情をした。そして二、三度まばたきをすると泣き顔をやめ、少し照れ臭そうに頬をゆがめて小さく笑った。

——お腹が、少し痛いんだ。

金子君は片手を下腹の辺りにやり、小さな声で言った。そして恥ずかしそうに鼻に皺を寄せた。照れ臭そうな恥ずかしそうな金子君の表情は藤夫の不安を落着かせた。しかし胸の中に起きた心細い感じは収まらなかった。大丈夫か、とか、どのくらい痛いのか、どのくらいすれば治るのか、それ以上はひどくならないのか、とかそういう質問を藤夫はしつこく金子君にくり返した。大丈夫だ、と金子君は答えていたが、次第に藤夫の答えようもない質問にいら立ちはじめたのか、露《あら》わに不機嫌な表情を浮かべ返事も突慳貪《つっけんどん》な調子になって来た。そして意地になったように茂みの隙間をのぞきこみ、今度は自動車、今度は男のおとな、などと藤夫を無視するようにひとりで当てっこをやりはじめた。

けれどもやはりそれも長くはつづかなかった。金子君と藤夫とはしばらくすると枝から降り小川の岸をひき返した。金子君は口を利かず時々立ち止まると下腹の辺りに手を当て、痛みをこらえるように背を深く折り曲げた。

村の道を帰る途中、藤夫は道端に落ちていた棒きれを拾い、振り回しながら金子君の後からついて歩いていた。金子君が背を折り曲げるのを見ると不安になり、何か金子君に声をかけなければならないような気がしたが、しかし折角《せっかく》の遊びがまるでひどいことになってしまったと、それが無性に癪《しゃく》にさわってもいた。金子君がいかにも痛そうな様子をすると、それがまるでわざとのように思え、かえって癪にさわる気持をかきたてた。けれどもそれを口に出すわけにもいかないような気がして、藤夫は黙って金子君の後について歩いていた。

よろず屋を通り過ぎ道がまた雑木林にはさまれ狭くなった所を歩いている時、金子君は突然ふり返った。

――やたらに木の葉なんか切って、いい気になるなよ。止まっている葉っぱが切れるのは当り前じゃないか。

藤夫はびっくりして金子君の顔を見返した。怒っている口調だったが、金子君が何を怒っているのか分からなかった。しかしすぐに金子君が藤夫が右手に提げている棒きれのことを言っているのだと気づいた。棒きれを振り回しながら道を歩いているうちに、藤夫は子供にあり勝のように次第にそれを一振のピカピカと光る大刀のように頭の中で思いなしていた。そして頭の中でそう思えば、それはいつのまにか藤夫にとっては本物の大刀と変りのないものになっていたのだった。

金子君の後について歩いていながら、藤夫は金子君のことを忘れていた。金子君が腹痛を起こし、家に帰るために村の道をケーブル・カーの駅の方に向って歩いている、ということを忘れていた。力いっぱい木の葉に切りつけて吹雪のように葉を微塵に散らし、小枝を根もとからすっぱりと切り裂く。藤夫は歩きながらひとりで侍ごっこに夢中で没頭していた。大上段に棒きれを振りかぶり振り下ろし、青眼のままいきなり突きかかり、かけ声をかけながら道を一気に横切って背後を切った。藤夫は藤夫の世界の中にとっぷりと入り切り、一人の剣士になっていたのだった。

金子君の眼の中には嘲笑するような酷薄な色が黒々と漂っていた。棒きれをだらりと提げたまま返す言葉もなく、藤夫は道の端に立ちつくしていた。金子君は突然まるで見知らぬ世界の人間になってしまったようだった。

金子君は冷たい眼をしたままくるりと背を向け歩き出した。そしてしばらく歩くとまた突然ふり返り藤夫に言った。

——そこに飛んでいる蝶々を切れるかい。

金子君は藤夫の頭の上を指さした。できやしないだろう、という口調だった。

藤夫は頭の上を見上げた。蝶がいくつかひらひらと舞っていた。風にゆっくりと流されるように蝶は林の中に消えたり、また別の何羽かが道を渡って反対側の林に入って行ったりしていた。木の枝にばかり夢中で打ちかかっていた藤夫は、初めてそんなにいくつも蝶が飛んでいたことに気がついたのだった。

——切れるさ、こんなもの。

かッとして藤夫は言い返した。そして頭の真上の蝶に向って棒きれを振った。

二度、三度と夢中で藤夫は棒きれを振りまわした。しかし何度やっても空を切るばかりだった。嘲《あざけ》るようにじっとこちらを見ている金子君の眼を意識するとますます狙いが粗くなるばかりだった。

何度目かの空振りをしてまた頭上を見まわすと、よろよろと鈍い動きをしている蝶が目に入った。中型の白っぽい蝶だった。そして良く見るとそれは一羽ではなく二羽が体をつけ合って一緒に飛んでいるのだった。二羽は不自由そうにたどたどしく空中に揺れていた。

それが雌と雄だということを藤夫は知っていた。

藤夫はその二羽に向って狙いをつけた。その時、ああ、ダメだよ、よせよ、という金子君の悲鳴のような声が聞こえた。その声が耳に入った時、藤夫は気持が妙に冷たく落着くのを感じた。

蝶は頭の上のかなり上空を飛んでいた。藤夫は腰を屈め棒を体に引きつけて思いきり跳び上がった。そして空中で棒を振った。

バッという紙袋を叩いたような破裂音がした。確かな手応えだった。そしてもとの場所に降りた藤夫の足もとに、羽をもがれ芋虫のように胴体と脚だけとになった蝶が転がりうねうねとうごめいていた。胴体は一羽だけのもので、もう一つは棒に当りどこかに飛ばされてしまったようだった。

その胴体が眼に入った瞬間に、何とも言えない感情が藤夫の体を突き上げた。取り返しのつかないことをしてしまったという悔いが一気に藤夫に襲いかかった。うねうねとうごめく胴体が藤夫の視線をそこに凝りつかせて放さなかった。

しばらくそうやっていて、ようやく藤夫は棒を傍らに投げ捨てて顔を上げた。

ふり返ると金子君が藤夫のすぐ背後にいた。金子君の顔は紙のように真白だった。そして下腹を片手でつかむようにおさえ固く眼をつむっていた。

金子君のせいでこんなひどいことをしてしまったんだ。藤夫の胸の底に金子君を怨む気持が一瞬走った。金子君が、蝶を切れるかなんていう変なことを言いさえしなければ、ひどいこともしなかったのだし、ひどい気持にもならずに済んだのだ。

しかし金子君の顔色は藤夫にとてもそんなことを言い出させなかった。金子君も胴体だけの蝶を見てしまったのにちがいないと藤夫は思った。それが腹痛をひどくしたのだろう。

時々、藤夫の肩につかまるようにして、金子君はケーブル・カーの駅にたどりついた。そしてそこからひとりで帰って行った。駅までの道を二人とも全く何も口を利かず、とぼとぼと足をひきずりながら並んで歩いたのだった。駅の改札口を入りケーブル・カーの箱に乗りこむ時も金子君は顔をうつむけたまま藤夫を振り返らなかった。

翌日学校に行き、藤夫は金子君が死んだことを知った。金子君はタチの悪い急性の盲腸炎を起こしたということだった。そしてその膿《うみ》が腹にこぼれ出し腹膜炎まで起こして、その夜のうちに死んでしまった。藤夫のクラスの若い担任の女教師は生徒たちに教室でそう説明した。

アパートに帰りつき必要のなかった寝袋を部屋の隅に投げ出して、藤夫はそのまま畳の上にごろりとあお向けに転がった。そして幼い時の蝶を殺した日の記憶を何度も頭の中で反芻した。つい何時間か前にSが屋上から飛び降りたことと金子君があの日に死んだことが、一つのことのように重なり合い、藤夫の胸にからまりついて来るのだった。

蝶を殺したのはやはり金子君だったのではないだろうか。天井から垂れ下がりかすかに揺れている白い蛍光灯の紐に無意識に眼を凝らしながら、藤夫は不意にそんなことを思った。

あの日、若い女教師はクラスに金子君の死を説明した後、藤夫を職員室に呼んだ。そして直前まで一緒に遊んでいた藤夫にその時の金子君の様子を訊ねた。藤夫は女教師が何のためにそんなことを訊くのか分からなかったが、思い出し思い出ししながら素直に答えていた。そしてそのうちに不意に藤夫は泣き出した。一度、一滴二滴涙が頬に流れ出すと、一気にとめどもなく後から後から溢れ出して来て、藤夫は手の甲を瞼《まぶた》にこすりつけてしゃくり上げ、泣きじゃくった。女教師は藤夫の泣き方の激しさに驚いてしきりに藤夫をなだめ、教室に帰したのだった。

泣きじゃくりながら藤夫は女教師にしきりに、金子君が蝶々を殺したんだ、だから金子君は死んでしまった、そうなんです、ぜったいにそうなんです、と訴えつづけていた。女教師はわけのわからないことを口走る藤夫をただなだめすかすようにうなずくばかりだった。

藤夫はその時、金子君のせいで自分が蝶を殺すことになった、だから金子君が蝶を殺したのと同じだという、そういうことを女教師に訴えていたのではなかった。あの時、本当におれは金子君がじかに金子君自身の手で棒を振り蝶を打ち落とし芋虫のように地面にうごめかせたと、そう思っていた。その一部始終を傍らでじっと見ていた。そして、自分のその考えにショックを受けて突然涙が噴き出したのだ。

藤夫は女教師に訴えている自分の姿を頭の中に何度も思い浮かべた。そうすると次第に金子君と自分とを隔てている何重にも重なり合った薄い細胞膜が、まるで熱にあぶられたフィルムのようにぐずぐずと溶け出して境界が失われて行くような気がした。金子君が死んだと初めて教室で聞いた時、藤夫は一瞬ぐるぐると体がまわり出すような車酔いに似ためまいを感じた。そしてその時金子君が蝶を殺したと思い、同時に何だか自分自身と金子君との区別がつかないような、奇妙な気持に陥ったのだった。蝶を殺したという行為を金子君に奪われてしまったようだった。

大学に登る坂道の途中でDからSの投身を聞かされた時、その時も一瞬Sと自分との境が見失われ、藤夫はSに自分の中の何かを奪われたように感じたのだった。自分のせいでSが死んだ。自分がSを殺した……。そういう錯覚のような思いが、あお向けに寝転がった藤夫の中に漂っていた。Sの死に自分が責任があると、藤夫はそう思ったのではない。むしろまるで自分が自分を手にかけたことを傍で見ているような気持だった。そしてその気持は妙に甘い恍惚感を伴ってもいた。

その日の夕方、どこかで食事をして来ようと藤夫がアパートの玄関を出ようとした時、丁度チャイムが鳴り扉を開けると、昼間坂道の途中で会ったDがそこに立っていた。Sのことばかりに頭が行ってしまって、とてもひとりでいる気がしない。一緒に一杯やらないか。そう言いながらDは片手に提げたウイスキーの壜《びん》を藤夫の顔の前に突き出した。

藤夫はDとまた部屋の中に引き返し小さな卓袱台をはさんで、Dの提げて来たウイスキーを飲みはじめた。

いくらも飲まないうちにDは酔っぱらい特有の口調で、ぐるぐると愚痴っぽくSのことばかりを喋り出した。大学での運動や政治的な組織に藤夫はあまり関心もなかったが、Dの話では、SとDとは同じ組織の同盟員とシンパサイザーというような関係らしかった。そしてシンパサイザーの立場に留まろうとするDは日頃、Sから何やかやと批判を受けていたということだった。しかしそれだけまた親密な友人としての感情もお互いに抱いていた、というようにDの話を藤夫は受けとった。

あまりにもSの話題ばかりをくり返すDに藤夫が少し気が重くなりかけた頃、突然Dはそれまでとは違う暗く陰気な調子で、おれは怖い、とうめくように言った。それはいかにも何か恐ろしいものにすぐ背後まで迫られ、もうこれ以上どうにもならないというような無力な絶望感を感じさせる口調だった。藤夫は思わずDの顔を見つめ、怖いって一体何が、と訊き返した。

――おれは怖いんだ。

氷が溶け薄くなってしまった水割りのグラスを無意識のように口に運びながら、Dはもう一度くり返した。

――Sの、あの死体が怖いんだ。人だかりの中でただの肉になって、誰かがその場しのぎにかけたジャンパーの下でまるで人間がもともとただの血の袋で肉の塊にすぎないっていうことを証明してみせてやるというみたいに、べったりと地面にのびていたSの、あいつの死体が恐ろしいんだ。

Dはちらりと藤夫の顔を見、そしてまたすぐに自分の中に引きこもってしまうように視線を落として喋りつづけた。

――血にまみれ、ありえないような風に腕がひん曲がっていたし、それに片方の脚はまるでアクロバットのようにすっかりうつぶせの上体の下に入りこんでいた。しかし肉体がそういう風に滅茶苦茶になっていたという、そのことが怖かったんじゃない。Sがその肉体をひきうけていること。壊れてしまったその肉体がおれにとってはやっぱりSなんだ。その死体以外、おれにとってSはいやしない。

Sは今こうやって死というものをひきうけているんだなァ、と死体を見ながらそう思った瞬間、おれは恐ろしくて気が狂いそうになってしまった。……

Dはグラスを手にしたまま、まるで向い側にいる藤夫から無理矢理自分を遮断したいとでもいうように、頭をねじ曲げて横の壁にじっと視線を注ぎ、また独り言のようにつづけた。

――死をひきうけるということは、一体どういうことなんだろう。生をひきうけているということと、それは一体どういう風にちがうんだろうか。それがおれには、いくらまじまじとSの死体を見つめてもまるきり見当もつかない。ただひたすら恐ろしいだけなんだ。いや。おれが恐ろしいのは死体そのものではなくて、死というものがおれにまるきり見当もつかないということ、そのことが恐ろしい。それにちがいないんだ。

――きみの言うことは分かる気がするよ。

自分の内部に向ってどんどんと入りこんで行きそうなDの様子に少し不安を感じて、藤夫は口をはさんだ。

――分かるような気がするけれど、しかし誰だって自分以外の他人になることもできないし、まして他人の死を体験することなんかできやしないに決まっているだろう。

えッ、と言ってまるで夢から醒めたような顔でDは藤夫の方を見た。そして水割りを一口ごくりと飲み下し、うん、と無意識のように相槌を打った。そして気をとり直したように藤夫に視線を向けたまま喋りはじめた。

――盲目とか聾唖とかあるいは半身不随とか、そういう障害というものがあるだろう。そのことについてSと議論をしたことがあるんだ。

初めのうちは割に気軽といえば気軽な気持で話をしていた。大体そういうことを話そうと思ったきっかけが、おれたちは解体とか革命とかそういう景気の良い、火花のような言葉を散らしているけれど、時には障害者の運動とかそういうものにも意識を向けなければいけないのじゃないかという、そんなことからだったんだから。しかしSもおれもいくらも話もしないうちに、その時おれたちはたまたま誰もいない自治会室でテーブル越しの差し向いで話をしていたのだけれど、たちまち顔を見合わせて二人とも言葉に詰まってしまった。

盲目だの聾啞だのって口に出してみても、まるきりそれがどういうことだか、一体どういう世界を背負ったものなのだか見当もつかないんだ。Sとおれと懸命にやりとりをし合っても、すればするほどますます言葉がトンチンカンになって行って、まるでお互いに聞いたこともない外国語で話しているような具合になって来てしまったんだ。しかし今から考えれば、それは無理もないことだったんだ。文明だの科学だの、そういうテのことはおれたちは生まれて以来やたらに頭の中に詰めこまれて来たけれど、およそ障害だの障害者だのそういうことについては、まるきり学習したためしがないんだから。学習どころか、この世に障害者が存在しているということさえ気づく機会がなかった。家にも学校にも近所にも障害者なんかろくに影も形もありはしなかった。

おれたちはだんだん黙りこんで、鼻面を突き合わせるようにしてお互いの顔を見合っているだけというような具合になって来てしまった。Sは見るからに不機嫌だった。内心でひどく腹を立てているのがありありと分かった。けれど二人ともやり場なくただ黙りこんでいるしかなかった。そのうち二、三人どやどやと人が入って来て、自然に沈黙が解け、ようやくおれはほっとしたんだけれど。……

藤夫は時々水割りを口に運び、うなずきながらDの話を聞いていた。Dは、初めの時のようにただ一方的に自分の中に入って行くという風ではなく、藤夫の相槌に口調を自然に合わせるようにしながら、淡々とした口ぶりで話していた。

――その話をしてから何となくそのことが尾を引いているようで、おれとSとはしばらくあまり話をしなかった。したとしても運動のスケジュールや資金や、そういういわば事務的なことばかりだったような気がする。Sはひどく純粋に物ごとを考えるタチのやつだから、Sがそうやっておれから遠ざかったのは、まちがいなくその日の話、障害や障害者運動と関係していることだと思う。しかしそれが実際にSの中でどういう脈絡を持って関係し合っていたのかは、今でも本当のところ分からないんだ。そして突然Sはこの世から飛び降りてしまった。

それからしばらくの間、藤夫とDはSにとり残されてしまった両親のことや、友人たちから葬儀のために集めるカンパのことなどあれこれと話していた。そのうちにDはまた酔いが戻って来たようにSの死体のことを言いはじめ、口調があやふやになり、結局藤夫の部屋でその晩は眠ってしまったのだった。

Dが眠りこんでしまった後、藤夫は自分は寝つかれないまま、暗くした灯りの下でひとりで水割りを飲みつづけていた。

ゴッコとはなんだ、と叫びつかみかからんばかりにつめ寄って来た時のSの形相がしきりに頭に浮かんで離れなかった。ゴッコと何気なく口に出した藤夫の言葉がSの胸の中の何かを偶然のように刺し貫いてしまった。そういう気がした。Sは今やっている運動がゴッコであると内心、自分で固く思っていたのではないだろうか。眼あきや耳の何ともない人間のくり広げる障害者運動、それがゴッコとSの眼に映り、そしてそのままその考えがS自身に戻って来た……。しかしどんな人間も他人になることはできない。眼あきが故意に自分の眼をつぶしたとしても、その故意という行為と意識が残る限り、障害者となることはできないのだ。眼が見えない、耳が聞こえないということが肉体の部分的な死であるとすれば、その死を共有しなければ、どういう障害者のための運動もゴッコになるのかもしれない。

Sは自分に欠けている死を所有したかったのではないだろうか。DがSの死体を見て気の狂いそうな恐怖を感じたのと同じように、Sは障害者や死者の影におびえつづけ、それを一気に逆転して引き受ける。いわば奪われてしまっている死を自分に奪い返そうとしたのではないだろうか。ゴッコにならないただ一つの方法をSは考えつづけていたのではないだろうか。

窓のカーテンが白くなって来ていた。Dは畳に着のみ着のままで寝転がり、藤夫のかけてやった布団を首まですっぽりとかぶっていた。自分も横になろうかと、押入れから布団を出しに立ち上がりかけ藤夫はふと奇妙な感覚にとらわれた。眼の前のDの寝顔、卓袱台のコップ、それに見まわすと部屋の灰色っぽい壁が突然みるみる遠のいて行くようだった。それらのどれもがまるで藤夫には何の関係も持たないもののように音もなく藤夫をとり残して、どこまでも遠ざかって行くのだった。

藤夫は立ち上がりかけた姿勢のままぼんやりとその奇妙な感覚に身をまかせていた。それが何かの理由で起きた錯覚であることは分かっていた。しかしその錯覚はどんな現実よりも生々しい力を持っているようにも藤夫には感じられた。

昼過ぎにようやく眼を覚ましDは帰って行った。そして藤夫はそれきり大学には出なくなった。

大衆食堂の固い椅子に腰かけ、藤夫はテーブルの真中の白い花をぼんやりと眺めていた。

注文した定食の盆を従業員の少女が忙がしげに音を立てて眼の前に置いて行った。箸を取ろうとした手をふと途中で止め、藤夫はそのまま腕をのばして一輪挿しから白い花を抜き取った。そして顔の前にかざして何かを考えこむように眉をひそめ、ふっと花びらに強く息を吹きかけた。花びらがめくれ露わになった花芯は地面に打ち落とした蝶のようだった。

たった今自分が何ごとかを叫び出そうとしているような気がした。

鯉

その朝、郁男は母親に声をかけられる前にひとりで眼を醒ました。そして布団の中からぼんやりと部屋の中を見まわした。父親が昨日の午後、家に帰って来ていた。父親が家にいるということが、昨日と同じように今日もそのままつづいているだろうか。眼を開けるとすぐに、郁男はそんなことを頭の中で思った。

眠っている間ずっと何かの夢を見ていた。何の夢だったのか、眼を開いた瞬間にそれはどこかにかき消えて分からなくなってしまった。しかしその夢から頭の中のどこかが、まだはっきりとは醒め切っていないような、宙ぶらりんな気持だった。夢の中身だけがどこかに行ってしまい、残された夢の脱《ぬ》け殻《がら》の中に体がゆっくりとたゆたっているようだった。

同じなのだろうか。

半分だけ醒めた頭の中で、郁男は今朝もその疑問を呟《つぶや》いた。毎朝、眼を開けるとまるで朝の儀式のように、郁男は頭の中でそう呟くのだった。

昨日の夜ベッドに入って眠った自分と、今朝眼が醒めた自分と、本当に同じ自分なのだろうか。眠っている一夜の間に、本当は別の自分にそっくり入れ替わってしまっているのではないだろうか。

その疑問はしばらく前のある日、突然、郁男の頭にとりついた。そうではないとも言えないし、そうだとも言えない疑問だった。考えても考えても仕方がない。どうやって答を出したら良いのか、見当もつかないことだった。しかし考えようもないことなので、なおさら郁男はその疑問をどうしてもきれいさっぱりと捨ててしまうことができずに、毎日頭の中で空しく反復しつづけているのだった。しかしその反復はいやなものではなかった。髪の毛を指でいじったり、性器を何の気なしにもてあそんだりするような、癖に近いものに今ではなってもいた。

朝の霧が上がるように、郁男の体の中から次第に眠気がぬぐい去られて行った。

郁男は枕に埋まった後頭部を支点にしてぐっとブリッジをするように体を反らせて、ベッドの頭の上方にかかっている壁の掛時計を見上げた。こうやって逆さまから見ると、丸い小さな掛時計は普通に見るのとは違う顔付をしているようだった。

まだ六時半だった。母親がマンションの一番奥の郁男の部屋に呼びに来るまでには、三十分以上あった。

昨日、学校から帰っていつものようにマンションの扉を開けると、玄関の上り口の廊下に父親が立っていた。父親は廊下の壁に外国のものらしいケバケバしい色の飾り布を貼りつけようと、しきりに両面テープを切ったり布を壁に押しつけたりしていた。そうしながら玄関に入って来た郁男をちらと見て、やァ、お帰り、と言った。何も聞いていなかったので郁男は少し驚いたが、すぐに、ただいま、と返事をした。

この前、父親が帰って来たのは郁男が春休みの時だったから、それから半年ぶりだった。

——いつ帰って来たの。

靴を脱ぎかけながら郁男はそう訊いた。

——あァ、ついさっきだ。

父親は布を貼りつける手を休めずに返事した。

商社に勤めている父親は、外国に出張ばかりしていて、ふだんはほとんど家にいなかった。郁男は父親が行っているという国の名前を、今までいくつも母親から聞かされていた。そして何ヶ月ぶりかで家に帰って来ても、まるでそのへんの散歩から帰って来たような何でもない顔をして、不意に家にいるのだった。飾り布はブラジルのインディアンのものだということだった。そんなことを廊下で郁男は少し父親と話した。

母親はとても機嫌が良く、ちょっとした家事をするのにも手つきがウキウキとして見えた。父親は何でもないような顔をしていたが、母親にとっては父親が家にいるのは大事件のようなのだった。真白なブラウスの上に、ふだんはあまり着たことがない、いかにも品の良い薄茶色のカーディガンをはおっていた。それも、袖にはわざと腕を通さずに肩にふわっとはおっただけなのが、小学生の郁男の眼から見てもとても若々しい感じだった。

掃除機を家の中じゅう隈《くま》なくかけたり、トイレの掃除をしたりマンションの外の廊下にまで水を打ったり、母親は眼まぐるしいほど良く動いていた。いつもは母親は、郁男が学校から帰って来てただいまと言っても、生返事をしてぼんやりとテレビを見ていたり、夕食の時刻になると仕方なさそうにのろのろと流しに立ったり、いかにも所在なさそうな様子の時が多かった。しかし実際、一人っ子の郁男と二人だけで暮らしているので、しなければならない家事もすぐに済んでしまって、いつも手持無沙汰なのも確かだった。それに母親は人交わりが苦手な性格で、料理や勉強会のような教室にでも通ったら、と人に勧められてもやはり気が向かないようで、それならば家のソファで一日ぼんやりとしていた方がまだまし、という顔をしていた。

昨日は友達と家に帰った後の約束もしていなかったので、郁男は自分の部屋に入ってそのままベッドの上に寝転んで本を読みはじめた。ドアごしに母親が動きまわって立てる物音や、時々父親に話しかける少し甲高い声が聞こえた。

あお向けになって本のページを繰っていると、不意に刺すような痛みが手の平に走った。棘《とげ》だった。ページを繰った拍子に、手の平の肉の中に寝ていた棘が頭を起こして身動きしたのだった。

さっき、学校からの帰り道、一緒だった友達といつもの角で別れて、郁男はひとりで家に向って歩いていた。その角からマンションまでは遊び遊び歩いても、もう五分ほどだった。山茶花《さざんか》の咲いている生垣の所で郁男は一匹の蜂がしきりに羽音を立てながらせっせと花びらの中に潜りこんでいるのを、しばらくぼんやりと眺め、そしてその隣りの家の板塀に沿ってまた歩き出した。

いつものように板塀に軽く手の指を触れるようにして郁男は歩いていた。雨風に晒《さら》されて白っぽく変色したその古い板塀は、指を滑らせると微妙に高く低く、こもったような鈍い音ではあったが、楽器のように音を立てるのだった。

塀の中ほどの所で突然チクという鋭い痛みを感じて、郁男は反射的に手をひっこめた。見ると、痛みを感じた場所、親指のつけ根の丸くふくらんだ柔かい肉の丘に、ぽつんと黒く小さな一の字の形に棘が潜り込んでいた。無意識に滑らしている手に力を少しこめた時に板のささくれを刺してしまったのだった。

棘が刺さったのは左の手の平だった。一度チクとしたきり痛くも何ともなかったが、皮膚を透かして見える黒い一文字が何だかまがまがしく恐ろしい姿に思えて、郁男はその場に立ち止まりあわてて棘を抜こうとした。そんなに深く棘を刺したことはなかった。体の中に突然入りこんで来た異物が何とも言えず薄気味悪かった。

空いている右手の爪で棘のまわりの肉を絞ってみたり歯を当ててみたり吸い出そうとしてみたり、郁男は一生懸命、棘を体の外に引き出そうと試みた。しかし黒い一文字はまるで出て来る気配がなかった。それどころか、まわりの肉を爪や歯で荒らすたびに、少しずつ奥の方へと入りこんで行っているような気さえした。それでもしばらくの間、郁男は未練がましく棘のまわりをこすったりもんだりしていたが、とうとうしまいにあきらめて、また歩き出した。左手の親指のつけ根が、熱でも持ったように腫ればったかった。それが棘のせいなのか、それとも爪や歯で散々荒らしたせいなのか分からなかったが、もしも棘のせいだったら、と思うと一層不安が増して歩きながら郁男はしきりに左手をぶるぶると振りまわした。

家に帰ると思いがけなく父親がいた。家の中の空気がいつもとはまるでちがっていたので、郁男は何となく棘のことを父親にも母親にも言いそびれてしまった。父親は半年ぶりに家に帰って来たのだし、それに見るからに上機嫌で歌でも唱《うた》い出しそうな顔をしている母親にも、とても手の平の棘のようなつまらないことは言い出せないような気がした。そして実際、郁男もいつもではない家の空気を吸いこむと、たちまち棘のことは忘れてしまっていたのだった。

あお向けに顔の前にかざして読んでいた本を傍らに置き、郁男は代りに左手を眼の前に上げてしげしげと棘を見つめた。棘はついさっきまでと同じように皮膚の内側にじっと身を潜めていた。痛くはなかった。いや、見つめていると微《かす》かに棘の沈んでいるあたりに鈍い痛みがあるような気もした。恐いもの見たさのように郁男は右手の指先で棘の上を押してみた。そして鋭い痛みを感じてあわてて手を放した。そんなことをしていると棘はますます奥に入りこみ、それどころか良く見ると次第に形も大きくなっているようにすら思えた。

母親か父親に相談しなければ……。すぐに言わなければだめだ。

今にも片手が腐りはじめるか、それとも手遅れになって体全体に毒がまわり不治の死病にかかってしまうか、突然そういう子供らしい不安に駆られて郁男はベッドから跳ね起きた。そしてドアの所まで行き今にもノブに手をかけようとして、その瞬間、何かがふっと強い力で郁男の手を止めた。棘のことなどを口に出してはいけない。まして父親が家にいる時に、棘のことなど絶対に母親にも父親にも知られてはならないではないか。

耳の奥で逆らえない命令の力をもった呪文のような声がした。郁男はノブにかけようとしていた手をひっこめ、その場にじっと立ちつくした。

パパを困らせてはだめよ……。

郁男がまだ小学校にも上がらない幼い頃、母親は毎日のように郁男にそう言って聞かせていた。その頃は父親は今のようにしょっちゅう外国に行っているということはなく、毎日、きちんと決まった時刻に朝、家を出て行き夕方には帰って来ていた。そして父親が家にいない時間に、母親はまるで小さな郁男にまとわりつくように、いつまでも言いつづけたのだった。

――パパを困らせてはだめなのよ。パパが困ればすぐそのことでもっと困るのはママなんだから。パパは少しでも困ることがあれば、すぐに変な風になってしまう。パパというのはそういう人なのよ。そしてパパが一度変な風になったら、もとのように治してあげるのはそれはひどい骨が折れることなのよ。ママが結局、全部それをしなければならないのだから、もしも郁男が少しでもママのことを思ってくれる気持があるのなら、決してパパを困らせるようなことをしないでね。パパはとても弱い人なのよ。

マンションの居間のカーペットにぺたりと腰を下ろし郁男をそばに呼び寄せて坐らせ、肩を抱いたり胸に抱き寄せたりして、体じゅうをやさしく手の平で撫ぜまわしながら母親は父親の秘密を郁男にだけはまちがいなく伝えておかなければならない、確実に知らせておかなければならないとでもいうように、低い呪文のような口調で郁男に話しかけるのだった。そういう時の母親は、何とも言えないほの暗く湿った眼つきをした。そしてまるで雛に餌をあたえる時の親鳥のようにいそいそとしてもいた。

——変な風ってなに。パパが変な風になるってどういうこと。

郁男は訊いた。母親に撫ぜられているのは気持良かった。けれども母親の執拗なほどの手の動きの底に、時々ふと郁男は妙な不自然さを感じて、肩を抱かれたまま母親の顔を見上げることもあった。

——パパは病気なのよ、郁男。時々、頭の中がおかしくなってしまう、そういう病気なのよ。そしておかしくなるとママをいじめるの。郁男だって知っているでしょう。

そう言って母親は郁男を抱く手に少し力をこめて頰を寄せて来た。

——郁男はママのたった一人の子供なんだから、ママの味方になってくれなくちゃだめよ。

父親はふだんは用事のある時以外には郁男にもほとんど話しかけて来ないような、無口でおとなしい人だったが、時々不意に人が変わったように奇妙な眼つきをして、奇妙なことを言い出すことがあった。

三人で夕食のテーブルを囲んでいる時に、黙って食べていた父親の箸が、突然、ふっととまる。そういう時が前触れだった。

——今、二人で一体何を話していたんだ。

音を立てて、箸をテーブルに置き、普段聞いたことのない詰《なじ》るような強い口調で父親がそう言う。

——別に何も話してはいませんよ。あなたにだって聞こえていたでしょう。

母親がわざとのようなゆっくりとした落着いた口調で答える。

——おれのことを話していただろう。今、おれのことをこそこそと二人で悪口を言い合っていたじゃないか、そこで。

そういう風にはじまるのだった。母親が二言、三言、言い返すのだが、父親の眼は焦点を失ってしまっている。そしてその暗い眼で二人を代るがわる見すえて同じことを繰り返すばかりなのだった。父親は声も変わってしまう。鳥か動物が暗闇の中で鳴きつづけるようにして、あー、という声にならない声だった。そしてしまいに父親は両手で自分の頭をはさみつけるようにして、あー、という声にならない声を上げる。

あー、来る。やって来る。シンケイがやって来る。おれのところに来る。

テーブルをにらむようにして父親はそういうわけの分からないことをしきりに口走りはじめるのだった。

母親が口をつぐむ。そしてただぼんやりとして父親の方を見ている。

耳が聞こえない。あァ、だんだん聞こえなくなる。おれの耳が聞こえなくなっても良いのか。そうしたら、おまえたちは一体おれをどうするつもりだ……。

父親はそんなことも言った。

母親の横顔がなぜか少し笑っているように見える。そして父親を見つめている眼が少しずつ細くなり、次第に母親の体全体が父親の方に向って軟体動物のようにのび出して行くように郁男には思えた。

郁男は、その母親の姿におびえ、思わずママ、と声を出した。気味の悪い姿だった。母親はまるで郁男を置き去りにして、父親の体の周囲に蛇のように巻きついて行こうとでもしているように思えた。

――郁男。奥の部屋にお行きなさい。

母親が郁男をふり向き低い、しかし力のこもった声で言った。何も言うことができず、ただ母親の声に操られるように郁男は食べかけの夕食をそのままにしてテーブルから立ち上がり、奥の部屋に入ってドアを閉めた。そして部屋の中で独り、じっと息をひそめていた。

母親と父親とが一体どうなってしまうのか、心配でたまらなかった。シンケイとは一体何のことなのだろうか。何が父親の所に来ているというのだろう。父親は本当に耳が聞こえなくなってしまうのだろうか。

何も分からずただ不安で胸に動悸が音を立てていた。母親は一体どうしようと思っているのだろうか。

パパは病気なのだからね……。毎日のように母親が郁男に言うその言葉に郁男は頼るしかなかった。父親は今、突然いつもの病気に襲われて母親がそれを治そうとしているのだ。郁男は自分にそう言い聞かせた。だから自分はここで静かにしていなければならない。

しかし不安はおさまらなかった。ドアを通して母親と父親とが交している言葉が、何を話しているのかは分からないまま、ぼそぼそと低く聞こえて来た。父親がどうかなってしまうのではないか、というその思いよりも、まるで自分が、奥の部屋へ行きなさい、と命令した母親によって、この部屋に捨てられてしまったような、ひとりでじっとしていると次第にそういうたまらない心細さが胸に迫って来た。母親と父親とが顔を間近に寄せ合って郁男には知れないように、声を殺して秘密の会話を交しているような気がしきりにした。

けれどもやはり郁男は部屋を出て、両親の所に行くわけにはいかなかった。父親は病気なのだった。どんなに心細くても郁男は耐えなければならなかった。父親の病気を治すためには母親は父親と二人きりでいなければならない。そこに郁男は近づいてはならないと、郁男は毎日母親から教えられていた。

突然、父親の言葉にはならない叫び声のような声が響いて来て、郁男はびくっと体を固くした。そしてそれに重なるように母親の甲高い声が伝わって来る。両親が一体どうしているのかが分からず、ただ途切れ途切れの声や物音だけしか聞こえないことが、郁男を一層不安にした。父親にいじめられ、母親が泣いているような光景も想像された。しかし見るわけにはいかなかった。もしもドアから盗み見などをして見つかったならば、父親に母親はどんな眼に遭わされるか分からなかった。食事の最中に不意に父親が陥った気味の悪い顔付、言葉、それに何よりも焦点を失い黒々と隈どられた沼のような眼つきが、郁男をその場におさえつけた。

——郁男はママの味方よね。ママをいつも助けてくれるわよね。

カーペットに坐り郁男を背中から抱きしめながら母親は訊く。生温《なまぬる》い息が郁男の首すじに柔かく吹きかかった。

——郁男はね、病気をしてもいけないし、ケガをしてもだめよ。そういうことをしてパパに心配をかければ、すぐにパパの病気がはじまってしまうのよ、そしてママがパパにいじめられる。ママを困らせないでね、郁男。郁男がママの味方をしてくれるのだったら、決して、どんな小さなことでもパパに心配をかけるようなことをしないでね。そうすればママはいつまでもこうやって郁男を可愛がってあげられるのだから。

母親は小柄で痩せた体つきをしていた。しかし郁男にそうやって話しつづけている間に、母親の体は柔かく、際限もなく大きく広がり郁男の体をすっぽりと母親の中に包みこんでしまいそうだった。少女のように長くのばしている髪の毛が背後から郁男の顔の前にふわりと落ちかかり、微風のように頬を撫ぜまわした。今にも息が詰まりそうで、郁男は母親の腕の中でしきりに首を振った。そうされていると体じゅうの力がみるみる抜け落ちていくのだった。

悪戯をしていて不意に誰かと眼が合ってしまった時のように、郁男はおずおずとドアのノブから手を放して後退《あとず》さりをした。母親の呪文のような命令は、いまにも手が腐りはじめるのではないかという郁男の恐怖をおさえつけ、胸の底に深く沈みこませた。ベッドの所に戻り郁男はさっきまであお向けになって読んでいた本を手に取り、表紙をぼんやりと眺めた。板塀などに手を当てたりしなければ良かったのだ。棘を刺したのはもう取り返しのつかない過ちだったような気がした。

父親に言うわけには、むろんいかなかった。しかし母親にだけそっと相談して医者に行くことになれば、父親に必ず知れることになるのに決まっている。郁男はまだ八歳になったばかりだった。しかし母親にこの手の平を開いて見せた時、母親がどんなにみるみると表情を変え、困惑して黙りこんでしまうか、そして口には決して出さないけれど、そういう失敗をしてしまった郁男を胸の中でどんなにひどく、くどくどと非難しつづけるか、今まで何度も起きたことから、その光景をたった今眼の前に想い浮かべることができるほど知り抜いていた。

棘のことを誰にも言うわけにはいかない。郁男はそう思い、まるで父親か母親がすぐそばにいると錯覚でもしているように、左の手の平を人眼にふれないような素振りでそっと伏せた。

同じなのだろうか。ベッドに腰かけたままじっとして、郁男は頭の中で呟いた。父親が家にいなかった昨日と、それから一晩眠った今日とでは、もう違う自分になっているのではないだろうか。同じはずがないような気がした。母親の表情も話しぶりも郁男が家の中で見ている何もかもが、まるで同じように見えて実は底から一切合財替わってしまっている。風景の輪郭は同じでも色の具合も手触りも違うのだった。何もかもすっかり入れ替わってしまったのか、それとも自分が入れ替わったのか、そのどちらかに違いない。郁男はそう思った。そう思うと胸の底のどこかがひどく軽くなるようだった。

夕方、いつもよりも少し早い時刻に、食事にするからいらっしゃいと母親にドアの向うから声をかけられて、郁男はダイニング・ルームに行った。父親はもうテーブルに座ってビールを飲んでいた。

そして郁男が向い側に座ると一杯どうだ、と子供に冗談を言う代りのようにグラスを小さく郁男の方に差し上げた。しばらくぶりに会う父親の仕種にどう返事をしたら良いのか戸惑い、郁男はただ照れたように片頬で少し笑った。

テーブルの上には、テーブルの白いクロースをすっかり覆い隠してしまうほど沢山の料理が並んでいた。父親の帰って来た日は必ずそうなのだった。そして父親のいる間は、これほどではないにしても、食事のたびにいつもの倍ほどの皿数が出て来るのだった。子供にしては食が細い方の郁男は、眼の前にビッシリと敷きつめられた食物に少し息が詰まるような気がした。この食物を作っていた母親の気配がまだテーブルの上に濃く立ちこめているようだった。食事が終ったら、やっぱり棘のことを相談してみようと、郁男は自分の箸を手に取りながら思った。

母親が郁男の隣りの椅子に座り食事がはじまった。母親はいつもの物憂さそうな様子とは打って変わって、しきりに立ったり座ったりして、父親と郁男の食事の世話を焼きながら、父親が留守の間に家で起きた細々《こまごま》としたできごとや、郁男の学校の成績のことを弾んだ口ぶりで話しつづけていた。

パパは会社でとても優秀で、みんなに尊敬されているのよ……。

テーブルで話しつづけている母親の声が、郁男の中で以前何度も何度も聞かされた声に重なった。父親がはじめて外国に出かけて行った後、母親は毎晩のように郁男の傍らに来て、独り言のように話しつづけたのだった。

パパは病気なのよ。若い頃とても勉強のできる学生だったのだけれど、勉強をしすぎて病気をして、それから少し弱くなってしまったの。でも今だって会社に行けば、とても他人は追いつけないぐらい良く仕事ができて、いつも感心されているのよ。だからママと郁男以外は、誰もパパが病気だなんて知りはしない。気がつくはずがないほどパパはいつも良いお仕事をしているのだから。ママの仕事は、だからパパの病気が出ないように、一生懸命、パパの世話をすることなのよ。ママさえしっかりしていればパパは外で誰にもできないほど、お仕事ができるのだから。

今度、外国に行くのにも本当はママも一緒に行かなければいけなかったのだけれど、でも郁男の学校のこともあるし、それにもう一人で絶対に大丈夫だってパパもそう言い張るから、結局そうしてしまったのよ。半年に一度は帰って来られるのだしね。

母親は少し口惜しそうな口ぶりだった。そして、郁男は本当にいつも良い子でママを助けていてくれる、そう言って少し怖いような眼で郁男をしばらくの間、じっと黙って見つめるのだった。

父親の不在の間、母親が郁男に話しかける話題は、ほとんど父親のことばかりだった。郁男の学校のことや遊びのことに、母親は何も興味を示さなかった。たまに母親の話に割りこむように郁男がそういうことを話しかけても、母親はぼんやりと郁男の顔を見るばかりで上の空なのだった。まるで父親が家にいる時よりも不在の時の方が、もっと眼の前にじかに父親の存在を認めているとでもいうようだった。そして、外国にいる父親には、日本にいる時よりももっと心配が病気にさわるのだから、絶対にそんなことにならないように、と時にはまるで哀願するように言い、郁男を抱きしめるのだった。母親が郁男のことにはほとんど耳を貸さず父親にばかり関心が向いているのが、その度《たび》に郁男には不満だったが、しかし頼りなげな仕種で母親に抱きしめられると、自分のことはもうそれ以上言い出せないような気がした。そして他の家の父親も母親も知らない郁男は、親というのはどこの家でもこういうものだと思ってもいた。

眼の前の皿に箸を出しながら、郁男は上眼遣いにそっと父親の顔をのぞいた。普段、母親から細々と毎日、父親のことを聞かされているせいなのか、こうやっていざ父親と向い合わせになると、郁男はどこかかえって気詰りなような気がして、面と向って眼を合わせることも口を利くことも自然にならないのだった。父親は時々母親の話の合間に、郁男に話しかけて来た。しかしそれも一言二言の受け応えですぐに途切れた。

郁男の左隣りに座っている母親が、食卓から真白な烏賊《いか》の刺身を一切れ箸でつまみ上げた。郁男はふとその箸の先に眼をとめた。箸の先がなぜか小刻みに震えているような気がした。その途端、母親があッ、と小さく叫び声を上げ、箸の先から白い一切れがするりとすべり落ちた。郁男も母親が叫ぶのと同時に胸の中であッ、と思った。母親の小さなその失敗が食卓の上に、突然とてつもないはじけ返るような音を響かせたように郁男には感じられた。

——パパの病気……。

郁男は思わず口走った。母親のその失敗が父親の病気に悪いショックになるのではないか。とっさに郁男はそう思ったのだった。そして口走った瞬間、はッとして父親の方を見た。父親が病気だということ、それも父親の前では決して口にしてはならないことのはずだった。

——病気だって……。一体誰が病気だっていうんだ。

父親が低い声で言った。郁男は眼を伏せ、じっと体を硬くした。父親の、人の変わったような気味の悪い眼つきが頭に浮かんだ。

——病気だって……。

父親がまた言った。しかしその声は眼を伏せて郁男が頭の中で予期していたような大声ではなかった。怒りを含んだ声でもなかった。そうではなくかえってそれはどこか力なく、がっかりとした声に聞こえた。

郁男は顔を上げ父親を見た。

父親は片手にビールのグラスを持ったままぼんやりとしていた。何か考えごとでもしている時のように、視線が曖昧に空中に泳いでいた。

——きみはまだそう思っていたのか。

父親が言った。

——思っていませんよ、私は。

父親の言葉にかぶせるように母親がすぐにそう言った。郁男を抱きしめる時のような甘く柔かい声だった。

——郁男がそう感じただけですよ。いつも少し大袈裟に思う子なんですよ。

母親はゆっくりとそう言った。

郁男は母親の顔を見た。母親の横顔は何でもないように父親を向いていた。そして耳を覆った長い髪の毛を小指ですっとかき上げた。

なぜ母親は嘘を言うのだろうか。郁男は一瞬、胸の中が混乱した。しかし母親の横顔は、まるで何もないというように郁男には無関心な風に落着きはらっていた。

父親の病気のためには、嘘を言った方が良いんだ。母親はそう思っているのにちがいない。

郁男はすぐにそう思い返した。

——なぜ郁男はそんな風に感じるのだろう。もう何年も前のことじゃないか。

小さな、独り言のような声で父親はそう言った。

——何年も前のことだわ。

母親がすぐに言った。まるで父親の言葉を待ちかまえていたようだった。

——ただのシンケイだったんだ。

——そうよ。それに今はもう、何も問題ないんだし……。あなたはあの頃、こもって勉強ばかりだったから。

父親が口をきくと母親はすぐに、その言葉の語尾を自分の方にたぐり寄せでもするように何かを言い返した。

郁男には父親と母親の話の内容は良く分からなかった。二人は時々、病気の名前のような単語を口にした。しかしそれは郁男がまだ生まれていない頃の話のようだった。

内臓も良くなかったんだ。どこもかしこも変だった……。そうよ、頭を使い過ぎれば体にもひびくものなのよ……。誰だってそうなんだから……。そうよ、誰だって……。

そんな風に父親と母親とはテーブルをはさんで話しつづけていた。

時折、父親の声が高くなるような気がした。しかし母親がそれに言葉をかぶせ、また何でもないように話がつづいた。郁男は料理に箸をのばしながら、注意深く父親の顔をそっとのぞいた。

何かで隈取られたように父親の両眼は、黒い影の中に沈んでいた。普段と変わりのない話し声だったので、父親のその眼は郁男を一瞬はッとさせた。しかし以前とはちがって焦点を失った澱《よど》んだ眼ではなく、疲れたようにぼんやりとはしていたが、じっと母親を見つめていた。

シンケイっていうのは一体何のことなのだろうか。

父親は昔、どんな病気だったのだろうか。

父親と母親とは、次第にまるで楽しい思い出話でもしているように、口調も軽く言葉を交し合いはじめた。郁男も口をはさみ、訊ねてみたかった。しかし父親も母親もそこに郁男がいることをまるで忘れてしまったように、絶え間なく時々笑い声さえ上げて喋《しゃべ》り合い、郁男が口を出す隙は見つけられそうもないのだった。

そのうちにテーブルの上の皿にも、一つ二つ、ようやく食べ終えたものも出て来た。父親はいつの間にかビールではなく、水割りのグラスを手にしていた。

氷がなくなったわね、そう言って母親がアイス・バケツとそれに空になった皿を手にして立ち上がり、キッチンの方に歩いて行った。そしてダイニング・キッチンの流しに皿を置き、冷蔵庫から氷を取り出しはじめた。その母親の背中を振り向くようにして、父親が笑いながら何かを言いかけた。

――パパの病気って、何だったの。パパは若い頃、気違いだったの。

郁男は父親に向ってそう言った。

気違いという言葉。その正確な意味を郁男はむろん知らなかった。しかし父親がその言葉の病気だったのかどうか。それを訊きたかった。そしてもう一つ、父親と母親の会話に自分も入るためには、どうしてもその言葉が必要なような気がした。

言い終えた途端、一瞬部屋の中の何もかもがシンと静まったように思えた。母親がアイス・バケツを片手にしたまま、振り向いて郁男の顔をじっと見ていた。

父親と視線が合った。眉をひそめ眼を細めて父親もじっと郁男を見ていた。気味の悪いほど何も音がしなかった。自分の口にした言葉がその静けさの中に、みるみるうちに吸いこまれて行くようだった。どれほどの間か、郁男は父親と母親の視線を浴びたまま、頭の中が白っぽいような感じでぼんやりとしていた。

そしてふと我に返ったように郁男が気がつくと、アイス・バケツに氷を入れる音が騒々しく響いていた。父親は母親の方に上半身を曲げて、その音に負けまいというように声を大きくして話しかけていた。同じような高い声で母親が返事を返した。

まるで何ごともなかったようだった。自分の言葉ばかりでなく、それを言った自分自身もどこか平らな地面にでも吸いこまれ消えてしまったようなのだった。

アイス・バケツの音が止み、母親がテーブルに引き返して来た。しかし母親は、今まで座っていた郁男の左隣りにではなく、父親の隣りの椅子に腰を下ろした。そして父親の手からグラスを取り、氷を入れて新しい水割りを作りはじめた。

母親が隣りに座らないのは、自分がその言葉を口にしたことと関係があるのではないだろうか。郁男にはそんな気がした。少し体を父親の方に傾《かし》げるようにして、水割りのグラスを母親は直接、父親の手に渡した。その時、母親の腕が父親の体の前にすっと長く伸び、それがまるで郁男の言葉から父親を守ろうとする仕種のように郁男には思えた。

自分は母親から憎まれているのかもしれない。そういう感情が、ふッと郁男の胸の底を走った。

――もういっぱいになってしまったの。

テーブルの向うから母親が言った。

――いっぱいだったら、無理をして食べなくても良いのよ。

柔かな優しい声だった。パパは病気なのよ、と言い、良い子だからママを助けてね、と言って郁男を抱く時の声だった。

郁男は父親の方に少し体を傾げたままの母親を見返した。母親の声に、はっきりと自分が他所《よそ》に押しやられて行くと感じた。

父親は気違いではなかったのだろうか。

しかしその言葉を聞いたのは、確かに母親からだったような気がした。母親は郁男を傍に呼び、郁男の肩に手をまわして、何度も何度もその言葉を郁男に言って聞かせたのではなかっただろうか。

その言葉は、もしかすると母親しか使ってはいけない言葉だったのかもしれない。たとえ何度となく聞いてはいても、自分から口にしてはならない、そういう言葉だったのかもしれない。それに口にするにしても、まず母親に言わなければいけなかったのだ。父親に直接訊いてはいけなかったのだ。

郁男は頭の中でぐるぐると色々なことを思った。

――食事はもうおしまいにして、お風呂に入っていらっしゃい。

母親が言った。テーブルの上にはまだ沢山料理が残っていた。けれども、お腹はとっくにいっぱいになっていたような気がした。

郁男はすぐにうなずき、椅子から立ち上がった。

風呂の湯船の中で郁男は左の手の平を湯から差し上げ、しげしげと見つめた。棘のことをとうとう父親にも母親にも言うことはできなかった。黒い棘は皮膚の下にじっと潜りこんでいた。父親にああいうことを訊いてしまったから、もう永久にこの棘のことを話すことはできない。郁男はそう思った。

しかし以前に誰かから、棘を刺したらすぐに抜かなければ大変なことになる、と聞いたことがあったような気がした。もしも棘が血管の中に入って体の中をまわり、心臓を突き刺すと死んでしまうことだってあるんだ。学校で上級生からそういう風に聞いたことがあった。

明日、一人で医者に行くか、それとも学校の先生に言ってみようか。けれども、どういう風にしても、父親や母親には知られないわけにはいかないようだった。医者は郁男がどこの子供か訊ねるだろうし、先生は後で母親にそのことを言うに決まっていた。

湯船を出て体を洗いながら、時々手を休めて郁男はじっと黒い棘を見やった。棘のことを父親にも母親にも知られたくない。それはひどく恥ずかしい。なぜかその時、突然、郁男はそう感じた。

父親の病気のためではなく、母親を困らせないためでもなく、郁男はただ自分の手の平の皮膚を破って入りこんだ黒い一文字を、いつの間にかひどく恥ずかしいもののように感じていた。それはまるで隠された肉体の奥に秘かに湧き出した不格好で醜い吹出物か染みのようだった。何よりも自分の恥ずかしいものを隠すために、その棘は決して誰にも知られてはならないものなのだった。

棘が血管をまわり頭の中に入って行ったらどうなるのだろうか。

それもありそうなことに思えた。そうすれば自分も病気になり気が違ってしまうのだろうか。母親は一体どうやって父親の病気を治しているのだろう。

袋小路に入り追い詰められてしまった小動物のように、郁男は落着きなく手の平をながめ、怯《おび》えたような眼であたりを見まわした。

同じではないのかもしれない。

今晩、一晩眠ってしまえば、この棘は同じこの棘ではなくなってしまうのかもしれない。もしも明日の朝、手の平の、この同じ場所に同じ黒い一文字の棘が刺さっていたとしても、それは今ここに刺さっている棘とはちがう棘で、そして手の平も本当は別の手の平になっているのかもしれない。

手の平を開いたり閉じたりして棘を見つめながら、郁男はそんなことを頭の中で、ぶつぶつといつまでも呟いていた。

郁男はベッドの上でまた頭を支点にして、ぐっとブリッジをして掛時計を見上げた。七時十分前だった。もうすぐ母親が声をかけにくるはずだった。

ブリッジをしたまま郁男は首に力を入れ、じっと時計の白い文字盤に眼をこらしていた。二本の黒い長針と短針に重なり追い越して、金色の秒針が滑るように文字盤の上をまわっている。その単調で音の無い動きを逆さまにじっと見つめていると、見つめている視線が次第にその動きの中に溶けて行って、まるで秒針がまわりつづけることがいつまでもつづき、そしてそれはその秒針が永久に止まっていることと何も変わりがないような、そういう不思議な気持に郁男はとらわれた。

しばらくそうやって時計を眺め、そして郁男は母親に声をかけられる前にベッドから出て着換えをして、ダイニング・キッチンに出て行った。

母親は流しに向って朝の支度をしていた。郁男の足音がすると母親は振り向いて、おはよう、と言い、郁男が一人で起きて来たことをオトナになったと讃《ほ》めた。父親の姿は見えなかった。母親は廊下の脇の部屋の方を指さし、パパはまだ眠っているから静かにするように、と言った。

郁男は素直にうなずいて足音を立てないように洗面所に行き、水を細く出しながら顔を洗った。

そしていつもの朝と同じように郁男は、ダイニング・キッチンのテーブルで朝食を食べた。母親が向いの椅子に座りパンを頬張っている郁男に色々と話しかけ、郁男は返事をしながら、眠っている父親をはばかるように時々小さい笑い声を上げたりした。しかしその間じゅう、訓練されてほとんど身についてしまった無意識の動作のように、郁男は左の手の平が母親の眼に触れないように、注意深く慎重にふるまいつづけていた。

食事を終えランドセルを背負って玄関に出て行く時に、後ろからついて来た母親が、今日の夕食はひさしぶりに三人で外に食べに行きましょう、と声をかけた。郁男はすぐには返事をせず、小さく口ごもった。そして、いってきますと大きな声で言ってドアを出た。

昨日、棘を刺した板塀の傍らを通り過ぎ、郁男は山茶花の生垣の所で足をとめた。昨日と同じように、蜂が一匹、しきりに花びらの中に潜りこんでは、またせわしなく這い出して来ていた。蜂は黄色と黒の縞模様《しまもよう》を鮮やかに腹に巻いていた。

郁男はまた歩き出した。そして毎日往復している道の周囲を、珍らしいもののように見わたした。昨日とは、風景の色や匂いがどことなくちがっているような気がした。

少し首を傾げ、郁男は歩きつづけた。そしていつものように、白い家の角を左に折れた。坂道を下り切り、小さな十字路の所で郁男はまた一瞬足をとめ、考えるような眼をした。十字路をまっすぐ行けば学校だった。しかし郁男はすぐに何気ない素振りで左に曲がった。それは大きな公園に行く方角だった。

公園の入口を入り郁男は広い駐車場を突っ切った。その向うに自然の沼を生かして作った大きな池があるのだった。いつも遊び場にしている公園だったが、郁男はまるではじめて来た国の土を踏みしめているように、緊張した顔をして歩いていた。公園の小径《こみち》で会社に行くらしい背広姿のおとなと何人もすれちがったが、郁男は急ぎ足に脇目もふらず池に向った。

池の縁に郁男が立つと、たちまち四方八方から水面に筋を引いて一斉に何十匹もの錦鯉が足もとめがけて集って来た。餌を貰《もら》いなれているこの池の鯉は、人影を見つけるとそうやって素早く餌を求めて岸にやって来るのだった。郁男は錦鯉が好きだった。タイショウサンシキ、マツバオーゴン、シュースイ、ギンリン……。図鑑で覚えていくらでも錦鯉の名前を言うことができた。

池の縁にしゃがみ、ランドセルを傍らに下ろして郁男は錦鯉の顔に見入った。眼が大きく丸く、鼻の長い鯉の顔はテレビで見たことのある真黒くうるんだような眼をした競馬の馬の顔に似ていた。鯉は郁男の足もとで押し合いへし合いし、互いにのしかかり合うようにして水面に大きな口を突き出して郁男に餌をねだっていた。それがまるで叫び声を上げて郁男に呼びかけている表情に思えた。

ポケットに手を入れ、郁男は小径の脇の植込みからもぎり取って来た小さな木の実を一握りつかみ出して池にまき散らした。たちまち餌を取り合う騒々しい水音がおこり郁男の顔にも水しぶきがかかった。郁男は地面に膝をつき左腕をのばして手の平を開いたまま重なり合いのしかかり合っている鯉の群の中に突き入れた。人に慣れている鯉は逃げもせず餌を取り合いつづけ、動物の大きな舌にでもなめられているように鯉のなめらかな皮膚が郁男の手をあちこちから柔かく撫ぜまわした。餌とまちがえて吸いこもうとする鯉の口が、いく度も指先をくすぐった。

しばらくそうやっていて郁男は水の中から手を引き上げた。そして左の手の平を眼の前にかざした。親指のつけ根には同じように黒く一文字が沈んでいた。

郁男は納得がいかないという顔で首を傾げた。

今朝、眼を醒ますとすぐに郁男は、この池の鯉を思い浮かべたのだった。人に慣れた鯉は、いつも餌をやる郁男の指に大きな口で柔かくかじりついて来た。なぜかその鯉の口が必ず手の平の棘を吸いこみ抜き取ってくれるにちがいないと、郁男はベッドの中でそう思いこんだのだった。鯉にならむ、むろん棘のことを知られてもかまいはしなかった。

足もとの水中で次の餌をねだるように錦鯉の群が上になり下になりして円を描くように泳ぎまわっていた。見下ろすと、まるでそこに珍らしいもう一つの世界があるように、ふと郁男には感じられた。

郁男はまたポケットに手を入れ、木の実をつかみ出して水面にまいた。たちまちまた激しい水音が起こり、餌を奪い合う鯉の背が水上にまで盛り上がって荒々しく尾ビレの音を上げた。郁男はその群の中にまた左の手を入れた。

郁男は、何度も何度も同じことをくり返した。

手の平の棘は無くならなかった。けれどもそうやっているうちに次第に郁男は、自分が同じ自分ではなくなり、母親や父親の子ではなくなって行くような奇妙な感覚が体の中に広がるのを感じていた。水中に手を入れている自分が何かの抜け殻のようだった。

その時には、何も思いを残さずにあっさりとあきらめてしまおう。そうすれば何もかもが一時に解決するのだ。

佐竹司郎はそう思った。

その気持の後ろ側には、ある計算もないわけではなかった。それは、あきらめるということによって、その代価に自由を、いわば絶対の自由とでもいうものを手に入れられるかもしれない、ということだった。

ある時は会社のデスクで書類に眼を通しながら、ある時は夕飯の食卓で妻や娘の何気ないその日の話に耳を傾けながら、一日のうちに必ず何度か、司郎は頭のどこか別の部分でその考えにふけった。しかし、むろん考えにふけることと、胸の奥底の実際の気持とは、なかなかすっかりそのまま重なり合うというわけにはいかないのだった。

ある朝、いつものように妻に見送られて玄関を出て、そして駅のプラットホームで会社に向う電車を待ちながら、司郎はまた考えにふけっている自分に、はッと気がついた。朝のホームは、決して満ち引きの運動をやめない海岸べりの波のように、また今朝も人で満ちあふれていた。

あきらめる、というその考えの中心にあるものは何だろう。それが実際に手で触ることのできる物のように、もう少しで眼に見えて来るような気がした。何を、あきらめるのか、その「何」が、はっきりと眼に映って来そうな気がした。

昨日、昼すぎに会社のデスクにかかって来た電話の声が、初め司郎には誰のものなのか、分からなかった。

Mだけれども……。

電話の相手は丁寧語を使わずに、親しげにそう言った。

サタケ君だろう。良かったよ、もう昼食に出てしまったかと思ったんだけれど。

司郎は返事の言葉を澱《よど》ませて、Mという苗字が誰のものだったろうか、としきりに頭をめぐらせた。

そしてMが電話の向うで司郎の戸惑いを察し、からかい気味の軽い口調で学校の名を出し、そこで、あァ、あのMか、と思い当ったのだった。

しかし、司郎が苗字を言われただけで、すぐにMに思いつかなかったのは、当然と言えば当然だった。Mとは小学校で六年間、同じクラスだったが、卒業して以来一度も会ったことも話を交したこともなかった。そして、それからもう三十年以上にもなるのだった。

Mはある地方の会社をやめ、このごろ偶然、司郎の近くの会社に再就職をしたということだった。そして、それもまた偶然、小学校の別の友人から、司郎が近くにいることを知らされた、と電話までの事情を簡単に言った。

Mの口調は三十年という時間を無視するように、子供の時そのままのぞんざいで馴れ馴れしいものだった。受話器の声を聞きながら、司郎は親しげという感じよりも、突然、街頭の人混みの中で肩を叩かれたような戸惑いと、微《かす》かな不快を感じた。三十年という時間を一気に跳び超して、互いの体温を感ずるような近しい話し方をすることには、どこかに無理な、覆いがたい故意の匂いがあるのだった。

何かの因縁だろうね、こんなに近くの会社に勤めることになるなんて。どう、今晩でもどこかで一杯やらないか……。

今晩ですか……。

曖昧に答えながら、司郎の頭の中にMと自分とが、たった二人きりで谷の底にたたずんでいた時の情景が、不意に現れ出て来た。小学校の何年生かの遠足だった。

その頃、司郎は山の中の、小さな温泉宿の村に住んでいた。週末になると登山電車や観光バスが、遠い大きな町からしきりに客を運び、はき出し、また連れ帰って行く。しかし、普段の日は、子供の眼にもどこか気の抜けた、だるいような物寂しい村だった。

小学校はその村のはずれにあった。一学年が一クラスか、せいぜい二クラスしかない、小さな学校だった。

遠足の日、いつもの朝よりも早い時刻に学校に集まり、リュックサックに水筒という型通りの姿で、司郎たちは校門から一塊《ひとかたまり》になってぞろぞろと歩き出した。校庭から毎日見上げている、猫の背のように丸く大きな盛り上がった山の頂上が遠足の目的地だと、担任の女教師から聞かされていた。

そして山の中に入り、狭く険しい勾配を子供同士ががやがやとにぎやかにふざけ合いながら上って行くうちに、司郎はふと、傍らにMの姿しかないことに気づいた。いつの間にか、先生もクラスの友だちも、まるでかき消えてしまったようにあたりに見えなくなっていたのだった。司郎は、一瞬ぼんやりとした。そして、ぼんやりとしたままの顔で、Mの方を見た。自分たちが、まるで方角の分からない山の中に二人だけ取り残されているということが、うまくのみこめなかった。ただ頭の中を、今まで感じたことのないような、妙な感情が薄い雲のようにゆっくりとよぎって行った。不安ともつかない、体のどこかを痺れさせるような感情だった。

人影のない山道は、急にひどく静まりかえり、口を利くのが恐ろしいような気がした。声が不吉なことを呼び起こしてしまうようなおびえが走った。Mの後ろに大きな木の薄黒い幹がのっそりと立っていた。Mも黙りこんで、ただじっと司郎の顔を見つめているだけだった。

薄黒い幹の傍らに、巨大な亀の甲の形の岩が伏せていた。岩の表面は剝げかかった苔で斑《まだら》に汚れていた。

司郎はわざと身軽な仕種で、その岩の上に跳び乗った。そういう仕草をした方が良さそうに思われた。

岩の向う側は谷だった。その谷をはさんだ向いの林の中に司郎は眼を凝らした。しかしどこにも動く影はなく、人の声も聞こえてはこなかった。

誰も見えないかい。

背後で突然Mがそう言った。その声が礫《つぶて》のように不意に司郎の背中に打ち当った気がした。

見えないよ。

ふり向かずにわざと何でもない風をして、司郎は言った。しかし、わざとであっても一度声を出してしまうと、胸の中の殻が破れでもしたようにひどく気が楽になった。

どこへ行っちゃったのかな、みんな。

そう言って司郎は岩から跳び下りた。

迷っちゃったんだろうか、僕たち。

Mは木の幹にリュックサックを押しつけるように寄りかかったまま、不安そうに言った。迷う、という言葉は恐ろしげに司郎の耳に響いた。しかし、自分が口に出すのではなく、Mの方からそれを言ってくれたことがどういうわけか、司郎の気持を落着かせた。

何とかなるさ。

おとなのような口ぶりで司郎は言った。そして、みんなは多分こっちの方角に行ったにちがいないから、探しに行こうとMに提案した。

すぐに見つかるよ。そんなに遠くへ行ってしまうわけはないさ。

Mは黙って司郎の後について歩き出した。

しかしまだそれほども歩かないうちに、事態がかえって悪くなっている気配なのを司郎は内心で認めないわけにはいかなくなった。

急な上りの山道は、いつの間にかだらだらと緩《ゆる》い下りになっていた。山の頂上が目的地なのだから、下ることは道をまちがえている可能性が強かった。しかもその道も次第に両側からのび出す藪で、厚く行手を塞《ふさ》がれ、歩きつづけるためには、まるで立ち泳ぎでもするように両手で前方をかき分けなければならなかった。

背後から、やはり司郎と同じように藪をかき分けるMの物音がついて来た。ふり返って、Mに相談をしてみたかったが、しかしそうすればただMを自分以上に不安にするだけのような気もした。

藪が終りさえすれば、何とかなる。

司郎はそう思い、両手で顔の前を払って歩いた。Mがついて来ている以上、引き返すわけにはいかなかった。

黙々とただそうやって歩いているうち、いつの間にか司郎はMに腹を立て出していた。Mが忠実に自分の後を追って立てる物音が、ひどく魯鈍な音のように耳につき、何ともいえずうっとうしかった。まるで司郎の失敗を見届けてやろうと、あてつけにただ黙ってついて来られているような、そんな気持が胸の中にむらむらとわき上がり、抑えることができなかった。Mが声をかけて来ないことが、わざとそうしているようで無性に腹立たしかった。

ふと上を見上げると、前方の大木の枝と枝の間に、大きな蜘蛛の巣がかかっていた。蜘蛛の姿は見えなかった。その主のない巣に水滴がガラス玉のように並んでとまり、かすかに揺れながら鈍く光っていた。

司郎は思わずすくんだように足を止めた。その途端、背後のMの物音もやんだ。夢中で歩いて来た司郎は、その蜘蛛の巣によって突然、自分たちの居場所を眼の前にあからさまにつき出されたような気がした。

蜘蛛の巣の上空には、大木の枝のうっそうとした繁みが何重にも折り重なり合って光を閉ざし、まるで巨大な洞穴のようだった。司郎たちは谷の中にいるのだった。その谷の作る洞穴の奥へ奥へと、司郎たちは今、下りて行こうとしているのだった。

司郎たちの歩いているのは、既に道ではなかった。司郎たちは、ケモノ道の跡絶えた、更《さら》にまたその奥の森にまで踏みこんでしまっているのだった。

これ以上は進めなかった。

司郎はMをふり向いた。自分の顔が歪《ゆが》んでいるのが、ありありと分かった。声を出せば泣き出してしまいそうだった。

どうするつもりなんだよ、一体。どうしてくれるんだよ。

Mは耐えていたものを噴き上げるように、悲鳴を上げた。どうするつもりだ、どうしてくれるんだと、とめどなく何度も何度もくり返し叫び、司郎を詰《なじ》った。

きみのせいだぞ。佐竹君。きみのせいだからな。

胸まで藪に埋め、司郎を指さしてわざとのようにMはキミと言いサタケクンと、そういう他人行儀な言い方で言いつづけた。

キミノセイダゾ。サタケクン。キミノセイダカラナ。

Mの言葉がそんな風に司郎に聞こえた。そして気がつくと、二人は藪の中で袋小路に入れられた二匹の無力な小動物のように取っ組み合っていた。

Mと揉み合い、突きとばし合い、眼を血走らせてそうやっている間、体のどこかがだるいような気がした。気持と体とがこすれ合い、カラカラと空回りをしていた。しかし、まるで生まれ落ちた時からの仇敵ででもあるかのように、最悪の言葉で罵《ののし》り合い、全身を震わせて司郎は相手を打ち倒そうとしているのだった。


電話を置き司郎は、あの時のMが今日そのままの姿で、不意に眼の前に現れたように思った。谷の取っ組み合いは、いくらもやり合わないうちにオーイ、オーイという谺《こだま》のような声が上空のどこかから聞こえ、それが引き返して司郎たちを探しに来た担任や友だちの声だと気づいた途端に終った。

しかしあの日のことも、Mとのことも何も終ってはいないのかもしれない。

今晩でも――、というMの誘いを二日後にのばして、その日の夕方、司郎は会社が退《ひ》けると家には戻らずに、方角の違う私鉄の路線に乗った。灯のつきはじめた窓の外を見ながら、司郎は、今日は上の娘の誕生日だったと、Mには何も関係のないことを不意に思い出した。

その私鉄の終着駅の町に、Jが住んでいた。

そのことを一週間ほど前に、やはり会社へのJ自身の電話で司郎は知った。

大学に入りしばらくして、司郎はJと出会った。Jは司郎とは学部も違い、年齢も大分上だった。入学して数ヶ月たった頃、司郎が学生食堂で独りで昼食を食べていると、向いの席にアルミの盆を音を立てて置いた男が、突然、親しげな口調で話しかけて来た。

きみが佐竹君かね。かの優秀なる——学部に、最優秀なる成績をもって入学して来たという……。

食事に熱中していた司郎がびっくりして顔を上げると、学生にしては妙に老けた感じの、中年のように人生の疲労と物分かりの良さそうな表情を同時に浮かべた男が、ニコニコしながら司郎を見つめていた。

なぜぼくのことを知っているんですか。

司郎の質問には答えずに、男は、自分がJという名前の者であると名乗った。そして、もう何年も前に卒業すべきはずなのだが、どういうわけか一向に出て行く気配がない。もっとも、きみのような優秀な学部と違い、わが劣等なる——学部では、出て行く先の当てもそうそうはないという事情もあるが……。

司郎が訊ねもしないことを、Jは機嫌良さそうに一方的に喋《しゃべ》り出した。優秀とか劣等とか、どぎつい単語を口にしたが、その口調には卑下やてらいの空気がまるで感じられないのだった。

ずるずるとこうやって居坐っているうちに、今ではこの学内の大ていのことは、知らないことがなくなった、というわけさ。

Jは、自分が司郎のことを知っているのは、不思議でも何でもない、という、どこか子供らしく自慢するような口調で言った。

入学してまだ日が浅く、親しい友人もなかった司郎に、Jの人なつこく気さくな雰囲気は、ひどく魅力的だった。そして、その日から毎日のように司郎はJと話をし、酒を飲み交わすようになった。

Jが齢上の風を全く感じさせなかったことも、司郎とJの交わりをますます深めさせた。

ある日、いつものように学生相手の飯屋でビールをはじめ出し、まだそれほども飲まないうちに、

Ｊが妙に改まった口調で、きみはコイをしたことがあるかね、と言い出した。Ｊの変に生真面目な口調も、その上、コイというウブな言い方もおかしくて、司郎は思わず笑った。笑うことはないだろう。

Ｊは本気にムッとしたように言った。

Ｊさん、今、レンアイでもしているの。

司郎は訊いた。その頃はもう齢上のＪとそういう相対の、隔てのない言葉遣いをするようになっていた。

あァ、そうなんだ、実は。

Ｊは老けて見える顔を少年のようにはにかませた。そして、そういう会話の時の決まりごとのように、司郎がからかい、Ｊは口ごもりつつ、時々は顔を紅らめて防戦一方にまわる、という経過になった。

惚れっぽいんだなァ、おれは。すぐに惚れて夢中になって、度を失ってしまう。きみは、そんなことはなさそうだなァ、佐竹君。きみはいつも冷静だからな。冷静が一番さ。きみが羨《うらや》ましいよ。

酒がすすむにつれて、Ｊは本気でそう思っているというように言った。

それに、大体おれの場合は恋愛と呼べるような高尚な代物ではないんだ。

Ｊは謙遜とも自己卑下ともつかない、しかし不思議にわざとらしい嫌味を感じさせない、身についた口調で喋りつづけた。

惚れるとね、おれはすぐにあっちのことばかりで、頭の中がいっぱいになってしまうんだよ。肉のことばっかりでね。精神的なことなんて、実にあッという間にけし飛んでしまう。それでいて、女の前ではケッコウ良い格好だけは必死に繕っているんだから。嘘のカタマリだね、おれの恋愛なんて。

誰だってそんなものだよ、多かれ少なかれ。

司郎はまるでJよりも年長者のように、言った。

しかしJは、そうかなァ、といつものようには簡単に納得せず、話を切り上げようとはしなかった。どうも、おれの場合だけは他の人間とはちがっているような気がする。特別汚れているような気がするんだよ。

執拗にJは言い張った。

特別汚れている、――Jのその言い方が、司郎の耳に妙に強く響いた。それは一方ではJのやや滑稽な自意識のようにしか思われなかった。しかし、もう一方その時司郎は、Jのように、年齢不相応なほど自分をわきまえ、自然に一歩引いた姿勢を身につけているような人間が、やはり、自分を特別なものと考えているのかと思い、ふとそこに、小さく裏切られたようなこだわりを感じたのだった。Jは、自分を負の方向に思いなすやり方を確実に知っている。しかし、やはりJもその負の絶対値をいつもその中年然とした体の内部で大きく育てつづけているのではないだろうか。

その日は恋愛論議で、夜の更けるまでJも司郎も散々に酔い、結局司郎はJのアパートに泊まりこむことになった。

いじめっ子っていうのがあるだろう。

学生アパートらしく四畳半一間だけの、乱雑に散らかったせまいスペースに布団を敷き並べ、そこから亀の子のように二人並んで首を出して、枕もとに酒を置いてまだ意地汚なくちびちびと口をつけながら、Jは不意にそんなことを言った。

おれは子供の時、ずっと、そのいじめっ子っていうやつだったんだ。しかもいつも女の子ばかりをいじめる、タチの悪いいじめっ子だった。いや、一応はおとなっていうことになった今だって、おれは何も変わっていやしないのかもしれない。

アルコールで、いかにも気持のおさえが利かなくなっているという風に、Jは司郎が聞いているのかどうかにはお構いなしの口調で独り言のように喋りつづけた。

いつもとは形勢があべこべになってしまった——。司郎は内心そう思った。Jはいつも聞き役のはずだった。司郎の方が好き勝手に話題を投げ、オダを上げ、気まぐれに別のことに移り、そして結局大方は自分のことばかりをJに聞いて貰《もら》うという、それがJとのやりとりの習いのようになっていた。Jはその中年ぽい容貌にふさわしく、司郎を受け止め適当に相槌を打って話を一層展開させる役割だった。J自身もその役割を楽しんでいる風だった。

日頃とは逆の風向きに戸惑い、司郎は隣りのJの横顔をちらちらとうかがった。そして、すっぽりと自分の中に入りこみ動きそうもない相手の様子に、あきらめてその夜はJの話に相槌を打つことにした。

Jは相変わらず独り言のように、ぼそぼそとした声で司郎の初めて聞く、身上話風のことを喋りはじめた。

おれが村の小学校に通い出した頃、上の村に突然、私立のしゃれた学校が建ったんだ。

おれの家があった下の村は、谷底の小さな部落で貧乏人ばかりだったけれども、上の村は景色が良くて観光客も呼べることもあって割に豊かだった。いや、そんなことはどうでもいいんだ。その上の村に突然できた学校っていうのは、女の子の学校だった。女の子ばかりの学校っていう、それがいけなかったんだ。

下の村のおれたちは、たちまち気持がタダではすまなくなってしまった。しかもその学校の女の子たちは、毎日学校への行き帰り、いかにも奇麗で品の良い紺色の制服を着て、下の村の脇の小道を歩いて行くんだ。

制服の女の子なんて見るのは、生まれてはじめてだった。信じられないほど可愛らしい女の子たちに見えた。そして、女の子たちの姿を見るのが、おれはいやだった。いや、女の子がいやだったんじゃない。まだおれは小学校に入ったばかりの、ほんの小さな子供だったけれども、それでも紺の制服の女の子を見ると必ず自分の気持が変にマガマガしい具合に、歪んだ感じになるのが分かっていて、そういう自分の気持が息苦しくていやだったんだ。

Jは司郎の相槌も耳に入っていないような顔で、時々無意識に酒を口に運びながら喋りつづけていた。

ある日、下の村の子供たち三、四人で小道を棒切れかなんか、いつものように振りまわして歩いていたら、突然、紺色の制服に行き会ってしまったんだ。

二人だった。一瞬、内心でおれは、しまった、と思った。確かに、しまったと思ったんだ。まずいことになってしまった。そう思った。女の子に何かしてしまう。何かしないではすまなくなってしまう……。

しかし、そう思ったのは一瞬だけだった。小道はとても女の子たちとすれちがえる幅はなかった。それに紺色の丸い帽子、紺色のふわっとしたジャケット、紺色のスカート、それはどれもみんな、どきどきするほど可愛らしくて魅力的で、今の自分に当てはめれば、煽情的という言葉がぴったりだった。

ひどいことをしたんだ……。

Jは言葉を切り、一瞬、司郎を見た。しかしすぐに視線を戻し酒の入ったコップを口につけた。

一口、口に含み飲み下して、Jはまた話をつづけた。

追いまわして悲鳴を上げれば上げるほど夢中になった。手がつけられないほど興奮していた。多勢に無勢の、しかも女の子が相手だというのに。いや、それどころか、圧倒的に自分たちが優位だということが、興奮をますますひどくしたんだ。

足がすくんだ、二羽の兎みたいに逃げることもできなくなってしまった女の子を木の幹に押しつけて、散々、口に出せないほどひどいことをした。思い出すと、今でも手の平にその時の感触が、そのまま貼りつけられたように取れずに残っている気がする。

それでもようやく、そのうちに自分たちの悪さに疲れて女の子たちを解放した。

その後に、丸い帽子と靴が片方、落ちていたんだ。女の子は、二人とも多分、恐怖で泣くこともできなくなってしまっていた。そして逃げながら無意識のように、二度、三度、その帽子と靴を振り返った。

歪み切って表情を失った、いびつに曲げられたお面のような顔だった。

その顔を見た瞬間、あッと思ったんだ。とてつもなくひどいことをした。そのことにようやく気がついた。そして、それと同時に、自分が何だか最悪の、断崖の突端か、抜け道のない袋小路にでも追いつめられて、そこで身動きができなくなってしまっている。そういう気持が理由もなく、ただどッと押し寄せて来たんだ。こっちこそ女の子を追いつめて散々悪さをしつくしたというのに。

腹這いで喋りつづけていたJは、その姿勢が苦しくなったとでもいうように、布団の中でもぞもぞと体をねじって司郎の方に横向きになり、頬杖をついた。

その時おれたちの中の一人が、突然、調子はずれの声で、一心に逃げて行く女の子の背中に向って歌い出した。

視線を布団の裾の方に落としてJは言葉をつづけた。

カーラース、ナゼナクノ、カラスハ、バカダカラア……。

何度も何度も、そいつは同じ文句を、それこそ自分の方がバカにでもなったようにくり返した。子供心にも、ひどい低劣な歌い方だった。寒気がするほど低劣なセリフだった。しかし、おれは自分では一緒になって歌う気はしなかったくせに、内心では、もっとやれ、もっとでかい声で歌え、何度も何度もいつまでも歌い、怒鳴りつづけろって、そう思っていたんだ。声が途切れたら、その瞬間に自分がたった一人で深い穴倉の中にでも転がり落ちて行ってしまいそうだった。恐くてたまらなかった。

Ｊは頬杖をついたまま、まるでそこに司郎がいることに初めて気がついたとでもいうような表情をして、眼を見開いてまじまじと司郎の顔を見つめた。その表情は暗いものだったが、しかしどこかに子供のような、あどけない当惑が漂っているようにも、司郎には思えた。

Ｊは枕もとに手をのばし酒のコップをつかんで、照れたように意味もなくそれを司郎の方に一度突き出してから、ごくりと飲み下した。

何だか一人で変なことを喋っちまったようだな。

Ｊは言った。いつもの中年ぽい、わけ知り風の表情に戻り、その表情をくしゃくしゃと歪めて照れ笑いをした。

司郎は黙ってＪの顔を見返した。そしてふとわけもなく、そのＪの見慣れた表情の上にひどく怖ろしいものを認めたような気がした。

Ｊの幼時の体験が、それほど特別で深刻なものとは、司郎には思えなかった。口に出せないほどひどいこと、とＪは言い、具体的に何をしたのかを言おうとしなかったが、やはりそれは、小さな子供にはありがちな性の通過のやり方の一つではなかったのだろうか。司郎にはそれ以上のものには、想像されなかった。

しかし、一体Jというのは、どういう種類の人間なのだろうか。

司郎はJから眼を逸らし、枕もとから自分のコップを取って口に当てた。

誰にもあるような、こういう幼児の性の体験をJは一体どんな風にして一人で温め直し煮つめ直して、Jだけの、誰とも異っている禍々しく異様な風景に刻み上げて行ったのだろうか。

Jが一人で喋りつづけている間の、ただ自分の中にだけ深く深く潜りこんで行くような表情が、コップの酒を飲み下しながら司郎の眼の中に甦り、その表情の内側にあるものを、Jの行為そのものよりも遥かに怖ろしいものに司郎は思った。

佐竹君よ。

Jが隣りの布団の中から、いつもの少し老人臭い、のんびりとした口調で呼びかけて来た。

おれはどうも女は苦手だよ。向うもそう言うかもしれんけどね。

くっくっとJは笑った。

女を愛するっていうのは、みんな気軽に言ったり本に書いたりするけれど、むずかしいもんだよなア。おれにはどうもそんなことはできそうにもないよ。

眠そうな声でJは言い、そして言い終ると軽い寝息を立てはじめた。

それからしばらくして、司郎たちの大学は学生会館の建設をきっかけにして、急に騒然としはじめた。大学側の方針にどの学部の自治会も納得せず、反対、粉砕の立看板が大学の中を埋めた。全学ストライキや大学封鎖で闘っている他の大学の例がしきりに学生たちの話題に上った。

司郎もJも、会えば必ず興奮と共にストライキや封鎖のことを語りあった。飲み屋ではなく、学生食堂の出がらしの茶を飲みながら、いやそれどころか、校庭の隅のベンチの上ででも、何時間でも熱っぽい口調で話しつづけることができた。

血が騒ぐとは、こういうことかね。こんな年になるまで、ねばって大学に残っていて良かったよ。

Ｊは殊更、中年ぶるような口調で、そんな冗談を言ったりした。しばらく前から授業はほとんど満足に行われることがなくなって、代りに毎日、学内の至る所で大小の集会が開かれ、赤旗を飜《ひるがえ》してデモ行進があり、ハンド・マイクのシュプレヒコールの声が一日中祭りの広場のように鳴り響いて、あたりの空気を否応なく浮き立たせていた。

しかし、そのうち次第に司郎はＪと会うことが間遠になって行った。それは主としてＪと司郎との学部が違うことが原因だった。

学内に何の運動もなかった時には、学部の違いは問題ではなかった。特にＪは滅多に授業に出るような学生ではなかったので、司郎の都合にいつでも合わせることができたのだった。しかし皮肉なことに、学生会館をめぐる反対運動が起き、それが進み広がるにつれて、学部ごとに運動のやり方が次第に際立って違って来、Ｊと司郎とは自分の所属している学部をかえって強く意識させられるようになって行ったのだった。

そして学部ごとに学生たちが強く縦割りにされるような雰囲気は、それぞれの学部の自治会に異った党派の活動家が入り、競合をしはじめることで、ますます強まって行った。

Ｊと司郎とは、話しながら互いに相手の反対を引き出して会話を壊さないように、注意を払い合うようになった。ほんの小さなこと、例えば封鎖の期日を学生大会で決議された当日からとするか、それとも翌日からとするか、ストライキ実行委員の人数、それは偶数であるべきか奇数であるべきか、そういう種類の話題を二人は避けなければならなかった。しかし、それは同時に、二人の間に会話を交わす材料がなくなってしまう、ということでもあった。そして全学ストライキ、封鎖が決行され、Ｊと司郎とがますます運動に入りこむにつれて、二人はほとんど会う機会がなくなって行ったのだった。

たまに学生食堂の入口などですれ違うと、Ｊは以前と変わらない表情で、ガンバッとるかね、などと言い、司郎も言葉を返したが、それで軽く手を上げて別れることになるのだった。

封鎖がはじまってから、何週間かがたった。その間、いく度も明日、いや今夜にでも機動隊が学内に入って来るのではないかとしきりに取沙汰されたが、そのたびに何事もなく終った。しかし敷地内の門も校舎の出入口も全て椅子や机で頑丈に閉した大学の中に立て籠り、特別に何もないまま日が過ぎて行くことは、中にいる司郎たちをかえって不安な気持に追いやり、感情を不安定な状態に置くことになった。

小さな考え方や方針の違いで口論が起き、小ぜり合いがそこここでくり返された。そして気がつくと、いつの間にか司郎たちはＪのいる学部を最悪の憎悪と敵対の感情で見るようになっていた。

ある夜、自治会室にいた司郎たちの所に、Ｊのいる学部の近くで小ぜり合いが起きている、すぐに集まって行ってくれ、と大声で知らせて、一人の学生が飛びこんできた。

真暗な敷地の中を、片手に角材を持って走りながら、司郎はその場にＪがいないで欲しい、と思った。Ｊのあの口調や顔中を崩した笑い顔が、振りかぶり合う角材の上に重なるのは、ひどくいやな気持がした。しかし、もしもＪがいたら、それはそれで仕方がないと、胸の中の半分では思ってもいた。

Ｊはその場にいた。Ｊの学部の自治会室を背にして、Ｊは十数人の人垣の一番前に仁王立ちに立っていた。

乱闘にはなっていなかった。二つの集団が、それぞれ黒い塊を作ってにらみ合い、角材で互いに地を烈《はげ》しく突いて威嚇し合いながら、大声でてんでに怒鳴っているのだった。

司郎と一瞬、眼が合った時、Ｊは何の表情も浮かべなかった。憎しみ合っている他人の中の一人、ただそういう者を見る眼つきで、司郎は見られたような気がした。しかしJにとっても、司郎の表情はやはりそういうものとしか見えなかっただろう。

にらみ合いは長くつづかず、誰かの一言か一つの仕種で、たちまち角材を振い合う乱闘に陥って行った。

気がつくとJが司郎の眼の前にいた。

サタケ、キサマァ。

Jは声と一緒に肩の上に斜めに振りかぶった角材を打ちおろそうとしていた。Jの顔が息のかかるほど間近に迫って感じられた。

形相が変わっていた。しかしJのその表情に司郎は見憶えのあるような気がした。

司郎は夢中で角材を横なぎに払った。カッという小さく固い手応えがして、Jの角材が飛んだ。口の中で何かを低く叫び、Jは右腕を体の中に抱えこむように、その場にうずくまった。

その瞬間、司郎は、しまったと思った。自分にも意味が分からず、ただ胸の底を不意に鋭く突かれでもしたように、しまった、と思った。

その夜からまた、司郎はJと会うことはなくなった。学生食堂や校庭で姿を見かけることも、すれちがうこともなかった。Jの消息を誰かに訊ねることも気が重く、司郎は結局そのままにしてしまった。

一ヶ月ほどたった頃、まるで予定されていたスケジュール通りとでもいうように、機動隊が大学の中に入り、バリケードは破壊され、封鎖はきれいに破られてしまった。

司郎はしばらくしてからまた始められた授業に出るようになった。しかしJはそれきり大学には全く顔を見せなくなった、と司郎はJの学部の学生から聞いた。

大学を卒業し司郎はごく普通の学生として就職し、毎日会社に通うようになった。

しかし、時々、司郎は何かの拍子に、自分が胸の中のどこかでJからの連絡を待っているのに気づいた。会社の仕事は、司郎の青年らしい好奇心を毎日のようにかき立て、つらいとも退屈だとも司郎は感じなかった。むしろ我を忘れたようにのめり込んで行く自分の気持が、快かった。しかし、のめり込んでふっと一息をついた時、司郎はデスクの電話機を見つめ、その変哲もない機械が、Jからの連絡を伝えて来るような予感の中にいるのだった。

司郎はJからの連絡が欲しいのではなかった。いや、むしろこのまま消息が永久になければ良いとさえ、内心、思っていた。どこかで自分がJに対しておびえていることを、司郎は意識していた。Jを裏切ったのではないか、という気持が胸の底から離れて行こうとしないのだった。

自分が一体、Jの何を裏切ったというのだろうか。

司郎は時々、一人になったような時、頭の中でぐるぐると思いを廻らし、考えこんだ。

Jを角材で打ったことだろうか。それともJのように自分が運動に殉ずるように大学をやめずに、おめおめと普通の就職をしてしまったことだろうか。それとも他に……。

しかし、そのどれもとるに足りないことに思えた。どうしても裏切りに値するようなこととは思えなかった。ただ司郎の胸の奥底に、どうやっても流れ出て行こうとしないどんよりとした澱《おり》のように、Jへのおびえが冷たく沈んでいるのだった。

次の四つ角を右に曲がれば、電話で教えられたJのアパートがすぐにあるはずだった。

四つ角の手前で司郎は今にも立ち止まりそうなほど、足を緩めた。気が重く、ここで引き返した方が良いような気がした。ブロック塀のつづいている道の右手から、塀越しに雑木の繁みが陰気に乗り出しているのも、一層気を重くした。歩道の街灯には既に電気が灯り、繁みを白っぽく照らし出していた。

四つ角を曲がるとJのアパートはすぐに見つかった。

チャイムを押すと、待ち構えていたようにドアが開き、Jが、やァ、と笑いながら顔を出した。

待ちかねたよ。いや、それにしても遠路はるばる、実に珍客の御到来。二十年ぶり、いや、もっとになるかね、佐竹君。

はじめて学生食堂で顔を合わせた時と同じ口調で、二十年という時間を一足で跳びこそうとでもするように、Jは玄関口で一気にそう言った。

司郎の眼に、Jは驚くほど昔と何も変わらずに映った。顔じゅうを大きく崩すような笑い方、唇をやや突き出すような老けた喋り方、少しずつ大袈裟な物の言い方、何もかも、異様に思えるほどJは昔のままだった。

変わらんなァ、きみも。いや、少しは中年臭くなったかな。

部屋に入り、座るなりJは司郎を眺めまわしてそんなことを言った。そして早口に司郎の仕事のことなどを訊ね、面目ないが、自分はいまだに定職のない浪々の暮しなのだ、と大時代な言い方をした。

テーブルに向い合い、出された茶を飲みながら、しばらく昔話をしているうちに、Jは突然、何気ない口調で話の間に挿《はさ》み入れるように、金を貸してくれないか、と言った。そして余りに何気ない口調で、何を言われたのか一瞬、司郎が意味をつかみかねていると、返事を待たずに、すぐにまた別のことに話を移した。

テーブルからの立居振舞に、そのたびJが腰を大儀そうにねじるような奇妙な格好をするのに、司郎は気づいた。どこか具合を悪くしているのか、と司郎が訊ねると、Jは何でもないことのように、うん、これか、女だよ、と答えた。

オンナダヨ、というその言い方が司郎の耳に、はッとするほど生々しく卑しいものに響いた。Jは二十年以前、どれほど自己を卑下するような物言いをし、自分を劣等扱いしてみせても、一度もこういう卑しい響きで言ったことはなかった。司郎は内心でそう思い、思わずJの顔を見返した。名誉の負傷というのか、男の勲章というのか、二年前まで一緒に暮していた女と痴話喧嘩が昂じて、そのお土産がこれというわけだよ。女と暮すなんていう柄にもない真似をした報酬かね。

一緒に暮していた女性との、腰を痛めそれが後に残るほどの激しい諍《いさか》い。それは一体どんなものだったのだろう。分別臭く受身で話を聞き分けるのが常だったJからは、その情景は想像もつかないもののように司郎には思えた。そして、適当な年齢に結婚をし、今、世間と大して変わることのない生活を営んでいる自分の暮しを、司郎は内心でふと顧みもした。

このごろは余り飲まないのだけれど、今日は珍客だから、一杯いこう。

Jはそう言い、遅くなってしまうからと断ろうとする司郎に、半分無理強いするように、どうでも飲ませずにはいない、と冗談ばかりでもないように、恐ろしい顔を作った。

Jは司郎の水割りのグラスに、向い側から乱暴にドクドクとウイスキーを注ぎ足し、自分のグラスにも同じ手つきで休みなく注いだ。異様に思えるほど昔と変わらなく見えたJは、いつの間にか別の人間に化身したようだった。

この指が痛いんだよ。今でも時々、疼《うず》いてたまらないんだ。

Jは右手の薬指を、左手の指でさすり、つまむように司郎の眼の前に差し出した。

どうしてか知っているかい。憶えていないかな。二十年と少し前、きみが思い切り振りまわした角材が、おれのこの指の骨を見事に砕いた。そういうわけさ。骨はついたが、ロクに動きもしないで、ただ痛いだけさ。これもおれの数々の名誉の負傷のうちというわけかもしらんね。

Jは見せびらかしでもするように、薬指を司郎の眼の前に差し出したまま、しきりに左手の指でぐるぐると小さく動かした。そうやっているとまるで何かをしきりに楽しんでいるようにも見えた。

Jは自分を探していたのだ。

司郎はそう思った。

あれからずっと、片時も忘れずに自分を探しつづけていた。そうにちがいない。

そしてそれは、考えてみれば当り前のことのような気がした。

きみはおれを裏切ったんだよ、佐竹君。

案の定のように、Jはそう言った。そして気がつくと、Jはテーブルを回って司郎の隣りに座っていた。

きみはおれを裏切った。

近々と司郎に顔を寄せて、Jはまたそうくり返した。

自分でもきみはそう思っているんだろう。だからきみは今日、ここに来たんだ。

胸倉にJの手がかかり、そこに力がこめられるのを、司郎は感じた。

だが、きみはなぜおれを裏切ることになったのか、理由を知るまい。知っているはずがないんだ。教えてやるよ。おれもそれを教えてやろうと思ってきみを待っていたんだ。

Jは低い声で言った。しかし一瞬言葉が途切れた時、なぜか胸倉にかかったJの手の力がゆるみ、力なく離れ落ちるのを司郎は感じた。

バカバカしい……。

感情のこもらない、呟《つぶや》くような声でJは言った。

バカバカしいことさ。

Jはもう一度呟いた。そして突然、興ざめしたような白っぽい表情になると、椅子から立ち上がり、テーブルの向い側に戻った。

金を貸してくれよ、佐竹君。

酔った挙句のしつこさをむき出しにして、Jは何度も司郎に、頼むよ、とくり返した。

裏切りっていうのはね、佐竹君、きみはおれになることは永遠にないっていうね、結局そのことなのさ。むろん、おれだってきみになることはないのだけれど……。

Jは奇怪なことを呟いた。

おれは女になることはないんだから、女を愛することなんか、はじめからできっこない相談さ……。


二日後、会社が退けると司郎は約束通り、Mと待ち合わせた割烹料理屋に足を向けた。Mが時々利用しているというその料理屋は、司郎の会社からも歩いて十分ほどの所だった。

歩道は帰宅する人間たちであふれかえっていた。人波を縫って歩きながら、司郎はふと、そう言えば、今日は下の娘の誕生日だったと思った。司郎の二人の娘たちは、誕生日が二日しか違わない。そしてJと会いMと会うのが、ちょうどその娘たちの誕生日に当っているのを、司郎は妙な符号のように感じた。子供たちがこの世に生まれて来たその日を読んだように、二十年余、三十年余の過去が甦り、立ち現れて来たのではないかというような、そんな気持がした。

しかし、それはむろん大袈裟な考え過ぎなのにちがいない。

司郎は歩きながら小さく頭を振り、そして今年は二人の娘の誕生日両方に早く帰宅してやれないから、後で相当手キビシイことになるだろう。少々の小遣いでは済まないかもしれない、とそんなことをぼんやりと思った。

駅に向う道から一本通りを外れ、ビル街の裏に入ると、人波は急に姿を消し薄暗くなりはじめた街路は物寂しいほどだった。そしてその街路の空気の中に、司郎はどこか憶えのある匂いを嗅いだような気がした。

Ｍと二人であの谷の中にいたのは、季節はいつだったのだろう。

空気の匂いから誘い出されるように、司郎は記憶を手繰り寄せた。あの時も今と同じ、初夏の、植物の緑臭さにあふれた湿った空気が顔の前に漂っていたような気がした。

司郎はどこか、自分の意志と体とがちぐはぐになっているような気がしてならなかった。Ｍに会おうとしてこうやって今、ビルの間の街路を歩いているのではなく、自分がただ何か、――物体となった時間のようなものの力によって操られて動いているのに過ぎないような、そんな感じがしきりにした。

料理屋の前で、司郎はちょうどＭと一緒になった。

料理屋の格子の開き戸に手をかけていた小柄な男が、後ろで立ちどまった司郎の気配にふり向き、確かめるように少し眼を細めて、佐竹君……、と小さな声で言った。Ｍ君……、と司郎も応じた。

三十……何年ぶりになるかな。

三和土《たたき》の脇の小上りに上り、おしぼりでていねいに手を拭きながら、Ｍは懐しげにそう言った。

Ｍは鼻の下に小さく髭をたくわえ、ちょっと見には昔のＭという見当がつかなかった。眼の配り方の端々、言葉の切り方の小さな余韻に、司郎は子供の頃のＭの姿を当てはめ思い出そうとしたが、どうにもうまく記憶の中の残像と眼の前のＭとが結びつきそうにもなかった。

きみは変わらないな、佐竹君。面影っていうのかな。一目見た時に、すぐに昔の顔がいっぺんに甦ってきた。不思議なもんだね。三十年以上もたっているというのに。
司郎に酒を差し、せっかちな手つきでしきりに自分でも手酌で飲みながら、Mは一人で納得するようにうなずいた。

F先生……憶えているだろう。

あァ、あの担任だった……。

むろん司郎は憶えていた。あの遠足の日、クラスを引率した担任の女教師が、F先生だったのだ。

亡くなったよ、去年。

Mはそう言った。そして、きみは小学校の時のつき合いなんか余りしていない方だろうから、知らなかったろうけど、とつけ加えた。

司郎はそのことを知らなかった。しかし、もう相当の高齢だったろうと思い訊ねると、八十歳近かったろうな、多分、とMも覚束なそうだった。

きみは来なかったけれど、三、四年前にクラス会をやってね、ぼくが幹事みたいなことをしたんだけれど、けっこう集まった。その時、F先生も来たんだ。そしてね、ちょっと感動的なことがあった。何だと思う、とMはもったいぶり、ふざけかかるように司郎に言った。そのMの言い方は、既にMが三十年余の時間を司郎にはおかまいなしに、すっかりまたぎ越えてしまっていることをあらわに示すようだった。

いや、わからないよ。見当もつかない。

司郎は仕方なく笑いながら、自分も少しぞんざいな口調になった。

F先生はね、クラス会のその場で突然、出席を取りはじめたんだよ。昔、朝礼の時に取ったそのままのとおりに、しかも名簿も見ずに、空でね。全く昔そのままそっくりで、アイウエオ順に呼んでわれわれも一人一人、ハイッと返事をしたわけさ。一人の呼び忘れも、まちがいもなかった。一人残らず、今でもF先生ははっきり憶えているんだなァ。

Mはまるで自分の自慢話をするように、そう言った。

何だか絵に描いたように感動的なシーンで、女の子なんか涙ぐんでいたが、ぼくも大袈裟かもしれないが、突如タイムマシーンにでも乗せられてしまったような感じで、実にあれは不思議な体験だった。

その話をきっかけに、Mはその日の感動の記憶を、今ここでもう一度タイムマシーンに乗る梃子《てこ》にでもしようというような勢いで、ぐいぐいと酒を飲みはじめた。

K先生もY先生もN先生も亡くなってしまったよ。生徒の方の訃報はまだないけれど。こっちの方も、もう十年もするうちには、きっとちらほら聞こえて来るだろうけどね。

KもYもNも、司郎の記憶の中からは出て来なかった。しかしクラス会の幹事を務めるほどあの小学校の時代に愛着を持っているMの言葉にまちがいがあるはずもなかった。司郎はただ黙ってうなずいていた。

Mのペースにつられるように司郎も相当飲み進み、自分でも酒の肴の昔話をいくつも口にしながら、ふと司郎は吸いよせられるようにMの顔に眼を凝らした。

向いに坐っているMの顔は、今までと、まるで別人のもののようだった。一瞬、司郎は何かに化かされでもしたように、ぼんやりとした。しかし別人の顔のMは、自分では全く何事もないように、相変わらず少しせっかちに酒を口に運び、煙草に火をつけたりしていた。

そして次の瞬間、司郎の頭の中でカチリと音をたてるように、Mの顔の輪郭がはっきりと隈取《くまど》られた。眼の前にいるMこそ、確かに三十年余り前の、あのMだったのだ。虚しい迂回を経た後のように、司郎は思わず胸の中で吐息をついた。

死ぬほど恐ろしかったよ、あの時は。今でも思い出すと体の奥が震え出すような気がする。

Mが子供のような少し甲高い声で言った。

あァ、やっぱりそうだったのだ。

司郎は三十年前と同じに、上眼遣いの眼を、しきりにまばたきさせているMの顔を見ながら、そう思った。

Mはおれを探していた。探しつづけていたのにちがいない。

司郎は無意識に自分のぐい呑みに酒をつぎ足した。

きみはひどいことをしたんだぜ、佐竹君。きみはぼくにどんなことをしたのか、分かっていないようだけれど、ぼくはきみを許してはいないのだよ。

Mの声はますます甲高く、それに何かで研《と》がれでもしたように神経質に細く鋭くなっていくようだった。

あの時、谷の中には次第次第に霧が出はじめていたのを、きみは憶えていないだろう。きみの後について歩きながら、ぼくはまるでミルク色の奈落の中に引きずりこまれ、溺死させられてしまうような恐怖感で今にも叫び出してしまいそうだった。しかしきみはそんなことには全く無頓着で無神経だったんだ。

霧は、司郎にはまったく憶えがなかった。しかしMが、そんなことで作り事を言うはずもなかった。そう言えば良かったじゃない。あの時、なぜきみはそう言わず、ただぼくの後をついて来たんだ。

司郎はそう言った。

言えば良かっただって。

Mはいかにも軽蔑しきったような薄笑いを浮かべた。

だからきみは無神経なのさ。何度もぼくは言ったよ。後ろから何度も何度もきみに呼びかけたじゃないか。きみは自分の考えに夢中でぼくの声なんかに関心がなかったのさ。

あッ、と思い、司郎はMの顔を見返した。確かにMの言う通りだったのかもしれない。Mの声を背中に聞き落としていたのかもしれない。しかしそのことよりも、Mが三十年余り前の表情の、その濃い輪郭の中からじっと司郎を見据えている眼つき、それをどこかで見たことがあるような気がした。

そしてそれが、自分は特別汚れていると言い、ただひたすら自分の中に深く深く入りこんで行った時の、あのJの眼つきであることに、司郎はすぐに思い当った。

Jも確かにこの眼をしたのだ。そしてこの眼を見た時、司郎は、何かこの世のものではない生き物が、まるで粗い生垣を通り抜ける風ででもあるかのように、自分の体を通り抜けて行くような気がして、思わず言葉にならない冷たい怯《おび》えを感じたのだった。

いや、そうではなく、Jの眼もMの眼も確かにこの世のもの、余りにもこの世のものだった。そうであるからこそ、それは司郎の体の中を吹き抜くように通って行ったのにちがいない。

ぼくはきみを許さないよ、佐竹君。どうしても許すわけにはいかない。

三十年余り練り上げつづけて来た物体を、ごとりと音を立てて落としかけるように、Mはそう言った。

司郎は何かに操られるように座布団からふらふらと立ち上がり、しかし腰を泳がせて、すぐにまたもとの場所に坐りこんだ。いつの間にか、酔いが体の芯まで浸しているようだった。

眼を上げると、Mも向いがわで体の底から上って来る酔いをじっとこらえるように、銚子や小皿の散らばった机に片肘をつき、深く首を垂れていた。黒々とした量の多い髪の毛をこちらに向け、うつむいたまま小さく肩で息をついているMの姿は、司郎にふと、そこにうずくまっている一匹の動物を連想させた。それが何の動物なのかは分からなかった。しかしMの眼にも自分がそういう姿に映っているのにちがいないと、司郎は思った。

短篇小説

青山

階下の物音が、いつの間にか途絶えていた。さっきまで聞いていた音楽のテープを切って、玲は一階の自分の寝室で、もう眠ってしまったようだった。

ホタルノヒカリ　マドノユキ

玲はこのごろ、日本の抒情唱歌、というタイトルのテープばかり、一日くり返しかけている。テープの歌の名残りが、私の耳にまだ残っていた。近所の飼犬が、しきりに鳴いている。その声が耳の中で、ホタルノヒカリ、の旋律に重なり、妙に神経に障る騒がしさで響いた。

座卓の上の置時計を見ると、もう十二時を回っていた。

私は読みさしの本を座卓に伏せて立上がり、足音を忍ばせて階段を降りた。

玲の寝室の襖《ふすま》を細く開けると、常夜灯の仄暗《ほのぐら》い光の下に、夏布団にすっぽりと体をくるんだ玲の顔が、ぼうっと浮いていた。よほど深く寝入っているのだろう、玲は枕に置物のように頭を載せ、呼吸の気配も感じられないほどだった。

体が入る分だけ、もう少し襖を開け、私は部屋に入ってしばらくの間、玲の仰向けの寝顔を見下ろしていた。それはいかにも静かで、無心な寝顔だった。きっちりと閉じられた両瞼《りょうまぶた》。小さな影を作る鼻。薄く開いた口。私の子供の眠っている顔、というよりも、眠りというものそのものが、そこにただ置き放しになっているようだった。

玲の寝顔は、見るたびにいつも私に、そういうしんと静かな、どこか懐かしい匂いのする抽象画のような世界を想い浮かべさせた。無心というものの姿を、眼の下に見ているようだった。

玲の部屋を出て、台所で水を一杯飲み、私はまた足音を忍ばせて二階に引き返した。

座卓を寄せてある壁のガラス窓を引き開けると、それを待ち構えていたように、また甲高い犬の声が入って来た。夜の闇に怯《おび》える赤ん坊の泣き声のように、犬の声はキャンキャン、キャンキャンと、なかなか止まなかった。夏の終りの生温い空気が、網戸を通してぼんやりと流れ込んで来た。

あの夜にも、どこかでこういう犬の鳴き声が響いていたのではなかったろうか。

数えると、もう十年以上前の夜だった。

その日に私は、ちょうど十五年間勤めた会社を辞めたのだった。今日と同じ、夏の終りの日だった。玲が寝静まるのを待って、深夜、私は、私の妻、玲の母親である里津子と、そのころ住んでいた団地の一室で向かい合った。私たちの間には、四角い小さな卓袱台があった。卓袱台の上に離婚届の用紙だけが一枚、白く載っていた。

その夜が里津子と私の長い諍《いさか》いの、最後の諍いの夜だった。小さな卓袱台と一枚の白い紙を中にはさんで私たちは、長い間ぶつけ合って来たその同じ言葉を、はじめての事新しい言葉のように、我を忘れてまたぶつけ合った。罵《ののし》りの、憎しみだけの言葉が口から噴き出し、その意味のなさに嫌悪感が湧くのだったが、言葉は止まなかった。罵り合い、そして憎々しげな視線を私たちはその夜も、互いの体になすり合いつづけた。

離婚は、お互いに分かり切ったことだった。里津子と別れ、玲と二人の暮らしをするために、私は会社を辞めたのだった。言葉をぶつけ合う必要など、もうどこにもなかった。しかし向き合えば、憎しみの言葉を投げつけ合わずにはすまないような、私と里津子とはそういう沼にはまりこんでいたのだった。

リョウノコトヲ今マデ少シハ考エタラヨカッタンダ。アンタガイツモイツモ仕事ニ逃ゲ出シテ、自分勝手ナコトバッカリヤッテキタカラ、家ガコンナニ滅茶苦茶ニナッテシマッタンダ。

と里津子は叫んだ。

オマエハ結局、何一ツワカッテイヤシナイ。

私は叫び返した。

リョウノコトヲ考エタラ、モウコレ以上オマエナンカトヤッテユケルワケガナインダ。

叫び合うたびに、絡《から》まり合う憎悪が互いの肉の中に、紅色の毒々しい姿をした肉腫のように、一層深々と喰い入って行く。それが、眼に見えるようだった。ぶつけ合う言葉ではなく、ただその肉腫が眼に見えた。そして憎しみの火が一度燃え上がれば、二人ともなぜ最初にその火が起きたのか、もうまったく思い出せもしないのだった。火の中に翻弄されながら、私たちは、リョウ、と叫び、リョウ、と叫び返した。しかし私たちに見えているのは、玲ではなく、ただ自分の憎悪なのにちがいなかった。

私と里津子との間に生まれた子供、玲は、この世の知恵の中に入って来ようとしない子供だった。生まれて二年を過ぎ、三年、四年、五年を過ぎても余所《よそ》の子供のように喃語《なんご》も、おとなの口真似の片言も喋り出さず、自分では服の脱ぎ着も、スプーンや箸でまともに食事を摂《と》ることもできなかった。皿の惣菜を手づかみで握りつぶして、口になすりつけ、そしてただ、いつまでも嬰児の姿のまま哺《ほ》乳壜《にゅうびん》を口にくわえ、昼となく夜となく家の中をはぐれた幼い獣のように走り回るのだった。名を呼んでも振りむきもせず、抱きとめようとする私たちの腕を脇を向いたまま払いのけて、玲は走り回り、その間、ただおうおうと甲高い吐息のような奇声を家の中に響かせた。そうしてその奇声は、深夜、不意に弾け返るように泣き叫ぶ悲鳴に変わり、電灯をつけ、方途なく見守る私たちの胸を脅やかした。

里津子は毎日毎日、その玲の背中を呆然と、眼を血走らせて追いつづけた。床や畳の上に所かまわず流し出す玲の小便を、追いかけてはただ雑巾で拭った。玲をどうすれば良いのか見当もつかず、しかしただ玲の後を追い、玲について考えつづけた。

毎日、外に仕事に出かける私にも、無論、何の見当もつかず、何の答えもなかった。医者に連れて行くことも、連れて行くということが、親の私たちの慰めになるだけだった。どの医者も、情緒障害、自閉的傾向というような診断をしたが、しかしそれを治療するための具体的な答えを持っている医者はいなかった。今はまだ医学的な治療方法がない、とはっきり言った医者の言葉が、一番信頼が置けそうな気がした。しかし外で仕事をしている胸の奥底で、私は眼の前にいない玲について、空しい手さぐりをやめることができず、ただ考えていた。

玲は私と里津子とをきりきりと、ただひたすらきりきりきりと考えさせつづけた。それは否応のない、強力な力だった。そうしてまたそれは無論、玲自身には何の意図も責任もあることではなかった。玲はこの上なく無力ないのちだった。余所の子供のように玲は私たちに何も話しかけも、訴えかけもして来はしなかったが、しかし私たちはたったの十分も、この世に玲を独りにしておくことはできないのだった。何とかしなければ、いつかはやって行けなくなる。このままではきっと何かが起ってしまう。里津子も私も胸の底で、絶えずそう怖れていた。しかし、方法は見つからなかった。

そして気がつくと、毎日毎日、私と里津子の話すことは、ただ玲のことばかりになっていた。

玲を一体どうすれば良いのだろう。

玲の言葉は、どうすれば出るようになるのだろう。

玲の、あの小便をどうしたら良いのだろう。

深夜の奇声でいつも睡眠不足の血走った眼をつき合わせ、私たちはぐるぐると同じ話の回りを回りつづけた。偶然のように玲が便所に入って小便をした朝、私と里津子とは突然広々と何かが開け出したように思うのだったが、しかしその日の夕方には、玲はまた何も変わりなく部屋の畳を汚した。手ひどい裏切りに会った後のように、里津子は殊更《ことさら》に表情を殺し、無言でそこに雑巾を当てるのだった。時間が来れば、と私たちは時々、思いつきのように言い交した。時間が来れば、リョウも少しずつは変わってくるはずだ。けれどもそう口にすると、益々、今迷いこんでいる袋小路の霧が、身動きもできないほど重く黒々と体を抑えつけて来るように思われるのだった。

そうして玲の学齢が近づいたころだった。

ある日の朝、里津子が不意に私に言った。

コノゴロ、ヤットハッキリ分カッタンダケドネ、結局アンタハリョウノコトナンカ、何ニモ考エテイハシナインダヨネ、本当ハ。

私は里津子の言葉に少し驚いて、

フーン、

と口の中で言った。

私が驚いたのは、私が玲のことを何も考えていはしないと里津子が言った、そのことに対してではなかった。そうではなく、里津子にそう言われると、私もまた里津子のことをそう思っていたのではないかと、その自分の考えにその時、はッと気づいたからだった。

里津子ハ結局、リョウノコトヲ、本当ハ何ニモ考エテイハシナイ。

と私もまた胸の底で思っているのにちがいないのだった。

その朝も、夜通し奇声を上げつづけた玲の声で、里津子も私もほとんど満足に眠っていなかった。

仕事に出かけようとする玄関口で、私は里津子と、互いの正体をはじめて今ここでたしかめるのだ、というように、寝不足の眼をぎらぎらと交し合った。

玲ノコトヲ、アンタハモットチャント、真剣ニ考エルベキナンダ。ソウヤッテ、毎日仕事ナンカニ逃ゲ出シテ行カナイデ。

玲ノコトヲ、オマエハモットキチント、真面目ニ考エルベキナンダ。オレノ仕事ヲ逆怨ミナンカシテイルヒマニ。

視線を見合わせ、私たちは殊更に冷静な口調で、ほとんど同じ言葉を口にした。そして口に出してみると、それが一時の、売り言葉、買い言葉の詰《なじ》り合いではなく、実際に二人ともそう考えていたことが、眼の前にたしかめられるようだった。

そのころまだ私たちは、荒々しい大声で互いを罵り合うようなことはなかった。その朝も、私は里津子とその言葉を、高い声でぶつけ合ったのではなかった。しかしその時、私たちが相手の正体をたしかめようと、はじめてのように真剣にぎらぎらと向き合わせた視線は、ただ宙をすれちがって行っただけのようだった。

その朝が、私と里津子の長い諍いの、最初の朝だったのかもしれない。

玲のことを考えている。玲をどうすれば良いのか、玲は一体どうなって行くのかと、いつもいつも、そのことを考えている。

玲、というその一点で、私と里津子とは、同じ地平の方角に視線を向け、同じ一つのことを考えていると、当然のことのようにそう思っていた。

しかし、それこそが、本当は錯覚だったのかもしれない。

窓から犬の声が入って来る。嬰児の執拗なむずかり声のような犬の声が、里津子と離婚届をはさんで向かい合った、その夜の犬に重なる。おうおう、と泣きつづける幼い獣の声が耳の底に低く響いているのを、開け放した窓の前で私は聞いている。

私と里津子との間に玲という子供が生まれ、そうしてその誕生と共に生まれ育ちはじめた長い長い錯覚。

そうだったのかもしれない。

手にした器をわずかに傾ける。そうすると器の中にとろりと溜《たま》っていた油が、少しずつ少しずつ、地に流れ落ち、地表に黒い輪の形の染みを作る。油は次第に地表に厚く厚く貯まって行き、そしてある時ふとそこに落ちた小さな火の種が、一気に毒々しい形の炎となって、燃え上がる。

一枚の離婚届の用紙を置いた卓袱台を間に向き合って、里津子と私とは交互に、リョウ、と叫び、リョウ、と叫び返し、しかしその時、私たちの頭からは隣りの部屋で眠っている玲の、その置物のような寝顔は、余所の世界のもののようにすっかり消え失せていたのではなかったのか。

しかし今も憎しみの油の、黒々とした炎が窓の外の夜の中に、犬の声とまじり合い、燃えている。それは私の中に、私自身の体の一部となってしまった肉腫のように、暗く深々と根を下ろしている。

玲と二人で暮しはじめてちょうど二年程になったころ、里津子から葉書が届いた。

長い時間がたってしまいました。リョウさんに会いたいと思います……、とその葉書は短かく私の気持と都合を訊ねていた。

ナガイジカン。リョウサン。――ボールペンで記された、里津子らしい几帳面な文字が、葉書の中からじっと私を見つめているようだった。黒い火の種をにじり消すように、私は葉書を裂いた。

アンタハリョウノコトナンカ、何ニモ考エテイヤシナインダ。そう叫んだ里津子の眼。そのぎらぎらと光る視線を、私は今も許すことはできない。

開け放した窓の外に、様々な光景が、次々と浮かび上がる。里津子との記憶は、夜のこの暗闇が私の眼の中に運んで来たのかもしれなかった。

いや、それは夜の闇のせいなどではなく、私がさっき階下に降りて行って玲の寝顔をのぞいた、そのせいなのかもしれない。

玲の無心の寝顔は、枕もとで見下ろしている私の中に、何かの麻薬の作用のようにいつも陶酔めいた放心を導き出すのだった。そうしてその放心への罰のように、その後で必ず私に、ひりひりとした焦燥の匂いのする妄想をかき立てさせた。

縺《もつ》れた糸に、私はぐるぐると絡め取られて行く。

それはいつも、私のふと陥るかもしれない病いであり、不意に出遭うかもしれない事故だった。病気と事故、それが私の妄想の種だった。眠っている玲の無心が、しんと静かで、深ければ深いほど、それを見た後に、私は自分の病気と事故を怖れた。その時には、私は玲と共にいることはできなくなるのだから。そうして私は玲にそのことを理解させることは、決してできないだろう。

私が常に玲と一緒にいること。

里津子と離婚して以来、そのことを当然の、空気のような日常として玲に信じさせて来たのは、私だった。実際、十年余り、私は家の中にいる時も外に出かける時も、いつも玲と一緒にいた。

幼獣のように唸《うな》らずに、狩り立てられた野犬のように悲鳴を上げずに、走り回らずに、怯えた暗い眼で自分の手に歯を立てて血を流さずに、落ち着いて、安心して、この世をもう一度、眺め直してみたらどうだ。

玲と二人で暮らしはじめたころ、私は胸の中で玲にそう言った。この世は、おまえの眼がいつもそれに怯えているように、苦痛や、悪いできごとや、そればかりでもないはずだ。

言葉を交すことのない玲に、私は胸の中でそう訴えるしかなかった。

私は、この世の人間とできごととの前に、何の武装もなく、無力にぼんやりと佇《たたず》んでいる玲の傍に立って、この世と玲との仲介人か通訳の役を勤める者のように、玲にこの世を紹介し、この世の危険から何とか玲を護って行かなければならない。

玲と暮らすことを、私はそういう風な暮らし方として考えた。その考えは、毎日の、細々《こまごま》として、その分濃密な生活の中では、たしかに危うく細い綱をつたうようでもあって、しばしば切れかけようともしたのだった。けれども私はともかく大きな道筋ではできる限り、そういう考えで玲と暮らして来たのだった。

そうして、年月につれて玲は少しずつ、少しずつ、この世で暮らすことに向って歩き寄って来るように見えた。

自分の手の平に血の出るほど歯を立てること。家や街の中で突然、悲鳴を弾かせてはぐれ弾のように走り出すこと。そういうことが次第に間遠になって行くようだった。そして気がつくと、暗い眼の底から時々ふっと生まれて間もない赤児のように、無心な笑顔を私に向けて来る瞬間があるのだった。その笑顔は、私の凝った筋肉から、ふわりと一時に力を脱《ぬ》いてしまうようだった。

言葉なく、ただ不意に玲は笑った。そうして私はその場で筋肉と神経の、全身の力を奪われて一緒に笑った。

しかし玲と一緒に笑いながら、その一方で、その時、私の胸の底にはたしかに、私自身に得意顔で酔いかかって行くような感情が、ぶつぶつと湧き上がって来るのでもあった。自分の考えて来たやり方、この暮らし方、それこそが玲の中から、この無心な不意の笑いを引き出して来たのだという、そういう自惚《うぬぼ》れの得意顔。

玲の笑顔に、私はふうっと一瞬、何の思いもない私自身の無心な笑いの中に引き込まれるのだが、しかしその次の瞬間には、たしかにもうどこかから得意顔が姿をのぞかせている。

その時、私は微《かす》かに自分の自惚れに気づきはするのだが、そしてそれを恥ずかしいことに思いもするのだが、しかし得意顔の酔いから身を離すことは難しかった。

私の胸のどこかに、里津子への気持とは別の、罪の意識に似た、怯みの感情がひそんでいるようだった。里津子と私との間にどんな烈《はげ》しい諍いがあったにせよ、やはり結局は、事実として、玲から母親を失わせてしまったという、そういう心の怯《ひる》み。その感情もまた、私が私自身の酔いから身を離すことを妨げているようでもあった。

怯みから眼を逸らそうとするように、私は自惚れに酔おうとしているのかもしれなかった。

酔いの中で、私はその酔いの波に身を任せるように、ふと、ザマミロ、と呟《つぶや》くこともあった。玲の中から幼獣の名残りが一つ一つ消えて行く、そのたびごとに、私は勝利者の面持で、離婚して以来、一度も顔を合わせていない里津子に向って、そんな風に呟いているようだった。

家事を手伝わせることなど考えつくこともできなかった玲が、家の中で少しずつ少しずつ、私の見様見真似をしはじめて、食卓に茶碗などを運んで来ることがあるようになり、そのうちに、私の手を借りずにとうとう独りで自分の布団をはじめて敷き延べた晩だった。パジャマに着替えて、自分で敷いた布団に玲が心得顔に入って行くのを、私はその枕もとに立って見届けて、できたじゃないか、リョウ、エライぞ、と思わず声を躍らせて何度も讃《ほ》めた。そして、それじゃ、オヤスミ、と天井の蛍光灯を消しながら、思わず口に出して、ザマミロ、と呟いたのだった。そうすると灯りを消す私の手もとを布団の中から見上げていた玲が、私の言葉をいつものオウム返しに、ザマ、ミロ、と言った。

そういう瞬間もあった。私の中を、苦い笑いが通り過ぎる。

一つの妄想の後を追い、もう一つの妄想がまた立ち上がって来る。

私は窓の外の夜の底を、そこに見えないものを見分けようとでもするように、じりじりとした眼で見つめた。夜の底に点々と家があり、その家の中にいくつもの家族が、それぞれの姿で寝静まっている。そこにそれぞれの姿の、幸福と不幸とが見えるような気がする。そうして、そのどの家族からも私が遠く離れた場所にいて、役に立たぬ一匹の動物のように、何かを考えているような気がしてならなかった。

私はこうしている今も、玲に大きな罪を犯しているのかもしれなかった。私の病い。私の事故。もしもそういうことがあれば、私は今のように玲の空気であることなど、できはしない。私の考えや自惚れや、それとは何の関係もなく、私は玲と暮らし、玲を護ることができない時を迎えるかもしれないのだ。

そういう時が、あるかもしれない。

そのことを玲が知らないこと。それが底知れず、恨めしかった。玲が何も知りはしないこと。それこそが、私の罪なのかもしれなかった。


その夜から数日たち、私は玲を連れて東京に出かけることになった。玲の虫歯治療の予約が、その日にとれたのだった。

玲の虫歯の治療は、なかなか気の重い難問だった。

医者に連れて行っても、警戒し、怯えて固く口を引き結んで、診療の椅子に座らせることも難しい玲の治療を引き受けてくれそうな歯医者は、私たちの住んでいる東京隣県の小さな町には、見当たらなかった。そういう時には、やはり専門の診療所のある東京に出かけることになるのだった。

診療所は、地下鉄の早稲田駅の近くだった。

あしたは、虫歯の治療に、東京の早稲田に行くよ。

前日に、私は玲に、そう言って聞かせた。

ムシバ、ワセダ。

玲は私の顔を見ながら、いつものように私の言葉をくり返し、口を開けてたしかめるように、手の指で自分の前歯に触わった。下見に一度、連れて行ったので、早稲田という地名と虫歯治療とは、玲の中ですぐに結びついたようだった。

ちがう。前歯じゃなくてもっと奥。この奥歯だ、と私は玲の口に指を入れて、虫歯の歯をおさえてみせた。

玲は、オクバ、と言ってその歯を自分でおさえ直し、大して関心のなさそうな顔つきで、また音楽のテープを聞き出した。

明日、どういう目に遭うのか、おまえにはわかっていないようだな。

私は胸の中でわざとからかうような口調で言った。明日行く、その専門の診療所では、歯を削っている間に患者が暴れ出したりしないように、手足を専用の拘禁帯で縛りつけ、その上に軽いものではあるが、麻酔薬も射つ。そうやって手足を固定して眠らせた上で、開口器という金属の器具で玲の口を開いた状態に保つことになっているのだった。

下見の時、玲を診療室のソファに待たせて、私は医師に頼んで自分でその拘禁帯で手足を縛ってもらい、開口器で口を開いてもらった。治療のベッドの上で、私はふと何かの映画で見たことのある、懲罰房の囚人を想い浮かべた。

しかし、それらの器具も処置も、玲のように言葉で聞き分けることのできない患者を安全に治療するためには、是非必要なことにちがいなかった。私は玲を安全に治療してもらうために、方々に聞き合わせて、やっと東京のその診療所を探し当てもしたのだった。一見、玲が可哀想に思えても、とにかくやらなければならないことだった。そして、今放っておけば、将来必ず、もっと大がかりな、全身麻酔を使うような治療が必要になるのにちがいないのだった。

歯を削ってもらって、そうして麻酔が醒めればそれで済むのだ。たかがムシバのことじゃないか、とも私は思ってみるのだったが、しかしやはり治療の手順はもちろん、なぜ治療が必要なのかすら、言葉でまったく理解しないままベッドに縛られ横たえられる玲への不愍《ふびん》さが、胸の隅に消えなかった。

大分以前に、予防注射の必要で、私が玲の体をおさえつけ、医者に注射を射ってもらったことが、二、三度あった。体をのしかけてベッドの上に玲をおさえつけていると、それまで怯え切って必死に身悶《みもだ》えしていた玲が、ある瞬間、ふっと力を抜いて私の顔を見上げたことがあった。そのあきらめたような表情は、それからも何回か、私の頭に甦えることがあった。

痛みや恐怖を、言葉で聞きわけるという方法を持っていない玲は、その代りに、あきらめる、という方法を持っているのだと、そういう風にも私は思ってみることもあった。

私たちの住んでいる町から早稲田の診療所までは、電車を乗り継いで、二時間と少しかかる。予約は午後の一時からだったが、空いた電車を選ぶために、私たちは早目に家を出た。

電車に乗ると玲は空いた座席には眼もくれず、手近なドアの広い窓ガラスの前に、ガラスに額を擦りつけるように突っ立って、そのまま立ち通した。それが、電車の中の、いつもの玲のやり方だった。窓の外に流れて行く風景を眺めるのに、座席からでは飽き足りず、玲はいつのころからか、ドアの、大きなガラス窓の前を自分の決まった居場所にして、終点まで立ちつくすようになった。

一人でシートに腰を下ろし、駅で買った新聞を広げながら、私は二、三日前にかかって来た電話をぼんやり思い出していた。

その電話は、玲が十歳のころ、ようやく通い出した特殊学級の、二、三年下のクラスにいた子供の母親からだった。里津子はその母親と気が合って、頻繁に家を行き来もしていたようだった。

私が里津子と別れ、玲が中学校を卒《お》えてS学園という療育施設に通うようになって、一年ほどたったころ、その子供が偶然、同じS学園に入園して来た。小学校の時の縁で、私はそれ以来、時々、彼女と互いの子供のあれこれを電話で訊ね合うようになったが、玲がS学園を卒えてからは、滅多に連絡もなくなり、その電話は久しぶりだった。

彼女の子供もS学園を卒え、今は近くの福祉作業所に毎日通っているということだった。

その電話は、とりたてて用件のあるものではなかった。ただ互いの消息をたしかめ合うだけのことだったが、それでもやはり久しぶりに小学校の思い出話などにもなって、大分長くなった。

話の中途に、彼女はふと思い返すような口調になって、それにしても里津子さんたちが離婚するなんて、あのころ私たちは夢にも思わなかったんですよ、と言った。

だって里津子さんはいつも、まるで趣味みたいに、何かというとダンナ様のことばかりだったんですから。

里津子さんは、趣味ダンナなんだって、私たちの仲間はそんな冗談を言っていたぐらいなんですよ。だけど、里津子さんはあんまり趣味が嵩じ過ぎて、それで疲れ切ってしまったのかしら。

それ以上は深入りすまいというように、終《しま》いは笑いに紛わす口調で彼女は言い、話はそれ切りになった。

その母親の、以前と変わらない少し少女めいた、他意のない口調が、電話の切れた後、私の中に薄い澱《おり》のように残った。

里津子さんは、まるで趣味みたいに……。

自分の趣味を話すように、自慢話でもするように、私の話をいつもいつも、という彼女のその口ぶりが、耳の底に残った。

玲が小学校の特殊学級に通い出したころ、もう既に私と里津子とは毎日のように詰り合い罵り合い、棘々《とげとげ》しい目つきで沈黙し合うようになっていた。何人かの私の友人に里津子は私を非難する電話をかけ、それが私の耳に伝わって来たこともあった。

あの人の本心は、玲を施設か何かに一生押しこめて、捨ててしまいたいのだ、仕事の邪魔になる玲を金でそうやって始末する気なのだと、そうして私を建前だけきれいごとを言うウソつきだと、わざわざ私の友人に会いに行って、そう言いもした。心配したその友人から、おまえの所は一体どうなっているのだ、と訊ねられて、私は里津子のそういうふるまいを知った。

私に、他に好きな女がいるのにちがいない、それであたしと玲を捨てるつもりなのだとも、里津子が別の私の友人に言ったようなこともあった。

しかし、私に電話をして来たその母親は、里津子さんだって、それはもちろん他の女と同じに、ダンナの悪口を楽しみにする所はあったけれど、でも結局はいつも、自分の夫が玲に何を買って来たとか、こんなことをして遊んでやったとか、障害児療育の本を山のように積み上げて片端から読んでいるとか、そんな話に必ずなってしまうヒトだったんですよ、と言った。

あんまりオノロケ話に聞こえて、冷やかすと本気で怒ったりして、と彼女は笑った。その当時の、私の仕事の小さな成功まで、彼女は里津子から細々と聞かされていたようだった。

ダンナが趣味のヒト、みんなそう言ってたんですよと、母親は何度か同じことを言った。

不意に、謎をかけられた気持がした。

里津子は、私の友人と里津子自身の友人とには、逆の話をしていたことになる。

里津子からはむろん直接聞いたこともなかった私は、電話口で面食らい、うまく返事ができなかった。

しかし電話を置いてしばらくすると、それは夫と妻の間では、あり勝ちのことのようにも思えた。つまり妻というものは、夫の味方に対しては夫をこきおろし、自分自身の仲間に対しては、夫を大きく見せたがる、そういう習性を持っているもののようにも思えた。

けれども、そう思いながら、私の中で謎は更に別の方向に向って深まった。

自分の友人に私のことを、まるで趣味のように話していた里津子の、その気持は一体どこから出て来ていたのだろう。非難であれ、自慢であれ、里津子はどうして私のことを、そんなにも烈しく見つづけたのだったろう。

それは私たちが夫婦であり、私が里津子の夫という存在だったからか。つきつめれば結局、夫婦という、そういう関係にいたからなのか。

それならば、その夫婦という、一対の男と女とは、一体何なのだろう。

非難も、自慢も、結局は憎悪にまで、私たちの間ではどろどろと煮つめられてしまった。憎悪にまで互いを煮つめずにはおかない、それが夫婦というものだろうか。

それとも、それは私たちが異様な、特別な夫婦であった、その結果なのだろうか。

里津子が私を見つづけ、私の話をしつづけたように、たしかに私もまた、自分と暮らしている女、妻として、里津子を見つづけていた。私は里津子を他人に非難したり自慢したりはしなかったが、それは今思えば、自分の胸底の泥沼を他人にのぞかれたくないという、私の小さな見栄からだったのにちがいない。里津子が私を憎んだ、その同じ分量だけ結局、私は里津子を憎んだのだから。そうして私の憎悪もまた、私が里津子を見つづけた、その結果にちがいないのだ。

私と里津子とは、今から思えば、互いに手を取り合うようにして、憎悪の泥沼の中にずぶずぶと足を踏み入れて行った。そういうことなのだろう。

互いに関心を持ち合うこと。まるで自分自身の肉体と思いなすようにまじまじと、熱っぽく、烈しく相手を見つめつづけること。その視線は、私たちの間に玲がいるというそのことで、益々、否応なく熱を高めて行ったのにちがいない。相手を見つめれば見つめるほど、玲を見る相手の視線が自分のそれとほんの少しでもちがうこと、それを私たちは、背信や裏切りにでも出遭ったように、互いに許すことができなかった。リョウ、と叫び、リョウ、と叫び返して、その叫び合いの中で、私たちはみるみる相手の裏切りと罪科とを残酷に、寸分の容赦もなく摘発し合うようになって行ったのではなかったか。……

夫婦という関係を結んだ一対の男女。その関係の中で、互いの関心の温度は、それがどこまでも否応なく高く高く昇って行き、そうして結局は必ず里津子と私のように、憎悪という沸点を迎えてしまうのだろうか。

それともそれはただ単に、私たちがまだ若くて、未熟な夫婦だったという、それだけのことに過ぎないのだろうか。

烈しく互いに関心を持ち合い、しかしそれは決して憎悪にまでは煮つめられることのない、そういう夫婦の関係、夫婦の愛と呼ばれるものは、一体、本当に可能なのだろうか。

それが謎として、私の胸の底に残った。

電話の母親が言ったように、里津子は、本当は幼獣の玲の後を追いつづけることのためではなくて、私を見つづけること、そのことの果てなさに疲れ切ってしまったのかもしれない。そうして私もまた疲れていた。

ドアの窓ガラスを離れて、玲が通路を横切って私の方に歩き寄って来た。そして今まで立っていた窓ガラスの外を指さし、ヒ、と言った。私が座席からけげんな顔で見上げると、立ったまま私の手をつかみ上げ、私の指で外を差させて、もう一度、ヒ、と言った。

あァ、火だね。煙突の火だ。オレンジ色の火だ。

ようやく意味がわかって、私は言った。

電車の線路沿いに建っている電力会社の巨大な工場の、その高い煙突の先端から扇形に、オレンジ色の炎が燃え立っていた。以前こうやって東京に出かけた時、玲がいかにも不思議そうにしげしげと見入っていた、その宙空の炎の光景を、あれは煙突の頂上で火が燃えているのだ、家のガスコンロと同じ火が、宙で燃えている、そういう火もあるのだ、と教えた。私の言葉がどれだけ通じたのか、それはわからなかったが、今、玲の中にその、ヒ、という言葉が甦ったようだった。

玲は納得した面持ちで、ドアの前に戻って行った。

早稲田の診療所に着き、治療室に入って、何度も尻込みし、ためらった挙句に、ようやく玲が治療用の細長いベッドに横になると、看護婦が気持をあやすようなやさしい声をかけつづけながら、手足を素早く拘禁帯ですっぽりと包んだ。

あっけなく手足の自由を奪われ、ベッドの上で空しく身悶えする玲の口に、笑気ガスのマスクが当てられ、腕に麻酔薬が射たれた。

しかし、体質のためか、麻酔はなかなか利いて来ず、玲の身悶えはかえって烈しさを増して行くようだった。

看護婦が何度も玲の顔をのぞきこんでは首を傾げ、私に当惑気な視線を向けた。

手足の自由を奪われたまま、玲は眼を吊り上げ、全身をくねらせて、ガス・マスクをふりもぎるほど首を左右に烈しく振りつづけた。その玲の腕を拘禁帯の上から力いっぱいおさえつけながら、私はあせるような気持の中でふと思いつき、玲に、イチ、と呼びかけた。

リョウ、イチ、と私が大声で呼びかけると、まるで反射運動のように、透明なマスクの中で玲の口が、イチ、と動いて私の言葉を反復した。

ニ、と私は言った。烈しく首を振りつづけながら、それでも玲はまた、ニ、とくり返した。

一時期、何度も数を数えることを教えて、玲は今では、百までは数を追うことができるのだった。私が、サン、と言い、玲がオウム返しに、サン、と言い、それからは私が眼でうなずくと、そのうなずきへの反射のように、玲は左右に首を振りつづけながらも、独りで、シ、ゴ、ロク、と数えつづけた。そうしているうちに、玲の首振りは次第に緩慢になっていった。

六十を数え過ぎたころ、必死の光を浮かべていっぱいに見開かれていた玲の眼の、黒目がふっと泳ぎ、数を数える声が不意に止んだ。泳いだ黒目が瞼の裏に向って、すいと吊り上がった。

あッ、と私は思った。それは麻酔が利いた徴《しるし》だとすぐにわかった。

しかし、反射運動のように玲に数を数えさせ、眠らせたこと。そうやって玲の逆手を取ってしまったというような、そういう嫌な気持がその時、小さく胸の中に走った。ベッドの向いで待っていた医者に、看護婦が、利きました、と安心したように言った。

麻酔が利かなければ、治療をはじめることはできない。そして虫歯の治療はたしかに玲のためなのにちがいない。

しかし数を数えさせることを思いついたのは、本当に玲に向けての気持からだったろうか。私はただ、あの看護婦の当惑顔に急き立てられてそうしたのではなかったろうか。

玲のために、という私の気持の中には、ただそればかりでないものも、たしかに浮かんでいるようだった。つながらない思いが、つながらないまま胸の中にあった。これからもこうやって玲の逆手を取ることがあるのかもしれないと、ぼんやりそういう予感がした。

玲はそのまま眠りつづけ、医者は順調に虫歯を削って、治療は三十分足らずで呆気ないほど簡単に終った。とりかかるまでの騒ぎが、ウソのようだった。

医者の指示通り、麻酔が完全に醒めるまで玲を部屋のソファで休ませた後、私たちは診療所を出た。玄関から道に出ると、玲は自分なりに解放をたしかめるように、いつもよりも足早にスタスタと歩きはじめた。一週間後に、削った歯に金属をかぶせるためにもう一度、ここに来なければならなかったが、私は今はそのことを考えようとは思わなかった。

その日の帰り途《みち》、私は少し遠回りをして、祖父母の墓のある青山墓地に寄ることにした。S学園のある町に玲と引越して東京を離れ、それ以来、滅多に墓参りをすることもなくなっていた。東京を離れて、ちょうど十年たっていた。

青山墓地を思いついたのは、墓参りのためばかりではなかった。治療がとにかく無事に終った安心感からだろうか、私はその日、ふっと私の育った町を玲と歩いてみたくなったのだった。父母の家が恵比寿にあり、中学校と高等学校を麻布にある学校に通っていた私にとって、青山や渋谷のあたりは、思い出すことの多い町だった。学校を終えても真すぐには家に帰らず、自転車で霞町の信号を走り抜け、青山墓地の下を通って渋谷の宮益坂の本屋にしげしげと通った。

詩、小説、哲学、数学、物理学。……

そのころ私は、ありとあらゆる類《たぐい》の本に夢中だった。雑食動物のように、ジャンルも程度もおかまいなしに、書棚から本を次々と引っぱり出し、狭い通路でがつがつと頁《ページ》を開いた。そこに詰めこまれているのは、そのころの年齢の私にとって、文字ではなく、この世そのものだった。頁の中には、この世の何もかもがたしかにぎっしりと詰めこまれているようだった。

宮益坂沿いの、通路にまで本が山積みにされた小さな二、三軒の古本屋。

そこでしばらく本を漁り、また自転車にまたがって少し坂を下ると、路地を入った奥に記念切手の専門店があった。切手の蒐集《しゅうしゅう》にも夢中だった私は、そこのショウ・ウインドウに飾られている、私の乏しい小遣いではとても手の届かないコレクションを仔細に、長い間、ただ眺めている。

本の中ばかりにではなく、渋谷や青山の町の隅々に、この世が詰めこまれていた。

記念切手を売る店の、ショウ・ウインドウの傍に置かれた鉢植えの南天。その南天の粒々とした赤い実もまた、私にとって渋谷の町そのものだった。

高等学校の上級のころ、里津子と出会い、二人で果てしなくお喋《しゃべ》りをしながら、町を歩きつづけた。渋谷駅の改札口で待合わせ、青山の交差点から権田原を抜けて、赤坂離宮の黒々と分厚い生垣沿いに、そのころ里津子の実家のあった四谷まで、脇道から脇道へ回り道をしながら二時間、三時間と、ただ歩き通したことも何度もあった。

渋谷、青山、神宮外苑、赤坂離宮沿いの坂道。私はそのころ、里津子と何を一体、長い長い時間、喋りつづけていたのだったろうか。

高田馬場から乗った山手線が、渋谷駅に入って行く手前で、窓の下に宮下公園の、以前のままの細長い広場が見えた。広場には子供連れの母親たちの姿が、小さく点々と散らばっていた。

見るとはなしに、その姿を眼に入れながら、私の頭に、もうとうに亡くなった私の祖母の言葉がふっと通り過ぎて行った。

まだ生きていたころ、祖母は、三歳になっても言葉の出ない曾孫の玲を、日ごろしきりに気にしていた。

そのころのある日、玲を連れて祖母の家を訪ねた私に突然、リョウはね、決して変な子なんかじゃありはしないよ。さっきね、奥の部屋で二人でいたら、おばあちゃん、おんぶ、おんぶ、おんぶって、あたしの足もとに来てそう言ったよ。おんぶ、おんぶって、はっきりとそう言ってくれたんだよ。だから玲は決して変な子じゃないんだよ、と祖母が言ったことがあった。

祖母の、そのいかにも嬉しくてならないという口調が、私の耳の中に甦り、通り過ぎた。それから数年して祖母は亡くなったのだったが、祖母が口にした、実際には言ったはずのない玲の、おばあちゃん、おんぶしてよ、という言葉が、まるで私自身がそれを耳にしたように、私の中に響き残っている。

それは多分、祖母の老耄《ろうもう》の兆しだったのにちがいない。しかし自分の願望を事実として思いこんだのだったとしても、祖母にはたしかに玲のその言葉が聞こえた、そのことにまちがいはないはずだ。

玲の言葉を聞いた祖母の嬉しさが、今、私にはわかる気持がする。

その時の私は、もちろんもう少年ではなかった。しかし祖母のその時の口調は、それも青山や渋谷の町を自転車で走る私の少年の時間の中にあるように、電車の吊革を握る私の耳に甦った。

渋谷で地下鉄に乗り換え、外苑前で降りて、青山通りから墓地への路地を曲がると、往来の車の音が急に遠のいた。

以前と変わりのない路地の景色の中を玲と歩きながら、私は道端の小さな鰻屋の前で、ふと足を止めた。昼休み時のようで、暖簾《のれん》のしまわれている鰻屋の狭い店先。その店先の、仄暗くくすんだたたずまいの中に、一つの記憶が沈んでいた。

玲と二人の暮らしをはじめて、しばらくたったころだった。

玲を連れて、母親と三人で青山に墓参りに来たことがあった。その帰り途、私たちはこの鰻屋に立寄り、昼食をとったのだったが、その時、私は母親から、離婚前の一時期、里津子が何度も足繁く私の祖父母の墓を訪れていたことを聞かされたのだった。

そのころ、わたしも一、二度、里津子に誘われて一緒に来たことがある、と母親は言い、お墓の前で里津子と玲の写真を撮ったりもした、と言った。

あァ、そういえば、と私はその時、思い当った。

そのころは、罵り合う以外に私たちは互いに意固地に何も話を交さなくなっていたので、里津子から直接、墓参りの話を聞いたことはなかった。しかしある日、里津子が何かの用事で玲を連れて出かけた後、食卓の隅に置き放されている二、三枚の写真が、ふっと眼についたことがあった。写真にはどれも、私の祖父母の墓石を背中に里津子が立って、その足もとの地べたに寝そべっている玲の姿が写されていた。

そのころの玲は、道端も地べたもおかまいなしにすぐに寝転んで、動こうとしなくなってしまうような時期だった。

近所を連れ歩くのもなかなか難しい玲を連れて、里津子がなぜわざわざ青山まで祖父母の墓を訪ねたりしたのだろう、この写真は誰が撮ったのだろうかと不審な気持がしたが、それを里津子に訊ねる気にもならず、それ切り私はそのことを忘れてしまっていたのだった。

鰻屋で聞かされた母親の話で、写真を食卓の隅に見かけた時の不審が私の中に甦った。そのころの私たち夫婦の関係をそのまま表情に浮き上がらせているように、写真の里津子は少しも笑わずに、口もとを固く引き結んでいた。

私たちの諍いの日々の中で、里津子は何を思って玲を連れ、私の祖父母の墓を何度も訪れたのだったろうか。

昼食をすませて母親と別れ、玲と家に帰る帰り途に、その疑問が私の中に尾を引いた。玲を連れて電車を乗り継ぎ、墓を訪れる里津子が、何か切羽つまった姿で私の胸の底に漂った。

里津子はそうやって、幼獣のように泣き叫ぶ玲と、憎しみ合い罵り合う私の、その血の源を私の祖父母の墓の前に見つけようとでも、そんな風に思いもしたのだったろうか。疲れ果て、その疲れの水源地を、この墓地の墓石に探し当てようとでもしたのだろうか。

それとも、迷信深いところもあった里津子は、私と別れ玲を私に託すと心を決めて、自分の血を注いだ玲を、私の家の血の中に流し送ろうとでも思ったのだったろうか。様々な想像が私の中を、頼りない霧の流れのように通り過ぎた。固く口を結んで私の祖父母の墓に見入る里津子の姿が、もう一枚の写真のように、私の中に残った。

鰻屋の前に私が立ち止まっていると、もうかなり先の方まで歩いて行っていた玲が、不意に急ぎ足で私の前まで引き返して来た。そうしてたった今、何かを思い出したというような不安げな顔で、アオヤマボチ、ゴツン、と言った。

私がわからない顔をしていると、玲は、ゴツン、ゴツン、とくり返し、私の手をつかんで自分の頭を、何度もごしごしと撫でさすらせた。

あァ、そうなのか、と私はようやく思い当った。

何年か前に、こうやって玲と墓参りに来た時だった。私が墓石の前で雑草を抜き、柄杓《ひしやく》に水を汲んだりしている間、傍でつまらなそうにしゃがんでいた玲が、突然、墓石の向こうに何か面白いものでも見つけたというように立上がり、走り出そうとした。そしてその拍子に、墓石にかぶさり伸びていた太い木の枝に、思い切り頭を打ちつけてしまったのだった。後でそこに小さな瘤《こぶ》ができた。

墓地に向かう道で、その時の痛さが玲の中に不意に甦ったのにちがいない。

その時と同じように私に何度も頭をさすらせながら、玲はたった今、頭をぶつけたというしかめ面で、ゴツン、ゴツン、とくり返した。

あァ、ゴツンしたね、ゴツンは痛かったたね、と言いながらしばらく道端で玲の頭をさすり、私たちはまた墓地に向って歩き出した。

祖父母の墓の前に来て、墓石に刻まれた名前にぼんやりと見入りながら、私の頭にまた里津子の、写真の表情が浮かんだ。

里津子が私にきりきりと斬りつけ撃ちつけた数々の言葉。それは私の肉の中に、今も生々しく、息苦しいほどの匂いを立てて残っている。私はそれを許せはしない。

そうしてそれは里津子の中でも、今も私とまったく同じだろう。里津子は私の言葉を忘れず、許せはしないにちがいない。

しかし、考えてみれば、一方また、それはただ単に里津子と私とが、誰の間でもそうであるように、いつも結局はちがう、二つの、別々の光景を見ていたということ。見ているしかなかったということなのかもしれない。

墓石の前にしゃがみこみながら、私はふとそういう風にも思った。二人の、それぞれ別の人間が、たとえその二人が夫婦という関係を持っていたとしても、結局それ以外には仕方のない二つの視線の流れの中に生きていたという、ただそれだけのことなのではないか。

それは当り前のことにちがいなかった。しかし当り前のその思いは、その時、妙にくっきりとした力で、私の胸をふっと軽く持ち上げるようでもあった。

里津子と私との間にずぶずぶと底知れず口を開いた憎しみ。その憎しみの正体は、本当は、一体何なのだろう。

もしかすると私たちは、決して同じものになるはずのない光景を、無理矢理に同じものにしようと、盲目の二匹の獣のようにそれぞれの場所で地団駄を踏んでいた。その地団駄こそが私の中に今も消えないこの憎しみの、本当の水源。そういうことなのかもしれない。

墓場の低い石段に、玲は墓石には何も関心がなさそうに向うむきに座っていた。玲が頭をぶつけた木の枝が、今も墓石の上に張り出して、黒々と葉を繁らせていた。

玲を連れて何度もこの墓石の前に来た。それが里津子にとっての、青山というものだった。ただそれだけを知っていれば良いのだ。それ以上のことは考えてはならないことのように思われた。

電車が混む時刻になる前に、私たちは墓地の帰り道を歩き出した。

墓と墓の間の、細い小径《こみち》の両脇に立木が繁り、それが出口に向ってずっとつづいていた。私よりも、もう少し広くなったような玲の背中が、ぶらぶらと両手を振りながら私の数歩前を歩いていた。思い切り頭を打ちつけて瘤を作った、あの一本の木の枝、あれが玲にとっての、アオヤマ、というものなのかもしれない。

玲の背中を見ながら、私は冗談のようにそんなことを思った。その時、玲の今見ている光景の中に、私の視線がふっと流れこんだような気がした。そして電灯の点滅のように、また見えなくなった。

帰りの電車の中で、玲はまたドアのガラス窓の前に立ち通していた。

草室

暗くなる前に、白銀町《しろがねちょう》の駅に着かなければならなかった。

今の季節、日の落ちるのは六時か、それとももう少し過ぎたころか。それでも七時ごろまでは、まだ日の残りが微《かす》かに白く、空中に漂っているだろうか。しかし、その白い名残りも消えてしまえば、彼はきっともう駅で待ってはいずに、帰ってしまうにちがいない。

秋津周は、銀杏坂《いちょうざか》の坂下の交差点で、一週間前に彼から送られて来た地図を広げた。大ぶりのメモ用紙の一枚に白銀町駅までの道順が、わざわざ定規を使ったように細かく、丁寧に記されていた。その几帳面な書き方が、周の眼に、かえって読み取りにくいものに思われた。それを書いた彼の気持が、白いメモ用紙の地図の上に、半透明の薄い影をかざしかけているようだった。

秋津周が白銀町の駅には結局来ることはないと、彼は根深く疑っているのかもしれなかった。

地図を畳みかけながら、少年の時、彼と同じ小学校に通っているころに交した会話を、周は思い出した。家から学校までの道順が同じだったので、登校の時も下校の時も、周は彼とよく一緒になった。

その日は、学校からの帰り道だった。

並んで歩いている彼は、どこからか折り取ったらしい赤い花を、いつの間にか手にしていた。彼が歩きながら花を持った片手を振ると、空中に、火のついた花火を振ったような真赤な航跡ができた。その航跡の中から、甘い紅色の匂いが周の顔の前に渡って来た。母親が小さな手鏡をかざして使っている口紅の、くっきりと隈取《くまど》りされた真赤な紅棒を周は想い浮かべて、彼の手の赤い花が羨《うらや》ましくなり、その花をどこで取ったのだと、彼に訊いた。

森の道だよ、いつもの、と彼は答え、これはオイランソウという花なんだ、と言いながら周に一本手渡してよこした。彼が手に花を二本持っていたことに、周はその時はじめて気づいた。

周たちの小学校は、小さな森の向こうに建っていた。学校の帰りには、森の中を抜ける土の道と、森の脇をたどる舗装道路とがあった。周は今日、舗装道路の道順を選んで、森の切れた所で彼と一緒になったのだった。

もらった花を彼と同じように周が振ると、紅棒の甘い匂いが、今度は少し生臭く、どんよりと手の中から鼻孔に伝わって来た。その時、彼が周の母親の口紅を一本盗んで来て、それを周にくれたような、そういう錯覚が眼の前に漂った。

銀杏坂の坂下の交差点で信号の変わるのを待っていると、周の中にその時の錯覚が小さく甦り、あの時なぜあんなことを思ったのだろうかと、周はそれをどこか後めたいことのように思った。

信号が変わり、周は銀杏坂に向かって交差点を渡った。もう午《ひる》の時刻を大分まわってはいたが、暗くなる前には白銀町の駅に充分に着けるだろうと見当をつけ、周は歩きながら地図を畳んでポケットにしまった。もしも日暮に遅れて、彼が帰ってしまえば、彼と周との間に今まで張られていた関係は、それきり全部終ってしまうだろう。

周は彼と約束を交したのではなかった。しかし彼が周に、手書きの几帳面な地図をわざわざ送って来たということは、周にとっては、たしかに約束以上のことだった。

地図の白銀町に来てくれと、彼は周に頼んで来たのだった。周に頼って来た彼の気持を裏切るわけにはいかなかった。

もしも彼でない、他の人間から頼まれても自分はこういう気持になるのだろうかと、交差点を渡り終え、銀杏坂の、名前通りの銀杏並木を見上げながら、周は胸の中で独り言を言った。しかしそんな風に考えても、実際に周に頼んで来たのは、彼なのだから、意味のないことに思われた。周以外の誰に宛てるわけにもいかず、彼は定規を手に持ち、それを垂直や水平や、右や左に動かしながら、地図を書いたのにちがいなかった。その時の彼の手の動かし方を、周は眼の前に見るような気がした。

彼は周以外の人間を、思いつくこともできなかったのにちがいない。

小学校の帰り道、周が彼からオイランソウを一本もらった後、二人はいつもの道順を並んで歩いていた。森を背にした帰り道は、ゆるい下りのだらだら坂だった。

坂道の右手には大きな屋敷の石塀が、長々とつづいていた。塀の脇を下って行くと、表面に薄っすらと生えた苔の、青く饐《す》えた匂いがした。

石段を登っていかないか、と歩きながら彼が言った。

石塀が切れて少し行った所に、右手に登る細い石段がつけられていて、その頂上に小さな社があるのだった。周は彼と時々そこを登り、社の前から坂下の町を見下ろしてとりとめのないお喋《しゃべ》りにふけることがあった。

その日も、周と彼はその石段を登って行った。石段の両側は雑木林で、社に着くまでは何も見晴らしがなかったので、かえって深い森の中にさまよいこんで行くような、ひっそりと秘密めかした、小さな悪事を働くような雰囲気があった。

周は彼の後について、わざと人眼を恐れるように無言で石段を登った。

中腹で彼は足を止めて周をふり返った。そして何かを思いついたように、ここに花を置こう、と言った。

ここがこの石段のちょうど真中の段だから、ぼくはここから下まで引返すことにする。きみは頂上まで登って行って、そうして、上と下から同時にこの花の所まで歩いて来よう。

周が彼にその遊びの理由を訊くと、入れ代わりさ、と彼はおとなびた口調で、前から考えていたことのように何でもない風に言った。彼は時々、不意にそういう口の利き方をした。石段の上と下から一度だけじっと花を見つめて、そうして上にいるきみは、これから花の所まで登って行くんだと思い、下にいるぼくは、これから花の所まで降りて行くんだと思う。本当に心の底からそう思えれば、きみとぼくとはその瞬間、完全に入れ代わって、だからこの花のところに同時に着くことができるだろう。きみはぼくになり、ぼくはきみになるのだから、と彼は、周と彼とが一本ずつ手にしているオイランソウの花火のような紅色に、その力があるのだとでもいうように、熱っぽく言って、さっさと足もとに花を置いた。

互いに相手の姿を見ないように、ただ自分の足もとだけを見て歩く約束をして、周もそこに花を置き、二人は石段の上と下とに別れた。そして中腹の段に小さく横たわっている赤い花を、一度だけじっと眼の中に入れて、周は石段を登る気持で、下りはじめ、彼は石段を下る気持で、登りはじめた。そうやって二、三度同じことをくり返したが、もちろん周と彼とが同時に赤い花の所に着くことはなかった。下りの石段を、登ると思いこむことは、周には、思ったほど簡単なことではなかった。

周はすぐにその遊びに飽きて来て、何回目かに石段を下りはじめた時、約束を破り、顔を上げて、登って来る彼の姿をちらりと見てしまった。

彼は一心に顔を伏せ、石段を一段一段、登って来ていた。その姿があまり生真面目すぎて、笑い出したいほど滑稽なように周には感じられたが、同時に、自分が顔を上げたことが、何か彼にひどく悪いことをしてしまったように思われて、周はあわててまた顔を伏せた。

その途端、わけもなく不吉な感覚が、小さく、鋭く、周の胸もとを掠《かす》め過ぎた。

そうして周は彼の悲鳴を聞いた。

驚いて周が顔を上げると、石段の途中から彼が、一個のまん丸の球体にでも変わってしまったように、ころころと、ころころと、すごい速さで下に向かって落ちて行くのだった。

何が起こったのかわからず、周は一瞬呆然としたが、次の瞬間、夢中で石段を駆け下りた。

石段の尽きた歩道のアスファルトに、彼はぐったりと柔らかく倒れていた。意識を失った彼は、通りがかりの人の呼んだ救急車で病院に運ばれて行ったが、救急車の来る前に、すぐに道傍に人だかりがして、周は騒ぎ立てるおとなたちの中に、ただぼんやりと突っ立っていた。魔法にかけられて、自分が別の人間にあっという間に変わってしまったように、倒れている彼のことも、まわりの騒ぎのことも、何もかもよくわからなかった。

彼の後から救急車に自分も乗ろうとして、それを誰かに止められ、車の白い後姿を見送った時に、周の頭の奥の方で、何かきな臭い臭いのする火花がちりちりと散った。約束を破って途中で彼の姿を見てしまったので、それで彼はまん丸の球体のように、石段を落ちて行った。そういう火花が散った。

彼を見さえしなければ、彼は落ちることはなかった。周はそれをたしかなことに思った。落ちて行く時に、彼も周と同じことを思っただろう。

彼はそれきり、学校に来ることができなくなった。背骨を烈《はげ》しく石段の角に打ちつけた後遺症で、歩くことができなくなったということだった。周が病院に彼を見舞に行くと、彼は何も言わずに、ベッドの中から周をただじっと見つめているだけだった。何度、病院に行っても、彼はいつも同じようだった。付添っている彼の母親が、あのこと以来、ほとんど口を利かなくなってしまった、と時々涙ぐみながら、周に言った。その時も周の頭の奥に、また小さな火花の臭いがした。

銀杏坂下の信号を渡り終えた角には、歩道までテントを張り出して、一軒の八百屋が店を広げていた。緑色一色のテントが、歩道を薄青い影で包んでいた。真二つに割られた南瓜《かぼちゃ》がその影の下に、鮮やかなオレンジ色の肉をさらしていた。テントの影をくぐり抜けながら、周は以前にも一度、こういう景色の中を歩いたような気がした。

しかし彼が地図を送って来た白銀町は、はじめて行く町だった。

周は銀杏坂のゆるい勾配を登りはじめた。空中に明かるい緑の葉を満々と生い繁らせて、銀杏の木の褐色の太い幹が、歩道に直線の並木を作っている。風景画の遠近法をそのまま眼の前に見るように、周は一本の銀杏の葉蔭から、坂道を見渡した。ゆるい風が吹き下ろして来た。銀杏の実の季節にはまだ大分早かったが、周はその風の中に、銀杏の実の生臭い臭いが微かに入り交っているように思った。その生臭さは、人の体の、どこかの仄暗《ほのぐら》い部分が立てる臭いだった。

銀杏の葉蔭を、飛石を追うように点々と伝いながら、周は坂道を登って行った。

そうやってしばらく歩いて行くと、道は右と左の二手に分かれていた。

分かれ道の根本で周は立ち止まり、ポケットから彼からの地図を取り出してのぞきこんだ。地図の中には、銀杏坂下の信号から真すぐに、銀杏並木の道が記されていたが、しかし、その途中には一本も分かれ道は書きこまれていなかった。

定規で引いたような、くっきりと直線の銀杏並木の道が、地図の中に垂直に通っていた。

途方に暮れて、周は道の端に立ち止まった。右手の道も左手の道も、広さは同じほど。そして銀杏の並木は、道の分かれる根本で終っていた。

地図の道は、あまりにも真すぐ、くっきりと引かれていた。地図こそが正しいもので、眼の前の道が、その地図を誤記したのではないかと、周はふっとそんな妙な感覚にとらわれた。

並木の銀杏の、最後の一本の影から出て、周は空を見上げた。

日はまだ高かった。降り注いで来る日の光が、右手の道の舗装の上にも、左手の道にも、道端の建物や樹木の影を黒々と灼きつけていた。たとえまちがった道をたどったとしても、まだ引返す時間は充分にありそうだった。

右手の道を行ってみることに決めて、周は道を渡った。渡ると、その曲り角に小さなガソリン・スタンドがあったが、立寄る車も滅多になさそうにひっそりとして、店員の姿も見えなかった。銀杏坂の通りを登りはじめると、急に車の影がまばらになったと、周は改めて思い返した。

右手の道は、今までよりは少し急な登り坂になっていた。

しばらく歩くと右側に、とっぷりと部厚い槙の生垣が現れ、それを伝うように周が歩きつづけて行くと、繁った葉叢《はむら》の少しだけ透けた隙間に、蜘蛛が一匹、小さな巣をかけていた。巣の真中に、灰色の蜘蛛が小石のように丸まってとまっていた。

周は何気なく巣に手を伸ばし、中の蜘蛛を指先で摘み取った。そして手の平の上に、灰色の小さな玉をふわふわと転がした。蜘蛛はますます丸く小さく身を固めて、転がされるままに前後左右に揺れ動いた。ほとんど何の触り心地もない、空気のように軽い玉だった。

しばらくそうやって蜘蛛を転がしてから、周はもう一方の手の人差指で、手の平の蜘蛛を、つん、と突いた。

周の手の平に、つぶれた蜘蛛の体液の感触が、微かににじんだ。そうして蜘蛛をつぶしたことに、その時はじめて気がついたように、周は両手をぱんぱんとはたいた。

彼の高い叫び声が聞こえた。その声が槙の部厚い生垣を通して届いて来たように、周は生垣をじっと見つめた。

学校の帰り、森を抜けて周は彼と歩いていた。その日、森の道にも一匹の蜘蛛が、枝と枝の間に透明な糸を掛け渡していたのだった。

大きな蜘蛛の巣だった。周たちの頭上よりも遥かに高く、その透明な網は、糸に雨上りの小さな滴を散らして、空中に微かに揺れているようだった。

巣の真中に、鮮やかな色彩の、大きな蜘蛛がひっそりととまっていた。

あれは女郎蜘蛛って言うんだ。巣の下で立ち止まり、彼が言った。

ジョロウグモ。

彼の言ったその言葉が、何か毒々しい響きを持つように周の耳に聞こえ、周は彼と並んで立ち止まって巣の中の蜘蛛に眼をこらした。黒と黄に生々しく染め分けられた異様なほど細く長い脚が、楕円形の丸々と太った胴体から四方に伸びて、魔女の爪のように透明な糸をしっかりと摑んでいた。胴体に、血の色のように赤い斑点が丸く浮き出していた。

毒蜘蛛だろうか。

周が訊くと、そんなことはないと思う、と彼はあまり自信のない風に答えた。落ちていた枯枝で巣をつつくと、その度《たび》に女郎蜘蛛は素速く小さな身動きをした。その身動きの仕方も、どこか毒を含んだ禍々《まがまが》しいものに思えて、しかしそのことが周の子供らしい好奇心をかき立てもして、周は思い切って枯枝の先で巣をからめ取り、蜘蛛を土の上に叩き落とした。

大きな蜘蛛は枝先から逃げもせずに、案外簡単に、枝に絡んだ糸と一緒に地上に落ちて、そこで辺りをうかがうようにじっと腹這いになっていた。

細長い脚の、黒と黄の段だら。丸い背中の、少しくすんだ浅黄と灰色の模様。それらの鮮やかな色どりのどこかから、ガラス玉のようにぴかぴかと光る眼が、周の気配をじっと見上げている感じがした。

よせよ。もう行こう。

彼の声がした。

そして耳もとで、逃がしてやれよ、と言って、彼が周の腕をつかんで引いた。

その時、周は手にした枯枝の先端で、蜘蛛の丸い背中を突き刺していた。ぼすっ、という鈍い音が、確かに周の耳に響いた。そして枝先に突き刺された蜘蛛の体から、土ぼこりのような薄い煙が立ち昇った。

ああッ、と彼が叫んだ。

その声で、急に恐怖が周の体を突き上げた。蜘蛛の体から立ち昇った煙が、木の枝を伝って今にも手の方に這い登って来るようで、周は枝を投げ出し、その場から走って逃げた。

しばらく走りつづけてようやく立ち止まると、後ろから走って来た彼も立ち止まり、息を切らしながら、卵だ、卵だよ、と言った。

周が訊き返すと、

だから、やめろと言ったんだ、と彼は眼をいっぱいに見開き、周をにらみつけて叫んだ。

あの煙は、あれはジョロウグモの卵なんだ、クモの子どもたちなんだ。卵は空気みたいに軽いから、クモの腹いっぱいに詰めこまれていたものすごい数の卵が、一気に空中に立ち昇ったんだ。きみは、クモの腹を破って、その子どもたちを森の中にばらまいてしまったんだよ。……

彼は周を詰《なじ》りつづけた。

あの煙が、女郎蜘蛛の卵。

周は彼の言うことが信じられない気持だったが、しかし彼の見幕の烈しさに、ただ黙ってその場で詰られつづけた。

きみが腹を破ったりさえしなければ、クモの子どもたちは、いつまでも親の腹の中にいて、森の中に出て来ないですんだかもしれなかったのに。……

口惜しそうに彼は言った。

いつまでも親の腹の中にいる……。

周はその時、彼が奇妙なことを言っているような気がした。

たとえ周の悪い悪戯で、蜘蛛の腹が破られなかったとしても、蜘蛛の子どもたちは、いつかは森のどこかで生れ出して来るだろう。そんなことは彼も知っているはずだろうに。蜘蛛の子どもは、森の中に出てこないですむわけはないのだ。

蜘蛛の腹から立ち昇った、得体の知れない煙。薄気味の悪いガスに不意に襲われたような恐怖に駆られて、周は夢中で逃げた。そして彼に烈しく詰られているうちに、周は、もしもあの煙の正体が彼の言うように蜘蛛の卵なのだとすれば、ひどく残酷なことをしてしまったという後悔に駆られた。周は母親蜘蛛を殺し、そしてその卵たちも多分、死んでしまうことだろう。

しかし彼の言葉を聞きながら、周は少しずつ奇妙な気持になっていったのだった。

彼は周の思いとは、まったく別なことで、周の行為を怒りつづけているようだった。けれども、周はその時は彼にそれを訊ねる気持になれなかった。それほど彼の非難は烈しかった。

もしもきみがつまらない悪戯さえしなければ、あの子どもたちは、この世に出てこなくてもすんだだろうに――。

部厚く葉を繁らせた槙の生垣の傍で、彼の言葉がそういう風に、周の耳に響いた。

周が腹を破ったあの母蜘蛛の子どもたちは、多分あの後、一つ残らず死んでしまっただろう。そんなことは、彼にだってきっとわかっていたはずだ。そう思うと、あの彼の言葉は、蜘蛛の子どものことではなく、彼自身のことを言ったのではないだろうか。

大きな巣の真中にひっそりととまっていた女郎蜘蛛の、黄色と黒と、そうして真赤な斑点に染められた不気味な姿。地に落ちて、周の手にした枯枝の先端で、腹から立ち昇らせた土ぼこりのような煙。その光景と、彼の甲高い叫び声とが眼の中に重なり、周は無意識のようにポケットをさぐって、彼からの地図を取り出して広げた。

地図にはただ真すぐな道が書かれているだけで、槙の生垣は記されてはいなかった。

周はまた歩きはじめた。地図の中にくっきりと几帳面に引かれた道筋が、周の足を急き立てた。しばらく歩くと、道は次第次第に狭まって来た。人家の塀も生垣もいつのまにかすっかり途切れて、白い舗装道路が細く眼の先に伸びていた。道路の両脇の空地に生い伸びた雑草が、舗装の端にふさふさと頭を揺らしていた。

この道ではなかったのかもしれない。あの分かれ道を、左に行くべきだったのかもしれない、と周は心迷いながら、しかし迷うほどかえって足を急がせた。日が落ちるまでに、白銀町の駅に着かなければならなかった。もう少し先に行けば、道を過ったのかどうかが、はっきりするだろう。

歩きつづけて行くうちに、道はまた少しずつ広くなって来た。

そうして二車線ほどに広がった所で、丘を一気に下るように、急な下り坂に差しかかった。坂の手前で眺望が不意に開けたので、周は足をとめて眼の下に広がる光景を見渡した。

眼の下の遠くに、町が開けていた。家並みの小さな屋根がぎっしりと建てこみ、その屋根の間からいくつものビルが背を空中に突き出していた。

あれが白銀町にちがいない、と周は思った。眼をこらすと、家並みの一個所を割って、横に細長く、駅の屋根らしい建物が見えた。周は空を見上げた。太陽は西に少し傾きかけてはいたが、あの駅の所まで、日が落ちるまでには、行き着くことができそうだった。

周は坂を下りはじめた。

そうすると、地形の加減なのだろうか、下りはじめたその場所から、あたりは不意に夕暮れのように薄暗くなりはじめた。

坂道の左側は急な崖が、そそり立つように登っていた。コンクリートで崖を畳んであるので、それはまるで巨大な白い壁のように、道に迫っていた。

眼の下の白銀町には、日がいっぱいに明るく降り注いでいた。コンクリートの白壁が、坂道から日の光を隠しているのにちがいなかった。白壁は延々と長くつづき、辺りは心細いほど薄暗かった。薄暗さの中を、周は自分の一歩一歩を確かめるように、うつむいてゆっくりと下って行った。道の右手は、落ちて行く崖だった。その崖下にも人家があるらしく、バイクのものらしい爆音や、それに時々入り交って、甲高い子どもの叫び声が立ち昇って来たが、立木にさえぎられて家の姿は見えなかった。

その子どもの声が、周の名を呼んだような気がした。

周が顔を上げると、眼の前に小さな四阿《あずまや》があった。

道端に不意に現れた四阿に、周が奇妙な気持がして中をのぞきこむと、屋根下の四本の柱に囲まれた狭い空間は、薄暗がりの中にもう一つの闇を作るように暗かったが、眼が慣れると、そこに女が一人座っているのがわかった。

女は四阿の中に置かれたベンチに腰を下ろし、そこから周の方をじっと見つめていた。

その時、周ははじめてそれが四阿ではなく、バスの待合所であることに気づいた。小さな建物の前にはバス停の印のポールが立てられ、丸い案内板に停留所の名前が記されていた。

三光坂、とその文字は読み取れた。

秋津さん、と待合所の中から、女が周を呼んだ。そうしてベンチから立上り、屋根の外にゆっくりと歩み出て来た。

秋津、周さん、そうでしょう。

周の前に立って、女は確かめるようにまじまじと顔を見つめて言った。

不意に名前を呼ばれて、周が怪訝な顔をしていると、あたしのことを忘れてしまったみたいね。でも、あたしは憶えていたわよ。学校の時の面影が、ちゃんとあなたの顔にも、歩き方にも残っているから、と女は悪戯っぽい眼つきをして言った。

ああ、とその時、周の中で小さな記憶が立ち上がった。

女は、小学校の時、同級にいた、藤野きょう子だった。しかし、藤野きょう子が、なぜこの坂道のバス停にいるのだろうか。

日がさっきよりももう少し傾いて、その光線の角度のせいなのだろうか。きょう子が待合室から出て来ると、薄暗かった坂道は少し明かるくなったようだった。

あなたも呼ばれたのね、彼に、白銀町の駅へ。きょう子は周がここに来るのを知っていたような口ぶりで言った。どうしてそのことを知っているのかと周が訊ねると、きょう子は何でもないことのように、それは、彼があたしの男で、あたしと暮らしていたことがあるからよ。その時から、彼のことは何でもあたしは知るようになったわ、と言った。

藤野きょう子が彼と暮らしていたことは、周には初耳だった。たまに遣り取りをする彼との手紙にも、そんなことは何も触れられていなかった。それに、きょう子の何気ない口調は、周の耳にかえって謎めいて聞こえたが、故意にそういう言い方をしているとも思われて、周は黙って聞いていた。そうして小学校を卒業して以来、何十年ぶりかに不意にここで出会ったきょう子が、その頃と何も変らない口ぶりで喋るのを聞いていると、それはべつに謎めいたことではないような気もした。

それでも周はやはり、あのことだけはきょう子に訊いてみたかった。石段から落ちて、彼は歩くことができなくなってしまった。歩くことのできない彼と、きみはどういう風に暮らしていたんだろう。

男と女とは、どういう風にしてでも、暮らすことができるのよ。……

きょう子は素気なく言い、そして、周の質問を逸らすように、白銀町は、まだここからは遠いわ、と言った。

きょう子は、坂道の下に遠く開けている町を指さした。

あなたは、あの町が白銀町だと思っているらしいけれど、あれは白銀町じゃない。白銀の町は、あの町を越えてもう一つの丘の向うなのよ。きょう子はそう言った。

白銀町は、まだそんなに先なのか、と周は思い、それできょう子はここでバスを待っていたのか、と納得が行く気持がした。

日が更《さら》に傾いたらしく、下の町の方向から坂道を流れ登って来るように、西日が明かるくきょう子の姿を浮き上がらせていた。

きょう子は白っぽい地の半袖のワンピースを着ていたが、周の眼の前に立っているその姿が小学校の時とまるで同じような少女のままに見えて、周は思わずもう一度、きょう子の全身を見返した。小学校の時にも、きょう子はよくこの裾の広がったワンピースを着ていたのではなかったろうか。

白い地に、明かるい紫色の花が無数に咲いていた。花は丈の高い細い枝にまとわりつくように広がり、白い布地の上に浮き立っていた。

その花に見憶えがあると思い、周は、それは何という名前の花だったっけ、ときょう子に訊いた。

これはね、ミツバツツジの花よ。きょう子は少し顎を引いて、自分の胸もとを見下ろすようにして答えた。周はその花の名前を、ずっと以前から知っていたと思った。

バスが来るまでには、まだ大分時間があるから、このベンチに座って話をしていましょうよ、と、きょう子は待合所の中のベンチの方に歩きかけながら周に言った。さっきまで薄暗かった待合所の中にも西日がいっぱいに差しこみ、まるで照明を浴びたように明かるかった。

そんなことをしていて、白銀町の駅に着くのに間に合うだろうか。日が落ちてしまえば、彼は帰ってしまう。

周は不安になって、きょう子の背中にそう言ったが、きょう子はふり返りもせずに、大丈夫、バスは来るわ。それに、歩いて行けば着くのは夜になってしまう。どっちにしてもバスを待つ以外、方法はないのよ、と言って、さっさと待合所のベンチに腰を下ろした。

仕方なく周もきょう子の後から、ベンチの隣りに腰を下ろした。周の左側に座っているきょう子の腰のまわりを、ミツバツツジの紫色がとり巻いていた。

彼とあなたと三人で、森の中でこうやって座ってお喋りをしていたことがあったわね、と、きょう子が言った。

そうだったろうか、と周は考えてみた。そうしてその時のことを思い出した。

森の草叢の中に倒れた朽木に、三人で並んで腰を下ろしていた。その時も、学校の帰り道だった。今と同じように、周の左隣りにきょう子が座り、その向こうに彼が座って、他愛のないお喋りをしていたのだった。

彼はね、あの石段からわざと落ちたのよ。そうにちがいないわ。

周の左隣りで、きょう子が言った。

わざと落ちたって――。どうしてきみはそんなことを考えるんだ。

周は驚いて訊き返した。周の高い声に、きょう子が少し身じろぎをした。そうすると花の紫色が動き、その中から彼の落ちた石段の、饐えた黴《かび》の臭いが立ち昇った。

人と人とが別々にいることが、彼には耐えられないほど奇妙で、変なことだったのよ。あなたやあたしと仲良くして、話が合えば合うほど、彼は、あたしたちがそれぞれ別々に息をして、食事をして、眠ったりすることが、変な、異様なことに思えてきた。

きょう子はそう言って、またミツバツツジの花を少し揺らした。

彼はいつもあたしに言っていたわ。どうして子どもは親から生まれ出してしまうんだろうって。本当に芯から不思議そうに、そのことを考えていたわ。親の体から生まれ出しさえしなければ、親と子どもとは別々の体にならないで、一つのままでいられるのにってね。

きょう子は眩《まぶ》しいほど明かるい西日を浴びながら、喋っていた。

どうして彼がそんな考えにとりつかれてしまったのか、その方があたしにはよほど不思議なことだったけれど、そうして今でも不思議でならないけれど、でもね、秋津さん。

きょう子は、周の顔をじっと見入るようにして言った。

自分が子どもを生んだ時、あたしはほんの少しだけ、彼の考えがわかるような気がしたわ。親と子どもがわざわざこうやって別々になるなんて、ずい分面倒なことだって、ほんの少しそんな気持がしたわ。でも、それもまた、彼の考えとは全然、別のことだったかもしれないけれど。

周の隣りで、きょう子は話しつづけていた。きょう子の声を聞きながら、彼は石段から落ちて、そうして死んでしまえば、別々に生きている周と一つになれるかもしれないと、あの時そう思ったのかもしれない。理由はわからず、周はふとそんな気がした。石段から落ちたのは、そういう彼の、子どもらしい実験だったのだろうか。

それにしてもなぜ彼は、別の人間と一つになるなどという、そういう奇妙な考えにとりつかれてしまったのだろう。

今日は会社はどうしたの。会社を休んで、あなたはわざわざここまでやって来たの。

そんなことを、きょう子の声が訊ねていた。その声が、ずい分遠くから聞こえて来るようで、周は隣りに座っているきょう子の方に眼を向けた。きょう子の花が、呼吸をするようにゆっくりと揺れていた。

白銀町の方から流れて来る西日が、眼の前の坂道を真白に浸していた。その真白な道を見ながら、石段を落ちて行く彼の気持を考えると、不意に抑え切れないほど烈しい、不愍《ふびん》の感情が、周の体を突き上げて来た。落ちて行く彼が、可哀相でならなかった。この坂道を、自分も今、彼が石段を落ちたように落ちて行けば、何もかも一気にわかるのかもしれないと、周は思った。

三人で並んで座った森の朽木のまわりには、丈の高い雑草が一面に生い繁っていた。その中に、彼の姿もきょう子の姿も、いつのまにか隠れて見えなかった。そうして自分もその雑草の一本になり、どの草なのか見分けもつかずにそこに座っているのだった。草の中に、周は彼の姿をさがした。

初出一覧

『逆羽』1989年3月、福武書店
「逆羽」、「海燕」1988年6月号
「みやまなるこゆり」、「三田文学」1988年夏季号
「未明」、「三田文学」1986年夏季号
「朝の橋」、「三田文学」1987年冬季号
「彼岸花火」、「三田文学」1987年秋季号
＊すべて単行本を底本とした

『この世のこと』1991年8月、福武書店
「鳩」、「三田文学」1990年春季号
「猫」、「三田文学」1990年夏季号
「蝶」、「三田文学」1990年秋季号
「鯉」、「三田文学」1991年冬季号
「魔」、「三田文学」1991年春季号
＊すべて単行本を底本とした

「青山」、「新潮」1998年3月号（第119回芥川龍之介賞候補作）
「草室」、「群像」1998年10月号

辻章（つじ・あきら）

小説家・編集者。1945年神奈川県生まれ。横浜国立大学経済学部卒業後、講談社入社。1981～84年、「群像」編集長。1995年、『夢の方位』（河出書房新社）で第23回泉鏡花文学賞受賞。1998年、「青山」で第119回芥川龍之介賞候補。2006～09年、「季刊・綜合文芸誌　ふぉとん」主宰。2015年逝去。著書に、『逆羽』、『この世のこと』（以上福武書店）、『誕生』（講談社）、『子供たちの居場所』、『猫宿り』（以上河出書房新社）、『時の肖像　小説・中上健次』（新潮社）などがある。

辻章著作集　第一巻

2017年10月25日初版第1刷印刷
2017年10月30日初版第1刷発行

著　者　辻章
『辻章著作集』刊行会
伊澤紘樹・今富信敏・君塚榮康・黒岩哲彌・鈴木利尚
発行者　和田肇
発行所　株式会社作品社
〒102-0072　東京都千代田区飯田橋2-7-4
TEL.03-3262-9753　FAX.03-3262-9757
http://www.sakuhinsha.com
振替口座00160-3-27183

装　幀　小川惟久
本文組版　前田奈々
印刷・製本　中央精版印刷株式会社

ISBN978-4-86182-661-0 C0093

辻章著作集（全六巻）

第一巻

（既刊）
第一作品集『逆羽』、第二作品集『この世のこと』、
芥川龍之介賞候補作「青山」所収。
ISBN978-4-86182-661-0

第二巻

（2018年1月刊行予定）
第一長篇『誕生』所収。
ISBN978-4-86182-662-7

第三巻

（2018年4月刊行予定）
泉鏡花文学賞受賞作『夢の方位』、
第三作品集『子供たちの居場所』所収。
ISBN978-4-86182-663-4

第四巻

（2018年7月刊行予定）
「季刊・綜合文芸誌　ふぉとん」掲載全作品所収。
ISBN978-4-86182-664-1

第五巻

（2018年10月刊行予定）
長篇『時の肖像　小説・中上健次』所収。
ISBN978-4-86182-665-8

第六巻

（2019年1月刊行予定）
長篇『猫宿り』所収。
ISBN978-4-86182-666-5